쇼팽 발라드 제4번

쇼팽 발라드 제4번

1쇄 인쇄 2012년 10월 18일 **1쇄 발행** 2012년 11월 2일
지은이 로베르토 코트로네오 **지은이** 최자윤 **펴낸곳** 도서출판 북캐슬 **인쇄** 삼화인쇄(주)
펴낸이 박승규 **마케팅** 최윤석 **디자인** 진미나
주소 서울시 마포구 서교동 463-3 성화빌딩 5층
전화 325-5051 **팩스** 325-5771 **홈페이지** www.wordsbook.co.kr
등록 2004년 3월 12일 제313-2004-000061호
ISBN 978-89-968367-3-5 03880 **가격** 12,000원
*잘못된 책은 바꾸어 드립니다.

쇼팽 발라드 제4번

Chopin Ballata no.4 op.52

로베르토 코트로네오 지음

최자윤 옮김

북캐슬

1.

정열의 필적이라는 것도 있을 것이다. 지극히 부드러운 기호, 지나치게 길게 뻗은 8분음표의 꼬리, 휘갈겨 쓴 쉼표. 4분 쉼표라도 되는 것인지, 펜 끝을 조금 강하게 누른 흔적이 마치 할퀸 상처의 흔적과 흡사하다. '프레스토 콘 푸오코(정열을 가지고 빠르게)'라는 광란의 지시에서도 악상이 머릿속에 떠올라 망설인 흔적이 희미하게 남아 있다. 좁은 여백 속, 희미해져가는 잉크 자국이 마치 시간을 압축하려는 듯, 그어진 선들과 불규칙한 공백 사이에 시간을 가둬두려는 쇼팽의 고뇌가 느껴진다. 잇달아 떨어져 내리기 시작하는 음표들. 이것들은 음표인가, 아니면 빗방울인가. 프리데릭 쇼팽의 전주곡(프렐류드)에는 빗방울이라는 별칭이 붙은 곡이 있다. 별칭이라는 것은 언제나 나중에 붙여지는 법. 감정적 혹은 설명적으로, 때로는 해로운 형태로, 음악이 무언가 다른 것이라도 되는 양 의미를 부여하려는 듯이 말이다. 낭만파 이후에 나타난 음악가들이 극도의 혼란 속에서 자연, 혹은 그 유추(아날로지)가 저 기호들 속에 깊숙이 파고들기를 원했던 것처럼, 악보 위에 놓인 기호들은 마치 사진의 화소와도 같이 제자리를 지키고 있다.

노앙(프랑스 중부에 있는 마을)의 한 시골 마을에 있는 녹음에 둘러싸인 집, 그의 방 창가에 있는 나무에 얽힌 추억조차 지금 내 눈앞의 피로하고도 모호한, 저토록 병든 기호들로 바꿔놓아야만 할 줄이야. 본래 숭고한 매혹으로 가득 차 있던 것이 이윽고 지치고 쇠약해져, 어느덧 막다른 곳에 이르러 빠져나갈 곳을 잃어버린 감성적인 것이 되어 버린다. 이미 빗방울은커녕, 폴란드의 평원마저도 완전히 사라져, 발라드의 근간이 된 미츠키에비치(폴란드의 시인)가 쓴 시의 그림자조차 자취를 감춰버렸다. 이 국민적 시인의 말에 영감을 받아 네 곡의 발라드를 작곡했다고 전해져오고 있기는 하나, 그 시들의 흔적은 사라져 조금도 남아 있지 않다. 음악은 확실히 남아 있지만, 음악을 다른 무언가와 결부시키려 하는 것은 모독 이외에 그무엇도 아닐 것이다. 나는 음악을 조용히 잠든 채로 놔두고 싶다. 아니, 음악이라기보다는 도리어 늙은 교사들이나 인생에 이골이 난 자들이 그 대체물에 붙여주는 허튼소리일 뿐이다. 진정으로 그 음악에 귀를 기울여보기는커녕, 그 다장조의 화음을 다른 무언가와 견주는

데에만 급급하다.

여기, 내 눈앞에 보이는 것은 피아노 한 대 뿐이다. 레버로 음색에 정감을 더할 수 있는 장치가 있고 피아노 뚜껑 안쪽에는 흑백 건반이 비치고 있으며, 거기에 금색 글씨로 Steinway&Sons(스타인웨이 앤드 선스)라고 쓰여 있다. 내 눈앞에 있는 것은 빗방울이 아니라, 전부 내가 억지로(그야말로 억지로) 오랜 기간에 걸친 심연의 고통 속에서 습득한 것이다. 나는 이것을 한 가지의 장치 구조로부터 터득해냈다. 왜냐하면 모든 장치가 제 기능을 수행하고 내 손가락이 성실하게 작업을 완수해낼 수 있음을 보증해주는 것은 저 레버들이기 때문이다. 바로 그곳에서부터 암시가 풀린다. 그 안쪽, 펠트와 작은 가죽 벨트 사이에서, 그리고 강철 핀에 의해 감기고 죄어진 현과 댐퍼(약음 장치) 사이에서 말이다. 이 부품들의 이름은 사람에 따라, 장소에 따라 다양한 이름으로 불리며, 내가 조율사와 함께 이야기할 때는 또 다른 방식으로 불린다. 하지만 오늘날, 이 20세기가 끝날 즈음이 되고부터는 어느새 소수의 사람밖에, 아니 아마 그 누구도 이를 이해하지 못할 것이다.

며칠 전부터 세 번째 '파'가 어쩐지 이상하다. 아마도 해머의 이중 회복장치 레버가 문제일 것이다. 하지만 조율사의 말에 따르면 소형 롤러 부분이 문제라고 한다. 이것은 해머와 브리지가 서로 맞닿는 부근이다. 우리는 어찌할 수 없는 지점에 이르렀다. 아마도 조율사의 생각이 정확할 것이다. 어찌 됐든 내 피아노는 '파' 하나가 아무리 해도 생각처럼 울리지 않고 희미한 마찰음을 낸다. 마치 피에몬

테(이탈리아 북서부에 있는 주) 지방의 제철 포도로 만든 포도주이면서 혀에 시큼한 뒷맛이 남는 것과 비슷하다. 아니 정확히 이 설명 그대로이다. 내 귀 깊숙한 곳에 펠트나 천, 그도 아니면 부드러운 나뭇조각이라도 비벼대는 듯한 소리를 남긴다. 곰곰이 생각해보니 어쩌면 내 귀 탓인지도 모르겠다. 이 계절에는 평소보다도 훨씬 신경이 쓰여 불안한 마음마저 든다. 나는 피아노가 지닌 온갖 불완전함에 신경이 쓰인다(이제는 한 대밖에 없는 모델인 CD318형으로, 물론 스타인웨이사가 1938년에 제조한 것이다. 이것 외의 나머지 여섯 대는 더 이상 연주되지 않는다). 건반이 과연 얼마나 연주가 가능한지, 혹은 전혀 사용할 수 없는 것인지 확인할 수단조차 없다. 오랫동안 나 스스로는 잘 알고 있다고 생각해왔지만 말이다.

요즘 들어 나는 거의 녹음을 하지 않고 이곳에 틀어박혀 살아가고 있다. 그다지 마음이 편하지도 않은 이 별장에서 말이다. 설령 시간이 있다 해도 정원사가 가꿔놓은 단정하고도 완벽하리만큼 질서정연한 이 영국풍 정원의 경치를 바라보려고도 하지 않는다. 이 별장은 회색 시멘트로 지어진 단층집 구조로 아무런 멋도 없는 높은 벽에 둘러싸여 있다. 하지만 이 별장은 내가 레온 바티스타 알베르티(르네상스 시대 이탈리아의 대건축가)의 뜻에 반해, 모든 건축가가 존경해 마지않는 신성한 조화를 감히 거역해가면서 짓게 한 건물이다. 왜냐하면 나는 한결같이 올바른 것, 마땅히 칭찬해야 할 정통성에서 스스로 벗어나고 싶었기 때문이었다. 별장은 이 부근에서 볼 수 있는 각양각색의 산장풍 별장과도 건축구조가 다르다. 이곳은 모든 도시로부터 멀리 떨어져 있다. 가까이에 있는 것이라고는 빽빽하게 우거진, 축축이 젖었으며 약간은 무질서한 전나무 숲이 전부이다. 창밖에는 아무것도 없다. 그것이 바로 내가 원하는 전경이었다. 이 근처에서 사용되는 언어는 오직 독일어로 사람들은 서로 고립된 채 살아가고 있다. 지리상으로는 거의 유럽의 중심부에 위치하고 있지만 말이다. 이 부근에서는 병원 냄새가 난다. 무균질에 고상한 기운이 넘쳐흐르고 있는 것이다. 이곳에서 나의 정체를 아는 사람은 별로 없다. 또한 나를 '마에스트로'라고 부르는 사람도 없다. 설령 그렇게 부르는 사람이 있어도 내 쪽에서 대답하지 않으니 그 때문에 결례를 범하게 되는 일 따위도 없다. 사람들은 풍경처럼 내 주위를 흘러가고, 그들이 나에게 보내는 미소조차 기억에서 지워내 결국 사라져버린다. 이 부근의 사람들은 단순하거나 소박하지 않으며 가난하지도 않다. 이 일대는 어떤 일에도 곡절이 없고, 상황은 언제나 담담히 변해간다. 이곳은 망명의 땅도, 은거의 땅도 아니며 도피의 땅은 더더욱 아니다. 이 주변의 자연은 인간을 고립시키지 않고 그 누구에게도 차별대우를 하지 않는다. 세상과 인간을 하나로 만들어주고 땅속 전선을 매개로 전 세계의 온갖 정보를 가져다준다. 또한 주변 도로망이 완비되어 어느 곳과도 통해 있다. 파리, 즉 내가 무위의 나날 중 많은 세월을 보냈던 바로 그 도시와도 연결되어 있다. 이곳에 있으면 예술의 숨결을 느낄 수 있으리라 생각했다. 하지만 실제로 그 유일한 원천은 오직 집념에만 있는 것이다. 오히려 도시에서 멀어지는 것, 떨어지는 것에 대한 불안만이 무지를 가져온다. 나는 공간적으로 멀리 떨어진 다른 장소가 아닌 이 땅에 와서야 비로소 이해하게 됐다. 무엇보다도 먼저 나의 내면 정신에 관해서 말이다. 이곳에 낭만주의가 들어왔을 때, 그것은 마치 위험하고도 조금은 성가신 질병의 채찍을 휘둘렀다. 그리고 그 질병에서 이렇다 할 소란도 없이 사람들은 치유됐다. 또한 이 부근에는 피아니스트가 별로 없었다. 무엇보다 이곳에서 태어나는 사람의 수가 매우 적었으니까. 물론 알프레드 코르토(스위스 니옹에서 태어난 프랑스의 명 피아니스트이자 지휘자)는 예외이다. 그의 활동은 눈부실 정도였고 불완전하기는 했지만 정열적이었다. 한편으로는 루빈스타인(폴란드 출생의 미국 피아니스트) 같기도 했다. 물론 아서 루빈스타인(이탈리아어로는 아르투르) 쪽을 말한다. 세간에서 말하는 거품이 이는 것처럼 세련된 멋을 가진 음색으로 바단조의 발라드를 연주할 수 있었다. 하지만 나로서는 흐뭇한 광경이 아닐 수 없다. 왜냐하면 피아노 앞에 앉을 때마다 그는 마치 자신이 유일한 존재, 즉 작곡가 본인이라도 된 것처럼 나타니엘 드 로스차일드 남작 부인을 앞에 두고 기적의 음을 재현해 보였기 때문이다. 참고로 루빈스타인은 체격이 좋고 건장하며 힘이 센 남자인 반면에 쇼팽은 몸이 가냘픈데다 폐병까지 앓고 있었다. 코르토는 말할 것도 없이 발랄하고 눈이 어지러울 정도로 빠르게 움직이는 손가락을 가지고 있었다. 약간 프루스트풍이었고 약간은 드뷔시를 떠올리게 했다.

그럼에도 정열의 필적이라는 것은 틀림없이 존재한다. 나는 그런 필적이 존재하는 이상, 언젠가는 나에게도 그 책임이 돌아오게 될 것이라고 생각할 수밖에 없었다. 이는 우연히 내 수중에 들어온 자필 악보에 얽힌 어두운 비밀 이야기 탓이다. 나 스스로는 그와 같은 것이 존재할 리 없다고 생각해왔지만 말이다. 그 첫 페이지가 없었다면 다음 장부터는 전혀 내 흥미를 끌지 못했을 것이다. 왜냐하면 문제는 그 '안단테 콘 모토(느리게 그러나 활기차게)'에 있는 것이 아니기 때문이다. 그것은 단순히 그렇게 연주해야 한다는 지시에 지나지 않는다. 루빈스타인조차 남몰래 무언가 비밀스러운 일이라도 하는 것처럼 서랍 속에 작은 상자를 되돌려놓듯 조금은 서둘러 연주한다. 아니, 이제 나는 루빈스타인에 대해 이의를 제기할 생각이 전혀 없다. 어찌 됐든 내가 아직 어린아이였을 때는 모든 사람들이 내가 루빈스타인 같은 사람이 될 것이라고 착각하고 있었을 정도였다. 하지만 나는 이 세상을 얕보고 있었던 탓에, 그런 의견 따위는 전혀 상대도 하지 않았다. 그리고 마치 스스로 모리스 라벨(프랑스의 작곡가)이나 시계 장인이라도 된 것처럼 손가락 끝을 건반 위에 미끄러뜨렸다. 적어도 악보 상에서는 불가능하다고 여겨지는 화음의 흐름을 밟고 건너갔다. 그것들은 서로 뒤얽혀 한 덩어리가 된 열대 식물들처럼 오선지를 따라 줄지어 가지만, 음악상의 효과는 결단코 다른 종류의 분위기를 자아내기 시작했다. 막연하고도 냉소적으로 그리고 약간의 망설임과 짜증까지 섞어가면서 말이다.

날이 밝으면 나는 집 안 한구석의 당구대 근처에 있는 업라이트 피아노로 달려갔다. 그 피아노는 어머니가 체르니를 연습하기 위해 사용하던 것이다. 커피 얼룩이 진 불규칙한 건반이 상아와 하나가 되어 빚어내는 음색을 내가 감히 어떤 언어로 표현할 수 있겠는가. 나는 자신도 모르는 사이에 약음 페달을 써가며 '환상 즉흥곡'을 연주하고 있었다. 이 곡은 시작도 끝도 없는 더할 나위 없이 뛰어난 낭만파의 단편(斷片)으로 쇼팽 사후에 출간되었다. 아마도 이 같은 이유로 세상에 널리 퍼지지 못했으리라. 그리고 바로 그 순간, 내 오른손은 잠 못 드는 밤이면 여지없이 열이 나는 탓에 우리 집을 찾아오던 여성들을 떠오르게 했다. 젊은 여성도, 성숙한 여성도, 그녀들의 모습은 서로 각기 다른 이유로 나의 상념을 스쳐갔고, 내 오른손은 마침내 막연하고 불확실한 안개 속을 향해 속도를 점점 늦추는 것이었다. 마치 질주해온 주자의 근육질 다리가 지쳐서 점점 맥이 빠지는 것처럼…….

그 시절 나는 아직 어린아이에 지나지 않았다. 그러나 지금은 수염마저 하얗게 세었고 뒤로 빗어 넘긴 머리카락조차 듬성듬성했으며, 원인을 알 수 없는 발열 탓에 오직 추억에 잠긴 듯한 얼굴만이 두드러졌다. 이제 나에게는 더 이상 성취해야 할 일이 없었고, 연주할 작품도 아주 조금밖에 남아 있지 않기 때문이리라. 최근 몇 년간은 거울조차도 제대로 본 적이 없다. 나는 내 몸이 쇠약해져가는 모습 따위(이미 오래전에 나이를 먹었기 때문은 아니며, 또한 병 때문에 풀이 죽어 있는 것이라 말하는 것은 심한 과장이리라)는 보고 싶지 않았다. 사실 거울에 비춰본다는 것도 하나의 표현에 지나지 않는다. 여기에는 거울이라 부를만한 것은 거의 없기 때문이다. 욕실에 있는 것을 제외하면 말이다. 밤낮을 가리지 않고 스스로 엄격한 훈련을 소화해온 사람에게 거울이란 군대 생활에 몸을 내던진 사람의 경우처럼, 스스로의 행동에 조금도 어울리지 않는 물건이다. 내가 얼굴을 비춰보는 대부분의 경우는 피아노 뚜껑과 마주할 때이다. 그때 내 얼굴은 스타인웨이라는 금색 글씨와 반 정도 겹쳐지게 되므로—얼굴을 가까이하면—나의 하얀 머리카락도 사라져버린다. 내가 반쯤은 고의적으로 이런 행동을 하는 이유는 잘 닦여진 그 뚜껑만이 진짜 나의 모습, 내가 생각하는 유일한 나의 모습을 되돌려주기 때문이다. 나는 이 같은 행동을 계기로 자서전을 써봐야겠다는 생각에 이르렀다. 하지만 설령 스위스에 있는 내 출판사가 원고료의 일부만 미리 준다고 하더라도 그 돈을 다 쓰지는 못할 것이다. 왜냐하면 내 자서전은 전 세계에 출간되도록 계획돼 있기 때문이다. 인생의 대부분을 피아노 연주에 바쳐온 한 인간의 회상기를 모두가 기다리고 있는 것이다. 인생의 남은 부분을 어째서 이 이상 능숙하게 연주하지 못하는지에 대해 생각하고, 이를 위해서 악보 연구에 몰두하며 일생을 보내고 있는 인간의 기록을…. 내가 어떻게 하면 쓸 수 있단 말인가?

1935년, 나는 음악원의 졸업자격을 얻었다. 그때가 15살이었다. 나는 마치 아직 성숙한 여인이 되기 전에 너무나도 빨리 사랑의 열매를 알게 된 계집아이 같았다. 그 후 평생 남자를 보는 눈이 문란해져버린 계집아이. 지나치게 어린 나이에 성(性)을 볼 수 없는 통 속에 갇혀, 그 밖의 다른 견해를 가질 수 없었던 계집아이가 이제는 때때로 남자를 보면 유혹하기도 한다. 그리고는 자신의 뜻을 이루면서 숨 막히는 정열 속에 남자를 가둬둔다. 결국에는 눈동자 속에 신비스러운 홍채를 발하며, 남자의 눈에서 자기 자신의 집착에 대한 대가를 끄집어내려 노력하는 것이다. 마치 그렇게 함으로써 허무하게도 성의 포로가 된 자신이 자유로워지기를 소망하는 것처럼. 오직 이것만이 나의 모습이었다. 나의 생애는 피아노에 의해 달라졌다. 아직 미숙한 젊음 속에 있던 나에게 그 일이 닥쳐온 것이다. 나의 근육은 아직 어린아이의 것에 불과했고 두 손은 가냘프고도 연약했다. 아직 시야에 다 들어오지 않는 건반 앞에서 금방이라도 사라져버릴 듯했다. 그런데도 피아노는 잔인한 조교처럼 다른 사람들이 뛰어난 재능, 특별한 능력, 아니 천재라고까지 격찬하는 나의 숨겨진 부분을 세상 밖으로 끌어낸 것이다. 하지만 나에게는 이에 대한 자각의식이 없었다. 나에게 있는 것이라곤 오로지 스스로에 귀를 기울여 들었을 때의 감동뿐이었다. 그것은 양손에서 관자놀이로, 심지어 정수리에까지 치닫는 관능, 혹은 정신의 애무 같은 것이었다. 바로 그것이 나 자신을 두려움에 떨게 했고 나를 맨 처음 피아노의 세계로 이끌어준 어머니마저 떨게 만들었다. 그것은 말하자면 나의 내적 힘이 끓어올라 분출될 때의 감동이었고 말로 형언할 수 없는 기쁨이었다. 잔인한 나의 조교, 20세기 초 독일에서 만들어진 스타인웨이 앤드 선스 사의 피아노 한 대가 모든 사람 앞에서 의심할 수 없는 나의 재능을 이끌어내 보였다. 나 자신은 그런 사실을 오히려 부끄럽게 여겼지만 말이다. 그리고 14살인 내가 라흐마니노프의 피아노 협주곡 제4번 사단조를 간단히 연주해냈다는 사실에 당혹함을 느끼며 마치 온 세상이 내 변덕스러운 젊음에 굴복해버린 듯한 착각에 빠지게 된 것이다. 이제 와서 생각해보면 바로 이런 변덕스러움만이 내 전기의 핵심이며 고찰의 대상이다. 나는 이런 사실을 참을 수가 없다. 그래서 나는 가능한 한 거기에서 멀리 떨어지려고 노력한다.

하지만 나는 기인이 아니다. 음악평론가들은 전설을 만들어내는 것을 좋아한다. 그래서 나에 관해 성격이 고약하다고 써대곤 하는데 이것은 사실이 아니다. 나는 나 자신을 소중히 여기고 있을 뿐, 이 점에 관해서만은 양보할 수 없다. 겨우 이 정도로 품행이 기이한 인간이라고 선전해야만 하는 것인가? 나는 잘 모르겠다. 그럴 수는 없지 않은가. 그러나 나와는 상관없는 일이다. 왜냐하면 나는 신문 같은 것을 읽지 않으니까. 내 사적인 일에 관여하고 싶어 하는 인간 따위는 상대하고 싶지가 않다. 프루스트도 말하지 않았는가? "내가 신문을 비난하는 이유는 매일 일어나는 무의미한 사건들에 우리의 주의를 기울이도록 하기 때문이다. 현실 속의 우리는 평생 본질적인 사건을 기술한 책을 서너 번 읽는 것만으로 충분하다." 나는 가능하다면 이런 몇 권의 책과 함께 악보도 몇 개 추가하고 싶다.

얼마 전 나는 이곳에서 그리 멀지 않은 곳에서 블라디미르 아슈케나지(피아니스트이자 지휘자. 소련 출신이지만 현재는 아이슬란드 국적을 가진 유명 피아니스트)를 만났다. 나는 그에 관해 잘 알지 못했다. 나중에서야 그가 어떤 사람인지 다른 사람을 통해 들었을 뿐이다. 나는 전나무 숲 사이를 걸어가면서 다른 풍경을 보지 않으려 애쓰고 있었다. 바로 거기서 그를 만나게 되었는데, 그는 기분 좋은 일이라도 있는 듯 거의 뛰고 있었다. 팔을 마구 휘젓고 있는 그의 모습이 마치 자제심은 부족하지만, 밝은 마음을 가진 소년처럼 보였다. 검은색 운동복 같은 바지를 입고 유연하게 몸을 움직이는 그는 혈색이 좋아 보였고, 이마에는 은빛 머리카락이 빛나고 있었다. 그는 나를 향해 무언가 말을 했는데 그것은 '마에스트로, 당신을 존경하는 사람입니다' 같은 대사였다. 하지만 정확하게는 기억나지 않는다. 그가 긴 은빛 머리카락을 흩날리며 미소를 띤 채 내 쪽으로 달려왔기 때문에 나는 깜짝 놀라 고슴도치처럼 움츠러들었다. 나는 그의 목소리가 확실히 들리지 않아서 제대로 대답을 할 수 없었다. "그것 참 좋은 기회였는데 유감이군." 나중에 친구들이 말했다. "이야기해 보면 할 말이 참 많았을 텐데." 그럴지도 모른다. 하지만 나는 음악회에 잘 가지 않으며 지나칠 정도로 매끈하게 다듬어진 음색의 재생 장치 따위는 갖고 싶지도 않다. 가끔 "CD가 무엇입니까?" 이렇게 말하고는 시치미를 떼기도 한다. 나의 옛 레코드조차도 CD로 복원된 것이 있기는 하지만 말이다. 어느 음반이나 폭발적인 반응이었다. 모든 것이 다 우스꽝스러울 정도로. 이제는 악보를 해석하는 일이 나의 일과가 되었다. 악기 따위는 필요 없다. 내게는 마치 톨스토이의 소설을 읽는 것과도 같다. 악보를 들여다보고 있으면 음표들은 강철 구슬이 되어 내 가슴팍 위를 뛰어다닌다. 가능하다면 나는 이 세상의 자필 악보를 전부 다 사들이고 싶다. 인쇄된 악보처럼 어느 것이나 모두 완벽하고 아름다우며 똑같은 것 따위를 과감히 없애버릴 수 있도록 말이다. 이런 것들은 아무것도 아니다. 진짜는 언제나 마땅히 박물관 안에 있어야만 하는 법이니까. 나를 포함해 누구나 읽어서 알 수 있을 법한 것이 아니다. 하지만 이제 나는 그 어떤 신비한 떨림이나 망설임을 확인할 수가 있고, 그것을 상상하는 일도, 모든 것을 현실 세계의 음으로 바꾸는 일마저도 가능하다.

이 점에 관해 나는 다른 사람들과 크게 다르다. 예를 들어 저렇게 비스듬히 바라보는 시선과 눈꺼풀이 반쯤 감긴 코르토와도, 폴란드의 농민을 닮아 거나하게 술을 마신 뒤에도 훌륭히 연주해낼 수 있는 믿음직스러운 루빈스타인과도 다르다. 물론 클라우디오 아라우(칠레 태생의 20세기를 대표하는 피아니스트 거장)는 새삼 말할 필요조차도 없다. 그와는 세 번 정도 만난 기억이 있다. 맨 처음은 1949년 베를린에서, 마지막은 그가 세상을 떠나기 얼마 전 뮌헨에서였다. 그 마을은 내가 함부르크보다도 더 좋아하는 곳이다.

두꺼운 장갑을 끼고 있었으니 12월에 있었던 일임이 틀림없다. 혹독한 한파에 휩싸였을 때였다. 그가 홀에 등장해 피아노 앞에 앉았을 때, 나는 내가 오래 앉아 있지 못할 것을 알고 있었다. 그리고 실제로 얼마 안 가, 나는 그 자리를 떠났다. 건반을 앞에 두고 계속 부동자세를 취하고 있는 그의 태도를 도저히 참을 수 없었던 것이다. 양팔의 힘은 일절 사용하지 않고 오직 두뇌에서만 나오는 거장의 기교. 온화하면서 어지러울 정도로 소리 없이 미끄러져 가는 저양손. 나에게 그것은 자연의 움직임에 반하는 것으로 보였다. 큰 그랜드 피아노에서 울려 퍼지는 훌륭한 음색은 라틴아메리카 특유의 지주 같은 풍모를 지닌 그의 고상한 얼굴 생김새와 어울리지 않았다. 아라우와는 독일어로 이야기했는데, 그는 칠레의 산티아고보다 베를린에 대해 더 잘 알고 있었다. 확실히 그는 절대적이라고 말해도 좋을 만큼 모든 면에서 재능을 가지고 있었다. 이 점에 관해서만은 그를 인정해줄 수 있다. 단지 능숙하게 치는 것만 아니라, 모든 것을 이해하고 그것을 표현하고 있음을 알아차릴 수 있었다. 이쪽을 바라보는 시선에도 싫은 기색이 없었으며 오히려 정중함이 느껴졌는데, 그것은 반대로 뻔뻔함에 가까운 자신감을 나타내고 있었다. 또한 그의 연주에는 뽐내는 듯한 기색이 없었고 오히려 신비스러운 기운마저 감돌았다. 이윽고 그의 양손은 사라지고 그것을 덮고 있던 사념이 연주를 계속해나가고 있는 것 같았다. 피아노는 단지 내면의 혼을 드러내주고 있을 뿐으로, 기계적인 승리 같은 것은 모두 떨쳐버리고 엄청난 긴장감으로부터 강철 줄을 자유롭게 하는 것이다. 지금 저 악기의 무게는 틀림없이 10톤에 달할 것이다.

그날 저녁의 일은 이제 먼 옛일이 되어버렸지만, 우리는 1966년 제네바에서 두 번째로 만났다. 나는 그때 콘서트 중이었는데 오직 모차르트와 브람스만을 연주했다. 그는 콘서트에 오긴 했지만 당혹스러워하고 있었다. 쇼팽의 곡을 기대하고 있었기 때문이다. 드뷔시는 그렇다 치더라도 모차르트라니. 그는 내가 론도 가단조를 기묘한 방법으로 연주했다거나 신비한 주법이었다는 등의 말을 했다. 그리고 나서 영문은 잘 모르겠지만, 쇼팽의 전주곡에 관한 이야기를 꺼냈다. 그는 어째서 아직도 내가 그 곡을 녹음하지 않는 것인지, 또한 어째서 내 연주회 프로그램에 그 곡이 등장하지 않는지에 대해 물었다.

"생각이 깊은 피아니스트라면 이 작품에 관해 이야기할 것이 무척 많겠지요." 그가 말했다.

"쇼팽의 작품 중에서도 가장 극적이고 최고의 경지를 보여주는 곡이니 당연한 말이지만 전곡을 한 번에 이어서 연주할 수 있어야만 하는 곡이지요. 어쩌면 제 생각과 다를지도 모르지만, 그 일련의 전주곡이 피아니스트 인격의 커다란 부분을 말해줄 수 있을 것입니다."

나는 발라드를 더 좋아한다고 대답했다. 그러자 그는 자신도 충분히 동의한다는 듯 다시 한 번 나를 쳐다보았다. 그런 다음 미네랄워터를 한 잔 천천히 다 마시고는 내가 깜짝 놀랄만한 질문을 했다.

"당신이 발라드를 말입니까, 하지만 저는 오히려 녹턴(야상곡) 중 어느 한 곡을 더 좋아한답니다. 어떤 곡이라고 생각하시나요? 아마 예상하기 어려운 곡이라고 생각할지도 모르겠습니다. 그 곡은 다름이 아닌 바로 사조 작품37번입니다. 하지만 그 이유는 제 입으로 말하지 않겠습니다. 당신 스스로 직접 들어본 후에 그 이유를 알아내 주셨으면 합니다."

그렇게 말하고 나서 그는 바로 덧붙였다.

"당신이 좋아하는 발라드는 제4번 바단조가 틀림없지요? 그리고 그 이유라면 말할 수 있습니다. 아직은 당신이 엉망으로 연주하고 있으니까요."

나는 어안이 벙벙해져 새삼 상대를 다시 쳐다보았다. 내가 어느 피아니스트의 말을 듣고 멍해진 것은 아마 그때가 처음이자 마지막이었을 것이다. 나는 그를 누군가 다른 피아니스트가 아닌지 생각했을 정도였다. 왜냐하면 그는 당구라도 치고 있는 것처럼 강철 구슬이 가슴판 위에서 소리를 내며 여기저기 튀면서 돌아다니듯이 연주하고 있었기 때문이다. 어쩌면 내가 잘못 생각하고 있었는지도 모른다. 하지만 지금에 와서는 모든 것이 분명해졌다. 왜냐하면 나는 우연히 발견된 고대 문서 특유의 먼지투성이에 색이 바랜데다가 가장자리마저 너덜너덜한 자필 악보를 지금 눈앞에 펼쳐놓고 있으니까.

쇼팽을 상대할 때는 인내가 필요하다. 그것도 상당히 눈물겨운 인내 말이다. 이 때문에 정신이 이상해진 사람도 있고 나처럼 단지 그런 척을 하는 사람도 있다. 왜냐하면 21세기가 앞으로 5년밖에 남지 않은 이 세상에서 피아니스트는 정신이 이상하거나, 그렇지 않거나 두 가지 부류밖에 없으니까. 그리고 나는 정상적인 세계에 대해서는 말할 수 없기 때문이다. 눈앞에 놓여 있는 것을 명확히 밝혀내는 일, 그 누구도 상상할 수 없었던 이 두 장의 다른 악보를 가리키는 일 이외에는 말이다. 내가 콘서트에서 발라드 제4번을 마지막으로 연주했던 때의 일이 되살아난다. 1975년 잘츠부르크에서 열렸던 콘서트는 라디오를 통해 생중계되었다. 콘서트에는 여느 때와 다름없이 많은 관중들이 왔고, 변함없이 환성과 갈채가 쏟아졌다. 하지만 그날 밤, 나는 목이 아파 기진맥진해 있었다. 나는 프로그램을 자세히 검토했다. 리스트, 드뷔시, 모차르트, 바흐의 토카타, 그리고 가장 마지막이 쇼팽이었다. 콘서트를 마무리하기 위한 앙코르곡으로 그 곡을 연주할 예정이었다. 하지만 나는 그 곡부터 연주하기 시작했다. 마치 마지막까지 연주를 끝마치지 못하게 될까 봐 두려워하고 있었던 것처럼 말이다. 나는 뵈젠도르퍼사의 늠름한 피아노로 연주했는데, 그 피아노는 스타인웨이사의 피아노가 가진 부드러움이 조금도 없었다. 모차르트나 바흐를 연주하기에는 완벽했고 리스트를 연주하기에는 자극적이었으나 드뷔시에는 어울리지 않았다. 쇼팽은 두말할 필요도 없을 것이다. 그것은 이른바 강철 현을 울려 퍼지게 하기 위한 도구였다. 그 도구 안에는 길이가 약 3미터에 달하는 현까지 있었다. 그래서 나는 그때, 처음에 음 두 개를 울려본 것만으로 내가 실수를 하고 있다는 사실을 직감했다. 확실히 무언가 잘못돼 있었다. 나는 물론 그것을 느끼고 있었지만, 청중은 그 누구도 상상할 수 없었을 것이다. 그 다장조의 첫머리가 그 자체 안에서 상실의 감각을 잉태하고 있었을 줄은…. 아니 부적절한 감각이라고 말하는 편이 나을지도 모르겠다. 나는 그 음이 현 전체로 퍼져 나가 거기에서부터 홀에 도달해가는 것을 감지했다. 그리고 '이 피아노는 내가 선택한 것이 아니다. 놀랍도록 정확하게 연주할 생각이었는데….' 그 정확함이 내가 감당할 수 없는 것이 되어버렸다는 것을 깨닫게 된 것이다. 지금에 와서야 나는 떠올리고 있다. 마치 낭만파가 발명해낸 도구라도 되는 것처럼 바이올린을 켜고 있는 사람은 아이작 스턴(구소련의 우크라이나에서 태어난 유대계 미국인 바이올리니스트. 20세기를 대표하는 바이올리니스트 거장 중 한 사람)이었다. 그는 그 음을 네게브 사막(이스라엘 남부)에까지 울려 퍼지게 하려는 것 같았다. 그리고 펜싱에서 찔러 넣는 것과, 양손과 양팔로 온 힘을 다해 현을 다루는 것은 다른 행위라고 나에게 깨닫게 해주려는 것 같기도 했다. 나를 포함한 피아니스트들은 음에서 떨어져 있다. 우리는 몸을 떨거나 현을 손가락 끝으로 내리누르지 않는다. 레버나 건반을 만진다고는 해도 전부 엄밀히 말해 접촉일 뿐이다. 상아에 손가락이 닿는 것은 종종 기분 좋은 일이기는 하지만, 우리 피아니스트들은 물리적으로 음악에서 분리되어 있다. 육체로 인해 음악에 부착되어 있는 것이 아니다. 어느 솔이나, 도나, 레나, 파 샤프도 항상 같은 음을 낼 것이다. 오직 미묘한 강약의 차이만이 있어서, 공명 페달로 증폭시키거나 음조를 바꿀 수는 있어도 항상 같은 음색을 낼 뿐, 그 이외의 아무것도 더해지지 않는다.

이상하게 생각할지 모르지만, 나는 그날 잘츠부르크에서 지금 설명한 것과 똑같은 내용을 단 몇 초 동안에 생각했다. 그리고 피아노와 대결하고 싶다, 그럼으로써 저 특권을 빼앗아버리고 싶다는 생각을 했다. 나는 큰 소리를 내서 묻고 싶었다. 음조는 더욱 강력한 힘으로 나의 정감 속에 들어와도 되지 않을까? 한마디로 말해 나는 나에게서 멀리 떨어져 있던 음악을 느끼고 있었던 것이다. 마치 거리를 두고 조종하고 있는 것처럼. 말하자면 튼튼한 연줄을, 연이 아닌 그 줄을 양손에 단 한 줄만 쥐고 있는 것처럼 말이다. 음악은 장편소설처럼 그 자체로 흘러나가야만 한다. 그렇다고는 해도 그 첫머리의 다장조는 확실히 최초의 모호함을 발라드에 만들어내고 있다. 그

것이 다른 모호함을 예고하는 다장조라는 사실을 잘 알고 있다. 발라드 전체에 그 주조음이 관통한다는 사실을 듣는 자에게 굳게 믿게 하려는 것처럼. 게다가 실로 그 모호함 속에서, 바로 이 악보들을 계속 써나가던 시기에 쇼팽이 고뇌의 한 가운데에 있었다는 듯 묘사해 가는 것이다. 해방되었다, 그리고 속박되었다. 그런데도 자유로운 그 음조. 이른바 원근법의 거리감을 잃어버린 광각 시야에 펼지는 파노라마라고 할 수 있다. 음악은 수학이며, 수학은 한 가지 의견이다. 음악은 계산과도 닮았으므로 논의의 여지가 없다고 굳게 믿는 것은 어리석은 자의 생각이다. 일곱 번째 소절은 일곱 번째 소절이다. 그날 밤은 그 일곱 번째 소절이 단순한 경과구(패시지)로 느껴지지 않았다. 하물며 주제에서 벗어난 부분이라든지, 복잡하게 뒤얽힌 사념을 모은 부분이라고는 생각하지 못했다. 나는 그것들을 해석해 내서 눈치 채기 어려운 형태로 간단히 잘라 보여주고 싶었다. 하지만 음악은 모든 것이 교양이 되어버린 탓에 우습게도 그것을 '고전' 음악이라고 부르는 사람마저 생겨났다. 게다가 오늘날에는 오직 해석만이 자리 잡은 박물관이 되어버렸고, 규범이나 규칙, 엄밀한 적응 규준에 대한 표본의 장이 되어 버린 나머지, 이 음조는 이런 방법으로 연주하지 않으면 안 된다는 식으로 강요마저 한다. 그리고 악보가 정확해지면 질수록 작곡가가 종이 위에서 무엇이든지 지정하게 되어, 작곡가는 자기 작품에 관한 규정을 자세한 부분까지 지시할 수 있다고 착각하는 지경에 이른다. 지금은 잘 알려진 것처럼 초고는 그다지 중요하지 않은데, 이는 얄팍한 사념의 결과로 예술가에게 있어 불완전한 부분인 것이다. 거기에 살짝 제시된 것이 미세한 부분에서 가치를 가지며 의의를 가져다준다. 즉, 몇 가지 방법에서 의의를 갖는 것이다. 불완전함, 이것은 작곡가들에게 어울리지 않는다. 그 때문에 20세기는 자유로운 해석 아래 여러 갈래로 해체되었고, 언제나 다른 출발점에서 시작해 시종일관 겉도는 오선지가 돼버렸다. 나는 이렇게 말할 수밖에 없다. 20세기는 폭발하는 해석의 집합체가 됐다. 형태의 완전함을 추구해 새겨진 악보를 말살하는 일, 요컨대 신을 죽이는 일을 모든 사람이 방관하게 되었다.

하지만 다시 발라드로 돌아가지 않으면 안 될 것이다. 맨 처음 일곱 번째 소절 뒤에야 비로소 주제가 시작된다. 발라드의 진짜 조성인 바단조가 말이다. 조성의 모호함이 명백해지고 이제야 쇼팽이 말하기 시작한다. 주제에서 벗어나는 일 없이, '아 메차 보체(소리를 반으로 줄여서)'라는 주석까지 덧붙여서. 그것도 이탈리아어, 즉 나의 언어로 말이다. 비록 이탈리아어로 생각하고 말하는 일이 나에게 점점 드문 일이 되고 있지만…. 나는 요즘 꿈속에서까지 프랑스어를 편애한다. 꿈속에서 이탈리아어를 사용하는 대부분의 경우는 언제나 옛날 장면이지, 내가 피아노를 연주하는 장면은 아니다. 나의 악기와 프랑스어는 서로 기묘하게 얽혀버린 것 같다.

하지만 악보에 달린 주석 쪽으로 오면 나는 반쯤 충동적으로 분노, 혹은 근심과 같은 감정이 끓어오른다. 이탈리아어로 고정된 어구에 속박당한 나머지 종종 실수를 포함하고 있다는 생각이 들기 때문이다. 레제로leggero가 아니라 '레지에로leggiero(가볍고 우아하

24

게)'의 경우처럼, 19세기풍으로 불필요한 문자 'i'가 더해져 있는데도 누구도 그 단어에서 'i'를 빼려 하지 않는다. 이것은 음악계에서 볼 수 있는 완고한 규칙의 편중이다. 철자법의 오류조차 바로잡으려 하지 않는 풍조, 그리고 만사를 종전과 똑같은 상태로 남겨두려는 습성이다. 기가 막힐 정도로 고집스럽게 유지되는 엄밀함이란. 저 '아 메차 보체'가 '디미누엔도 리테누토(점점 여리게)' 다음에 올 줄이야. 현재 리테누토(곧 느리게)는 수수께끼 같은 표현이 되었다. 왜냐하면 피아니스트는 누구나 자기 마음대로 해석할 수 있다고 굳게 믿고 있기 때문이다. 많은 사람이 랄렌타레(rallentare, 점점 느리게)와 같은 의미인 것처럼 생각하고 있지만, 사실은 그렇지 않다. 유명한 대사전의 저자 니콜로 톰마세오(이탈리아의 문학가로 고전문학을 연구하여 〈동의어 사전〉 등을 만들었다)는 보다 명확하게 다음과 같이 규정했다. "랄렌타토(rallentato, 점점 느려진다) 대신 사용하지만, '신중하게'라는 의미가 추가된다."

나는 톰마세오의 이런 정의가 있다는 사실을 알지 못했다. 어느 날 밤, 나에게 이런 사실에 대해 말해준 사람은 코르토였다. 시에나의 어느 레스토랑에서 있었던 일이다. 정확한 날짜는 기억나지 않는다. 내 기억은 어느새 음악사 안에 편입돼버렸다. 그것을 굳이 내가 기억하고 있는 연대순으로 나열하는 것은 오히려 지나치게 불성실한 일이 될 것이다. 음악사에서 일어난 일은 음악사 자체에 맡겨서 확실히 해두는 편이 좋다고 말하면 너무 지나친 말일까? 어쨌든 코르토는 나에게 말했다. 그것도 그가 스위스인이라는 사실을 결코 잊을 수 없을 만큼 무척이나 완벽한 프랑스어를 사용해서.

"저는 19세기에 편찬된 당신 나라의 사전에서 리테누토라는 말이 가진 가장 정확한 이미지를 파악할 수 있었습니다. 그것은 '신중하게'라는 말과 무척 매우 닮아 있다는 사실이지요. 확실히 '간신히 성공했다'는 실감 없이는 달성할 수 없는 겸손한 기운이 감싸고 있기 때문입니다."

하지만 그런 느낌을 열 손가락으로 전달하기란 쉽지 않다. 신중하게 달성했다는 느낌을 내기 위해 열 손가락에 지나치게 신중함을 가하면 오히려 미숙함에 가까워지게 될지도 모른다. 그렇게 된다면 불쾌감은 물론, 환멸마저 느끼게 될 것이다. 그렇다고 해서 리테누토에서 머뭇거리게 된다면, 특히 낭만파의 전설을 중시하는 피아니스트들은 사념에 집중할 수 없게 된다. 그 결과 부적절한 무기로 자기 자신을 탈바꿈해 청중에게 어중간한 기분을 맛보게 할지도 모른다. 그날 잘츠부르크에서, 나는 정말로 이러한 모든 것에까지 생각이 미치지는 않았다. 그뿐만 아니라 프리데릭 쇼팽의 '발라드 제4번 바단조 작품 52'가 머지않아 나에게 실로 헛된 집착의 대상이 되리라고는 상상도 하지 못했다. 내가 미처 알지 못했던 언어 덕분에 그전에는 해독할 수 없었던 하나의 세계가 내 눈앞에 그 모습을 드러낸 것이다. 하물며 서로 다른 두 가지 종결부가 존재하리라고는 상상도 하지 못했다. 그리고 이 서로 다른 페이지 사이에서 나 자신이 스스로의 생애를 해독함과 동시에, 아마 쇼팽의 생애까지도 해독하게 되리라고는, 게다가 그 이상의 것을 슬쩍 엿볼 수 있게 되리라고는 더더욱 생각할 수도 없었다. 적어도 한 시대의 끝을 지켜보게 될 줄은. 더욱이 나 자신이 최후의 일인이 되어, 누구든 빛바랜 부록 같은 풍경을 다시는 볼 수 없게 되리라고는 말이다. 그날 잘츠부르크에서 나는 계속 나 자신에게 되묻고 있었다. 내 마음속에 수많은 청중들은 이미 존재하지 않았다. 2천 명의 청중을 수용할 수 있는 넓은 홀에서 '아 메차 보체'로 연주하는 일이 과연 가능한 일일까? 또한 내 콘서트를 라디오를 통해 듣고 있는 사람들이 과연 상상이나 할 수 있을까? 내 팔다리의 힘줄이, 손가락 조직 하나하나가 절묘한 떨림 속에서 어떻게 그 조성의 변화로 옮겨가는지를…. 다소 망설이듯이 '아 메차 보체'의 음 속에서 저 바단조로 옮겨 가는 모습을 말이다. 그것도 위엄찬 뵈젠도르퍼 피아노로 인상적이고도 강한 음을 울리며, 내 취향과는 달리 지나치게 차가운 분위기를 물결치게 하면서.

콘서트에 엉겨 붙는 이 고통이란 운명의 얽힘, 기묘한 일치라고 해야 할까. 그 다장조에서 지나치게 망설인 나머지 필요한 음색을 더해 바단조에 옮겨가지 못했던 때의 일이 생생하게 떠오른다. 나는 할 수 없었던 것이다. 왜냐하면 바로 거기에서 발라드의 위대한 첫 주제가 시작되었기 때문이다. 게다가 나는 알고 있었다. 그때 내 불안의 한 조각을 그 누구에게도 전달할 수 없으리란 사실을 말이다. 객석을 가득 메운 청중, 음악 평론가라 칭하는 그 누구에게도. 설령 내 모든 콘서트에 와서 내가 연주하는 모든 곡에 열광하고 온갖 찬사를 늘어놓으며 우호적인 평이나 음악적 해설을 써준 그 누구에게도 전달할 수 없었을 것이다. 그들이 대체 무엇을 이해할 수 있었겠는가. 다장조에서 바단조로 조성을 바꾸는 일이 정서적으로 얼마나 중요한 일인지 그들이 이해할 수 있을까? 오히려 그것을 과장이라고 생각하지는 않을까? 아니, 이런 생각 자체는 모두에게 아무런 의미가 없다. 그렇게 생각하는 것이 당연한 일이리라. 하지만 그렇다면 어째서 나의 연주를 따라다니는 것인가? 어째서 나를 현존하는 최고의 피아니스트라는 식으로 말하는 것일까? 나는 오로지 연주를 할 뿐, 그 후에는 침묵하고 싶어 한다는 사실을 알면서도 어째서 그들은 나에게 인터뷰를 시도하는 것일까? 어째서 내가 연주한 레코드가 몇 십만 장씩이나 팔리는 것일까? 또 어째서 나의 곡을 녹음하는 제작회사는 한 달에 한 번씩 유능하고 교양 있는 신사를 나의 거처로 보내는 것일까? 그들이 온갖 수단과 방법을 동원해, 예를 들면 장미나 수국 이야기를 꺼내거나 내가 소중히 여기는 프랜시스 베이컨의 그림을 칭찬하면서 5년 전, 내가 마지못해 약속한 전주곡을 녹음하자고 제의하는 것은 왜일까? 내가 악보 가장자리에 결코 이곡만큼은 연주하지 않겠노라 써놓았다고 하는데도 말이다. 이 자필 악보를 바라보면서 내가 이 곡을 싫어한다고 계속 말하는데도. 나는 온갖 종류의 돋보기를 사들였다. 저 필적 속에서 혹시나 어떤 실마리를 발견할 수 있지 않을까? 그것이 계기가 되어 나를 어딘가로 데려다줄지도 모른다. 더는 나에게 프리데릭 쇼팽에 관해 말하지 않기를 바란다. 그래도 말을 하겠다면 나는 그에 관한 모든 것을 알고 있다는 사실을 알아주길 바란다. 또한 더욱 유감스럽게도 나는 나 자신에 관한 것이라면 무엇이든 다 알고 있다. 그리고 나는 절망스러운 마음으로 피아노를 바라보고 있다. 이것은 무척이나 훌륭한 장치다. 상아로 만들어진 건반이, 레버가, 현이, 잘 건조된 목재가, 펠트가, 향판이… 쇼팽의 시대와는 완전히 다른 피아노. 19세기 전반에 사용되던 것과는 완전히 다른 피아노다.

마찬가지로 나의 이 회색빛 산장 또한 방돔 광장에 있는 쇼팽의 방과 그 얼마나 다른 것인가? 하지만 그는 아마도 거기에서 최후의 마주르카를 구상했을 것이다. 그가 작곡한 마지막 작품은 음악이라기보다는 오히려 음악의 상념이다. 이 세상 삶과는 너무나도 멀리 떨어져 있어, 세상 그 자체를, 목숨조차도 이미 개의치 않는다.

하지만 이쯤에서 잠시 본론에서 벗어나고자 한다. 나는 그런 마주르카를 녹음했던 것이다. 다른 작품들, 예를 들면 스케르초 내림나단조나 가장 유명한 작품인 발라드 제1번 사단조와 함께. 발라드 제1번에는 자각 의식이 심하게 결여되어 있어 무방비나 다름없다. 인생에 따른 나이에 비해서도 그러하다. 본래대로라면 자신의 매력을 깨닫고 거역하기 힘든 사실에 만족하는 것만으로도 충분한 것을…. 스무 살 때는 그러한 사실에 매우 무지했었다. 서른 살이 되어서야 비로소 깨달은 것이다. 남자에 대해서든지, 여자에 대해서든지, 다른 사람들에게 내가 무엇을 호소할 수 있는지를 말이다. 그리고 바로 그것만이 세계를 정복하는 유일한 방법이라 생각했다. 그러나 정복은 하지 않았다. 실제로, 나는 지금 여기에 있다. 프랑스와 이탈리아 사이에 낀 스위스의 알프스 산골짜기 깊은 곳에서 잘츠부르크에서 열렸던 그 콘서트를 떠올리고 있다. 이유는 잘 모르겠지만, 나는 그 콘서트에서 '아 메차 보체'와 같은 주석이 나에게 새로운 세계를 열 수 있게 해줄 것이라는 깨달음을 얻었다. 나는 단지 조금 더 주의를 기울이기만 하면 되었다. 무의미하게 보였던 작은, 그 광기 어린 단편을 '단지' 거부하지만 않는다면. 그렇게 했더라면 모든 사념을 멈출 수 있었을 것이다. 모든 길이 가로막혀 있어 마치 악몽과도 같은 그 안의 유일한 길로 들어가면 어느새 그곳에서 빠져나오지 못하고 바단조의 길로 나아갈 수밖에 없게 된다. 나는 바로 이 발라드의 움직임만이 즉흥의 행방이라는 사실을 알고 있었다. 쇼팽은 실제로 즉흥에서 출발했음이 틀림없다. 그것은 바로 피아노가 놓인 파리의 몇몇 집에서 친구들과 만났을 때 느꼈던 기쁨 속에서 찾아낸 방법이었다. 그 핵심이 되는 출발점은 어딘가 먼 곳이었는지도 모른다. 어딘가의 주석에 살짝 나타나 있는 정도로 말이다. 그날 밤은 그 똑같은 선율이 계속 흘러, 작은 바리에이션(변주)을 되풀이하며 연주를 계속했고 절대 멈추지 않았다. 그리고 처음으로 '그래, 바로 그거야'라며 저 단편 속에, 저 페이지 속에 쇼팽의 모든 것이 담겨 있고, 나는 그것을 내 속에서 계속 연주해온 것이라는 결론에 도달했다. 이 발라드에는 론도나 즉흥곡, 하물며 에튀드(연습곡)이나 바르카롤(뱃노래), 나아가 변주곡이나 녹턴(야상곡)에 이르는 그 곡들 중 어느 곡이든 떠오르게 하는 악절이 있었다. 그야말로 음악의 백과사전이었다. 나는 음악원에 막 입학했을 무렵, 첫 번째 레슨에서 리스트를 별 어려움 없이 연주해내 선생님들을 당황하게 했고,

약관의 나이에 비르투오소라 불렸으며, 엄청난 박수갈채를 받았다. (모스크바에서 세르게이 프로코피예프의 피아노를 위한 소나타 내림 나장조를 연주한 후, 25분간에 걸쳐, 박수갈채를 받았던 일이 떠오른다.) 그러나 그것도 이 발라드가 가진 외견상에서의 일관성을 앞에 두고 젊은 천재 피아니스트의 긍지를 드러내 보이기 위한 전조에 지나지 않았다. 처음으로 이 곡을 78회전 레코드판에 녹음한 때는 아마도 1946년, 혹은 1947년인데, 동시에 작품23 발라드 사단조와 짧은 마주르카 세 곡도 함께 녹음했다. 그 레코드판은 '낭만파 리사이틀'이라는 타이틀이 붙여졌을 것이다. 바로 어제, 레코드사의 열정적인 사원이 백과사전적인 지식을 과시하며 이 테이프를 발견한 일을 자랑스럽게 보고했다. "이것은 모두가 잃어버렸다고 생각했던 것입니다"라고 말하는 그의 말에는 함부르크 부근에 사는 사람들에게서 종종 볼 수 있는 특유의 애착이 담겨 있었다. 따라서 역사적인 CD를 만들고 싶다는 것이었다. 게다가 같은 시기에 녹음된 다른 테이프가 발견된다면 한 편의 시리즈를 만들 수 있다는 것이다. 나는 곧바로 대답하지 않았다. 발라드 제4번을 다시 연주하고 싶다는 마음이 생겼기 때문이었다. 돌이켜 생각해보면 나는 이 곡을 세 번 녹음했다. 그리고 지금 두 번째로 결심을 한 것이다. 세 번째 녹음 때 아마 더 좋은 연주를 할 수 있었다. 그런데 갑작스럽게 날씨가 변해 피아노 음이 미세하게나마 변해버렸다. 적어도 나는 그렇게 생각했다. 하지만 기사들은 원래부터 장비나 수치를 통해 듣는 것에 익숙해진 부류였기 때문에 나와 의견이 달랐고 조금의 차이도 느낄 수 없다고 했다. 그들은 내 의견에 찬성할 수 없다며 내 쪽을 바라보았다. 그 당시 나는 아직 어렸고 명성도 전혀 없었다. 지금이라면 그때와 똑같은 기사들이 나의 짜증을 숭고한 것으로 인정하고 경의를 표하며 무척이나 당연한 행위라는 듯 재녹음에 찬성해주었을 텐데 말이다. 무엇보다도 피아니스트 거장이 스타인웨이에서 미세하게나마 이상을 감지했기 때문이다. 하지만 어찌 됐든 그날은 내가 승리했다. 나는 발라드 제4번 바단조를 연주했다. 마치 브람스처럼 차가운 우수의 그림자와 불안을 섞어가며 말이다. 그러나 그 곡을 마무리하기 위해서는 진정한 안정감 '프레스토 콘 푸오코(정열을 가지고 빠르게)'가 꼭 필요하다. 즉, 기교적으로 완벽하고 감정적으로도 빈틈이 없어야만 한다. 나는 아직 그에 대한 준비가 돼 있지 않았다. 아마 악기라는 것은 한없이 부실하게 만들어져 있는 것 같다. 연주자가 젊은 나이에 자신이 원하는 곡을 연주하기 위한 피아니스트로서의 기교를 몸에 익혔다 하더라도 원숙함을 갖추지 않으면 안 된다. 그런데 만약, 그런 연주를 실행에 옮길 수 있는 원숙함을 갖추었을 때, 예전 젊은 시절에 가지고 있던 완벽한 손가락 테크닉을 잃어버렸다면? 여든 살의 노인이 젊은 피아니스트들처럼 유연하게 연주할 수 있다고 믿는 사람은 비평가들밖에 없다.

나는 블라디미르 호로비츠를 떠올리고 있다. 그는 말년의 어느 한 시기에 갑자기 대중들의 인기를 끌었다. 모스크바에서 열린 콘서트가 전 세계에 방송된 덕분이기도 하다. 나조차도 5분 이상이나 텔레비전 앞에서 꼼짝할 수 없게 했던 지극히 드문 사건이었다. 다소

통속적인 작품을 명쾌하고도 능숙하게 연주해냈다. 그의 연주에 내 성적인 성향은 전혀 없었다. 호로비츠는 언제나 그렇다. 그의 피아노에서는 모든 사념이 달아나버린다. 그가 좋아하는 리스트는 '빈의 밤'의 리스트다. 그가 좋아하는 쇼팽은 마주르카의 그것이다. 그가 마음의 안정을 발견해내는 곳은 알렉산드르 스크랴빈(러시아의 작곡가)의 에튀드이다. 전부 다 내가 녹음한 적이 없는 곡들뿐이다. 그는 마치 소년으로 되돌아간 듯이 연주하고 있었지만, 그가 소년일리는 없었다. 나는 외할아버지를 떠올렸다. 외할아버지는 아흔을 넘긴 나이에도 아직 스무 살도 채 되지 않은 소녀들의 시중을 들었다. 건성으로 그렇게 한 것이 아니라 진심으로 그렇게 행동했던 것이다. 자신이 아직도 젊은 줄로 착각하고 그런 행동을 한 것인데, 집에 돌아오면 놀림의 대상이 되었다. 나에게도 언제나 슈만의 '트로이메라이'를 들려달라고 졸라대던 일이 떠오른다. 그 곡은 아마 그때 이후 두 번 다시 연주한 적이 없는 소품곡인데, 바로 그 모스크바 콘서트때, 호로비츠의 손가락 끝에서 흘러나오는 그 멜로디를 들었던 것이다. 그는 너무 감동한 나머지 눈물을 흘리는 러시아인들을 위해 연주하고 있었다. 나는 어째서 나이 든 호로비츠가 드뷔시를 들려주길 꺼리는지 그 이유가 궁금했다. 호로비츠처럼 진정으로 연륜을 쌓아온 자는 드뷔시를 어떻게 연주하는지 알고 싶었기 때문이다. 그 외에는 아무래도 좋았다. '트로이메라이' 따위. 저렇게 속이 뻔히 보이는 곡을 억지로 듣는다고 한들, 자신의 방향성을 잃어버리게 될 뿐이다. 나도 그와 비슷한 사람이 될지도 모르는 일이었다. 그때 만일 내가 리사이틀을 녹음했었더라면 말이다. 그것은 함부르크를 처음 방문했을 때의 일이었다. 함부르크는 나에게 환상적인 도시처럼 느껴졌다. 녹음 방법은 기술적으로 완벽했다. 독일에는 제2차 세계 대전 후의 답답하면서도 동시에 상당히 현실적인 기운으로 충만해 있었다. 나치스의 비극을 떨쳐내고 싶은 마음이야 누구라도 충분히 이해할 수 있었다. 소원이라기보다는 칸트 식의 망령이 있었다. 당혹감을 떨쳐버리기는커녕, 빠져나갈 길조차 없었다. 결국에는 이러한 분위기 전부가 정신분석가에게서 빌려온 말인 '억압'에 의해 규정되는 지경에 이르렀다. 하지만 이러한 시기에 유럽 전역을 또다시 돌며 여행할 수 있다는 희망이 샘솟아 올랐다. 그리고 행복감이 잿더미 위를 덮어, 그 후로 우리는 유럽 진역을 자유롭게 돌아다닐 수 있게 되었다.

행복감은 우리의 정신이나 양손에까지 스며들었음이 틀림없다. 왜냐하면 나 스스로가 그 곡을 먼 훗날 틀림없이 곤혹스럽게 여길 방법으로 녹음했으니까. 그것은 1970년의 일이었다. 뉴욕은 당시 내가 종종 들르는 도시였는데, 때마침 뉴욕에 있던 나에게 호로비츠가 초대권을 보내주었다. 이틀 뒤, 메트로폴리탄 오페라하우스에서 열리는 그의 콘서트 표였다. 나는 콘서트에 참석하기 위해 체재기간을 연장했다. 그렇지만 선뜻 내키지는 않았다. 왜냐하면 나는 뉴욕을 싫어했던 것이다. 그날 밤 나는 곧바로 호로비츠에게 인사를 하러 그의 대기실로 갔다. 그는 나를 보고는 눈짓을 보내며 말했다.

"당신을 위해 발라드 제4번을 연주할 겁니다. 당신이 맨 처음에

한 녹음을 기억하고 있으니까요. 제가 아는 한, 이 곡에 관한 최고의 해석입니다. 절정으로 치달아 강하게, 모든 쉼표가 들려오지요. 모든 음표를 초월해서 말이에요. 당신에게 경의를 표하는 바입니다."

확실히 그는 나와 완전히 똑같은 방식으로 연주했다. 젊은 시절 나의 오만방자한 연주법 그대로 말이다. 그 때문에 내 가슴은 답답해져왔다. 호로비츠의 연주가 능숙하지 않다는 사실을 깨달았기 때문이다. 지나치게 빨랐다. 그의 탁월한 연주 기법, 극한의 비르투오시즘은 내 신경을 곤두서게 했다. 또한 몇몇 패시지에서는 정확함이 결여된 것이 마음에 걸렸다. 연주는 마치 시간이 모자라기라도 한 것처럼 끝나버렸다. 연주가 끝났을 때, 마치 정확한 순간에 멈추는 시간 측정기의 선고를 기다리고 있는 것 같았다.

그로부터 5년 후의 일이다. 그날 나는 잘츠부르크에서 완전히 다른 방법으로 연주하려 했다. 느긋하게, 자신의 시간이 흘러가는 것에 의구심을 품기라도 한 듯이 연주하고 싶었다. 만일 청중 중의 누군가가 "어쩐 일이세요? 어디 몸이라도 안 좋으세요?" 이렇게 물어오기라도 한다면 대성공이었다. 그것이야말로 내가 바라던 일이다. 해석의 요점에 불안을 느끼게 한다고나 할까, 불안을 느낀 척을 하는 것이다. 나는 자신을 위로하지 않으면 안 된다. 맹세코 말하지만, 그것은 누구 한 사람도 예상치 못했던 일이었을 것이다. 이 세상은 서로 다른 의견이 잇달아 긴 행렬을 이루는 장소이다. 모든 의견이 일치해 전류라도 흐르는 것처럼 말이다. 그날 밤 잘츠부르크에서 제 1주제를 연주하기 시작했을 때, 세 번째 손가락을 '도' 위에 아주 짧은 순간이지만 오랫동안 올려놓았다. 다장조에서 바단조로 전조되는 실마리를 만들어주는 바로 그 음 위에. 그렇다, 그 순간 모든 청중이 생각했을 것이다. 바로 지금 내가, 가장 멋지게 자신을 표현해나가고 있다고. 바로 지금 내가 발라드 전체에 맞서, 양손을 사용하기 이전에 내 생각으로 이 곡을 지배해가고 있다고 말이다. 그 이상의 위선은 없었다. 어쩌면 그것은 훌륭한 해석이었는지도 모른다. 그러나 대중은 (그리고 이것은 종종 일어나는 일이지만) 사태를 정확하게 파악했던 것이다. 단, 올바르지 못한 이유를 통해서…. 잘못된 계산 방법으로 올바른 답에 도달하는 일도 가능한 법이다. 그 누구도 모을 수 없는 세세한 데이터를 온 생애를 걸고 몰두하는 일은 보람 없는 행위이긴 하지만.

음악의 세계는 무(無)로 측정할 수 없다. 하지만 측정할 수 없는 무한이란 또한 다른 차원의 일이다. 설명할 수는 있다. 어떤 작곡가는 열정적이고 다른 작곡가는 냉정하다거나, 바흐의 음악은 스카를라티 안에서 인정할 수 있다거나, 베토벤의 음악은 바그너의 음악과는 다르다고 표현하는 것으로 말이다. 하지만 바흐의 음악을 들어본 적이 없는 사람에게 그것을 설명하고 들려주어야만 할 때, 우리는 출발점으로 되돌아와 처음부터 다시 시작할 수밖에 없을 것이다. 마치 훌륭하게 짜인 귀중한 직물을 처음부터 다시 짤 때처럼 말이다. 혹은 음악상의 기법으로 들어가 푸가의 기술 세계를 파헤친다든지, 잘 조율된 클라비쳄발로(건반이 달린 발현악기)의 음 하나하나를 구별해내 바로크 정신으로 되돌아간다든지, 1600년대의 사고방식을 탐구해 심신병행론의 신비를 파고들고 신학과 철학의 배경을 연구하며 그 당시의 수학에까지 발을 들여놓지 않으면 안 될 것이다. 나아가서는 대상을 바꿔 바그너에 맞선다고 한다면, 니체를 탐독하고 '트리스탄'(바그너의 오페라 '트리스탄과 이졸데'의 남자주인공)이나 '파르지팔'(바그너 최후의 음악극)에 나오는 상투어 하나하나까지 전부 다 음미하지 않으면 안 될 것이다.

음악의 역사란(그러나 말해 두겠지만, 어떠한 역사인가!), 악보로는 이야기할 수 없는 부분, 그것에 의해 서술할 수 없는 공백을 메우기 위한 끊임없는 인용과 언급 일체를 계속해서 쌓아가는 일이다. 음악의 역사는 끊임없는 인용의 성층이거나 해박한 지식의 축적으로 대다수의 사람에게는 해명할 수 없는 보물 창고이다. 어째서 단조의 화음이 똑같은 장조의 화음보다도 구슬프게 들리는 것인가? 그 이유를 누가 설명할 수 있겠는가? 만일 5도에 사이에 낀 3도를 반음 내리면 청자의 마음 상태가 그만큼 다운되므로, 이 때문에 기력이 쇠약해지게 되는가? 어리석은 짓이다. 그 누구도, 이해할 수 있게 설명을 할 수가 없다. 하지만 단조가 같은 장조보다도 구슬프게 들리는 것은 사실이다. 그러나 지금은 본론에서 너무 벗어나버렸다. 여기서 내가 말하고 싶은 것은 요한 세바스찬 바흐에 관해서가 아니고, '파르지팔'에 관해서도 아니며, 니체나 바그너에 관해서는 더더욱 아니다. 하물며 단조나 장조의 차이에 관해서도 아니다. 내가 말하려 하는 것은 만일 가능하다면, 영원히 잃어버렸다고 생각했던 자필 악보를 하나 발견하게 됨으로써 일어나게 된 내 인생의 변화다.

지금부터 약 20년 전인 6월의 어느 날 시작된 이 이야기를 그나마 조금이라도 조리 있게 말할 수 있다면 좋으련만. 그것은 햇볕이 쨍쨍하게 무더웠던 어느 날에 있었던 일로, 센 강조차 더위에 지쳐 흘러가는 것을 잊은 듯했다. 적어도 오를레앙 강기슭에 인접한 우리 집 창문에서는 그렇게 보였다.

2.

셴 강 쪽으로 난 창은 세 개로, 가로세로 폭이 큰 창이었다. 그 유
리창들을 통해 들어오는 것은 빛뿐만이 아니었다. 그 종류가 너무도
다양해서 마치 하늘이 영혼이라도 지니고 있는 듯 보였다. 아니, 각
양각색의 구름을 보여주는 영사 기사라고 해도 무방했다. 선명한 색
으로 물들었나 싶으면 금세 안개로 뿌옇게 변했고, 파랑을 진한 감
색으로 물들여놓거나, 희미하게 회색빛으로 바뀌기도 했다. 심지어
색을 바꿔 순식간에 진줏빛 찬란함을 발하기도 했다. 그리고 결국에
는 어두컴컴해져 한 줄기 빛마저 없어지고, 하늘은 지옥의 강 아케
론으로 그 모습을 바꿨다. 노트르담 대성당의 후진과 두 개의 탑은

더욱더 하얗고 어슴푸레해졌다. 또한 주의 깊게 보면 생 자크 종탑까지도 보였다. 나는 북쪽에 펼쳐진 이런 하늘의 경치를 앞에 두고 몇 시간 동안이나 피아노를 치곤 했다. 허공을 바라보며 곡을 연주하고 있으면 내 눈앞에는 하늘이 잇달아 펼쳐졌고, 내 음악은 그 변화에 매혹당하면서 전개되어 갔다. 그리고 때때로 나는 내 마음이 향하는 대로, 하늘빛에 맞춰 좋아하는 곡의 페이지를 넘기곤 했다.

내 집은 아담 미츠키에비치 기념관과 폴란드 도서관에서 번지수로 겨우 두 번지 떨어져 있었다. 그곳에는 쇼팽의 유품과 친필 악보, 게다가 얄궂게도 그의 데스마스크까지 소장되어 있다. 물론 나는 그곳에 발을 들여놓은 적이 없다. 왜냐하면 나는 거기에 있는 친필 악보 같은 것에 흥미가 없기 때문이다. 미츠키에비치는 쇼팽에게 있어 친근한 폴란드의 시인이지만, 역사적으로, 운명적으로 은혜를 많이 받은 사람이다. 미츠키에비치라는 인물은 실로 기묘한 인물이라 할 수 있다. 그는 러시아에서 살았던 적도 있어 푸시킨과도 친구가 되었다. 그는 생애 대부분을 망명지에서 보냈는데, 쇼팽과 마찬가지로 1831년, 파리에 도착했다. 하지만 루이 필리프(프랑스의 마지막 왕)조차도 제정주의에 반기를 드는 그를 파리에서 추방시켰고, 말년에는 로마로 거처를 옮겼다. 그는 일종의 신비로운 국민 시인으로 국민정신이 승리한다는 신념으로 자기 몸을 바치려 했다. 물론 그는 평범한 시인으로 그의 작품은 폴란드 밖에서 거의 잊혀졌다. 과소평가일지는 모르나 그의 사상은 과장됐다고밖에 말할 수 없을 것이다. 그러나 그의 시는 운 좋게도 쇼팽의 정신을 고무시켜 쇼팽으로 하여금 네 곡의 발라드를 작곡하게 했다. 아마도 발라드 제1번만은 그렇다고 말해도 좋을 것이다. 적어도 작품23, 사단조만은 말이다. 나머지 세 곡에 관해서 굳이 말하자면, 내 생각에는 쇼팽 측의 배려가 아닌가 싶다. 미츠키에비치 기념관은 방문객 수가 워낙 적었기 때문에 예약을 하지 않으면 아무 때나 입장을 할 수 없었다. 예약을 하면 가이드가 유품이나 폴란드어로 쓰인 친필 악보에 대해 설명해준다. 그렇다고 해도 내가 연주하는 피아노곡은 틀림없이 거기까지 들렸을 것이다. 특히 내가 연주하는 쇼팽, 그중에서도 특히 발라드는 기념관을 방문한 누군가의 마음을 울렸을 것이다. 지금 떠올려보면 그것은 1970년대 말의 일인데, 그때 나는 정말 사단조 발라드와 녹턴 몇 곡을 녹음하려고 했었다. 그중에서도 녹턴 작품48-1을. 쇼팽은 이 곡을 생제르맹데프레 교회당에서 구상하고 완성했다. 때마침 세차게 쏟아지는 소나기를 피해, 그곳에 들어갔을 때의 일이었다. 적어도 이것은 전설이다. 1841년, 쇼팽의 나이 서른 살 때의 일로 이때는 쇼팽이 음악적으로 가장 풍성한 결실을 보았던 시기다. 그 해, 발라드 제3번 내림 가장조, 폴로네이즈 올림 바단조, 전주곡 올림 다단조도 작곡했다. 조르주 상드와의 관계는 아직 견딜만했고, 건강에 이상이 있기는 했지만 빡빡한 콘서트 일정을 소화할 수 있을 정도는 되었다. 노앙의 한 마을에서 보내는 여름은 그에게 활력을 가져다주어, 해마다 돌아오는 겨울의 혹독함을 간신히 견딜 수 있게 해주었다. 불과 수년 안에 병마가 그를 쇠약하게 만들어 시시각각 죽음의 경계로까지 내몰게 되지만.

41

나는 종종 이 생제르맹의 전설에 대해 생각해보았다. 쇼팽에 얽힌 대부분의 일화와 마찬가지로 거의 근거가 없는 듯하다. 나는 당시 녹턴을 표현할 방법을 찾으려 고심하고 있던 때의 일을, 그리고 녹음을 하지 않겠다고 과감하게 결심했던 때의 일을 떠올리고 있다. (지금 생각해보니 내가 녹음을 포기한 곡은 무척이나 많다.) 그 녹턴은 나의 신경을 곤두서게 했다. 이 곡을 완벽히 연주하기란 무척 어려운 일이지만 기교적으로는 그다지 돋보이지 않는다. 이 곡에는 커다란 양손과 강한 힘에 걸맞은 중심부가 감춰져 있다. 여유롭게 노래를 부르는 듯한 첫머리가 이중 옥타브의 크레셴도에 자리를 양보하고 점점 절대 예측할 수 없는 합창(코랄)의 커다란 화음으로 이어진다. 마치 이 곡이 오르간을 위해 작곡된 것처럼 말이다. 갑작스러운 소나기로 쇼팽이 교회당에 갇혔을 때, 악상을 떠올렸다고 전해져오는 것은 아마도 이런 이유 때문이리라. 그리고 종결부는 불안감 속에서 마음을 흔들고, 장중하고도 차분한 바단조의 세 가지 화음 속에서 끝을 맺는다.

말하자면 이 곡은 쇼팽의 녹턴답지 않은 녹턴이다. 하지만 다른 어느 곡보다도 그 시절, 나의 마음 상태를 잘 나타내주고 있었다. 왜냐하면 당시 사회 정세는 매우 혼탁해서 돌이킬 수 없는 사건이 일어날 가능성이 많았기 때문이다. 나는 한시라도 빨리 이탈리아를 빠져나가야 한다는 생각에 사로잡혀 있었다. 당시 나는 모든 것에 염증을 느끼고 있었는데, 결정적인 사건이 발생했다. 알도 모로(이탈리아의 전 수상)가 붉은 여단, 즉 당시의 이탈리아 테러리스트 집단의 손에 죽임을 당한 것이다. 1978년 4월의 일로, 밀라노는 계엄 체제하에 있었다. 집으로 돌아가는 길, 만초니 거리에서 어떤 정보기관과 관련되어 있는지는 알 수 없지만, 네 명의 경찰들이 나를 불러 세웠다. 바로 그때 나는 나의 분노가 한계에 이르렀음을 깨달았다. 그들이 내 코끝에 자동 소총을 겨누었기 때문에 나는 가지고 있던 가방을 건네줄 수밖에 없었다. 그것 외에는 어찌할 방도가 없었다. 가방 안에 든 것은 전부 나의 개인적인 서류들로 원칙대로라면 수색 영장이 있어야만 했다. 그러나 내 항의는 받아들여지지 않았고, 내가 어떤 사람인지 말해도 아무 소용이 없었다. 게다가 우호적인 기색 따위는 전혀 보이지 않았다. 그들은 차갑게 코웃음을 쳤다. 내 가방을 열자, 독일어로 쓰인 서류가 나왔다. 그것은 CD 제작회사 도이체 그라모폰과의 계약 서류였다. 또한 제3국에서 보내온 홍보 관련 약정 사항도 있었다. 네 명의 경찰 중 세 명은 아직 젊은 청년이었는데, 오만했으며 다소 거칠고 난폭하기까지 했다. 그들은 나에게 양다리를 벌리고 양손을 그들의 차 지붕 위에 올려놓으라고 명령했다. 무선을 통해 말을 걸어올 때마다 희미하게 무언가 한데 뒤섞인 듯한 소리가 들려 왔다. 네 번째 경찰은 나를 비스듬히 내려다보며 내 얼굴에 담배 연기를 뿜어댔다. 그리고 누구보다도 자신이 박식하다는 사실을 과시하고 싶어 했다. 그는 가장 젊은 경찰의 손에서 내 서류를 빼앗더니, 깔보듯 말했다. "이것들은 내가 보관하겠다." 나는 그가 독일어를 아는 것 같아서 조금 안도했다. 사정을 말하면 쉽게 해결될 수도 있을 것 같았기 때문이었다. 하지만 나의 이런 바람과는 달리 사태는 좋지 않은 쪽으로 흘러갔다. 그들이 나를 연행하기로 결정한 것이다. 무선으로 내 이름을 보고한 뒤, 이렇게 덧붙였다. "수상한 녀석입니다." 나는 두렵지 않았지만 이것은 스캔들로까지 번질 우려가 있었다. 그들이 나를 위험인물인 테러리스트로 만들지도 모르는 일이었다. 나는 그런 분위기를 감지했던 것이다. 그들은 아마도 내가 피아니스트라는 사실은 짐작도 하지 못했을 것이다. 그들은 내 서류의 내용도, 내 CD의 해설도, 어느 것 하나 이해하지 못한 채, 단지 오만무도한 태도로 총을 들이댔다. 그리고 내 주머니 속 물건을 꺼내게 했다. 하지만 주머니 속에는 당연히 아무것도 들어 있지 않았으므로 이는 단지 그들의 비참한 권력을 휘두르는 것으로 끝이 났다. 나는 내 이름을 반복해서 말하며 유명한 피아니스트라는 사실을 전달하려 했다. 하지만 이런 나의 행동은 그들에게 냉소와 조소를 불러일으킬 뿐이었다. 나는 결국 유치장에서 하룻밤을 보내게 되었다. 벨트를 빼앗겼고(넥타이는 매지 않았다), 지문 채취를 위해 잉크를 묻힌 손가락 끝을 종이 위에 누르도록 강요받았다(이 녀석들은 희귀한 증거품 수집가라도 되려는 것일까? 나는 자신도 모르게 자문자답을 하기도 했다). 다음날 나는 주지사와 경찰 서장의 사과 인사와 함께 석방됐다. 하지만 더는 주저하지 않았다. 나는 신변을 정리하고 가까운 몇몇 지인들에게만 알린 채, 미련 없이 이탈리아를 떠나기로 마음먹었다.

망명지로는 파리를 선택했다. 나는 경박하고 조악하며, 지조도 없는 밀라노 같은 도시에 아무런 미련이 없었다. 밀라노는 나를 오직 반동적인 엘리트로밖에 생각하지 않았다. 서두른 끝에 오를레앙 강기슭의 멋진 아파트에 자리를 잡을 수 있었다. 그곳은 파리 안에서도 가장 사랑스러운 구역이다. 물론 스타인웨이사의 1938년제 CD318형도 함께 말이다. 처음 이 피아노를 연주했을 때, 내 몸은 위로 튕겨 올랐다. 피아노가 무거운 터치에 반응하도록 건반의 받침점이 낮게 만들어져 있을 것이라고 생각했기 때문이다. 당시 이 피아노가 나에게 얼마나 필요했는지는 오직 신만이 알 것이다. 그러나 기술자들은 이것이 완벽한 피아노라고 했다. 나는 그들을 이해시키기 위해 스무날 동안이나 피아노를 치지 않았다. 그리고 나의 이런 암묵적인 주장은 받아들여졌다. CD318은 변함없이 내가 가장 선호하는 피아노다. 이 번잡한 망명지에서도, 내가 계속 연주하고 있는 유일한 피아노인 것이다. 이 도구에 손대기를 거부하고 있던 때에 나는 종종 맞서기 어려운, 저 철로 만들어진 것에 무감각한 팔을 벌벌 떨면서 오로지 산책만으로 시간을 보냈다. 땅거미가 지기 시작할 무렵이면 나는 생제르맹 일대 카페에 앉아 있는 아가씨들을 바라보았다. 그리고 또다시 걷기 시작했다.

그런 후에는 덮칠 듯이 밀려온 새로운 열정과 함께 다시 격렬하게 피아노를 치기 시작했다. 실제로 나 같은 피아니스트는 전통적인 방법으로 연습하지 않는다. 곡을 깊이 연구하기 위해 연습하는 것이 아니라, 오로지 자기 자신에게만 귀를 기울인다. 자기 손의 움직임을 바라보고는 거기에서 나온 음이 훨씬 효과적이란 사실을 이해하기 위해 책에 쓰여 있는 것과는 다른 운지법을 정해나가는 것이다.

독주가는 연구가 아니라 피아노에 질문을 던진다. 더 맑은 음색을 찾아, 자신이 옳다고 생각한 음색 중에서 가장 좋은 것을 끄집어내듯이 손가락을 놀리는 것이다. 그리고 만약 실패한다면 무엇이 제 기능을 수행하지 못했는지 찾아낸다. 예를 들어 페달이 너무 뻑뻑해 생각처럼 움직이지 않는다는 식으로 말이다. 이럴 때는 다시 한 번 시도해보고 필요하다면 또다시 해본다. 근처 기념관의 방문객들이 듣고 깜짝 놀랐을 것이 분명한 이 쇼팽의 녹턴은 사단조 발라드에서 나를 멀어지게 했다. 물론 (그때는 아직 알 도리가 없었지만) 바단조 발라드 제4번으로부터는 아득히 더 멀리.

어느 날 밤, 한 소녀를 만났다. 결국 어느 곳이나 다 비슷해 보이는 파리의 한 카페에서. 이 세상 작가들은 마치 각 카페가 서로 다르다는 듯, 카페에 일일이 다른 이름으로 부르며 애용하고 있는데 참 이상한 일이 아닐 수 없다. 그날 밤 내가 간 곳은 플로르도, 두마고도 아니며, 생 미셸 거리의 변두리에 있는 이름 없는 카페도 아닌 렌 거리의 카페였다. 그 카페는 라스파이유 거리의 교차로를 조금 지난 곳에 있었다. 나는 종종 몽파르나스 근처까지 가보기도 했는데, 그 근방을 걷는 사람들은 막연히 하늘을 바라보고 있었다. 오고 가는 남자도, 여자도, 매일 똑같은 길을 걷고 있었다. 나는 어디서나 흔히 볼 수 있는 길가의 커다란 유리창을 따라 테이블이 늘어서 있는 평범한 카페로 들어갔다.
그날 내가 카페에 들어간 때는 이미 늦은 시간으로, 초저녁이라기보다는 새벽녘이었다. 나의 마음은 평상시보다 불안정한 상태였다. 스쳐 지나가던 사람들은 호기심에 가득한 시선으로 내 쪽을 쳐다보곤 했는데, 나는 종종 경험하는 일이었다. 아니, 언제나 나는 그렇게 생각했다. 사람들이 나에 대해서 틀림없이 알고 있을 것이라고 말이다. 거리나 공항에서 심지어 신문가판대에서 얼굴을 마주한 사람들 모두가 나를. 그것은 레코드 재킷에 내 얼굴이 크게 인쇄된 것을 누군가가 기억하고 있기 때문이 아니다. 그보다는 오히려 말이 언어의 세계가 아닌 내 눈동자 속에 들어가지 못한 채 음악 주변을 맴돌다가, 어떤 틈새를 발견하고 안으로 들어가려 하나 결국에는 단념하고 마는, 이른바 허공에 매달린 세계에서 나라는 존재를 인지했기 때문이었다. 그날 밤은 그야말로 내 눈동자 속에서 나의 사념을 해독해낸 것 같았다. 그래서 모든 사람이 내가 앉아 있던 그 카페에서 그 화제를 가지고 서로 이야기를 나누고 있었다. 카페에서 일하는 웨이트리스에서 내 바로 옆자리에 앉아 있던 노부인에 이르는 모든 사람들이 말이다. 나는 여느 때와 다름없는 번잡함을 기억하지 못했다. 아니, 그 번잡함이 오히려 싫지 않았다. 만약 반대로 카페에 있는 사람들 모두가 기꺼이 피아니스트로서의 나의 재능을 평가하고 있는 것이라면 말이다. 나는 그렇게 생각하고 있었다. 나는 계속해서 담배에 불을 붙였는데 이것은 현재까지도 무서우리만치 몸에 배어 있는 습관이다. 나는 그때, 누군가가 나를 바라보고 있음을 깨달았다. 그것은 예감 같은 것이었다. 그녀는 정확히 말하면 내 정면에 앉아 있었던 것이 아니라, 옆구리 쪽에 있었다. 말은 이렇게 하지만, 내가 그쪽을 보고 있었던 것이 아니라 나를 보고 있는 두 개의 눈동자가 있다는 사실을 육감으로 깨달은 것이다. 나는 천천히 몸을 돌렸지만, 시선을 떼지는 않았다. 금발머리와 뭐라 형언하기 어려운 색의 눈동자가 그녀의 얼굴에 신비한 빛을 더하고 있었다. 작은 테이블 위에 펼쳐진 책과 찻잔이 절묘한 균형을 이루듯 놓여 있었다. 더욱이 그녀의 얼굴 생김새는 들라크루아의 그림에 등장하는 커다란 모자를 쓴 소녀를 떠올리게 했다. 한 개인 수집가의 수집품에서 본 작은 유화 속 얼굴이었다.

그것은 내 마음 속 깊이 자리 잡은 고집스런 집착 중의 하나였다. 저런 순간에서조차 들라크루아를 떠올릴 줄이야. 이 위대한 화가가 프리데릭 쇼팽의 마음씨 좋은 친구 중 한 명이란 사실과 관계가 있었을까? 관계는 어디든 있다. 이런 감상에 빠져 있을 때, '모자를 쓴' 소녀(그림 속 인물과 마찬가지로 내가 내 마음대로 이름 붙인 여성은 물론 모자를 쓰고 있었던 것이 아니라, 어디에라도 있을 법한 복장을 한 젊은 아가씨였다)가 나를 향해 미소를 지었기 때문에 나는 그녀를 내가 앉은 테이블로 초대했다. 그녀가 책을 가지고 다가왔기 때문에 그 표지가 보였다. 앙드레 지드의 〈콩고 기행〉이었다. 지드? 이것은 우연인가, 운명인가. 어느 쪽이든, 나와 어떤 관계를 맺으려 하는 소녀가 들라크루아의 그림 속 인물과 똑 닮은 것뿐 아니라 앙드레 지드의 책을 읽고 있다고 한다면? 나는 예전에 그 책을 읽은 적이 있었다. 그러나 지드의 작품 중에서 내가 가장 잘 알고 있는 것은 생각할 것도 없이 〈쇼팽에 관한 비망록〉이다. 막연한 미소를 띤 채 그녀는 나를 바라보았다. 그녀는 지드가 어느 정도 피아노를 칠 수 있었다는 사실도, 쇼팽의 예술에 관해 일련의 생각을 적었다는 사실도 알지 못하리라. 그리고 확실히 나에 관해 그다지 알지 못했고, 설령 내 이름을 들었더라도 아무런 의미가 없었을 것이다. 더욱이 쇼팽에게 헌정된 지드의 생각 같은 것은. 그래도 이러한 생각 중 하나가 그날 밤에 조성된 기묘한 상황을 설명해주기는 했다. '명확하게'라고 지드는 썼다. "쇼팽의 대다수 작품은 눈이 어지러울 정도의 빠르기를 가지고 있지만, 대개 비르투오소들은 모두 쇼팽의 거의 모든 작품을 똑같이 '프레스토 포시빌레(가능한 한 빠르게)'로 연주하고 있다. 그리고 나는 이런 사실을 무척이나 기묘하게 생각하는 바이다." 지드가 말한 그대로다. 이것은 매우 기묘한 연주법이 아닐 수 없다. 지나치게 빠른 속도는 정신의 대부분을 혼란스럽게 해, 주변을 둘러볼 여유조차 그들에게 부여하지 않는다.

나는 한결같이 신속함을 두려워해왔다. 그리고 그날 밤도 '모자를 쓴' 아가씨를 앞에 두고 신속하게 과정을 뛰어넘어 유혹하는 방법, 종종 의지를 업신여기고 규칙이나 태도, 즉 논리를 내던지는 일이 오로지 두려웠다. 하지만 낭만파와 후기 낭만파 음악의 관능에 익숙해진 남자가 어떻게 이와 같은 사태에서 벗어날 수 있었겠는가? 특히 나처럼 드뷔시의 전주곡을 열 번도 아니고 몇 천 번이나 연주를 되풀이해, 이제는 몸의 신경 조직과 일체화시켜 연주할 수 있는 남자에게 말이다. 지금은 생각이 잘 나지 않지만, 아니 아마 떠올리고 싶지 않기 때문일 것이다. 아무튼 밤이 깊어졌고 그녀는 나의 집으로 가기를 바랐다. 그리고 역시 그 다음에 일어난 일을 말한다 해도 어쩔 수 없는 일일 것이다. 내 마음은 갑작스럽게 평상시의 생활 상태와 아마 정신 상태까지도 확 바꿔 버린 한 남자의 성적충동과 음악 감각 사이에서, 단지 아슬아슬한 균형을 잡으려고 노력하는 것이 고작이었다. 나는 소리를 내어 말하기는커녕, 다음날이 되어서야 겨우 저 녹턴에 관해 그녀에게 이야기했다. 저 곡은 나에게 내려진 형벌이고 나의 미망이며, 나에게 있어서는 단테식의 지옥이라고. 그러고 나서 나는 며칠 동안 어떤 일이 일어났는지조차 알지 못했다. 단지, 무언가를 참아내지 않으면 안 된다는 것만은 느끼고 있었다. 하지만 내 침대에서 그 밤을 보내고 싶다고 나에게 요구하던 그 소녀는 아니다. 그녀는 내가 말한 사항을 정확하게 이해하고 있었다. 그녀는 어쩌면 음악을 공부한 적이 있는지도 모른다. 혹여 피아노를 배운 적이 있는지도. 아무튼 나는 녹턴에서 자유로워지고 싶었으므로 함부르크에 전화를 걸기까지 했다. 그 정도로 곡을 녹음하고 싶었다. 그들은 나에게 되물었다. "마에스트로, 당신이 여기까지 일부러 오실 수 있겠습니까? 겨우 4분도 안 되는 곡을 남기기 위해서?" 그들은 틀림없이 깜짝 놀랐을 것이다. 내가 기행을 일삼는 인물이라는 것을 알고 있으면서도 말이다. 그들은 지금까지도 종종 보고도 못 본 척을 해왔다. 그 편이 더 나을 것으로 생각했던 것이다. 어쨌든 그때는 나 자신조차도 나의 신변에 어떤 일이 일어나고 있는지 알 수 없는 상태였으니까.

그날 아침 나는 계속해서 주절주절 이야기하고 있었다. 제1부의 주제는 우울함과 다소의 망설임 같은 것이라고 그녀에게 이야기했다. 마치 쇼팽이 나를 향해 자신의 성공과 자신의 매력을 의식하는 인물 특유의, 과도한 자신감을 비난하려고 했던 것처럼 말이다. 모든 것은 역전되었다. 작품 속의 장식 부분이 아름다운 구조를 이루고 있는 탓에, 아름다운 가락을 마치 장식 부분인 것처럼 연주해야만 한다고 말이다. 마치 녹턴의 매력은 캄캄한 어둠 속 색채에 있고, 우울한 푸른 선율 안에 있다며 들라크루아가 말한 것처럼. 처음 24시간 동안 주고받은 이야기는 판단하기 어려운 주제에 귀를 기울이게 만들었다. 흡사 앞의 선율이 다음에 이어지는 음색으로 지워져버려야만 하다는 듯이 말이다. 하지만 마지막에는 연인 사이의 불성실한 장난처럼 결코 그렇게 되지 않았다. 나는 한숨 돌릴 틈조차 없을 정도로 쉬지 않고 말을 했다. 음악에 관해 말을 하는 것을 그토록 꺼리던 내가. 더욱이 '어째서 저 곡을 연주한 다음에 이 곡을 연주하는 것인가?'라며 비평을 써대는 음악 관계자 모두를 미워하고 있던 내가 말이다.

도대체 그 이유는 무엇이었을까? 아마도 이유는 단 한 가지였을 것이다. 쇼팽의 곡과 내가 저 여자에게 닿아, 내 옷을 벗기게 하는 일 사이에는 유사점이 있었다. 나는 어떠한 방법에 있어 같은 리듬을 선택하고, 마찬가지로 결정을 머뭇거렸으며 같은 음색을 골랐던 것이다. 아니, 그게 아니다. 음악이야말로 정말 신비로운 것이라서 무엇과도 닮지 않았고, 비슷한 움직임도 없으며, 유사한 부분 따위는 결코 찾아낼 수 없으리라. 내 모든 삶 속에서 음악은 명석하게 설명할 수 있는 것으로, 찬란하게 빛나고 있지만 그 반대일 때도 있다. 음악은 모호하고 불가사의하며, 때때로 악마 같을 때조차 있는 것이다. 나는 '모자를 쓴' 소녀에게 들라크루아의 말을 인용하지 않았고 음악에 대한 자신의 의구심 또한 내색하지 않았다. 더욱이 그날 밤의 내 기쁨이 아름다운 선율이나 코랄과 닮아 있다고, 그리고 녹턴의 주제와 마찬가지로 그녀에게 끌렸다고는 말하지 않았다. 주제는 다장조 부분이 모두 끝난 후, 마치 리스트가 연주하는 베토벤의 위대한 소나타처럼 결정적인 격렬함으로, 다시 다단조로 되돌아왔다. 그것은 피아니시모(매우 여리게) 아지타토(격렬하게)의 힘과 함께 되돌아왔는데, 그때 첫 번째 주제를 다시 한 번 분명하게 보여준다. 하지만 그 방법은 다른 방식을 취한다. 즉, 우울함이 자각으로 대체되어 우유부단함이 일종의 뻔뻔스러운 두려움 같은 것으로 그 형태를 바꿨다. 그녀는 나에게 저 선율을 연주해달라고 요구하지는 않았다. 나는 그녀의 그런 섬세함에 고마움을 느꼈지만, 두 번 다시 그녀를 만날 수 없으리라 생각했다. 그러나 운명은 때때로 짓궂은 장난을 치는 법이다.

그날부터 나는 두 번 다시 녹턴에 관해 생각하지 않게 되었다. 마치 피아노를 조금도 만지지 않고, 엉켜 있던 해석의 매듭을 풀어버린 것처럼 말이다. 음악이, 적어도 나의 음악이 삶과 어떤 관계를 맺고 있다는 사실이 나를 위로해주었기 때문이다. 그러나 이것은 표면상의 위로에 지나지 않았다. 아마도 다름 아닌 그날 밤, 음악가에게는 좀처럼 일어나지 않는 사건이 내 신변에 일어났던 것이다. 아니, 그것은 무엇보다 일어날 리가 없는 사건이다. 그러므로 나는 지드를 읽고 있고, 지드가 쇼팽에 관한 글을 썼다는 것도 알고 있으며, 게다가 미츠키에비치 기념관이 근처에 있다는 사실까지 알고 있던 그 소녀에게 마땅히 감사해야만 했다. 설령 이 같은 인연이 오직 우연에 의해서만 일어난다고 하더라도 말이다. 또한 운명에 의해서도, 어떤 필요나 강한 의지에 의해서도 일어나지 않는다 하더라도. 어쨌든, 내가 할 수 있는 한 어떤 질서를 세워 생각해보아야 한다. 그리고 나는 그것을 인정하고 참고 견뎌내야만 하리라. 왜냐하면, 한 가지 이유는 파리가 전주곡이 가진 그 수많은 불안을 나에게 끊임없이 주려 하기 때문이다. 그것은 흡사 결코 해결되지 않는 불안, 나에게 미완성을 떠올리게 하는 불안이다. 아무리 생각해도 파리는 우리의 인생을 충족시켜주지 못한다. 또한 마음속 불안도 거두어주지 않는다. 뉴욕이나 베를린이라면 반드시 그렇게 해줄 텐데. 파리는 이른바 커다란 유리창을 통해 숨을 쉬는 도시이다. 마치 파리의 카페에 앉아 유리창을 통해 밖을 바라보고 있을 때처럼 말이다. 그리고 소음은 점차 약해지고 주위의 냄새도 누그러져, 깜빡거리는 등불조차 예상할 수 없는 반영으로 변해 간다. 결국 자신이 유리문 뒤에 있는 것인지, 반대로 도시가 자신이 상상한 수족관 속에 있는 것인지조차 알 수 없게 돼버린다. 실로 이러한 일들은 당시에 생각한 것이 아니라, 바로 지금 그렇게 생각하고 있는 것이다. 실제로 내가 사는 집에는 유리창이 별로 없다. 변변한 거울조차 없는데, 방음벽만은 쓸데없이 많다. 그때는 아직 확실하지 않았지만, 나는 명백히 노이로제의 희생자였고 그러한 배경에 흐르고 있던 것은 어디까지나 완고한 감각이었다. 그것은 통주저음(바로크 시대 유럽에서 성행한 특수한 연주 습관을 수반하는 저음 파트)과도 닮은 베토벤의 '열정' 제3악장의 왼손과 비슷한 움직임이었으며, 끊임없는 예감처럼 무한한 반복 움직임 속에서 인정할 수밖에 없는 매력이 있었다.

내가 어린아이였을 때, '열정' 제3악장 정도는 재빨리 끝내 버렸다. 베토벤은 단지 곡을 길게 끌기 위해 그것을 되풀이해서 쓴 것이 틀림없다는 사실을 알아차렸던 것이다. 그뿐 아니라 아주 엉망으로 연주했다. 어느 발표회에서 나는 종결부를 악보대로 연주하기를 거부하고 반대로 천천히, 분노를 담아, 도전적으로 연주했다. 왜냐하면 원곡이 오로지 피아니스트의 빠른 기교를 과시하기 위한 것으로, 불필요한 칭찬을 받기 위한 것에 불과하다고 생각했기 때문이다. 무지한 자들은 건반 위에서 어지럽게 움직이는 양손을 보는 것만으로 유능한 연주가의 열광적인 장면에 동참하고 있다며 착각하기 마련이니까. 게다가 그들은 발라드 제4번의 연주를 들어도 같은 인상을 받게 될 것이 분명했다. 발라드 제4번은 좀처럼 종잡을 수 없는 곡처럼 보인다(적어도 개시부는). 하지만 찬찬히 파고들어 보면 당신은 그 긴장과 공포를 도저히 정확하게 다 표현해내지 못한 채, 두려움에 전율을 느끼게 될 것이다. 아마도 아홉 살인가, 열 살 때쯤 나는 몇 차례 피아노 발표회에서 이를 경험했다. 하지만 발표회의 기획의도는 이미 확실히 정해져 있었으므로 여느 때처럼 교사들과 부모들, 그리고 같은 길을 걷고 있는 친구들이 청중으로 와 있었다. 이른바 전문가 집단을 앞에 두고 단행한 일이다. '열정'은 내가 좋아하는 소나타가 아니었다. 하지만 나는 어쩔 수 없이 연주해야만 했다. 청중들이 종결부에 이르러서도 내가 템포를 빨리 하지 않는다는 사실을 깨달았을 때, 먼저 어리둥절함이, 이어서 냉랭한 분위기가 연주회장을 가득 메웠다. 그래도 박수갈채는 계속되었다. 열광적인 분위기가 없지는 않았지만 의아함이 있었다. 그때 나는 일관성 없는 판단과 오직 표면상의 칭찬이라는 불편함을 맛보았다. 하지만 이와 동시에 나는 일종의 전능함을 느꼈다. 나는 태어나서 처음으로 자신이 연주하는 작곡가들의 주인이 된 것이었다. 내가 그들을 판단했다. 비로소 음악에서 내가 우위에 서 있다는 사실을 처음으로 알게 된 것이다.

그날 이후로 나는 스스로의 완벽주의와의 싸움을 시작했다. 또한 내 음표를 정확하게 지키고 온음과 반음을 엄밀하게 구별하는 동시에 세상과 삶에 대한 나의 확신과 비전을 명확히 반영시키려 할수록, 내가 완벽하다고 생각하는 음향을 악기가 연주하도록 주의를 기울이고 그 기술을 갈고 닦으려 할수록, 점점 더 고독해져간다는 사실을 절감했다. 간절히 바라 마지않는 완벽함, 세세한 부분에 대한 헛된 집착, 그것은 고독으로 가는 길이었다. 나는 아직도 몇 가지 사항에 대해 조율사와 의논을 한다. 물론 기술상의 조정을 둘러싸고 말이다. 그러나 음악상의 문제점, 예를 들면 나만이 감지하는 차이에 관한 내 감각에 대해 대화할 상대는 이제 존재하지 않는다. (설령 함께 대화 상대가 있다고 해도 다른 차원의 이야기가 되므로) 그러므로 결국에는 내가 나를 이해하거나, 나와 같은 인목을 가지고 나와 동일한 감성을 공유하는 것밖에 방법이 없었다.

하지만 나를 이해하기 위해 특별히 날카로운 시각을 가질 필요는 없었다. 내 방 창가 아래에서 다섯 시간 이상이나 계속 서 있던 한 신사는 위를 향한 채, 내 음악을 경청하며 내가 창밖으로 얼굴을 내밀기를 계속 기다렸다. 그에게는 나에게 말을 걸고 싶다는 간절함이 있었는데, 이미 내가 어떤 사람인지 충분히 알고 있는 눈치였다. 확실히 그 밑에서 나를 부르기란 불가능했다. 아마도 생 루이 섬 위에 서라면 가능했겠지만 말이다. 그는 마치 파리가 아니라, 루아르 강 유역의 한 시골 마을에라도 있는 듯한 느낌이었던 것이다. 하지만 정신을 차리고 다리를 건너 왼쪽 강변에 서기만 하면 된다. 그리고 그리스 레스토랑의 냄새와 관광객들의 무리, 방황하는 학생들 틈에 섞이기만 하면 모든 것은 확 바뀐다. 그러므로 그는 나에게 말도 걸지 않았고 말을 걸려는 시도조차도 하지 않았다. 내 눈은 몇 차례 그의 눈과 마주쳤다. 그는 처음 마주쳤을 때도 어쩐지 공허해 보이는 시선이었는데, 나는 그 의미를 파악하려 들지 않았다. 강변을 지나다가 멈춰 서서 내 연주를 경청하는 사람이 많았으므로 나 역시 그런 일에 익숙해져 있었다. 그들 중에는 내가 피아노를 잘 친다고 생각한 사람도 있었다. 하지만 내 연주를 듣기 위해서 콘서트장에 몇 시간이나 줄을 서 기다린 끝에, 표를 손에 넣어야만 한다고 생각한 사람은 없었다. 나도 설마 수염을 기른 약간은 공허한 표정의 신사가 가난한 탓에 아름다운 음악이 쏟아져 내리는 창문을 올려다보고 있다고는 생각하지 않았다. 그 무렵 나는 비제의 '베르가마스크 조곡'을 끊임없이 반복해서 치고 있었다. 그런데 문득, 어떤 생각이 뇌리를 스쳤다. 저 신사가 숨을 헐떡이고 있는 것 같다는 느낌, 아니 그 이상으로 괴로움에 몸부림치며 두려워하고 있다는 느낌이 들었기 때문이다. 그는 내 연주를 즐거운 마음으로 듣고 있었던 것이 아니라, 두려움에 떨고 있었다. 마치 가위에라도 눌린 것처럼, 옴짝달싹 못한 채로 말이다. 나는 잠시 기다렸다. 우연히 귀를 기울이고 있던 사람들의 경우, 내 창 밑을 지나갈 때, 피아노 음이 멈추면 빠른 걸음으로 다시 제 갈 길을 재촉한다. 하지만 그는 그러지 않았다. 나는 그가 새로운 곡이 시작되기를 기다리고 있다고 생각했다. 하지만 한 시간이 지나도 그는 계속 내 방 창가 밑에 서 있었다. 마치 희망의 동아줄에라도 매달려 있는 것 같았다. 아마도 그는 금전적으로 곤란한 상황에 부닥쳐 있는 것이리라. 내가 얼굴을 내밀어야겠다고 결심한 것은 바로 그때였다. 퇴창 위에 양 팔꿈치로 몸을 지탱한 후, 3미터가 조금 안 되는 높이의 우리 집 이층에서 몸을 내밀었다. 그리고는 잠시 그의 눈가를 살피며 그가 내 눈 속에서 무엇을 찾으려 하는지를 알고자 했다. 그러나 실은 오히려 내가 그에게서 무언가를 얻어내기 위해 계속 찾고 있었다.

"하지만 당신이, 마에스트로 당신 스스로 그렇게 말한 것입니다. 곡의 저 부분이 완벽한 악보와 다르다고 느낀 것은 바로 당신입니다. 마치 쇼팽이 저 악절의 종결부를 재검토하기를 원하고 있다는 듯, 아무리 생각해도 아직 이해할 수 없다고 말입니다. 간혹 일어나는 일이기는 합니다. 예를 들어 발라드 제2번이 바장조가 아니라 가단조로 끝나는 것이 좋지 않을까? 수년 전 인터뷰에서 당신이 이렇게 말했던 것을 기억하고 있습니다. 확실히 당신은 말했습니다. '발라드 제4번에 관해서는 우리가 알고 있는 것과 다른 악보가 발견된다고 해도 나는 놀라지 않을 것'이라고요."

사실을 말하면 나는 기억이 나질 않았다. 열광적인 팬들은 무엇이든 기억하고 있고, 녹음된 음, 말 한 마디도 꼭 기억해야만 한다고 굳게 믿고 있다. 우상의 생활을 마치 박물관의 소장품이라도 되는 양 취급한다. 그들은 귀중한 보석의 모조품도, 인공 다이아몬드도, 똑같이 빛을 발하는 것으로서 중요한 물건처럼 취급하기 때문이다. 아니, 기억이 나지 않았지만 나는 인정해야만 한다. 내가 25년 전, 러시아의 한 저널리스트에게 그렇게 말했던 것을 말이다. 바단조 발라드의 악보에 의구심을 품었던 일까지는 인정할 수 없지만 그것은 칭찬해야 마땅한 일로 이해할 수 있었다. 나의 대화 상대는 동요를 감추지 않았다. 그뿐 아니라 아까보다 심하게 땀을 흘리고 있는 듯했다. 마치 단테 거리와 도마 거리 사이의 모퉁이에 있는 카페에서, 나와 접촉하길 꺼리는 누군가에게 미행당해, 쫓기고 있었던 것처럼 말이다. 나는 갑자기 그때의 일을 그에게 물었다. 그러자 그는 미소를 지으며 나에게 설명했다. "충분한 돈도 소지하지 못한 채, 모스크바에서 도망쳐 나온 러시아인은 항상 누군가에게 쫓기고 있는 듯한 감각에 사로잡혀 있고, 누군가가 목 줄기에 차가운 입김을 토해내는 듯한 느낌이 든다"고. 그는 독일어식 악센트가 섞인 프랑스어로 말했다. 그는 폴란드어를 알고는 있지만, 나에 대해 좀 더 자세히 알고 싶고, 또 지금까지 세 번 정도 나의 연주를 들었다고도 말했다. 첫 번째는 레닌그라드에서, 두 번째는 모스크바에서 들었다고 했다. 나는 그에게 날짜를 물어보았지만, 나 자신조차도 기억하지 못했다. 단지 그가 진실을 말하고 있는지 아닌지 알고 싶었기 때문이었다. 그러자 그는 계속해서 말했다. 마치 시험에 대비하고 있던 어린아이처럼 재빨리 대답하는 것으로 자신의 유능함을 과시했다. "1958년 12월 16일, 1962년 6월 6일, 1971년 4월 19일입니다." 그리고 확인해 주기를 바라는 듯 나를 바라보았다. 나는 시선을 떨궜다. 그의 기억력은 정확했고 내 기억력은 정말 형편없었다. 그가 말한 그대로였다. 나는 1958년에 레닌그라드에서 연주를 했는데 아마 12월이었을 것이다. 1960년대 초반에는 이전보다 자주 모스크바에 갔다. 그때는 얼마나 자주 콘서트를 열었던가. 1971년은 가장 최근이었지만, 그 말을 들어도 이상하게 실감이 나지 않았다. 정말로 내가 1971년 4월, 모스크바에서 공연을 했었나? 왜일까, 나의 대화 상대는 정확히 알고 있음이 틀림없었다. 그는 자신이 파리로 망명해온 바이올리니스트라고 나에게 말했다. 하지만 그의 눈매나 엷은 색의 눈동자, 신경질적인 양손은 오히려 나에게 의구심을 갖게 했다. 그는 나와 그 사이에 암묵적으로 정해진, 마치 암호처럼 나에게 이야기를 꺼냈다.

그것은 내 자신이 경험해본 적 없는 일이었다. "마에스트로, 폴란드어로 zaginiony가 어떤 의미인지 당신은 알고 있습니까? 저는 발라드 제4번의 친필 악보에 관해 이야기하고 있는 것입니다." 나는 zaginiony가 '잃어버렸다'라는 의미라는 것을 알고 있었다. 즉, 발라드 제4번의 친필 악보가 존재하지 않는다는 것을, 그것을 본 사람이 아무도 없다는 사실을 알고 있었던 것이다. 한편으로 발라드 제4번의 완전한 필사보가 존재하지 않는다는 사실도 알고 있었다. 부분적으로 두 가지가 존재한다는 것만 알고 있었다. 하나는 옥스퍼드의 보들리언 도서관에 있고, 다른 하나는 뉴욕의 R. F. 켈러어 컬렉션에 있다. 게다가 이것은 비밀도 아니었지만, 보들리언에 있는 악보는 136소절밖에 없고, 뉴욕에 있는 것은 8분의 6박자가 아니라 4분의 6박자임에도 79소절까지 있다는 사실도 알고 있었다. 악보가 너무 부족하다. 알프레드 코르토는 수년 전, 뉴욕에 보존된 발라드 제4번의 그 페이지를 하마터면 자기가 잃어버릴 뻔한 적이 있었다고 나에게 말했다. 1933년에 루체른에서 일어난 일인데, 쇼팽이 그 부분을 4분의 6박자로 작곡하고, 나중에 그 부분을 8분의 6박자로 수정했다고 해서 떠들썩했던 적이 있었다. 러시아인은 나를 바라보았다. "그 악보가 어디에서 왔는지 알고 계십니까? 베를린에서 온 것입니다. 베를린은 비극과 베일에 싸인 장소였지요. 특히 1935년 이후에는 말입니다. 귀중한 악보들이 시중에 나돌았는데, 종종 개인 가정에서 연주되던 악보도 있었습니다. 결코 공개적으로 출판된 적이 없는 악보지요. 알려지지 않은 베토벤의 자필악보가 있다거나 모차르트의 자필악보가 있다는 말까지 전해지고 있습니다. 전설이지요, 마에스트로. 아무도 믿지 않았습니다. 그런데 러시아군이 베를린에 쳐들어왔을 때, 독일 국립 박물관의 한 전시실에서 상자를 대량으로 가져갔습니다. 제3제국 고관들의 사적인 수집품도 상당히 섞여 있었다고 합니다. 당신은 독일 국립 박물관에 대해 아십니까? 거기에 소중히 보관된 자필악보에 관해서는 많은 풍문이 있지요. 6만 점이나 보관돼 있다고 전해져 왔습니다. 음악 역사가 그대로, 기존에 알려진 작품은 물론, 알려지지 않은 작품까지도 보관되어 있다고요. 어째서 전 작품의 목록을 만들지 않을까요? 어째서 전부 열람할 수 없을까요? 모스크바에서는 이 이야기가 끊이질 않았습니다. 제2차 세계대전 직후의 일입니다. 제 아버지는 전쟁이 끝난 후, 몇 년쯤 지난 1952년에, 어디인지도 모르는 스탈린 강제수용소에서 돌아가셨습니다. 그네신 고등음악원에서 바이올린을 가르치고 있었지요. 아버지는 그 귀한 보물들이 여러 사람의 손을 거쳐 소련에 들어왔지만, 공개적으로 출판된 적은 없었다고 자주 말씀하셨습니다. 권력 기관이 가진 특권이지요. 저는 당시 바이올린과 5학년생이었는데, 이렇게 우리 학생들 사이에 베토벤의 교향곡 제10번에 대한 소문이 퍼져 있었습니다. 물론 이것은 사실이 아닙니다. 학생들이 꾸며낸 이야기였지요. 그러나 KGB는 관심을 보였고, 우리를 협박했습니다. 어떤 농담이라도 그 밑바닥에는 진실이 감춰져 있는 법이니까요. 마에스트로, 당신은 이해가 가시나요? 교향곡 제10번은 없습니다. 있을 리가 없지요. 하지만 다른 것이라면 있을 수도 있었겠지요. 우리는 곧 그런 시시한 이야기를 지어내기를 그만두었습니다. 그것은 우리들의 목숨을 위태롭게 할 뿐이었으니까요. 그러나 우리들의 존재를 위협하고 친한 친구들의 생활을 뒤바꿀만한 사건이 잇달아 일어났습니다. 지금은 일일이 다 말씀드릴 수 없지만, 저는 제 아버지의 실종에서 한 가지 사실만은 분명히 알 수 있었습니다. 바로 소련에서 탈출해야 한다는 것을 말입니다. 그리고 저는 탈출에 성공했습니다."

흔하디흔한 이름을 댄 이 인물의 정체는 무엇이었을까? 망명자인가, 반체제인사인가, 아니면 스파이인가. 어떻게 내가 사는 곳을 알아냈을까? 나의 주소를 알고 있는 사람은 분명 음반 제작회사뿐이었다. 하지만 당분간 이 점을 명확히 할 필요는 없었다. 이런 인물은 모든 것을 이야기할 때도 있고, 전혀 상반된 내용을 이야기할 때도 있다. 그는 가끔 폴란드 도서관에 쇼팽의 친필 악보를 보러 간다고 했다. 그리고 거기에서 흘러나오는 음악에 몸을 맡기듯, 근처에서 들려오는 피아노 소리에 빠져들게 되었다고 했다. 처음에 그는 그다지 주의 깊게 듣지 않았는데, 사단조 발라드를 듣고 평범한 아마추어가 연주하는 것이 아니라는 사실을 감지했고, 그런 이유로 며칠 동안 그곳에 다시 와 어디에서 그 신비한 음색이 흘러나오는 것인지 귀를 기울이는 사이, 강렬한 감동에 휩싸이게 된 것이다. 그가 '저런 해석의 연주법은'이라 말한 주법은 도저히 평범한 사람에게서 나올 수 없는 예지에 찬 음색이었다. 그가 집에서 나오는 나의 모습을 인지하기까지는 그리 오랜 시간이 필요하지 않았다. 그 피아니스트가 (약간 나이가 들긴 했지만) 모스크바와 레닌그라드에서 절찬을 받았던 바로 그 사람이란 사실을 깨달은 것이다.

이러한 그의 이야기는 들을 만한 가치가 있는 것이었을까? 거짓일 가능성도 있었다. 하지만 그것은 나에게 문제가 되지 않았다. 중요한 것은 다른 곳에 있었다. 대체 그는 나에게 무엇을 얻고자 하는 것일까? 그것은 돈이 틀림없을 것이다. 돈이 필요하다는 사실은 그를 보면 알 수 있다. 그것도 상당한 액수일 것이다. 하지만 무엇과 교환을 하려는 것일까? "발라드 제4번 바단조의 제211소절을 기억하십니까? 물론 기억하시겠지요." 아니, 나는 확실하지 않았다. 음악 애호가들은 피아니스트나 바이올리니스트들이 소절의 숫자를 모두 기억하고 있다고 착각하기 쉽다. 어처구니없는 말이 아닐 수 없다. 물론 발라드 제4번의 최종 악절이란 것 정도는 알고 있다. 그러나 나는 정확하게 어느 부분을 이야기하려고 하는지 미처 알지 못했다. 우리가 앉은 테이블 주위에는 손님들이 드문드문 앉아 있을 뿐이었지만, 우리의 대화는 사람들의 시선을 끌기 시작했다. 우리 두 사람에게 점점 기묘한 기운이 드리워지고 있음이 틀림없었다. 나는 상의를 벗은 셔츠 차림이었고, 그는 기름때가 낀, 재봉이 엉성한 녹색 상의를 입고 있었는데, 단추가 떨어져 실만 앙상하게 매달려 있었다. 성긴 모시 재질의 바지는 다 헤져 있었으며 낡아서 추레해진 모카신(북부 아메리칸 인디언이 신는 가죽신)을 맨발에 신고 있었다. 그리고 그의 양손은 야위어 창백했다. 그는 몇 번이나 주위를 둘러본 후에 나에게 말했다. "밖으로 나가는 것이 좋겠어요. 여기는 사람들 눈에 띄기 쉬우니까요. 미행당하고 싶지 않습니다." 나는 그의 말 따위, 조금도 믿지 않았다. 믿기는커녕 오히려 사기꾼이 아닌가 하는 의심마저 들었다. 하지만 그는 음악을 이해하고 있었고, 나와 같은 언어로 말하고 있었다. 그는 걱정스럽게 내 쪽을 바라보더니, 끊임없이 내 동의를 얻으려고 애썼다. 어떻게 내가 그를 이해하지 않을 수 있었겠는가? 나는 그의 샌드위치 값을 치르고 함께 밖으로 나갔다. 조금 걷다가 문득 뒤를 돌아보았다. 우리의 뒤를 밟는 자는 없는 듯했다. 검은색 안경을 쓴 수상한 사람의 그림자 따위는 보이지 않았다. 모든 것은 평상시와 다름없는 일상적인 풍경으로 파리의 아름다운 여름의 어느 날과 같았다. 나의 대화 상대는 어느 정도 마음의 안정을 되찾은 것처럼 보였다. 오히려 내가 점차 신경질적으로 변해갔다. 우리는 셰익스피어 앤드 컴퍼니라는 시점에 들어갔다. 나는 T. S. 엘리엇의 〈시선집〉을 집어 들고 페이지를 넘겼다. 그는 미소를 지었다. 그리고 나와 함께 산책하게 되어 진심으로 영광이라고 말했다. 하물며 내가 연주하는 것을 보게 된다면(말 그대로 '내가 연주하는 것을 본다'고 표현했다) 그는 큰 감동을 받았을 것이다. 그러나 그가 그런 식으로 나와 함께 그곳에 있었던 것은 완전히 다른 이유 때문이었다. 나는 그를 바라보았다. 밝은 색 머리카락은 그다지 숱이 없어 듬성듬성했으며, 왼쪽 눈썹에는 희미한 상처의 흔적이 가로로 길게 나 있었다. 그는 젊은 나이에 벌써 듬성듬성한 머리를 머리카락으로 감추려 하기는커녕, 오히려 그 점을 강조한 탓에 정수리 부분까지 머리가 벗겨져 보였다. 그의 눈동자가 상냥하게 내 쪽을 다시 바라보았다. 나는 태연한 척 하며 엘리엇의 작품집을 원래 장소로 되돌려놓았다. 그리고 불끈 상대방을 노려보았다. "당신 말이야"라고 그를 향해 말한 것을 기억하고 있다. "이쯤에서 서로 속마음을 털어놓는 것이 어떻겠나? 이야기를 듣다 보니 어느새 시간이 이렇게나 흘러버렸으니 말일세." 그는 미소를 지으며 과장되게 말했다. "제가 알고 있는 것을 당신이 알게 되면, 그것만으로도 저와 이야기해서 시간을 낭비했다는 생각 따위, 들지 않으실 겁니다. 오히려 저와 만나게 된 것을 행운이라 여기시게 되겠지요." 나는 오로지 피아노를 치는 일로만 인생을 보내왔다. 지금까지 그 누구와 그어떤 거래도 한 적이 없다. 나는 개인 교사들과 넓은 정원이 딸린 집에서 유복한 유년 시절을 보냈다. 새파랗게 어린 나이에 명성을 얻어, 세상 사람들의 입에 오르내리며 소년 시절을 보냈으며, 세상은 나의 천부적인 재능과 그 선물인 연주를 향유해왔다. 나는 햄이나 소시지 사는 법을 모르고 심지어 집을 임대해본 적도 없었다. 일상적인 일에 관해서 전혀 알지 못했던 것이다. 태어났을 때부터 부유했고, 나이가 들면서 더욱 부유해졌다. 나는 그 재력을 세상이 나를 귀찮게 하지 못하도록 스스로를 보호하는 데 사용했다. 나는 그야말로 하늘이 부여해준 선물을 이용해 매일 오직 베토벤이나 드뷔시만을 생각했고, 그 밖의 다른 생각은 일절 하지 않았다. 완전한 특권을 맛보며 그것을 즐겨왔다. 그런데 지금, 태어나서 처음으로 진부한 감언이설을 늘어놓는 러시아인을 상대하게 된 것이다. 그뿐 아니라 이 남자는 누군가의 재능을 매우 비싼 값에 팔아넘기려는 듯, 약간 위압적이기까지 했다. 그것도 그가 자기 멋대로 정한 템포를 나에게 강요하려는 식으로 말이다. 마치 약간 지쳐버린 '아다지오(느리게)'를 강요하는 것처럼. 하지만 단서는 조금밖에 없다. 단서가 있더라도 마찬가지겠지만 말이다. 따라서 나에게는 상황의 급전환이, 진짜 주제로 이끌어줄 수 있는 무언가가 필요했다. 그가 소유하고 있다는 악보는 물론 쉽사리 들고 다닐 수 있을 만한 것이 아니었다. "당신은 알고 계십니까? 이 파리에는 수상한 자들이 출몰하고 있습니다. 악보 따위 읽지 못하더라도, 비록 상상할 수 없는 거래라고 할지라도, 그런 낌새를 알아채는 데는 뛰어난 녀석들이지요." 이 러시아인은 나를 짜증나게 할 만큼의 지혜를 가지고 있어 함정에 빠뜨리기 위해 공들여 만든 올가미를 던지려 하는 것이었다. 하지만 그런 복잡한 구성이라면 나는 이미 알고 있었다. 어찌 됐든 똑같은 언어를 사용해 함께 이야기하고 있었으니까.

나는 스스로 거기에서 빠져나갈 수 없다는 사실을 알고 있었다. 따라서 제211소절에 초점을 맞췄다. 물론 그 발라드의 종결부(코다)가 시작되는 부분에 말이다. 그곳은 쇼팽의 전 작품 중에서도 가장 농밀하게 응축된 부분이었다. 맨 처음 다장조에서 마지막의 다장조에 이르기까지, 5개의 피아니시모 화음 앞에 나오는 부분이다. 그 다음 장7화음까지가 포함된다. 이것은 위대한 쇼팽, 혁명가만이 만들어낼 수 있는 기교이다. 나는 발라드가 오랫동안 이 부분에서 끝나도 좋다고 생각해왔다. 피아니시모 하나에 의해, 바단조의 주제로 말미암은 저 불안을 위해 시작했을 때와 똑같이 다장조로 말이다. 그것은 낭만주의가 부과한 푸가와도 닮은 것이리라. 그러나 놀랍게도 이 작품이 끝났다고 생각했을 때 —그리고 그 얼마나 많은 피아니스트가 겪었던 일인가, 갈채를 예감케 하는 저 악절의 종결부 선율에 귀를 기울이고 있을 때— 뜻밖에도 다장조의 울림이 침묵을 향해 점점 사라져가는 가운데, 거울 안에 비춰진 것처럼 장난스럽게 끓어오르는 무언가가 시작된다. 그것은 음악의 미로를 빠져나가는 것으로, 숨을 헐떡거리며 빛나는 것, 즉 낭만주의의 불꽃이다. 그것은 작품의 끝을 고하는 결연한 분노이며, 페이지에서 페이지로 억압, 제어되어 결국에는 감정의 폭발 같은 것으로 수렴되어간다. 마치 고대하고 있던 소나기가 온 것처럼. 그러므로 상상했던 것보다 훨씬 격렬하게 느껴지는 것이다. 그럼에도 나는 저 종결부 페이지에 일어난 사건을 표현할 수 있는 말을 아직도 찾지 못했다. 음악의 위대함과 그것이 가진 혼란을 바로 정면에서 바라볼 때, 비유할 힘이 점차 녹아 사라져버리는 것이다. 마치 새빨간 숯불 위에 알코올을 뿌릴 때처럼, 타고 남은 불꽃이 앞으로 9분, 앞으로 10분이라며 청중의 마음을 따스하게 해주는 것이다. 그것은 결코 위험한 것이 아니라, 마음에 확고한 힘을 부여해주는 것이다. 혹은 억제되어 은밀하게 지속되던 사랑이 지성의 유희처럼 마지막을 견디지 못하고 폭발하여, 불꽃놀이를 할 때의 감각처럼 주위를 위협하고 놀라게 하는 것과도 닮았다고나 할까? 코르토는 바로 이 곡을 졸업 시험에서 연주했다고 전해진다. 그것은 쉽게 잊기 어려운 명연주였다고 한다. 그의 연주는 제211과 제212소절에서 또한, 뒤이어 나오는 소절을 연주할 때, 놀라울 정도의 빠르기와 강력한 울림에까지 도달했다. 그것이 올바른 연주였는지 단언할 수 없지만, 그 가치는 인정하지 않을 수 없다. 내 앞에 서 있던 그 러시아인도 틀림없이 나처럼 큰 감동을 받았을 것이다. 그는 나에게 작별을 고할 때도 반쯤은 뛰어가면서 이런 말을 남겼다. "마에스트로, 당신이 원하지 않는다면, 저는 더 이상 여기에 있을 이유가 없습니다. 저는 어떻게든 살아남을 작정입니다. 당신이 오랜 시간 동안 찾고 계시던 것을 가지고 언젠가 다시 돌아오겠습니다. 당신은 아직 알지 못하시겠지만, 오늘날에는 당신만이 연주해낼 수 있는 곡을 가지고 말입니다. 오직 당신만이 완벽하게 연주할 수 있겠지요. 이 점만은 틀림없습니다. 당신에게 있어서 그다지 큰돈이 아닙니다. 저를 믿어주십시오. 그 가치를 생각하면 그리 대수롭지 않은 금액이니까요.(당신이라면 무슨 말을 했겠는가? 미적인 안목을 가진 당신이라면?) 아무튼, 보여 드리겠습니다. 안녕히 계십시오, 마에스트로. 때때로 아침 무렵에 당신이 아르슈베세 다리 앞까지 바래다주던 소녀는 참, 아름다웠지요……." 그는 이렇게 말하며 자못 의미심장한 시선을 던진 채, 생테티엔 뒤몽 교회에 나를 남겨두고 데카르트 거리 쪽으로 홀연히 사라져갔다.

3.

군이 기대를 거두지 않는 호기심의 형태도 있다. 그것과 마찬가지로 나는 자신의 열정과 거리를 두려고 노력했다. 이도 저도 아닌 상태가 되어, 판단력을 빼앗긴 상태가 되기를 원했다. 나는 다시 한 번 스스로 걸을 수 있게 되리라고는 생각지도 못했던 길의 출발점에 서 있는 듯한 나를 발견해냈다. 자신이 훤히 알고 있는 음악을 다른 사람에게 들려주고 연주하기 위해서는 무엇보다도 먼저 음악을 연구해야 한다. 그러고 나서 가능하다면 일단 연구는 제쳐 둔 다음 거듭 생각하고, 몇 권 정도 책을 읽고 비교하면서, 더 좋은 연주를 할 수 있기를 바라야 할 것이다. 게다가 초심자들이 '해석'이라 부르는 것을 변형해서('해석한다'는 등의 말에 아무런 의미도 없다는 사실을 알고 있다) 연주를 계속해야만 한다. 나는 이런 사실이 두려웠던 것이다. 내가 예순에 가까운 나이가 되어서도 드뷔시의 전주곡 두 곡을 위해 내 모든 협력자들의 마음을 미치게 할 줄이야. 그들은 이 두 곡을 언제나 완벽한 곡이라 여겼지만, 나에게는 평범한 곡에 지나지 않았다. 그들의 눈은 근시안에 가까웠고, 그에 비하면 내 눈은 망원경이었다. 나는 음표를 보거나 하지 않는다. 게다가 박자 수치도 전부 이해하고 있어서 오실로스코프(전류 강도의 변화를 관측하는 장치) 기계처럼 정확하고, 흘러나오는 그 어떤 음도 놓치지 않는다. 그들, 나의 음향 기사들은 적어도 한 번에 음표를 세 개까지, 한꺼번에 들을 수 있다. 내 콘서트에 올 정도의 사람이라면 이미 곡 전체를 듣고 잘못된 음을 분간해낼 수 있다. 하지만 외부인이나 콘서트에 잘 오지 않는 사람에게는 아무런 문제가 되지 않는다.

그때 나는 드뷔시의 연주 준비도 마무리 지을 겸 파리에 있었다. 전주곡집 제2권 째였다. 이를 위해 적어도 10년이라는 세월을 투자해야만 했다. 12곡의 소품으로 이루어진 38분 정도의 음악을 위해 10년이라는 세월을 말이다. 루빈스타인 같은 피아니스트들은 많이 있다. 한 예로 드뷔시 전주곡집의 24개 소품을 전부 녹음하는 데는 이틀이면 충분하다. 하지만 나는 다르다. 이런 점에서 나는 글렌 굴드와 언제나 마음이 잘 맞았다. 어느 날 토론토에서 그가 무척이나 기쁜 듯이 말했다. 자기보다 내가 더 느리게 연주한다는 것이다. 굴드는 바흐의 '인벤션'에도 이십 년에 조금 못 미치는 세월을 투자했다. 그는 좀처럼 사귀기 힘든 타입으로, 아주 하찮은 것까지도 세세하게 준비한다고 했다. 굴드는 녹음실에 들어가면, 언제나 자기 자신에 대해 프랑켄슈타인이 되는 것이다. 하나의 곡을 부분적으로 몇십 번이든 아랑곳없이 거듭 반복하고 다양한 시도를 해본다. 이렇게 해서 가장 좋은 부분을 편집하는 것으로 겨우 녹음을 끝낸다. 듣는 쪽은 아무리 세심하게 신경을 써서 들어본다 한들 작은 이상조차 발견해낼 수 없다. 전부 완벽한 것이다. 하지만 내 방법은 다르다. 나는 한결같이 그가 했던 방법을 거부해왔다. 나는 내 피아노와 한 몸인 것이다. 나는 그 순간에 있어서만 나 자신이고, 작품은 연주된 시간에, 즉 그날, 그 시각에 연주된 작품만을 의미한다. 나는 음악과 분리되고 싶지 않다. 나는 미래가 바로 이 순간과 다르다는 사실을 알고 있다. 하지만 그 순간에 나의 미래는 이미 재구성되어야만 할 과거와 닮아 있었을 것이 분명했다.

그렇다면 나는 무엇을 해야만 하는가? 세계적인 음모의 한가운데에 놓여 있다고 상상하면 되는가? 러시아의 스파이, 프랑스의 경찰, 그리고 미국의 피아니스트가 탐욕스럽게, 재빠르고도 면밀하게, 16분 음표까지 기록으로 남기려 하고 있다고? 그런 일이란 있을 수 없다는 사실을 나는 알고 있었다. 누군가에게 미행을 당하고 있다니, 나는 조금도 느끼지 못했다. 누구에게 미행을 당하고 있단 말인가? 그 고약한 숨을 뱉어내는 러시아인은 나의 명성을 이용해 돈을 뜯어내려 하고 있다. 나에게 내가 잘 알지도 못하는 물건을 강매하려 하고 있다. 만약 그렇다면 상당히 고가일 것이다. 또 그가 내 실력을 알아차리고 발코니 아래에서 서성이고 있는 사이, 그는 한 소녀가 건물 정면에서 나오는 것을 보았다. 단지 우연히 보게 된 것뿐인지도 모른다. 그런 것이 틀림없다. 하지만 어째서 그런 말을 한 것일까? '모자를 쓴' 소녀라고. 아니, 그렇게 말하지 않았던가? 이 부분에서 나는 의문이 생겼다. 그가 그렇게 말했을 리가 없다. 왜냐하면 그 소녀는 모자 같은 것을 쓰지 않았기 때문이다. 그녀를 저 작은 그림 속 인물과 연관시킨 것은 충동적인 나의 생각이었다. 단순히 들라크루아가 쇼팽의 가장 좋은 친구였다는, 단지 그 이유만으로 말이다. 그렇다고 해도 그가 소리를 내서 그렇게 말한 것인가, 아니면 나의 몽상 속 대사인가? 내 정신은 착란 상태에 있었다. 나는 어쩌면 그 러시아인과 만난 적조차 없는 것은 아닌지 생각하기 시작했다. 어느 날 갑자기 나의 신념이 흔들리기 시작하더니 일시적인 허탈 상태에 빠졌고 환각에까지 휩싸였다. 양손에 힘이 들어가지 않았다. 정확히 말하면 손가락 하나하나가 뜻대로 움직이지 않게 되었다. 맨 처음에는 오른손 약지가, 다음에는 왼손 검지, 새끼손가락까지도. 그리고 나는 양손가락이 갑자기 나른함에 휩싸인 것처럼 일종의 부종, 혹은 가려움을 느꼈고 지금까지 느껴본 적 없는 무기력함 속에서 반쯤 잠의 포로가 되어 있었다. 그때는 그렇다고 굳게 믿고 있었는데, 이제와 생각해보니 나는 불확실한 의식 속에서 피아노 건반으로 다가갔다. 한마디로 말해, 나는 자못 고통스럽게 피아노 앞에 앉았지만, 무엇하나 칠 수 없는 상태에 빠져 있었다. 그리고 어느 여름날 늦은 오후, 잠깐 잠든 사이에, 늘 반복되는 가장 고통스러운 꿈속에 있었던 것이다.

　나는 아직 어려서 부모님이 사는 시골집에 있다. 시작은 달콤한 꿈같았다. 나는 3층 내 방에 있고, 창문은 전부 느릅나무의 가지 끝과 마주보고 있다. 나는 책을 읽고 있었지만, 문득 창밖으로 눈을 돌렸을 때 저녁 식사 시간이란 사실을 깨달았다. 7시가 되면 정원사들은 일을 멈춘다. 창밖을 바라보고 있으면 정원사들이 산장의 철책문을 향해 간다. 그러면 나는 슬슬 식사를 하러 가야겠다고 생각하는 것이다. 그런데 그날은 정원사들이 언제까지고 월계수 울타리에서 일을 계속하고 있다. 울타리는 산장 정면을 완전히 메우고 있었는데, 여름 햇살로 빛나고 있던 그날, 갑자기 그림자가 드리워지더니 주위는 점차 험악한 양상을 띠기 시작한다. 그리고는 눈 깜짝할 사이에 주위가 여름에서 겨울로 변했다. 창문 밖에는 짙은 안개가 자욱이 끼었고 어둠이 집 주위를 메워갔다. 나에게 보이는 것은 정원 깊숙한 곳에서 철책 문을 비추는 희미한 빛뿐이다. 밖을 바라보니 놀랍게도 눈이 내리고 있는 것 같다. 하지만 그것은 결코 기분 좋은 광경이 아니다. 언제나 내가 무척 좋아했던 눈이 아니라 인공 눈이란 사실을 깨달았기 때문이다. 그것은 녹지도 않고, 하얀 외투처럼 자연을 숨 막히게 메워간다. 이 같은 생각에 잠겨 있을 때, 소리도 없이 하얀 옷을 입은 어머니가 들어왔다. 내가 소리를 내서 무언가를 물으려고 하자, 어머니는 지금 말을 할 상황이 아니라는 사실을 눈빛으로 깨닫게 해주었다. 어머니는 어딘지 서글퍼 보이는 표정에 굳은 얼굴을 하고는 창가로 다가와, 방을 추위로부터 지키려는 듯 어두운 문을 차례차례 닫기 시작했다. 주위는 점점 호흡이 곤란해졌고 모든 소리가 사라져갔다. 아니, 소리는 천천히 이른바 '리테누토(곧 느리게)'가 되어 간다. 모든 것이 '피아니시모(매우 여리게)', 음악 용어로 pp가 되는 것이다. 어머니는 긴 옷을 입어 무척 아름다웠는데, 나를 보더니 피아노를 가리켰다. 사실을 말하자면 그 피아노는 오직 내가 꿈속에서만 본 피아노였다. 그것은 19세기 중반에 만들어진 오래된 피아노로 세로 폭이 긴 목상감([수공]나무에 하는 봉박이 세공 기법의 하나. 나무의 겉면에 무늬를 그리고, 그것을 파낸 오목한 자리에 다른 빛깔의 나뭇조각을 끼워 넣어 무늬를 만든다) 그랜드 피아노였다. 섬세하고도 귀중한 피아노였지만 젊은 피아니스트의 강한 손에는 어울리지 않았다. 나는 어머니의 얼굴을 바라보았지만, 건반을 향해 앉으려 하지 않는다. 그러나 나는 어머니의 표정에서 나에게 명령하고 있다는 사실을 알아차렸다. 그래도 나는 의자에는 앉지 않고 의자 앞에서 엉거주춤한 자세로 기대어 있다가, 음표를 읽지 못한다는 사실을 깨달았다. 악보에는 혼란스러운 기호가 나열돼 있어, 아무것도 이해할 수 없었고, 어느 것이나 다 똑같이 느껴졌던 것이다. 음표는 가늘고 좁은 수평선에 비해 단지 높이만 다를 뿐이었다. 꿈속에서 나는 양손으로 건반에 기댔다. 마치 아무것도 연주할 수 없는데도 독주자인 척을 하다가 무심코 손을 짚어버린 것처럼 말이다. 어머니는 내 등 뒤에서 꿈쩍도 하지 않았지만, 그 육체적 존재만은 느낄 수 있었다. 무언 속에서도 나를 압박하고 있었던 것이다. 그리고 나는 무심코 건반 위를 짚은 채 계속 기대고 있던 양손을 움직일 수도 없었고, 이윽고 손이 굳어져서 통증이 느껴졌다. 자신이 무능하며, 피아노를 칠 수 없다는 사실을 인정하지 않을 수 없게 되자, 몸이 바들바들 떨려왔다. 그뿐 아니라 이미 나에게는 그 어떤 능력도 없었다. 나는 몸을 일으켰지만, 굴욕감으로 풀이 죽어 있었다. 비난이 가득 담긴 어머니의 얼굴을 다시 쳐다보지도 못한 채, 겨우 벽에 기대었다. 어머니는 시치미를 떼고 알기 힘든 미소를 띠면서 피아노를 향해 앉더니, 나를 비스듬히 바라보았다. 그리고 갑자기 집을 덮쳐온 천둥처럼 격렬한 울림과 함께 저 섬세한 악기를 흔들었다. 격렬한 음향, 집 밖에 부는 바람처럼 건조한 울림이었다. 그것은 완벽했다. 나는 알 수 있었던 것이다. 그 곡은 쇼팽의 에튀드 작품 10의 제12번 다단조(혁명)였다. 내 심장은 심하게 고동쳤다. 불규칙하게 튀어 오르는, 마치 한 점의 균열조차 없는 심장의 부정맥처럼 말이다(지금은 그것이 무엇인지 알고 있지만).

하지만 나는 숨조차 쉴 수 없었다. 곧 어머니의 왼손이 건반 위에 내려와 압도적인 빠르기로 낮은 음조를 만들고 내고 있었기 때문이다. 나는 그때까지 그런 방법으로 연주된 에튀드를 들어본 적이 없었다. 그리고 꿈속에서 저 불가능한 빠르기로 연주되고 있던 곡을 다시 한 번 생각해보고 있었다. 그것은 알프레드 코르토가 연주했던 때보다 (게다가 한층 정확하고, 거의 불가능할 정도로) 훨씬 빨랐다. 저렇게 연주해낼 수 있는 사람은 프란츠 리스트가 유일할 것이다. 나에게는 잊을 수 없는 쇼팽의 편지가 한 통 있다. 그것은 어쩌면 조르주 상드, 혹은 들라크루아에게 보낸 편지일지도 모른다. 쇼팽은 어느 부분에서 이렇게 말하고 있다. "이제 나는 중단하지 않으면 안된다. 건너편 다른 방에 있는 리스트가 나의 에튀드를 연주하고 있으니까. 그의 연주는 나를 미치게 한다."

꿈속에서 어머니는 언제나 똑같은 방식으로 피아노를 쳐서 나를 미치게 했다. 그녀는 분노를 담아 연주했다. 괴로움에 몸부림치듯, 격렬하게. 모든 손가락과, 힘줄, 근육, 양팔의 힘까지 전부 쥐어짜 관자놀이에서 종아리에 이르는 온몸의 힘을 전부 다 써가며…. 나는 저 에튀드만큼은 평생 연주하지 않겠노라고 마음먹었다. 저 악보를 펼칠 생각을 하는 것만으로도 내 양손에서는 통증이 느껴졌다. 나는 이런저런 핑계거리를 대서, 작품 10만은 녹음을 하지 않았다. ('에튀드 작품 25는 그토록 훌륭한 녹음을 남겼으면서 어째서 작품 10만은 녹음을 하지 않는 것인가'라며 이 사실을 이래저래 평론하는 비평가들의 글은 정말로 내 신경을 거슬리게 한다! 어째서 작품 10을 녹음하지 않느냐고? 나를 제외하고는 연습곡집의 절반조차 아직 연주한 자가 없지 않은가! 비평가 중에는 에튀드 작품 25의 연주가 작품 10을 '부정하기' 때문이라고 주장하는 사람조차 있다. 어째서 내가 작품 10을 보다 열등하다고 생각한단 말인가? 말도 안 된다!)

어느 날 파리에서 나는 똑같은 감각을 맛보았다. 같은 이유로 그 꿈이 생각났던 것이다. 그 어떤 분석가도 나보다 나를 더 잘 이해할 수는 없으리라. 마음의 고통에는 그에 상응하는 시간이 필요한 법이다. 이런 사실을 스스로 받아들이기 위해 나는 그 사이에 '헌책방'에서 다른 '헌책방'으로, 계속 돌아다녔다. 집으로 가기가 꺼려졌던 것은 피아노 앞에 서고 싶지 않았기 때문이다. 불안이 내 몸을 잠식하고 있었다. 나의 불안감은 심해져만 갔다. 나의 스타인웨이가 혼자서 소리를 내는 것은 아닐까? 저 불길한 에튀드의 녹음 음반이 들어 있는 기계가 자동 장치처럼 연주를 시작하는 것은 아닐까? 나의 양손이 영원히 말을 듣지 않는 것은 아닐까? 기억이 두 번 다시 음악을 해석하는 것을 허락하지 않는 것은 아닐까? 나는 오로지 그것만이 두려웠다. 마치 배우에게 '처음으로 외운 대사를 언제나 똑같은 리듬으로 반복하는 일'을 빼앗아버린 것처럼 말이다. 그리고 이런 나의 천부적인 재능이 사라져버리는 것은 아닐지 계속 두려웠던 것이다. 나는 이런 생각을 떨쳐내기 위해 '헌책방'과 '헌책방' 사이를 돌며 우연히 눈에 들어온 책을 차례차례 집어 들고는 여기저기 골라 읽었다. 알지도 못하는 장편 소설의 한 부분을 읽거나 유명한 고전을 몇 줄 읽고, 잊고 있던 시구를 들여다보기도 했다. 거의 아무 가치도 없는 출판물을 바라보는가 하면, 습기 때문에 페이지가 많이 달라붙어 있는 오래된 인쇄본을 넘겨보기도 했다. 어느 것이나 내가 생각했던 것만큼의 가격은 붙어 있지 않았다. 내가 연주하는 곡도 - 내가 추측하건대- 생각하는 것만큼의 가격이 붙어 있지 않을 것이다. 내 양손도 상응하는 만큼의 대가를 받지 못했음이 분명하다. 참고로 나는 돈에 대한 욕망을 느껴본 적이 없다. 돈을 손에 넣는 일에 일종의 역겨움, 난잡함, 저속함 같은 것을 느낄 뿐이다. 아버지는 나에게 "신사라면 돈에 관한 이야기를 해서는 안 된다", "그 누구와도 거래해서는 안 된다", "돈은 은행원이 취급하는 것"이라며 틈이 날 때마다 주입시켰다. 아버지의 견해에서 돈을 입에 담는 사람을 깊이 신뢰해서는 안 되었다. 하지만 아버지의 생각은 정도가 심했다. 은행원 중에도 세심한 마음 씀씀이를 가진 사람이 많다. 그러나 본질적으로는 아버지가 말 한 그대로이다. 그들은 보통 "이 세상에 돈으로 살 수 없는 것은 없다"며 착각하고 있기 때문이다. 어머니 친구 중에 돈으로 영매를 고용한 분이 있었다. 영매인 노파는 보헤미아 출신으로 요한 세바스찬 바흐, 클로드 드뷔시와 산책을 한 적이 있다고 말해, 듣고 있던 사람들을 놀라게 했다. 나는 사람들이 노파를 속여 작곡 비밀을 알아내려 했던 일을 기억하고 있다. 물론 노파는 별다른 이야기를 하지 않은 채, 모습을 감추었다. 돈이 될 만한 비밀 같은 것은 특별히 없었기 때문이리라. 하시반 노파가 영매의 자리의 앉았을 때, 남자 목소리로 말을 했는데, 마치 바흐처럼 느껴졌다고도 한다. 예부터 유럽에서 전해져오던 이 같은 기묘한 이야기는 대부분 사라져버렸다. 누구나 그렇겠지만, 나에게 있어서도 마찬가지다. 나는 이제 이런 종류의 이야기를 믿기 어렵지만, 반대로 탁월한 정신을 가진 자들, 특히 뛰어난 재능을 가진 사람 중에는 극히 드물게 연금술이나 강령술로 신세를 망친 예도 있기는 하다.

그렇다고는 해도, 나도 결국은 계속 신비를 찾으려 노력해왔다. 나는 스스로 그것을 배척하면서 반대로 그것을 좇아, 또다시 배척하는 처지가 되어버렸다. 그리고 이런 신경증의 진폭 속에서, 나의 양쪽 손바닥과 정성껏 손질한 손톱 속에서, 검은색 또는 상아색 건반을 어루만졌을 때의 감촉 속에서, 공명 페달의 울림을 확인하기 위해 오른발을 내딛으면서 신비의 습곡을 하나하나 검토해갔다. 나는 스스로의 연주가, 과거 수세기를 되살려내는 능력이, 침묵의 악보가 흑백의 건반 속에서 울려 퍼져 삶의 신비와 합치해가기를 소망했다. 그리고 나의 양손은 하나의 규칙을 따르면서 그것과 한 몸이 되어, 스스로는 어쩐지 서글픈 시작, 설명의 개시라고만 알고 있던 것으로 이동해가는 것이었다. 그것은 무(無)였다. 조금도 울려 퍼지지 않는 음의 신비를 생각한다면 말이다. 동시에 그것은 모든 것을 가지고 있었다. 그리고 그것은 어느 곳에나 흘러들어 갔다. 한 예로 가장 매혹적인 몸, 구석구석까지도. 그것은 긴장되어 있고 온갖 미세한 전조(轉調)조차 음미하려 하는 몸이다. 그러자 나의 뇌리에는 조금 전에 보았던 밤의 전경이 되살아났다. '모자를 쓴' 소녀, 렌 거리의 카페에서 만난 소녀의 모습이다. 나는 그녀에 관한 것을, 그녀가 몸을 움직였을 때의 일을, 때마침 사전에 나의 소망을 이해하고 싶어 하던 때의 일을 떠올렸다. 그러나 기억이 그때마다 다른 탓에 결국 그녀는 언제나 내가 기억하고 싶은 대로 나타날 뿐이었다.

나는 멈춰 섰다. 더 이상 앞으로 나아가는 것에 대한 두려움에 사로잡혔기 때문이다. 또다시 의지에 의해서가 아니라, 유사점에 의해 음악을 생각하려고 했던 것이다. 음악을 통해 성(性)을 이야기하려는 것인가? 내가 원한 것은 그런 것이 아니다. 음악은 '의지'이지 '표출'이 아니다. 음악은 세계와 관련성을 갖지 않는다. 음악은 그것을 설명하지 않으며, 더욱이 세계를 창출해내지도 않는다. 형태를 바꿔, 기질을 수정할 뿐이다. 나는 스스로의 혼란이나 감정에 의미를 부여하기 위해서 악곡을 찾으러 이리저리 되돌아가거나 해서는 안 되었다. 따라서 나는 자기 자신을 추궁했다.(그렇게 해야만 했던 것이다.) 어쩌면 세계는 우주가 조화를 이루지 못한 결과가 아닐는지. 그것은 우발적인 음의 총체가 포개져 서로 간에 가늠하기 어렵고, 불규칙한 간격으로 정비된 음악적 주파에서 성립된 탓에 불연속적이다. 그러나 때마침 구름 떼가 서로 부딪쳐 예상치 못한 기상 혼란을 불러일으킨 탓에, 천둥소리를 내고, 섬광을 번쩍이며, 하늘에 불꽃을 풀어놓은 뒤에 머지않아 아무 일도 없었던 것처럼 비에 젖은 냄새만을 남기는 것과도 닮았다. 그리고 그런 세계가, 그런 부조화가, 내 양손을 거쳐 재조정되어 나의 청각에 의해 최종적으로 조정되는 것이다. 마치 실력이 뛰어난 정원사에 의해 손질되는 정원처럼 말이다. 그렇다면 나는 사물을 조정하는 기술을 터득했던가? 아니면 혹시 광기가 만들어낸 기예는 아닐까? 감각을 다친 남자가 착란 상태 끝에 청각을 통해서 생각하고, 청각에 의해 해석해, 궁극적으로 사건들을 어떤 질서 하에, 즉 논리적으로 재조정할 수 없게 된 결과일지도 모르는 일이었다.

렌 거리의 카페에서 그 소녀와 내가 만난 일은 어떠한 음 조성의 결과인가? 내림 마조인가, 올림 바단조인가, 다장조인가? 그것은 파고들기를 좋아하는 음악가의 장난이라고 말할 수 있을 것이다. 아니, 그렇지 않다. 나는 그러한 대담 속에서, 그렇게 이야기를 주고받는 과정에서 자신을 거듭 단련시켜왔던 것이다. 쇼팽의 전주곡 제1번의 첫 부분은 어디까지나 다장조이다. 나는 그것이 음의 조성이며 그 외의 것이 아니라는 감각 속에서 살아왔다. 그러므로 다장조와의 만남은 내림 가단조와의 만남과 다르다. 거기에는 모호한 선이 들어갈 여지가 없고, 다른 가능성이 펼쳐질 일도 없으며, 미지의 규율에 따를 수조차 없다. 다장조의 얼굴 생김새에 경악할만한 시선을 동반하지 않으며, 다른 주제로 전개되어가지도 않는다. 바로 거기에서 의심의 여지도 없이 완결돼버리기 때문이다. 참고로 전주곡 제1번은 전부 34소절로 되어 있으며, 단순히 한 가지 조성이 지배하고 있는 것이 아니라 '아지타토(격렬하게)'라고 지시되어 있다. 또한 8분의 2박자라고도 쓰여 있다. 이는 한줄기 태양 빛이 움직이고 있는 무언가를 재빠른 움직임 속에서 겨우 비추고 있는 것과도 닮아 있다. 그리고 나는 그날에 일어난 사건을 되뇌고 있었다. 그 여성을 자신이 아직도 원하고 있는지, 나는 스스로에게 되물었다. 그러자 그에 대한 대답이 다장조, '아지타토' 그리고 8분의 2박자의 곡상이라는 지시에 아마 전부 담겨 있으리라는 데까지 생각이 미쳤다.

나는 아직도 내 육체와 청각의 환영 등이 어떤 식으로 관련성을 유지하고 있는지, 지금까지도 단언할 수 없다. 이미 그때 나는 오직 다장조의 전주곡만을 들으려 하지 않았다. 아무튼 전주곡 작품 28은 모두 24곡이었는데, 그 곡들이 마음속에 차례차례 되살아나 센 강기슭에 있는 '헌책방'에 가는 일이 점차 줄어든 탓에, 그 언저리를 스쳐지나가는 나날만이 계속되었다. 때때로 나는 기억 속에서 나의 뇌리를 흔드는 작은 혼란을 참을 수 없게 되었고, 나의 기억은 그 무게를 견뎌내기 힘들었는지 종종 끊어지고는 했다. 나는 전주곡 올림 바단조 4분의 4박자, '몰토 아지타토'를 들을 수 없게 되어 갔다. 그래서 완벽한 녹음테이프처럼 그것은 나의 뇌리에 계속 메아리친 탓에 그 감동은 내 몸속에서 빠져나갔다. 그리고 추억과 욕망이 서로 뒤섞여 나의 발걸음을 재촉해, 나 자신은 먼 곳으로 점점 중심에서 멀어져갔다.

나는 이미 오른쪽 강기슭의 에펠탑으로 가는 다리를 지나갔다. 그러자 거기에 정신병 진료소가 있었다는 사실이 떠올랐다. 앙카라 거리에 있는 랑발 호텔. 19세기 파시 마을이었던 부근에 있는 오래된 거리다. 그곳에 1845년, 실베스트흐 에스프리 블랑쉬 박사가 진료소를 열었는데, 순식간에 유명해졌다. 왜냐하면 1853년 10월 12일, 아버지의 일을 이어받은 아들 에밀이 다음과 같이 적었기 때문이다. "오늘 제라르 드 네르발(프랑스의 시인이자 소설가)이 광란 상태에서 이곳으로 옮겨져 왔다." 수개월간 진료소에 있는 사이에 아무래도 치료 효과가 나타났는지, 회복기가 되자 환자는 독일로 여행을 떠났다. 그러나 돌아왔을 때, 네르발은 증상이 재발해 1854년 8월 8일, 또다시 감금 처방을 받았다. 하지만 이 마지막 위기 증상은 예전의 어느 때보다도 짧아서, 10월 19일에는 그의 요청으로 숙모 집에 보내졌다. 그러나 3개월 뒤, 제라르 드 네르발은 자살로 생을 마감했다. 철책에 목을 매달아서. 그는 다음과 같은 메모를 남겼다. "오늘 저녁은 나를 기다리지 마세요. 밤이 검고 하얘질 테니까요." 그는 계속 위엄이 서린 실크 모자를 쓰고 있었다. 숨이 끊어진 그의 모습이 발견됐을 때조차.

나는 제라르 드 네르발의 〈실비〉를 몇 번이고 다시 읽었다. 그것은 실제로 내가 꼭 꿈속 내 나이였을 때의 일로, 내가 아무리 해도 쇼팽의 에튀드를 능숙하게 연주할 수 없었던 시기였다. 그것은 시간이 없는 세계로 도피했을 때이기도 했다. 거기에서는 과거와 현재가 서로 융합되어 욕망조차도 막연한 어떤 것이었다. 나는 그 책 속에, 어두운 꿈, 암호가 쓰인 메시지, 네르발의 두뇌처럼 더는 손을 쓸 수 없을 정도로 병들어 버린 정신의 산물들이 여럿 포함돼 있다는 사실을 즐기고 있었다. 수년에 걸쳐, 내가 많은 책을 읽는 일이 금지됐던 후의 일이었다. 나는 모든 책을 읽는 것이 허락되지 않았던 세대에 속해 있다. 내가 책들을 사랑하는 것은 이런 이유 때문이기도 하다. 한때 나는 가끔 지나칠 정도로 많은 양의 책을 읽을 수 있기를 소망하고는 했다. 그 무렵, 나는 이미 청년이 되어 있었다. 나는 창을 열면 미로의 울타리와 마주 보고 있는 작은 서재에 들어가도 된다는 허가를 받고서 로마의 시인인 호라티우스나 마르티알리스만을 발견한 것이 아니었다. 나는 진정으로 나의 공상에 불을 지핀 자들의 훌륭한 작품까지도 발견해낸 것이다. 조르다노 브루노(이탈리아의 사상가이자 철학가)부터 지롤라모 카르다노(이탈리아의 생리학자, 수학자, 점성가), 자코모 카사노바(이탈리아의 모험가, 시인, 소설가)와 플로티누스(고대 후기 그리스 철학자)까지. 나를 책으로부터 단절시켰던 아버지는 기묘하게도 마지막에 언급한 작가가 한 소년에게 보낸 위험한 편지까지 소중하게 보관하고 있었다(그리고 그 편지는 오늘 다시금 책이 금지됐던 이유의 한 부분을 나에게 설명해주고 있다).

확실히 금지됐던 것은 아니지만 그렇다고 해서 관대한 취급을 받지도 않았던 서적 중에는 네르발 작품의 여러 가지 판본도 포함돼 있었다. 사실을 말하면 아버지는 아마 깨닫지 못했던 것이다. 예의 그 책이 프랑스 낭만주의의 책장이 아니라 괴테의 〈파우스트〉(단, 네르발이 번역한) 가까이에 있었단 사실을 말이다. 〈불의 딸들〉의 판본을 나는 지금도 여기에, 즉 융프라우 산 은백색 봉우리가 보이는 창가 근처, 나의 소파 옆에 있는 작은 책장 안에 보관하고 있다. 웬일인지 스크랴빈의 피아노 소나타를 연주하거나 읽는 것은 (음악이었으니까) 허락되었다. 특히, 특이한 형태의 제10번은 분명 악마적이고 마음을 어지럽히는 곡인데도 말이다. 이 곡은 듣는 이의 마음을 불안하게 만들고, 어떤 이교적인 고뇌를 심하게 불러일으키는 곡이기도 했다. 이렇듯 스크랴빈의 곡은 거의 음악적인 한계에 다다랐음에도, 설령 조화를 어지럽히는 곡일지라도 나에게 허락되었다. 그 이유는 단순히 그것이 음악이었기 때문이었다.

또한 나는 살아오면서 교양 있는 음악만을 듣고 자란 탓에 라틴아메리카에서 보사노바를 들었을 때 무척 깊은 인상을 받았는데, 그때 받은 인상이 문득 머릿속에 떠올랐다. 어느 특정한 정신적 단락에서 아버지가 나에게 영향을 끼쳤던 일이 뇌리에 되살아났다. 즉, 아버지는 나의 독서에 관해서 검열을 시행하기는 했지만, 어떤 특정한 종류의 음악이 가진 관능적인 영향력이나, 음란함 등에는 무지했던 것이다. 보사노바는 나의 육체를 혼란스럽게 만들었고 신경을 드러냈으며, 내 근육을 들썩이게 했다. 나는 이미 나 자신을 통제할 수 없게 됐다. 이런 사실이 나는 부끄러웠다. 왜냐하면 나를 들썩이게 하는 것이 오직 관능밖에 없고, 거기에는 나의 교양을 이야기하는 페이지가 존재하지 않으며, 나는 전혀 다른 종의 존재가 되어 버렸기 때문이다. 지금도 나는 그 당시 나를 여기저기로 끌고 다녔던 것이 음악의 힘이었는지, 아니면 내 자신이 수많은 제약에서 풀려나 자유로운 존재로 돌아감으로써, 전면적인 흡수제였던 유럽인들에게서 멀어져, 당시 자주 일컬어지던 것처럼 보다 '불안하고 근원적인' 존재를 대표하는 자로 돌아가 버렸던 것인지, 명확히 알지 못한다. 하지만 이런 일들은 언젠가 전부 확실해질 것이다. 따라서 그 시대, 즉 내가 책을 읽는 것이 금지되었던 무렵에 너무 얽매이거나, 주의를 기울여서는 안 되었다. 다만 나는 휴식 삼아 〈실비〉의 첫머리를 다시 읽어보았던 것뿐이다. 이렇게 나는 그때까지 내가 경청하던 음악과 네르발의 저 막연한 문체 사이에 놓인 채, 자신이 어디쯤 존재하고 있는 것인지, 그리고 어떤 세계에 속해 있는지 알 수 없게 되었다. "어느 극장에서 나는 밖으로 나왔다. 그곳에서 나는 매일 밤, 번민하는 마음에 어울리는 차림을 하고 앞쪽 관람석에 모습을 드러냈다."

'나는 밖으로 나왔다.' 도대체 언제? 몇 시에? 나는 네르발의 시간 차원에 매료되었다. 연약하고 막연하기는 하지만, 그 불확실하고 모순된 시간의 흐름은 심지어 무슨 비밀스러운 종교 같기도 했다. 그것은 적어도 쇼팽의 전주곡의 경우와 마찬가지로 나를 매료시켰다. 결코 시작하고 싶지 않은 것처럼 보이는 전주곡은 그야말로 〈실비)처럼 허공에 매달린 음악적 이야기의 파편이었기 때문이다. 나는 항상 낭만주의의 혼이란 모호한 시대의 사생아로, 기대와 공백과 미처 생각하지도 못한 가속(加速)의 소산이라고 생각해왔다. 부드러운 시간의 흐름, 이것이 낭만주의자들의 특징이다. 그리고 이것이 언제나 우리의 허를 찌른다.

　소년 시절부터 네르발이 그랬던 것처럼, 내 생각은 결국 발루아로 돌아가버렸다. 나는 그곳에서 옛 시대의 의식을, 잘 알지 못하는 노래를, 모호한 그늘을 찾아내 나의 정열을 칭송하지만, 그것은 하나의 상(像)을 이루지 못하고, 여러 여성이 만들어낸 일종의 이상이 되어 막연하게 떠돌았다. 그런 이유로 나는 젊은 나이임에도 순수하게 낭만주의적인 스스로를 비난하고, 한 번에 한 명 이상의 여성을 사랑하는 것을 나 자신에게 허락하지 않았다. 따라서 나는 자신에게 묻고 대답했다. 과연 나는 사랑을 통해 모호한 이 시대를 살아가고 있는 것인가? 그렇지 않으면 그야말로 시대의 불확실성을 통해 젊은 나의 몇몇 사랑의 모호성을 살아내고 있는 것인가(하지만 나의 몇 가지 사랑도 하나의 생애를 관통하고 있는 것이다)? 그리고 자신이 이미 네르발의 광기 어린 아들이 되어 있는 것인지, 아니면 실로 거의 꺼져가려는 영혼에, 이의를 내세울 방도가 없는 불행한 인간의 천재적인 마지막 환영, 즉 최후에 흩날리는 빛 방울이 되어 있는 것인지에 대해서 말이다. 이것조차 분명하지 않은데, 나는 과연 책속의 매력을 얼마나 훔쳐낼 수 있을까?

　그렇다고는 해도 나는 어째서 앙카라 거리에, 그 17번지에까지와 버린 것일까? 제라르 드 네르발이 최후의 위기와 고통을 견디던 장소를 찾으려 했던 것인가? 아니면, 혹시 비에이유 랑테른 거리(시테 섬 북쪽의 샤트레 광장 근처에 있는 거리)에 있는, 4번지의 쇠창살 안이야말로 내가 가야 할 곳이 아니었을까?

얼마 전 다른 곳도 아닌 이곳에, 세상 사람들에게 잊힌 이 골짜기에까지, 작가 친구가 찾아왔다. 그는 나와 두 가지 점에서 공통점이 있다. 즉, 생일과 〈실비〉에 대한 사랑이다. 그는 몇 가지 강연을 준비하고 있었는데, 그 한 가지가 네르발에 관한 것이었다. 작가 친구는 나의 어둡고 심드렁한 얼굴을 보았지만, 곧 나의 기분이 좋아지는 것을 보고는 당연한 일이라는 듯이 뽐냈다. 자기와 만날 기회가 거의 없으니, 만나기만 하면 금방 내 기분이 좋아질 것으로 생각하는 것이다. 그는 저명인사로 아마 나보다도 훨씬 세상에 많이 알려졌을 것이다. 또 다른 날, 세상으로부터 고립된 이 스위스 산골짜기에 온 그는 평소 때보다도 훨씬 기분이 좋아 보였다. 그는 주머니에 강연의 내용이 담긴 메모를 넣은 채, 미국으로 막 떠날 참이었다. 나는 포도주를 한 병 땄다. 화이트 와인인 샤또 디껨이었다. 그는 레드 와인을 마시지 않았다. 그러자 그는 미소를 지으며 신랄한 의문을 드러냈다. 창백한 얼굴을 한 젊은이들이나 관광객들, 그리고 파리에 가서 일부러 비에이유 랑테른 거리의 네르발이 목을 맨 쇠창살 앞에 묵묵히 꼼짝 않고 서 있는 무리에 대해서 말이다. 나는 수년 전에 나도 그 유혹에 사로잡혀, 애처로운 기분으로 그런 사람들의 무리에 섞였던 적이 있었다고 그에게 털어놓지 않았다. 그렇다고는 해도 쇼팽과 네르발은 서로 만난 적이 없었는지, 나는 자문자답을 하고 있었다. 네르발은 1808년에 태어나 1855년에 세상을 떠났다. 한편 프리데릭 쇼팽이 태어난 해는 네르발보다 2년 늦은 1810년이고 세상을 떠난 해는 6년 빠른 1849년이었다. 게다가 1831년부터는 파리에 있었다. 그렇다면 두 사람이 만났을 가능성은 충분하다. 그 사이에 19년이나 되는 세월이 있었으니까 말이다. 하지만 아무래도 두 사람은 만나지 않은 것 같다. 1839년에 네르발이 피아니스트인 마리 플레이엘과 함께 빈에서 리스트를 만난 일은 유명하다. 그러나 쇼팽과는 만나지 않았다. 네르발이 쇼팽에 대해 알고 있었을 수도 있지만, 그 반대일 가능성이 더 높다. 왜냐하면 파리에서 네르발의 이름은 문학계나 세속적인 세계, 연극 분야에서 잘 알려져 있었지만 젊은 폴란드인인 쇼팽은 아직 확고한 명성을 얻지는 못했던 것이다.

하지만 〈실비〉라는 작품은 쇼팽을 열광시켰을 것이 분명하다. 왜냐하면 미해결된 부분을 포함하고 있기 때문이다. 그것은 종종 쇼팽에게 있어서 더욱 매력적인 고상함이었다. 또한 전주곡집에서 간혹 볼 수 있듯이 쇼팽은 생각보다 단순미를 추구했다. 그렇다고는 해도 〈실비〉 속의 무엇이 나에게 쇼팽을 떠올리게 하고, 쇼팽 속의 무엇이 나를 네르발에게로 향하게 한 것일까? 단순히 낭만주의의 감정이라면 네르발에게 향할 리 없고, 하물며 쇼팽에게 향할 리도 없으리라. 그렇다면 어느 날, 그 누구를, 나는 찾아내려 했던 것인가? 네르발인가, 그의 소설 속 등장인물인가? 소설 속 주인공이 사랑하는 기묘한 여배우 아우렐리아인가? 아니면 아드리엔느, 즉 발루아 땅에서 멀리 떨어진 곳에 사는 금발의 여인인가? 그렇지 않으면 실비, 즉 화자인 소년이 꽃으로 엮은 왕관을 아드리엔느에게 줄 때, 눈물을 흘렸던 소녀인가? 화자는 이들 세 명의 미녀 중 누군가의 뒤를 정말 쫓아가려 하는 것일까? 아니, 이 소설에 관해서라면 오늘, 나는 말할 수 없다. 나는 이미 나이를 먹어버렸기 때문이다. 하지만 그 당시라면 나는 더욱 말할 수 없었을 것이다. 그야말로 극심한 혼란 속에 있었던 탓이다. 또한, 이야기 속의 시간은 지나치게 어둡고 네르발이 우리에게 보여주는 심연은 한없이 깊었으니까. 그리고 어느 날 나는 자신에게 되물어 보았다. 내가 앙카라 거리까지 산책하러 간 것은 우연에 따른 행동인지, 아니면 고뇌에 찬 남자의 기분 전환이었는지, 그것도 아니면 전혀 다른, 마음속 훨씬 깊은 곳에서 나타난 어떤 것이었는지를 말이다. 내가 원한 것은 발루아 땅으로 갈 수 있는 패스포트가 아니었을까? "날이 저물면 소녀들이 춤을 추고 노래를 부르기 시작한다"고 네르발이 상상한 땅. 그 땅에서는 저 탑을 가진 저택이 석양에 점점 빨갛게 물들어간다고 한다.

며칠 전, 작가 친구가 의아한 눈빛으로 나를 다시 쳐다보았다. 내가 단도직입적으로 물어 본 탓에 깜짝 놀란 것이다. 이윽고 그는 대답했다. 마치 자기 자신에게 말을 걸기라도 하듯이. "자네도 알다시피 〈실비〉 속 글이 자네를 네르발과 똑같은 병으로 유혹한 것이네. 자네에게 꿈과 기억과 현실을 구별할 수 없게 한 것이지." 그렇다면 6월의 어느 날, 파리에서 나는 그 사실을 알았던가? 아마도 그렇지 않을 것이다. 설마 스스로 찾아낼 수 없는 정신의 균형을 찾기 위해 거기까지 자신을 끌고 갔던 우연의 일치를 내가 생각해냈으리라고는. 더욱이 어릴 적부터 어머니가 나에게 이야기해주었던 작가에게, 어머니가 나에게 읽게 한 덕분에, 단지 사랑하는 것으로도 모자라 실로 맹목적으로 사랑하게 되어버린 작가에 경의를 표하려는 생각을 하고 있었다고는 말이다.

이처럼 이러한 모든 일이 나의 사념을 어지럽히고 있는 사이에, 기억의 다른 부분, 즉 가장 깊고 신비에 가득 찬 부근에서 노래를 부르듯 전주곡 내림 나장조가 흘러나오기 시작했다. 나는 마음속 테이프를 멈추게 하고 싶었지만, 그것은 내가 움직이는 것을 막고, 둘러보는 것, 생각하는 것조차 막아버려 저 선율로 되돌아갈 수밖에 없었다. 내 속에서 나로 하여금 귀를 기울이게 하는 저 곡은 대체 누구의 연주인가? 나의 뇌리에 계속 흐르고 있는 선율들이 바로 내가 연주했던 것인지, 아니면 루빈스타인의 선율을, 혹은 어쩌면 코르토가 연주했던 선율을 내가 떠올리고 있는 것인지, 그들 중 누구의 것인지를 구별해내려는 것은 이상한 일이었다. 나는 수많은 세월이 흘러버린 후에야 겨우, 오늘, 여기에서, 한사코 내가 바라보지 않으려 노력해왔던 이 전모(全貌) 속에서 알게 된 것이다. 나는 쇼팽의 음악을 내가 인생을 해독하는 방법 속에서의 배경 음악이 아닌, 오히려 사념의 비교 대상으로 따라서 세계의 비교 대상으로 여기고, 마음속 깊은 곳에 귀를 기울여 들어왔던 것이다. 그것은 클라우디오 아라우의 음악이었다. 오직 그만이 내가 마음속 깊은 곳에서부터 부러워했음을 단언할 수 있는 유일한 피아니스트이다. 나는 그를 은밀히 살

피면서 그의 음악을 찬탄해 마지않았다. 오직 아라우만이 가장 마지막에 남은 프란츠 리스트의 제자, 마르틴 크라우제의 제자였다. 그는 내가 들어본 피아니스트 중에서 가장 신비로운 존재로, 나만큼 유명하지는 않을지 모르나, 나보다 훨씬 신비스러운 피아니스트다. 그가 세상을 떠났을 때, 한 친구가 신문 기사를 오려 나에게 가져다주었다(나는 신문을 읽지 않는다). 거기에는 아라우의 음반 제작회사 필립스에 의한 광고 지면이 있었다. 콘서트 무대에 커다란 피아노가 놓인 사진이었는데 피아노 앞에 놓인 의자에는 아무도 없다. 그리고 그 사진 밑에는 단 두 줄의 글만이 있다. '클라우디오 아라우, 1903~1991' 이 글 외에는 아무것도 없다. 세상을 떠나기 직전에 그가 원했던 일인지(그렇다면 나는 기쁘겠지만), 아니면 음반 제작회사의 누군가가 생각해낸 일인지, 나는 그 진위를 알지 못한다. 인기척이 사라진 홀에서 주인을 기다리고 있는 피아노. 나는 사진의 구도를 봤을 때, 확실히 전율을 느꼈다. 생몰년 숫자와, 이제는 의자에 앉을 사람을 영원히 잃어버린 그랜드 피아노를 말이다. 하지만 나는 그날 앙카라 거리와 비라켐 다리 사이에서, 살아갈 희망의 불꽃을 없애버리려는 듯 반복해서 나타나는 나의 악몽을 녹여서 손발이 마비되는 나의 건반으로 향하게 하려고 울려 퍼지던 저 전주곡집이, 내 것이 아니라(그 곡들을 콘서트에서 몇 번인가 연주한 적은 있지만 녹음한 적은 없었다), 클라우디오 아라우의 것이라는 사실을 이해할 수 없었다.

내가 되돌아오기까지는 상당한 시간이 필요했다. 시테 섬이 내 앞에 보이기 시작했을 때는 날도 저물어져 있었다. 깊은 피로감을 느꼈고 힘도 거의 바닥난 상태였다. 그 순간 나는 겨우 깨달았다. 자신이 돌아온 이유를, 그리고 집에 돌아와 연구에 몰두하는 이유에 대해서. 유리문으로 된 책장 안에는 악보가 작곡가별로 가지런히 정리되어 있다. 나는 자유롭게, 손에 잡히는 대로, 그 어떤 의무감도 없이, 녹음하지 않으면 안 된다는 생각도 하지 않고 악보를 고른다. 나의 가슴을 조이고 있던 불안은 사라졌다. 피로마저 이겨낸 것이다. 악마를 쫓는 의식을 행한 것도 아닌데, 구석으로 내몰리거나 위협받는 일도 없어졌다. 나는 인내라는 무기로 불안을 이겨낼 수 있었던 것이다. 이제 불안은 나란히 늘어선 지붕 저편으로 멀어져간다. 나를 덮쳤던 악마가 차례차례 멀어져간다. 어느새 누구를 덮치려 했는지, 누구를 위협하려 했는지 조차 알 수 없게 된 채로. 하지만 나는 기진맥진한 상태에서도 그 러시아인을 떠올렸다.

어디로 가면 그를 만날 수 있을까? 우리 집 아래? 나는 계단을 올라가기 전에 주위를 신중하게 둘러보았다. 그가 어딘가에 숨어 있을지도 모르고, 그가 모습을 드러내지 않는 어떤 인물이나 수상한 인간에게 미행을 당하고 있었던 것처럼, 나 또한 감시당하고 있을지도 모르는 일이었다. 시테 섬과 생 루이 섬을 잇는 다리 위에서 사람의 그림자를 하나 언뜻 본 듯한 느낌이 들었다. 나를 유심히 살펴보고 있는 것 같았다. 나는 그 러시아인을 본 것이라 생각했다. 나는 기필코 그에게 다가가 예전에 약속했던 괴이한 악보를 가지고 왔는지를 물어보기로 마음먹었다. 그는 일부러 돌아온 것이 틀림없었다. 그리고 모든 일은 나의 생각보다 훨씬 간단할 것이라고 생각했다. 나는 수 미터 떨어진 곳에서 그를 발견했다. 그는 겁에 질린 듯이 나를 바라보았다. 나는 평상시의 발걸음으로 돌아와 날카로운 통증과도 비슷한 환멸을 삼켰다.

신비한 음악과 마찬가지로 베일에 싸인 여성에 대해서도 그다지 강렬한 갈망을 느끼지 않게 된 후로, 수많은 세월이 흘렀다. 그리고 설령 이름 없는 저 음악과 이름은 있지만, 굳이 내가 입 밖에 내려고 하지 않는 여성이(그리고 지금 이곳에서도 굳이 그녀의 이름을 쓰지 않으려는 이유는, 나 자신에 대해서조차 지나치게 많은 설명을 덧붙여야만 하기 때문이지만) 이미 병들어버린 내 정신 속에서만 서로 맺어져 있다고 해도, 혹은 반대로 내가 의식하지 못하는 사실에 의해 내 마음속에서 달아나버릴 무언가로 서로 맺어져 있다고 하더라도, 지금은 아직 내가 입 밖에 내서 말을 할 수 없는 노릇이었다. 그리고 나는 적어도 그 순간, 그것을 알고 싶다는 생각을 추호도 하지 않았던 것이다.

4.

러시아인 음악가와 아직 관계를 맺고 있던 때의 일을 오늘, 다시 떠올린 것만으로 가슴속에서 분노가 치밀어 오른다. 나는 불길한 편지, 봉인된 봉투, 이런 소식만으로도 견디기 어렵다. 그나마 내가 받아들일 수 있는 것은 오직 과거에 관한 부분이다. 현재는 잡담, 의미 없는 장황한 이야기, 사라져 없어지는 것들로 인해 미래에는 두 번 다시 화제에 오르지 못할 것이다. 음악 또한, 똑같은 운명의 길을 걸어왔다. 음악이 흘러넘쳤던 시대는 일찍이 한 번도 없었다. 지금은 어디에 있어도 음악이 들려온다. 길모퉁이에서, 가게 안에서, 비행기 안에서, 병원에서조차 온갖 장르의 음악이 흘러나온다. 때로는 클래식 음악이, 가끔은 현대적인 리듬이, 혹은 칸초네가 들려오는 것이다. 수년 전부터는 헤드폰이 보급돼, 원한다면 융프라우 산 정상에서도 좋아하는 음악을 들을 수 있다. 자신이 원한다면 어느 장소에서도 침묵을 깰 수 있게 된 것이다. 정말 그럴까? 아니다, 요즘 시대만큼 음악이 들려오지 않았던 적은 없다. 천 개의 등대가 불을 켜고 있어도, 그것에 의지하는 배는 한 척도 없다. 모두 자기 스스로 진로를 정해서 가니까. 따라서 온갖 장르의 음악이 고막을 통해 들어가더라도 어느 것 하나 기억에 남지 않는다.

그 남자가 자신에 대해 알려야겠다고 결심하기까지, 나는 많은 나날을 기다릴 수밖에 없었다. 그것은 불안정한 나날이었다. 나는 잠을 제대로 이룰 수 없었고, 오후에는 집안을 막연하게 서성이기도 했다. 때로는 문득 창문 근처로 가, 밖을 내려다보기도 했다. 어느 날 밤, 이미 날이 저물었을 때, 나는 렌 거리의 그 카페에 가보았다. 어쩌면 운 좋게, 그 '모자를 쓴' 소녀를 다시 만날 수 있을지도 모른다고 생각했기 때문이다. 그리고 그녀와 재회하는 장면을 반쯤 상상하고 있었는데, 실제로 그녀는 러시아인과 함께 있었다. 거리에 서 있던 두 사람은 반쯤 뛰듯이 가버렸다. 그 둘은 마치 나뿐만 아니라, 그 누구에게도 무언가를 감추려 하는 것 같았다. 그를 기다리던 나날에 내가 끊임없이 머릿속에 그리고 있던 정경은 무엇 하나 실현되지 않았다. 나는 네르발의 작품을 구매한 후, 드뷔시의 전주곡집 연구를 재개했다. 어떻게 하면 이 곡을 녹음할 수 있을까? 음반 제작 회사 직원은 계속 편지를 보내왔다. 형식적인 편지가 있는가 하면,

명백히 나를 꼬드기기 위한 편지도 있었다. 그들은 할 수만 있으면 나를 속이고 싶어 했다. 하지만 나는 십 년마다 드뷔시 전주곡집을 녹음해서 레코드를 한 장 내는 것만큼은 되도록 피하고 싶었다. 나도 내 나름대로 약속을 한 것이다. 드뷔시의 전주곡집을 위해 앞으로 몇 십 년간이나 나 자신을 희생하고 싶지는 않았으니까. 따라서 그것은 나의 바람이 아니었다. 그리고 드디어 첫 음반을 낸 것만으로 나의 많은 의문점은 그 안에서 해소됐다. 그때 나는 그것을 확신하고 있었다. 하지만 지금은 그렇지 않았다는 사실을 알고 있다. 게다가, 또다시 십 년이란 시간을 들여 녹음했던 두 번째 음반은 39분 4초였는데, 이는 즉 이 곡을 녹음하는 데 십 년이란 시간이 걸린 셈이 된다. 이런 이유로 나의 작가 친구는 어느 날, 코에 걸린 돋보기 안경의 그림자 너머로 나를 바라보면서 말했다. "만약 자네가 단 일 초, 즉 하루에 단 일 초만 드뷔시의 음악을 녹음했더라면 십 년 동안 적어도 한 시간 분의 음악을 우리에게 남겼을 거야. 하지만 자네는 더 대단한 일을 한 셈이라네. 겨우 39분이 조금 넘는 시간을 남겼으니 말일세." 작가인 나의 친구는 역설을 즐긴다. 그러므로 나는 그와 만나는 것을 좋아한다. 나는 유머 감각 따위가 전혀 없는 인간이지만, 나이가 든 후로는 재치가 넘치는 사람들을 좋아하게 되었다. 이것은 내가 예상하지 못했던 일이지만 말이다.

하지만 이쯤에서, 더 이상 샛길로 새는 일은 그만두겠다. 나는 정확함을 으뜸으로 치는 것에 대한 분노를 억제하면서 말해 둔다. 내 앞으로 편지가 한 통 온 것은 1978년 6월 24일 이른 아침이었다. 사실을 말하자면 누군가가 직접 가지고 왔다. 우리 집 주소를 아는 사람은 아무도 없기 때문이다. 우편함에도 이름이 쓰여 있지 않았으므로 집배원조차도 내 이름을 찾을 수 없을 것이다. 문제의 편지는 이 건물 관리인의 책상 위에 놓여 있었는데, 이미 몇 년 전부터 관리인은 대기하고 있지 않았다. 나는 여느 때처럼 느긋한 산책을 마치고 막 돌아온 참이었다. 나는 생제르맹의 한 카페에 앉아서 오고가는 사람들을 멍하게 바라보다가 돌아왔다. 그날은 흐린데다가 바람까지 불어서 여름임에도 이따금 쌀쌀함이 느껴졌다. 그 무렵 나는 종종 일이나 연구에 집중이 잘 되질 않을 때, 며칠씩 정처도 없이 돌아다니고는 했다. 하지만 마음속에 불안은 이제 없었다. 그 남자를 만난 후 얼마간 내 마음을 옥죄고 있던 고통의 그림자가 이제는 말끔히 사라졌다. 다른 여자를 찾는 일도 없었고 오히려 나는 그 일을 피했다. 나는 무엇보다도 먼저, 자신의 생활 속에서 세속적인 만남 일체를 없애버렸다. 제작회사를 통해 나에게 전달되는 초대장조차 단 한 통도 열어보지 않은 채, 불을 지핀 난로 속으로 던져 전부 태워버렸다. 어느 것 하나, 내용을 확인해보지도 않은 채로 말이다.

문제의 그 봉투는 분명히 초대장 같은 것이 아니었다. 노란색 봉투에 우표가 붙어 있지 않았고 주소도 적혀 있지 않았다. 거기에 쓰여 있는 것은 오직 내 이름뿐으로 그것도 분명치 않은 필체였다. 전체적으로 봉투가 조금 두툼했는데, 서두른 나머지 편지지를 아무렇게나 접어서 넣은 것 같았다. 나는 바로 봉투를 뜯지 않고 천천히 시간을 들여 계단을 올라간 다음, 차까지 끓여 준비해 놓았다. 발신인조차 쓰여 있지 않은 이런 종류의 편지에는 언제나 공포심을 느꼈지만, 병적인 호기심에 의해 머지않아 두려움마저 누그러들었다. 결국에는 쥐고 있던 손안에서 사태의 해결 방법을 찾아냄으로써, 비밀은 무언가가 쓰여 있는 종잇조각 속에서 조금씩 사라져가는 법이니까. 내가 내 인생에서 유일하게 더할 나위 없는 행복감을 맛보는 때가 있다면 그런 순간임에 틀림없다. 왜냐하면, 모든 것이 나에게는 완벽해보였고, 자신이 무엇을 찾고 있는지를 아직 모르고 있다는 사실조차 조금도 머릿속에 떠오르지 않았기 때문이다. 그리고 자신이 아무것도 모른다는 사실이 행복일 줄은, 꿈에서도 생각하지 못했으니까.

* * *

6월 23일 파리
　친애하는 마에스트로.
　지금까지 연락을 드리지 못했던 점을 용서해주십시오. 여러 가지 이유가 있습니다. 또한 너그러운 관용으로 당신의 소중한 시간을 저에게 할애해주셨던 단 한 번의 만남조차도, 당신께 무척이나 큰 폐를 끼친 것이란 생각에 죄송스러운 마음뿐입니다. 저를 둘러싼 세상의 실태를 당신에게 조금이라도 알려 드리고, 제가 쫓기고 있다는 사실만이라도 이야기해두고 싶었습니다. 저는 깨달았던 것입니다. 한 남자, 혹은 한 여자가 저의 뒤를 쫓고 있다는 것을 말이지요. 그것도 한두 번이 아니었습니다. 이런 이유로 저는 발걸음을 빨리하거나, 갑자기 방향을 바꿔보기도 했지만, 아무런 소용이 없었습니다. 더 말씀드리자면 며칠 전, 정확하게는 수요일이었습니다. 밤늦게 집에 돌아왔더니 제 방이 어지럽혀져 있는 게 아니겠습니까? 옷은 물론, 모든 물건이 다(이렇게 말해도 얼마 되지는 않습니다만) 엉망진창이 되어 있었습니다. 하나밖에 없는 가방도 열려 있었고, 게다가 면도칼로 찢은 흔적도 있었지요. 제가 무언가 숨기고 있는 물건이 없는지 방안을 뒤졌던 것입니다. 저는 이러한 사건들로 인해 당혹감을 느끼고 있습니다. 제가 모스크바에 있었을 때는 때때로 한밤중에 경찰이 찾아와, 저와 어머니를 깨우고는 어떤 서류가 있는 것은 아닌지, 저희가 과격한 활동을 하는 것은 아닌지 집안을 수색하고는 했습니다. 하지만 그들은 포기할 수밖에 없었습니다. 집안에 있는 것이라고는 온갖 종류의 악보들뿐이었고, 그들은 그 악보 중 어느 한 장도 읽을 수 없었으니까요. 그런데도 그들은 초라한 집안을 다 휘젓고 다녔고, 그러는 사이 저와 어머니는 계단에 선 채, 폐부를 찌르는 듯한 추위에 떨고 있을 수밖에 없었습니다. 그날 이후로 마에스트로, 저의 건강은 나빠졌고, 어머니는 나이 탓도 있어 건강이 더 악화됐습니다. 폐병을 앓게 된 뒤로, 저의 치료비는 늘어났지만, 그다지 효과를 보지는 못했습니다. 지금 조금이라도 돈이 수중에 들어온다면 효과적인 치료 방법을 발견해낼지도 모르는데 말입니다. 소문에 의하면 여기에서 그다지 멀지 않은 발루아에 전문 의사가 있는데 어떤 방법을 찾아줄지도 모른다고 합니다만……. 마에스트로, 저의 프랑스어를 용서해주십시오. 말로 할 때보다 글로 쓸 때가 더 서투릅니다. 하지만 저 위대한 쇼팽조차 18년간이나 파리에서 생활했으면서도 프랑스어 회화나 읽기, 쓰기가 뜻대로 되지 않았다는 사실을 떠올리면 조금은 위안이 됩니다. 그런 연유로 가능하다면 이렇게 편지를 쓰는 것보다는 직접 만나 뵙고 싶습니다. 하지만 지금은 모습을 드러낼 수가 없습니다. 이해해주십시오. 당신을 위험하고도 위태로운 상황에 부닥치게 할 수는 없기 때문이지요. 여기서는 누구 한 사람도 신뢰할 수 없습니다. 부디 저를 믿어주시기를(설령 의심스러운 점이 있더라도), 그리고 누구에게도 우리의 이런 관계를 말하지 않으셨으면 합니다. 설령 다른 사람이 듣게 된다 해도 이해할 수 없을 것이고, 그렇게 되면 모든 것이 다 물거품이 돼버리니까요. 제발 저를 믿어 주십시오. 저에게 있어서는 어느 쪽이든, 다 괴로운 일입니다. 왜냐하면, 제가 소유한 유일한 재산을 제 손에서 떠나보내게 되는 일이니까요. 제 마음이 이해되시나요? 이런 낯선 도시에서 가난한 인간이 어떤 생활을 해야 하는지를 말입니다. 어느 밤, 모르는 자들의 침입을 받았던 저의 펜션이 어떤 곳인지… 말로 표현할 수 없습니다. 망명 러시아인이 파리에서, 변변치 않은 일자리도 없이 살아가기 위해서는 얼마나 끔찍한 생활을 하지 않으면 안 되는지를 말입니다. 실로 비참하다고밖에 말할 수 없을 것입니다. 당신과는 아무런 연이 없는 삶이지요. 마에스트로, 그 짧은 시간 속에서도 저는 느낄 수 있었습니다. 당신이 훌륭한 아파트를 가지고 있다는 사실을 말입니다. 당신이 연주하는 피아노 소리를 듣고 그것이 스타인웨이라는 사실을 알 수 있었습니다. 달콤한 음색에 조율도 완벽하게 되어 있었지요. 계단 밑 길가에서, 믿어주십시오, 마에스트로, 저는 회반죽색으로 칠해진 아름다운 당신의 집 내부와 천장을 황홀한 듯이 올려다보았습니다. 당신은 길가에서도 집안이 들여다보인다는 사실을 알고 계시는지요? 정말로 아름다웠습니다. 자고로 음악가란 언제나 좋은 취미와 훌륭한 감각을 가져야 하며, 조화와 균형 감각을 갖추고 있지 않으면 안 됩니다.

그런데 조화와 균형에 관해서 말하자면, 당신의 연주는 예정대로 순조롭게 진행되고 있어서 저희는 머지않아 드뷔시의 전주곡집 제2권의 12곡이 담긴 음반을 소유할 수 있게 되겠지요. 제1집의 레코드는 정말 훌륭했습니다! 모스크바에서는 그 이야기가 끊이질 않았다고 친구에게 전해 들었습니다. 괜찮으시지요? 마에스트로, 저는 당신에게 털어놓지 않으면 안 됩니다. 그저께 있었던 일입니다. 한 음반 가게에서 당신에 관한 소문을 들었습니다. 당당한 풍채의 두 신사가 이야기하고 있었는데, 한 사람은 당신의 사생활까지도 잘 알고 있는 듯, 극히 최근에 당신이 이탈리아를 떠났다는 말을 했습니다. 하지만 사실은 "당신이 어디에 몸을 숨기고 있는지 아무도 모른다", "당신의 은신처는 비밀이지만 가까운 시일 내에 당신의 콘서트가 열릴 것"이라는 말을 했습니다. 저는 그 사람의 말을 믿고, 그것이 실현되기를 기대해 마지않습니다. 당신의 음악을 듣게 된다면 아마저의 오래된 상처도 조금은 견딜만한 것이 되겠지요.

용서해주십시오, 마에스트로. 그날을 위해 부디 초대장을 저에게 주시기를. 그리고 그 콘서트 장소로는 꼭 파리를 선택해주시기를 바랍니다. 저 같은 인간에게는 당연한 일이지만, 간단한 이동조차 저에게는 불가능한 바람일 뿐입니다. 하지만 이 소망이 실현될 때에는 어떤 곡을 연주할 예정이신지도 알려주셨으면 합니다. 염치없지만, 저의 이런 갑작스러운 부탁을 꼭 들어주시기를. 당신은 틀림없이 드뷔시를 연주하시겠지요. 전주곡집 중에서 몇 곡인가를 말입니다. 그다음에는 브람스를, 또한 쇼팽의 마주르카를 몇 곡, 리스트도 연주하시겠지요. 이미 이것만으로도 위대한 콘서트입니다. 부디, 주제넘은 저의 청을 들어주십시오. 그리고 제발, 잊지 말고 한 곡을 더 연주해주셨으면 합니다. 그 곡은 바로 당신이 깊은 애정을 쏟아온 발라드 제4번 바단조입니다.

그런데 마에스트로, 또 한 가지 부탁이 있습니다. 용서해주십시오. 오랜 시간 궁핍한 생활을 해오다보니 저의 분수를 잊어버린 것인지도 모릅니다. 얼마 전, 제가 약속드렸던 발라드 제4번의 자필 악보에 관한 것입니다. 우리의 약속은 당연히 유효한 것이겠지요? 당신도 잘 알다시피 저는 상당히 움직이기 곤란한 상태입니다. 하물며 저 악보들을 가지고 밖으로 나오는 것은 상당히 위험한 일이지요. 이런 연유로 조금만 기다려주시기를 바랍니다. 사랑하는 것을 손에 넣기 위해서는 오직 인내만이 필요한 법이니까요. 바로 이해하시겠지만, 이것은 돈과 관련된 문제만이 아닙니다. 그리고 이 편지가 나쁜 자들 손에 들어가지 않기를 바라는 바입니다. 여기 파리에는 그런 자들이 얼마나 많이 있는지…….

그럼 당분간, 저도 노력하겠습니다. 그러니 부디, 건강하시기를.

추신, 옛 파시 마을에 남아 있는 것은 참으로 멋지지요!
그렇게 생각하지 않으시나요?

* * *

나는 모멸감을 느꼈다. 다음에는 분노를, 그리고 마지막에는 불안을⋯. 누런 종이에 교활하고 지성이 모자란 인간이 써내려간 이 편지는 지극히 통속적인 주제의 추악한 바리에이션과도 닮은, 거만하고도 비참하며 아첨하는 편지가 아닐 수 없다. 정중하고도 쾌활한 편지 내용은 통속적인 미뉴에트나 댄스 음악에 어울리지만, 음악사의 정통성을 짓밟는 것은 아니다. 하지만 정중한 태도의 이면에는 어두운 위협이 달라붙어 있다. 편지 전체에서 지혜가 엿보인다. 결코 아무렇게나 쓴 것이 아니다. 이 편지를 쓴 자는 공갈에도 익숙한 사람이라는 사실을 보여주고 있었다. 또한 마지막 부분에 이르러서는 두 가지 중요한 사항을 슬쩍 언급하고 있었다. 그 한 가지는 자필 악보를 가지고 있다는 점이다. 처음부터 빙빙 돌려 말한 것도 아니고, 암시적으로 말한 것도 아니라 그 사실을 인정했다. 그리고 또 하나, 내가 미행당하고 있다는 점이었다. 그것도 어느 정도 주도면밀한 방식으로 나에게 말한 것이다. 왜냐하면, 그가 그날 아침 우리 집에서 '모자를 쓴' 소녀가 나간 사실을 알고 있었기 때문이다. 그뿐만

이 아니라 그는 그날, 내가 예전에 파시 마을이었던 곳까지 외출했던 일마저 알고 있었다. 그렇다면 나는 미행당했던 것이 틀림없다. 어째서일까? 어떠한 이유로든 내 돈으로 부자가 되길 원하는 러시아인은 내가 찾고 있는 것을 돈으로는 팔지 않겠다고 하면서, 어째서 또다시 나에게 이런 장문의 편지를 보내온 것인가? 그리고 어째서, 게다가 내가 미행당하고 있다는 것을 나에게 알리려 하는 것일까? 대체 누가 나를 미행하고 있는 것일까? 그 자신인가? 그렇지 않으면 누군가 다른 사람이? 그리고 만약 그자가 누군가에게 고용되어 있다고 한다면 그는 단순한 밀사에 지나지 않는 것인가?

아니, 나는 쓸데없이 복잡한 이야기 같은 것을 절대 믿지 않았다. 실제로 러시아인은 가격을 올리고 싶어 한다. 그러려면 그가 소유한 것을 읽고 싶어 하는 나의 욕구를 부채질해, 내 욕구를 끓어오르게 해야 한다. 그러기 위해서는 나를 기다리게 하는 수밖에 없다. 게다가 그 이상의 무언가가 필요하다. 이 러시아인은 교활하다. 그는 내가 미행당하고 있다고 생각하면, 고민하고 괴로워하며 공포를 느끼게 되리란 사실을 알고 있는 것이다. 그는 내가 사는 곳도 알고 있다. 고독한 남자가 어떤 습관을 지니고 있는지 알아내기란 어렵지 않다. 나는 혼자 숨어 살고 있으므로 나 같은 남자의 뒤를 미행하는 일은 간단하다. 또한 나는 매우 부주의하기까지 해서 내가 눈치 채지 못하는 일은 얼마든지 있다. 물론 내가 파시나 앙카라 거리까지 산책하러 가는 것은 비밀도 아무것도 아니었지만 말이다.

그러므로 이유는 명백하다. 그뿐 아니라 전혀 이치에 맞지도 않는다. 나는 논리보다도 신비를 선호해왔다. 즉, 일상성이라고 말할 수 있는 사건들의 평범함보다도 비참함을 우선해온 것이다. 바로 이런 이유들로 나는 한층 더 농밀한 무언가를, 나이 든 피아니스트의 인생을 뒤바꿔놓을지도 모를 무언가를 갈망해왔다. 확실히 나에게는 하늘이 내려준 뛰어난 재능이 있다. 하지만 그 이상으로 내 음악과 언젠가 헛된 집착이 되어 결국에는 공포에 빠져드는 것 같은 관계를 공존시키기고 싶었다. 나는 언젠가 베토벤을 필요한 색조로 연주해낼 수 있을까? 또한 나의 베토벤, 내 양손 손가락 사이에서 나오는 그는 1700년대에 더 가까운 작곡가가 될 것인가, 아니면 일찌감치 낭만주의를 향해 가고 있던 몇몇 피아니스트들만이 표현해낼 수 있는, 그 기묘한 쾌활함과 경쾌함을 잃어버린 작곡가가 될 것인가?

이런 질문은 소수의 사람을 위한 것이며, 오직 소수의 사람에게만 남겨졌다. 아침부터 밤까지 음악을 듣고 있는 듯한, 돈으로 얽혀 있는 세상에서 이런 물음을 던지는 것이 무슨 의미가 있겠는가. 그들에게는 쉼표의 가치를 설명해주어야 한다. 또한, 침묵이 그 얼마나 음악으로 가득 차 있는지를! 이것은 해야만 하는 논쟁이 아니다. 나이 든 피아니스트는 이제 세상이 끝났다는 사실을 이해해야 한다. 두 번 다시 변하는 일 없이 말이다. 며칠 전에 있었던 일이다. 여기, 세상에서 가장 아름다운 한 골짜기에 이와는 지극히 대조적인 나의 콘크리트 집으로 작은 소포가 우편으로 배달되었다. 그것은 한 미국인 피아니스트의 CD였는데, 나는 도저히 참고 듣기가 힘들 정도였다. 그런데 세간에서 말하길, 이 젊은 피아니스트는 어느 곡이나 비슷하게 연주한다고 한다. 이 피아니스트는 비록 기교는 뛰어날지 모르나, 자신이 연주하는 작품의 시대에 관해서도, 작곡한 인물에 관해서도, 아무런 견해도 가지고 있지 않다. 아마 이런 식으로 말하는 것은 그다지 민주적이지 않지만, 나의 음악은 엘리트의 것이므로 '대중문화'라는 정의도, 존재 이유도 나는 이해할 수가 없다. 그것은 모순된 사상의 표현 외에는 아무것도 아니다. 이를 이해하는 과정은 길고 복잡하며, 많은 부분에서 비법 전수와 비슷하다. 그러므로 그것에 의해 아무것도 받을 수가 없고, 모든 것이 동화되지 않으면 안 된다. 침착하게, 힘들여서, 게다가 주의 깊게, 그리고 무엇보다도 엄밀하게. 곡을 연주하는 자는 환상이 엄밀함의 결과물이란 사실을 알고 있다. 아니, 그것은 완성된 영역에까지 도달한 엄밀함이라고 말하는 것이 좋겠다. 그것은 생각할 수 없는 세부에까지 도달한 과장이다. 피아노 건반 위에서 손가락을 약간 바꾸는 것만으로, 혹은 실제로는 손가락뼈를 특수한 방법으로 움직이는 것만으로 얼마나 연주가 달라지는가? 파리에 있을 때, 나는 이미 전설적인 존재가 되어 있었다. 하지만 여기, 스위스 산속에 틀어박힌 후로 나는 매우 많은 것들을 이뤄냈다. 한 예로, 엄지손가락을 미끄러뜨리면서 한 음계에서 다른 음계로, 여러 개의 옥타브를 연결하는 법을 배웠다. 또한, 손가락의 첫 번째 마디뼈가 검은 건반 위에서 매끄럽게 움직이고 있는 동안 두 번째 마디뼈를 흰 건반 위에 올려놓는 방법도 터득했다. 전부 내가 수년에 걸친 수련 끝에 발견해낸 기법인데, 이것은 이미 사라졌다고 여겨져 온 피아노 주법 중의 하나이다.

하지만 지금은 기교주의를 버리자. 내가 말하고 싶은 것은 그런 것이 아니다. 편지가 준 상처가 아직도 들러붙어 있는 듯 고통스럽다. 저속한 인간 때문에 궁지에 몰리고, 창조력을 방해받고, 내가 창조해내려고 했던 완벽한 세계, 즉 연주되어야 할 모습 그대로 연주되던 쇼팽의 에튀드가 혼란에 빠졌다는 사실이 참기 어려웠다. 그렇게 그는 내 생활 속으로 들어와 은밀히 나를 살피고 협박하고 기다려달라고 청하며, 일방적인 약속을 했다. 게다가 그 기다림이 너무나도 길어 나는 견디기 힘들었다. 그리고 이런 짓을 또 다시, 사기꾼처럼 같은 방법으로 계속하는 것이었다. 무엇보다도 이처럼 초라한 인물이 그토록 중요한 쇼팽의 자필 악보를 소유하고 있을 줄이야. 이는 때때로 삶에서 볼 수 있는 하나의 모순이다. 이것도 감수해야만 할 역설의 하나일 것이다.

그 러시아인은 분명히 이런 종류의 악보가 어느 정도의 가치를 가졌는지를 알고 있었다. 무엇보다도 그 발라드 자필 악보 완전판은 그 누구도 소유하고 있지 않으니 말이다. 게다가 그것이 우리가 알고 있는, 즉 지금까지 인쇄됐던 판과 다르다면 이 얼마나 소름끼치는 일인가. 하지만 도대체 얼마나 다른 것인가? 그날 러시아인이 나에게 말했던 것은 제211소절, 즉 종결부에 관한 것이었다. 왜냐하면, 그 부분에서부터 발라드의 종결부가 시작되기 때문이다. 그 종결부에는 확실히 우리를 당황하게 만드는 무언가가 있다. 나는 젊은 시절, 악보의 몇 가지 사소한 부분에 계속 의문을 품고 있었다. 그것들이 과장스럽게 확대, 증폭되기를 바라거나, 거기에서 음악의 원자나 세세한 부분을 찾아내려고 하거나, 그 비밀들을 탐지해내서는 얼마간 가담해보며, 멀리서 엿보고 있는 세계를 조금이라도 이해할 수 있기를 바랐다. 나는 지금껏 견고한 필터로부터 보호를 받아왔다. 유복하고 이해심 많은 부모에게 보호를 받았고, 엄격하긴 했지만 친절한 가정교사에게, 또한 눈치 빠르고 잔소리가 심한 할머니에게 각각 보호를 받았다. 또 정원에 나가면 정원사가 나에게 손을 내밀어주었다. 요컨대 나는 유복한 가정의 외동아들이 받았으리라 짐작되는 최고의 대접을 받으며 자라온 것이다. 이윽고 여행을 떠나는 일이 허락되었을 때에도(그것도 대부분은 빈틈없이 준비된 여행이었지만) 주위로부터 격리되어 있었기 때문에 결국, 외부 세계는 연극의 배경처럼 주위에 나타났고 하루의 끝은 막이 내리는 것처럼 끝이 났다. 나는 배우들의 대기실조차 들어가서는 안 되었다.

발라드 제4번의 종결부는 젊은 시절부터 내가 즐겨 공상해왔던 부분의 하나였다. 그것은 뛰어난 재능을 가진 젊은 피아니스트의 공상을 자극해 마지않는 특징들을 많이 가지고 있었다. 지금도 기억하고 있는데, 나는 종종 다른 방식으로 이 곡을 연주해보았다. 그중에는 악보에 쓰여 있다고 보기 힘든 것조차 있었다. 왜냐하면, 나는 일련의 음표들을 분해해서 저 극적인 마무리 부분의 비밀을 파헤치는 편이 더 잘 어울린다는 생각마저 들었기 때문이다. 쇼팽 악보의 제1부를 연주하는 데는 거의 십 분 가까이 걸린다. 그런 다음에 뒤엉켜 있는 두 개의 주제를 둘러싸고 변주가 이어지는데, 그것들이 때때로

엇갈린 후에 기다리고 있던 한순간에 도달했다. 그것은 폭풍 같은 상태를 예감하게 하는 선율, 혹은 거의 우연처럼 화폭에 내던져진 색의 조화라 해도 좋을 것이다. 거기에는 확고한 의도로 과녁을 꿰뚫는 뚝심이 있었고, 색조의 영역을 넘어 색채를 더해갔다. 이른바 조각처럼 화폭을 화려하게 수놓는 것이 있었다. 바로 거기에서 색채는 살이 더해져 육체 차원에까지 도달하게 되는 것이다. 마치 손으로 만질 수도 있을 것 같았다.

발라드에서도 똑같은 일이 발생했다. 내 양손이 심하게 떨린다. 가능한 한 빠르게 서랍을 열기 위해 서두르는 사람 같았다. 왜냐하면 시간이 없으니까, 위험이 닥쳐오고 있으니까. 그런데도 서랍은 전부 덜컥거리기만 할 뿐 열리지 않는다. 심지어 몇 년 동안이나 닫혀 있던 것도 있다. 아무리 움직여보아도 꿈쩍도 하지 않는 것조차 있는 것이다. 그러다가 때가 되면 갑자기 열리는 것도 있다. 그러므로 찾으러 돌아다니지 않으면 안 된다. 좀 더 깊숙한 곳까지 살펴보지 않으면 옷들을 헤집고 집어던지게 된다. 그러다가 문득 손을 멈춘다. 자신이 찾고 있는 것이 어쩌면 아주 가까운 곳, 바로 눈앞에 있는 것인지도 모른다는 생각이 드는 탓이다. 그런데도 자기 자신은 볼 수가 없는데, 그 이유는 이것이 사실이기 때문이다. 우리가 필사적으로 찾고 있는 것이 종종 자신의 눈앞에 있기도 하니까. 어쩌면 해적 퓨(소설 〈보물섬〉의 등장인물)가 꽁꽁 얼어붙은 길 위를 지팡이로 치는 소리가 들리기 때문인지도 모른다. 늙은 선장 플린트가 살아남은 부하들을 데리고 가, 그를 죽이러 돌아온 것인지도 모른다.

아니, 그렇지 않다. 그는 이제 더는 살 수 없게 된 집에서 탈출하려고 하는 것이다. 그러므로 서두르지 않으면 안 된다. 불안은 어느새 가슴팍까지 차올랐다. 그는 소지품을 추려내려고 하지만, 불현듯 어느 것을 선택해야 좋을지 모르고 있다는 사실을 깨닫는다. 이제는 아무런 가치가 없는 물건에서도 중요성을 찾아내야만 한다. 도중에 손을 멈추기도 하고, 다시 서두르기도 하다가 또다시 멈추고는 대동소이한 선택 속에서 멍해져, 아무런 가치도 없어진 낡은 시계를 바라보고 있다. 이제는 선택 기준마저도 없다(결국에는 그 가치조차 모르는 것이다). 그리고 모든 서랍을 닫아버린다. 어느새 자신에 대한 긍지마저 잃어버린 채로 말이다. 왜냐하면, 이번에도 그는 찾아내지 않았으니까. 그리고 또다시 도망치고 있으니까.

도대체 무엇을 하고 있는 것인가, 나는 옆길로 빠진 것인가? 정말로 나는 주제에서 크게 벗어나버렸다. 하지만 어떤 식으로 저 악보에 얽힌 비밀을 이야기해야 한단 말인가? 음악학자처럼 하면 되는 것인가? '주제Ⅲ, 바단조, 제211-239소절. 열렬하게'라고. 쇼팽은 저 종결부를 쓰고 있었을 때, 어떤 생각을 하고 있었을까? 도대체 어디에 있었을까? 그는 물론 노앙에 있었다. 프랑스 중부의 작은 마을이다. 함께 있던 조르주 상드는 시거를 피우고 있었는데, 그녀는 이윽고 이렇게 외쳤다. "프리데릭, 불꽃처럼!" 자연에 둘러싸인 그 집에서 쇼팽은 몇 해인가 여름을 보냈다. 커다란 저택이었지만, 인공적으로 만들어진 느낌은 없었고 녹색 초원이나 꽃들 사이에서 고요했다. 주위에 펼쳐진 숲과 관목은 세상과 동떨어져 있어, 전원 속에 호젓이 서 있는 영국의 시골집과도 닮아 있었다. 나는 아직 젊은 나이임에도 낭만주의를 동경하고 있었을 무렵에 그곳을 방문했던 때의 일을 떠올린다. 모든 것이 예전 그대로였다. 나는 당혹감을 느꼈다. 쇼팽이 그 곡을 작곡했다고 굳게 믿고 있었던 내 상상 속의 장소가 아니었다. 집은 이층집으로 다락방이 딸린 구조였다. 응접실에 업라이트 피아노가 놓여 있어서 모두가 거기에 모이는 것이었다. 상드의 가족들, 친구들, 모두가 함께 말이다. 쇼팽도 그곳에 모두와 함께 모여 피아노를 연주했으리란 사실은 충분히 상상할 수 있었다. 그는 병든 폐를 치료하기 위해 노앙에서 몇 해인가 여름을 보냈다. 그러나 병을 치료하는 데는 아무런 도움이 되지 않았던 것이 분명하다. 1842년, 쇼팽의 몸은 악화 일로를 걷고 있었다. 그는 콘서트를 열기조차 거의 힘든 상태였다. 자신이 쓴 작품을 연주할만한 육체적인 힘은 이미 사라지고 없었다. 1842년 여름, 즉 그가 발라드를 쓴 여름 날, 쇼팽의 친구였던 외젠 들라크루아도 노앙에서 며칠 밤을 보냈다. 나는 발라드 제4번과 들라크루아 회화의 위대한 작품 사이, 특히 그 색채 사이에, 일종의 공통된 무언가가, 아니 그 이상의 대화가 있는 것은 아닌지, 언제나 생각해왔다.

대체 그는 언제 저 발라드를 작곡한 것인가? 그것은 노앙에서 보냈던 소란스러웠던 여름날 중 한때였으리라. 조르주 상드나 쇼팽이 껄끄러워했던 사람들과 함께 있었을 때이다. 쇼팽의 음악에서 가장 중요한 저 작품이 연주되어, 심지어 들을 수 있는 특권을 부여받았으면서도 아마 그 가치를 알기 위한 시도조차 하지 않았을 사람들과 함께 있었을 때, 그 여름날을 보내면서. 아마 조르주 상드는 쇼팽을 '나의 귀여운 쇼팽'이라고 불렀을 것이다. 도저히 좋게는 봐주기 힘든 여성이, 전주곡 같은 수많은 걸작을 작곡한 19세기 음악계에 커다란 혁명을 가져온 인물을 향해, '나의 귀여운 쇼팽'이라고 불렀던 것이다. 이 얼마나 쇼팽의 명성이 폄훼된 것이란 말인가. 조르주 상드 같은 자들의 탓으로 말이다. 그녀는 실제로 음악의 선율과 개가 짖는 소리를 구별하지 못하는 평범한 작가에 지나지 않았다. 그런 주제에 쓸데없는 참견이나 부탁하지도 않은 충고는 빠뜨리지 않았다. 하지만 들라크루아는 다르다. 그는 이런 짓을 한 것이 아니라 그를 이해했다. '쇼팽과의 대화는 끊이질 않았다. "나는 그에게 매우 호감을 느끼고 있었다. 그는 비범한 인물이다. 내가 일생동안 만난 자들 중에 가장 뛰어난 진정한 예술가다. 찬탄할 수밖에 없고, 칭찬해 마지않을 수 없는 실로 극소수의 예술가에 속한다." 그야말로 이 말 대로이다. 하지만 어느 정도인가? '진정한 예술가'라는 표현을 통해 들라크루아는 쇼팽의 재능을 어느 위치에 놓으려 한 것일까?

가엾은 들라크루아! 그는 쇼팽의 진가를 꿰뚫어보고 있었다. 하지만 그 이상의 설명은 할 수 없었다. 그는 음악사 안에서 쇼팽의 발라드가 얼마만큼의 중요성을 갖는지를 상상할 수 없었다. 노앙에 들락거리던 그의 친구들은 비록 부분적이거나 단편적이었을지는 몰라도 틀림없이 그 곡을 들었을 것이다. 그것이 다시 고쳐지고, 중단되어, 다른 형태로 재구성되었다고 하더라도 말이다. 어느 쪽이든, 그들은 쇼팽의 발라드를 들었음이 틀림없다. 그때 쇼팽은 부분적으로 연주하고 있던 곡을 보다 긴 곡으로 만듦으로써 그 조각난 곡들을 하나로 모으려 했다. 또한, 가능하다면 그 안의 몇 소절을 다른 음표로 바꾸거나, 아마 장식음을 한군데만, 왼손의 화음을, 어쩌면 5화음을 7화음으로 바꾸려고 했을 것이다.

쇼팽은 들라크루아에게 호의를 느끼고 있었다. 그를 진정한 친구라 여겼다. 하지만 나는 그들 서로가 상대방 예술의 자세한 부분을 이해하고 있었다고는 생각하지 않는다. 특히 쇼팽은 들라크루아의 그림을 이해할 수 없었다. 들라크루아의 그림을 보고 있으면 기분이 우울해진 것은 아니었을까? 쇼팽이 아무리 해도 상대방의 예술을 공감할 수 없었으니 말이다. 이런 이유로 쇼팽은 때때로 실수를 하기도 했다. 언젠가 쇼팽은 들라크루아를 향해 그의 그림보다도 앵그르(19세기 프랑스의 고전주의를 대표하는 화가)의 그림이 더 좋다고 (혹은 적어도 그런 뉘앙스로) 말해버렸다. 두 화가 사이에 뿌리 깊은 증오가 있다는 것도, 들라크루아가 앵그르를 실로 어리석은 자로 간주하고 있다는 것도 잊어버린 채. 아마도 앵그르에 대한 들라크루아의 생각은 정확한 것 같다. 앵그르의 작품을 보아도 나는 아무런 감흥이 끓어오르지 않기 때문이다. 하지만 들라크루아는 내 사념에 불을 지폈다. 나는 그의 풍만한 색채의 바다에 빠져 있는 듯한 감각이 좋다. 거대하고 막연한 '사르다나팔루스의 죽음'은 20제곱미터에 가까운 웅변과 회화가 섞인 대작이다. 경직된 표정, 응시하는 눈동자, 여자 중 한 명에게 단도를 내미는 남자의 긴장된 근육, 그리고 여자의 유연한 육체. 반지나 팔찌에 조금도 뒤지지 않을 만큼 아름답게 장식된 고가의 단검의 날을 받아들이려고 하는 그 음란한 자태. 들라크루아의 색채는 진홍색과 갈색으로, 육체는 근육질에 유연하며, 의상은 부드럽고 하늘하늘하다.

그러나 루브르 박물관에는 들라크루아의 커다란 회화 작품 외에, 작지만 여러 번 수정된 데다가 반으로 분리되기까지 한 유명한 쇼팽의 초상화도 있다. 이것은 아마 쇼팽을 그린 그림 중에서는 가장 유명한 것이리라. 나는 쇼팽을 생각할 때 들라크루아의 이상 속에 있던 쇼팽, 즉 이 그림 속 쇼팽을 떠올린다. 단정하게 빗어내린 머리카락, 심상에 잠긴 높은 매부리코와 날카로운 눈빛이란. 그것은 실로 완벽한 낭만파의 초상화다. 이 초상화에는 끊임없이 빛나는 생명력과 함께 결여된 결단력이 공존하고 있다. 한편 근육은 하나도 남김없이 전율하고 있으며 몸 전체에 활기가 가득 차 있다. 쇼팽의 실제 모습이 확실하다는 보증은 없다. 실제 모습이 아니라, 일종의 인상일지도 모른다. 그리고 그 작은 그림에는 몇 가지 기묘한 이야기가 전해져온다. 원래 그림의 다른 반쪽 부분에 대한 이야기로, 거기에는 조르주 상드가 그려져 있었다. 아마 더욱 크고 넓은 구성 속에 전체가 들어 있었음이 틀림없다. 그런데 조르주 상드와 쇼팽이 하나가되어 있던 그림은 들라크루아의 아틀리에에서 밖으로 나간 적이 없었다. 참고로 그 그림은 그의 사후, 뒤티 컬렉션으로 옮겨진 후에 두 개의 초상으로 분리됐다. 상드의 그림은 1887년, 500프랑에 다른 사람 손으로 넘어갔고 1919년에 3만 5000 덴마크 크로네로 코펜하겐 미술관에 낙찰됐다. 쇼팽을 그린 부분은 조금 작아서 다른 사람의 손에 건너가는 일이 별로 없었다. 1874년, 820프랑에 팔렸고 그 후 1907년, 마르몽텔의 유언에 따라 루브르에 기증, 보관되었다.

내가 이런 경위를 알고 있고 여기에서 언급하는 것은, 고미술 수집가였던 조부가 1874년에 있었던 경매 때 이 그림을 낙찰하려고 했지만 불과 근소한 차액으로 매수에 실패했기 때문이다. 아버지의 말에 따르면 이것은 할아버지를 무척 실망시켰던 사건의 하나로, 그 후에도 몇 번이나 이 그림을 손에 넣으려 노력했지만 결국은 이루어지지 않았다고 한다. 그리고 1907년, 루브르에 이 그림이 증정되자 겨우 포기했다는 것이었다. 조부는 아마추어 피아니스트였지만 프란츠 리스트 앞에서 피아노를 연주했던 일을 자랑으로 여겼고, 클로드 드뷔시와도 친분이 있었다. 하지만 무엇보다도 프리데릭 쇼팽의 숭배자였다. 1830년에 태어난 조부는 1848년 2월 16일, 플레이엘 홀에서 열린 파리에서의 마지막 쇼팽 연주회를 볼 수 있는 행운을 가까스로 잡았다. 조부는 장수했다고는 해도 1916년, 내가 태어나기 4년 전에 세상을 떠났기 때문에 실제로 나는 그를 잘 알지 못한다. 그러나 조부는 특히 말년에 그 연주회의 정경 등을 반복해서 아버지에게 이야기했다고 한다. 예를 들면, 왕이 직접 입장권을 열 장 샀다든지, 몽팡시에 공(국왕 루이 필리프의 막내아들)에 관한 이야기라든지, 그날 밤 쇼팽은 자신의 작품뿐만이 아니라 모차르트의 피아노와 바이올린과 첼로를 위한 삼중주곡을 연주했다든지 하는 이야기를 말이다. 들라크루아가 그린 쇼팽의 초상화를 봤을 때, 나의 조부는 쇼팽이 피아노를 향해 앉기 전, 아주 짧은 순간이었지만 그 눈빛으로 자신을 바라봤었다고 확신했다. 그것이 할아버지의 기억 속에 각인된 쇼팽의 모습이었다. 그래서 그는 그 초상화를 손에 넣고 싶었던 것이다. 그러나 조부의 말에 따르면, 마지막에 매수를 포기한 이유는 상드가 부정적인 영향을 끼쳤기 때문이라고 한다. 그림의 나머지 반쪽에는 그녀의 모습이 그려져 있어, 대조가 뚜렷하게 표현되어 있었던 것이다. 그녀는 비꼬고, 거드름을 피우고 있는 듯해, 제법 그녀의 인간성이 잘 배어 나오고 있었다. 쇼팽이 품위 있고 신중함을 중시해서 그려져 있는 반면, 상드는 냉소적으로 그려져 있었다. 그 양손도, 시선도, 입매마저 그녀의 제멋대로인 성격과 자기과시욕을 숨김없이 그대로 드러내고 있었다. 나중에 두 개로 분리된 그림을 비교해보면, 괴로워하는 두 사람의 관계성을 감지해낼 수 있다. 그리고 들라크루아가 두 친구 각각의 진가 즉, 조르주 상드의 결점과 쇼팽의 천부적인 재능 및 위대함을 꿰뚫고 있었다는 점은 분명했다.

그럼에도 쇼팽은 들라크루아를 진정으로 이해하지 못했다. 노앙의 전원에 둘러싸인 집에서, 기나긴 오후를 서로 끝없이 의견을 나누며 보내는 것을 좋아했는데도 말이다. 바로 그때, 그런 환경 속에서 이 경탄할 만한 발라드가 탄생한 것이다. 어느 날 밀라노에서 아르투르 토스카니니(이탈리아의 지휘자)가 나에게 말했다. 저 곡에 견줄 수 있는 유일한 작품은 레오나르도 다빈치의 '모나리자', 보다 정확히 말하면 '조콘다 부인의 미소'라고. 발라드 제4번은 말로 표현할 수 없는 작품, 조각난 영혼을 보여주는 고야의 '마하'의 베일, 영혼의 끊임없는 표류이다. 이곡을 완벽히 연주해내는 것은 돛을 올리고 앞으로 나아가는 것과 비슷하다. 한순간 한순간의 움직임을 분배하면서 절대로 부자연스러운 충동에 휩싸이지 않아야 한다. 또한 가장 격렬하고, 가장 빠른 초절기교가 이어지는 악절 속에서도 계속 주의를 기울여야만 한다.

내가 이 발라드를 사랑하는 이유는 어느 정도 나 자신과 닮았기 때문이다. 자제심과 열정, 이성과 광기, 그리고 최후에 도달하는 신비. 이런 것들의 총체라 말해도 좋다. 하지만 그 아래, 저 음표의 바다 아래에서 서로 간에 밀고, 포개어져, 어두운 흐름의 울림 속을 떠내려간 끝에, 마침내 커지는 곡선, 즉 대위법을 발견하고는 이 작곡가가 항상 바흐의 악보를 가지고 다녔다는 사실을 떠올린다. 그리고 마요르카 섬이든, 발데모사 수도원이든, 어디에서든지 그 악보를 몸 가까이에 두었다는 사실, 그리고 그 땅에서 몇 년인가 전에 쇼팽이 작품 28 전주곡집을 완성한 일에까지 생각이 미치는 것이다. 쇼팽에게 있어서 그것은 가장 괴로운 경험 중 하나였다. 마음이 편치 않은 그 섬에 쇼팽을 데리고 간 사람은 조르주 상드인데, 그곳의 현지인들은 그들에게 집을 빌려주려 하지 않았다. 왜냐하면 쇼팽이 폐병을 앓고 있었기 때문이다. 그곳은 기온이 18도에 무화과와 오렌지가 열리고 있었는데도 쇼팽은 기침을 할 때마다 가래를 뱉고는 했다. 그들은 겨우 버려진 수도원을 발견했다. 그 수도원은 15세기에 지어진 거대한 건축물로, 전부 돌로 지어졌고 고딕풍 창이 달려 있었다. 많은 수도사 견습생들을 위한 방외에, 비교적 최근에 지어진 수도원의 일부가 있었고 작은 뜰도 있어서 상드와 아이들과 쇼팽은 그곳에서 살기로 했다. 하지만 그곳은 접근하기 어려운 곳으로, 수도원은 떨어져 있는 두 개의 암석에 걸쳐진 듯이 지어져 있었다. 가구는 거의 없었고 식료품은 보통 가격보다 세 배나 비쌌다. 왜냐하면 쇼팽과 상드가 미사에 나가지 않는 것을 현지인들이 알아차렸기 때문이다. 마을 사람들은 설령 그가 마요르카 섬에서 숨을 거두게 되더라도 어느 땅에도 묻어 주지 않겠다며 두 사람을 압박했다. 그러나 머지않아 플레이엘의 소형 피아노가 옮겨져 와 은구슬 같은 음을 울리기 시작하자, 마요르카 섬은 곧 매혹적인 장소로 바뀌게 된다.

1838년 12월 28일, 쇼팽은 친구인 폰타나에게 이렇게 쓰고 있다. "드디어 피아노가 도착했다. 마르세유에서 빌린 것이다. 섬의 주민들은 피아노가 자신들을 일제히 기쁨에 들뜨게 하는 괴물이라도 된다는 듯이 멀찌감치 떨어져 있다." 하지만 쇼팽이 28일까지 완성하리라 마음먹었던 곡이 수도원에서 잇달아 들려오기 시작했다. 우선 처음에는 전주곡집이 그리고 다음에는 발라드 제2번 바장조가 들려왔다. 그것은 일찍이 온전한 형태로 연주된 적이 없는 부분까지 포함한 또 하나의 작품이었다. 그 곡은 격렬함과 열정이 피아니스트의 기교로 대체되지 않으면 안 되었다. 그러나 도저히 바랄 수 없는 일일 것이다. 그 곡은 강한 힘과 불안, 성급함, 억제된 음조 등이 혼연일체가 되는데, 격렬함과 반짝임이 하나가 되고 활력과 열정 등이 섞이게 되지만, 여기저기에 망설임이 번뜩이고 있다. 마치 절망적인 공격 태세를 보이고 달려 나가려 하는 병사의 눈동자 속 불안감처럼 말이다. 바로 그것은 루빈스타인의 연주법과 관련된 것이다. 콜록거린 다음에는 가래를 뱉어내던, 지칠 대로 지쳐 창백한 얼굴로 친구들에게 편지를 쓰고 있던 쇼팽은 그 발라드를 어떤 식으로 연주하고 있었을까?

마요르카 섬에서 일어났던 사건들로 판단해본다면 프리데릭 쇼팽은 열정을 담아서 연주했을 것이다. 그것도 격렬하게. 주변에 사는 주민조차, 어떻게든 구실을 만들어서 벽 위에 기어 올라가 틈새로 들여다보고는, 피아노의 음색에 빠져들어 갔다. 이제 내 마음속에는 일종의 우수마저, 슬며시 스며들어온다. 종전의 피아니스트들에게는 강렬한 인상을 불러일으키는 힘이 있었는데, 오늘날 우리는 불완전함을 두려워하고 혐오라는 병마에 사로잡힌 나머지, 피아노 앞에 앉아 즉흥적으로 연주하는 일조차 할 수 없게 되었다. 아니, 이런 식으로 생각하는 것조차도 할 수 없게 된 것이다. 이렇게 생각하는 것만으로 가슴이 답답해져 오기 때문이다. 나 자신이 적합하지 못한 탓에, 그리고 나와 마찬가지로 많은 사람들이 적합하지 못한 탓에 이렇게 되어버린 것이다. 우리의 말, 우리의 손, 그리고 우리의 음악도 이제는 힘을 잃어버렸다. 예전에는 언제나 선택된 사람들 사이에 분명히 존재하고 있었는데도. 그리고 결국은 아무것도 변하지 않았지만 말이다. 아마도 마요르카 섬 주민들, 벽을 기어 올라가 연주를 들었던 농민들조차 음악 덕분에 꿈을 가질 수 있었을 것이다. 하지만 오늘날, 우리의 음악에는 더 이상 꿈이 없다.

쇼팽에게 있어서 마요르카 섬으로 떠난 여행은 죽음의 시작이었다. 끊임없이 덮쳐 오는 비바람, 폐병을 앓고 있는 자에게는 전혀 도움이 되지 않는 방황. 1838년부터 39년에 걸친 지옥 속을 맴도는 것 같은 섬 생활이었다. 그 겨울부터 병마는 그에게서 떠나지 않았고, 그가 빠져나갈 곳을 막아버렸다. 조르주 상드는 쇼팽에 대해 "그는 신경이 병들었고, 감수성을 다쳤으며, 정신 또한 피폐해졌다. 특히 환각에 둘러싸여 있어서 가는 곳마다 망령이 그를 가로막는다고 했다. 그는 환영으로 괴로워했다. 죽은 수도사들이 나타났다고 지껄이거나, 장례식 행렬이 이어진다고 말하고는 피아노 앞으로 가, 즉흥적으로 연주했다. 이마에는 땀이 흠뻑 흥건했고, 때때로 감격에 겨운 듯한 표정을 짓고는 머리가 쭈뼛이 선 채로 멍하게 허공을 응시했다."

이것은 사실을 묘사한 것이었을까? 아니면 낭만주의 정신의 재래를 묘사한 것에 지나지 않았을까?

모든 인생에는 사건의 진상 위에 의혹의 두터운 층이 빈틈없이 덧발라져 있다. 사람은 언제나 공포 앞에-뿐만 아니라 고뇌 앞에-서 있으므로, 진실을 파악해낼 수 없고 사태를 이해하지도 못한 채, 결국은 모두 마찬가지라고 생각할 수밖에 없다. 쇼팽은? 낭만파의 기수로 피아노의 시인이다. 리스트는? 탁월한 재능의 소유자(비르투오소)이며 악마에게도 지지 않는 인물이다. 조르주 상드는? 숨 막힐 정도의 배려심을 가진 인물이다. 가슴이 답답할 정도로 농밀한 개성이라고나 할까. 네르발은? 위대하면서도 광기 어린 인물이다. 낭만파라는 감옥은 튼튼하고 두꺼운 쇠창살에 둘러싸여 있는데, 감옥 안은 좁고 빛이 잘 들어오지 않는다. 그곳에서 탈출한 자 대부분은 낭만주의를 부정한다. 그리고 철저하게 낭만주의를 배반해 쇼팽이 마치 바흐나 리하르트 슈트라우스 또는 루차노 베리오(이탈리아의 작곡가)인 것처럼 연주한다. 또한 그들은 낭만주의를 예술 해석에 얽힌 우발적 사건으로, 잘못된 조성 속에서 표출된 아름다운 역사라고 주장해왔다. 나는 종종 장래가 촉망되는 젊은 피아니스트들이 연주한 연습곡집을 듣는다. 그때마다 그들의 연주가 연습 이외의 그 무엇도 아니라고 느꼈다. 때때로 전주곡집을 냉소적으로 연주하는 것을 듣곤 하는데, 반짝이는 정확함은 감지할 수 있었지만, 무미건조했다. 매일 고통으로 몸부림치며 심하게 기침을 하던 쇼팽의 그 절망적인 기색을 도저히 느낄 수가 없었다. 한밤중에 방황하는 수도사들의 망령에 둘러싸여 있는 듯한 기색을 느낄 수 없는 전주곡집을 연주한들 아무런 의미가 없다. 망령은 분명히 존재했으니까. 전주곡집이 저렇게 연주되어야만 한다면 그것은 단순한 기법에 지나지 않으며, 그처럼 위대한 피아노 기법이라는 헛된 집착의 포로가 된 사람들에게나 필요한 것이다. 바로 이것이 내가 항상 글렌 굴드를 비난해왔던 이유였다. 그는 기교에만 시종일관 매진해왔다. 그가 바흐를 연주한 것은 바로 이 때문이었고, 마찬가지 이유로 쇼팽은 연주하지 않았다. 토론토에는 수도사나 망령이 없고, 주변은 온통 멋진 풍경뿐이다. 이보다 더 바흐의 푸가에 어울리는 장소는 없었으리라.

하지만 내 생각은 토론토가 아닌 다른 도시, 나에게 훨씬 더 공감을 불러일으키는 다른 땅으로 뻗어 가고 있었다. 나의 헛된 집착은 글렌 굴드보다도 모스크바에 오히려 더 큰 매력을 느꼈기 때문이다. 모스크바의 풍경은 나를 모든 것으로 이끌어준다. 설령 러시아인이 진짜로 쇼팽을 이해한 적이 없다고 할지라도 말이다. 이 점에서는 오히려 프랑스인이나, 경우에 따라서는 이탈리아인 쪽이 월등히 뛰어나다. 발라드는 전부 미츠키에비치의 시에서 영감을 얻어 만들어졌다. 그는 낭만주의 국민시인이다. 그런데 러시아인은 침략자이다. 침략자는 발라드가 잉태하고 있는 폴란드 정신을 이해할 수 없다. 오히려 번거롭다고 느낄 뿐이다. 러시아 압제 하에 있었던 폴란드는 열렬한 애국정신의 소유자인 쇼팽에게 있어, 고통의 근원(이런 이유로 쇼팽은 프랑스식의 성을 사용했고, 게다가 '마지못해' 파리에서 떨어져 있었다)이었다. 따라서 다름 아닌 러시아인 한 사람이 발라드 제4번의 귀중한 자필 악보를 보관하고 있다는 사실은 매우 기이하게 여겨졌다. 하지만 그렇다 치더라도, 어쩌다가 잃어버리게 된 것인가? 또한 언제 발견된 것인가?

오늘 나는 어떤 식으로 이 이야기를 재구성할 수 있었는지를 다시 한 번 생각해보려고 하니, 깊은 향수에 마음이 흔들린다. 그때 나는 열병 같은 기쁨에 사로잡혀 있었던 것이다. 찾아내어 증거를 발견하고, 그것들을 연결하면서 이른바, 오직 가장자리만 알고 있는 퍼즐판을 완성하는 일. 그것은 내가 미처 알지 못했던 흥분을 맛보게 해주는 행위였다. 나는 젊은 시절로 돌아가 있었다. 마치 이완돼 있던 육체와 신경이 사라졌다가 되살아난 듯 했다. 나는 그때까지 되도록 육체를 사용하는 일을 피해왔고, 되도록 정신적인 휴식을 취해야만 했으며, 지나치게 많이 걸어서도 안 되었다. 또한 내 양손은 이른바, 몸의 가장 끝 부분이었기 때문에 이것들을 소중하게 여기면서 생활해왔고, 힘을 줄 때도, 유연하게 움직일 때도, 신중하게 몸을 움직였다. 항상 양손을 쉬게 해주었고 부드러운 상태를 유지할 수 있도록 주의를 기울였다. 그런데 나는 내 평생 처음으로 이런 세심한 습관을 미련 없이 버렸다. 그리고 나는 지금 생각해보면 오직 당혹스러울 정도로 들떠 있었고 비밀을 폭로하고 싶다는 생각을 하기에 이르렀다.

무엇보다 먼저, 나는 다시 한 번 그 러시아인과 함께 이야기해보지 않으면 안 되었다. 그를 만나 자필악보를 봐야만 했던 것이다. 그러나 그 전에 그 악보가 진짜라는 것을 확인해야만 했다. 그리고 이를 위해서는 오래된 친구 한 명을 런던에서 만날 필요가 있었다. 그는 쇼팽에 관해서라면 무엇이든지 알고 있었다. 쇼팽이 사용하던 잉크는 물론, 애용하던 펜촉도, 즐겨 구매하던 종이를 비롯해 그 외 모든 물건을 말이다. 그는 음악가가 아니었지만, 유명한 수집가인 동시에 전 세계에서 경매로 나오는 귀중품 중에서도 악보 및 자필 악보 관련 감정가였다. 그가 세상을 떠난 지 2년이 지난 지금도 나는 여전히 진위를 구별해내는 그의 능력을 훌륭하다고 생각한다.

5.

"아니, 아닙니다. 이것은 베이츠 앤드 선스 사의 제품입니다. 거의 동시대, 1850년 전후의 물건이지요. 마에스트로, 한 번 보십시오. 훌륭하지 않습니까? 실로 정교하게 만들어진 태엽 장치의 자동 연주 피아노입니다. 종이 롤 없이도 소리를 낼 수 있지요. 이것은 정말 완벽한 기술을 가진 제품입니다. 여기에서 그다지 멀지 않은 러드케이트 힐 6번지에서 만들어졌지요. 사실은 싼값에 이것을 손에 넣을 수 있었답니다. 무엇보다 지나치게 크고 무거운데다 부피도 많이 차지하니까요." 나는 그 거대한 피아노를 바라보았다. 그것은 업라이트 피아노였는데, 전체가 호두나무로 만들어져 있었다. 상당히 못생졌다고 말해도 좋겠다. 그 사이에 제임스(본명은 아니지만 우선 그를 이렇게 부르겠다)의 심부름꾼이 위스키를 따라주었다. 그 널찍한 홀에는 일찍이 내가 본 적도 없는 악기 수집품들이 있었다. 그 중에는 훌륭하게 만들어진 것도 있지만 정체를 알 수 없는 것도 있었다. 내가 제임스와 알게 된 것은 가정사 때문이었다. 그는 미국인으로 보스턴에서 태어났지만, 외교관인 아버지를 따라 1920년대 말, 런던으로 이주해왔다. 그 후, 그는 두 번 다시 그곳을 떠나지 못한 채 영국인이 되었다. 우리 외삼촌 중에 당시 런던에서 문화담당관으로 일하던 분이 계셨는데, 그 외삼촌이 제임스의 아버지와 친했다. 그는 나보다 겨우 네 살 많을 뿐이었지만, 언제 봐도 그 나이로는 보이지 않았다. 건강한 근육질 몸, 몇 킬로미터쯤은 거뜬히 자전거를 타고 돌아다니는 습관 등, 그는 예순의 나이임에도 마치 운동선수처럼 보였다. 그의 집은 런던에 있는 저택으로 기묘하고도 귀중한 박물관 같았다. 그의 수집품은 악기만이 아니었다. 우선 자동 연주 피아노가 있었고 소형 배럴 오르간, 코인식 대형 피아노, 심포니온 사의 오르골이 있었고, 뮤직 박스가 달린 진자시계, 온갖 종류의 레코드판 및 어린이용 축음기마저 있었다. 또한 오르골이 달린 탁상시계가 있었으며 조금 전에 보았던 것과 같은 기계 장치, 즉 후프필드 심포니 재즈 오케스트라나 재즈 연주용의 특수한 오케스트리온(오케스트라처럼 여러 음을 내는 배럴 오르간 비슷한 악기)이 있었다. 그 안에는 트라이앵글이나 색소폰, 심벌즈, 타악기, 그리고 벤조, 그밖에 이해하기 힘든 장치가 들어 있었다. 그리고 '오하이오'의 오케스트리온이라는 것도 있었는데, 그것에는 3미터가 넘는 높이의 장이 딸려 있어 무게는 약 1톤 정도는 되어보였다. 그 안에는 벤조, 만돌린, 바이올린, 첼로, 색소폰, 그 밖의 타악기가 들어 있어 일찍이 없었던 정교한 재즈 기계 오케스트라를 구성하고 있었다.

대체 제임스는 악기에 어느 정도의 돈을 쏟아 부은 것일까? 그는 이 악기와 장치들을 사 모으기 위해 미국, 독일, 이탈리아 등등, 세계 곳곳을 다녔다. 그리고 이런 장치들을 복원하고 수리하는 데에 대체 얼마만큼의 돈을 썼을지…. 분명 막대한 액수일 것이다. 하지만 자필 악보 전문가로서 대체 얼마만큼의 수입을 벌기에 이 정도 수집이 가능했던 것일까? 물론 그가 쓴 돈보다 훨씬 막대한 수입을 얻었음이 틀림없다. 그는 악보를 읽지 않았다. 그보다도 그 전체를 보았다. 그의 눈에 악보란 그저 그림 같은 것이었다. 마치 필적 감정에 뛰어난 자가 그림 안에서 어떤 흔적을 발견해내는 것처럼 말이다. 그는 음악 안에 감춰진 역사나 감정까지 꿰뚫어보았다. 그가 어떻게 이런 재능을 갖게 됐는지는 알 수 없다. 내가 알고 있는 것은 그가 젊었을 때, 장래를 촉망받는 우수한 피아니스트였다는 사실이다. 그가 녹음한 레코드 음반도 있을 것이다. 애비 로드 음악 스튜디오에는 증거 자료가 남아 있음이 틀림없다. 하지만 그는 갑자기 피아노 연주를 그만두었다. 마치 피아노에는 이제 아무런 흥미도 느낄 수 없게 되어 버렸다는 듯이 말이다. 나의 외삼촌 말에 따르면, 스무 살이 넘었을 즈음, 그는 강렬한 정신적 고통에 휩싸이게 되었고, 이 때문에 음악에서 갑자기 멀어지게 됐다고 했다. 하지만 이 의견에 모두가 찬성한 것은 아니었다. 다른 사람의 말에 따르면, 그는 등산 중에 산에서 떨어져 왼손 힘줄을 다치게 됐다고 한다. 이 때문에 연주가로서의 생명이 끊어진 것이다. 그 정도의 사고로 큰 장해가 올리 없다는 의견도 있었다. 하지만 아마도 피아니스트에게 있어 치명적인 후유증을 남겼던 것이리라.

어느 쪽이 진실인가? 물론 나는 그에게 직접 물어본 적이 없다. 제임스는 속마음을 내비치는 타입이 전혀 아니었다. (그런 이유로, 그가 세상을 떠난 지 벌써 2년이 되어가는 지금에 와서 생각해보면, 그와 속마음을 털어놓을 수 있는 사이가 되지 못한 것이 무척 안타깝다. 만약 그랬더라면, 그의 비밀스러운 영역에까지 과감하게 들어갈 수 있었을 텐데 말이다. 그것은 필시 가치 있는 일이었을 것이다.) 하지만 나는 그가 특이한 괴짜 타입의 인간이라서 피아노계에서 장래를 크게 촉망 받으면서도 결국은 음향 재생 장치에 빠져, 기계를 가지고 놀게 되어 버렸다고 믿어버렸다. 실제로 그는 내가 보고 있는 앞에서도 종이 롤에 정신을 빼앗겨서는 베히슈타인 벨테 미뇬 레프로둑치온스 플루겔을 움직이는 데 몰두했다. 그것은 실로 진짜 베히슈타인의 그랜드 피아노와 똑같았지만, 정교한 공기 펌프와 종이 롤로 피아노 연주에 있어 완벽하리만치 오묘한 분위기를 자아냈다. 20세기 초였던 당시로서는 일찍이 들어본 적이 없을 정도로 정교한 완성도를 자랑했던 것이다. 그뿐만 아니라 리하르트 슈트라우스, 그리그, 생상스, 스크랴빈, 말러, 부소니와 같은 작곡가들의 작품까지 재현해보였다. 클로드 드뷔시의 두 개의 전주곡도 연주했다. 물론 그 곡이 새겨진 종이 롤을 이용해서 말이다. 제임스가 가지고 있었던 것은 피아노만이 아니라, 그것을 뒷받침하는 귀중한 기술도 가지고 있었다. 그는 그야말로 드뷔시의 망령처럼 연주해낼 수 있었다. 나는 실제로 그가 자작곡을 연주해내는 작곡가가 되어, 자신의 작품을 나에게 들려주고 있는 것은 아닌지 두려웠다. 요컨대 그는 나를 두려움에 떨게 하는 존재였던 것이다. 왜냐하면 나는 작곡가의 권위나 그 정당성을 확립한 자의 권위에 자주 겁을 먹곤 했기 때문이다.

그런 순간만큼 재능의 한계에, 즉 자신의 한계에 내가 두려움을 느꼈던 적은 없었다. 결국 나 자신은 아무것도 창조해내지 못하는 것은 아닐까. 하지만 나도 타인에 의해 쓰인 것, 변경할 수 없는 것, 부여된 악보를 끊임없이 해석하고 설명하는 일이라면 할 수 있다. 베히슈타인은 요컨대, 제임스가 가진 자긍심의 이면이었기 때문에 그가 그토록 열광했던 것이다. 이런 이유로 나는 그날 그를 만나고 싶어졌고, 결국 런던행 비행기에 몸을 실었다. 그는 이런 나의 행동만으로도 기뻐했고, 영예롭게 생각했다. 그리고 내가 재차 그의 최근 수집품, 즉 베이츠 앤드 선스 사의 자동 연주 피아노를 칭찬하자('러드게이트 힐의 거대한 방에 마치 우연처럼 나는 들어갔는데, 거기에는 온갖 것들이 빠지지 않고 놓여 있었다. 저 녹슬고, 기분을 나쁘게 만드는 모든 도구가 말이다. 하지만 나는 알아차렸다. 저 먼지를 뒤집어 쓴 도구가 단순한 중고 피아노가 아니라는 사실을…….'), 그는 다시 한 번 나를 지긋이 바라보더니 마치 내 물음에 대한 대답을 준비하고 있었던 것처럼, 극히 자세한 곳까지 파고들며, 언제나 그렇듯이 명료하게 말했다. 나는 그가 신뢰할 수 있는 사람이라는 사실을 알고 있었고, 무엇보다도 그가, 그리고 그의 그런 점이 필요했다. 왜냐하면 내 스스로가 정처 없이 떠돌고 있는 것처럼 느껴졌기 때문이다. 나는 내 안의 게으름과 맞서 싸워야겠다고 굳게 마음먹고, 우선 파리를 떠났다. 런던에 도착해보니, 예전에 내가 몇 달간 생활했던 곳이라는 생각이 들지 않았다. 도시는 불경기 탓에 우중충한 쇠락의 기운이 감돌고 있었다. (근래에는 경기가 조금 나아져 예전의 살기 좋았던 마을로 돌아가는 중이라고 사람들은 말하지만) 따라서 나는 그날 만약 제임스를 만나야 할 용무가 없었다면, 즉시 택시 운전기사에게 차를 돌려달라고 말했을 것이다. 모든 것이 다 내 기분과는 맞지 않았다. 회색빛 태양도 나를 숨 막히게 했고, 게다가 습하기까지 했다. 목이 따끔따끔한 느낌마저 들었으므로, 예전의 나였다면 설령 음악회였다고 해도 자리를 박차고 그곳을 떠났을 것이다.

제임스의 집에 도착하자 다시 상쾌한 기분으로 돌아왔다. 특히, 앙피르(제1제정시대) 양식의 작은 책상 뒤에 놓인 저 기묘한 책장을 보았을 때에. 거기에는 모로코가죽에 싸인 전부 똑같은 크기의 책이 수백 권이나 나란히 꽂혀 있었다. 그 책들은 전부 A4 크기였는데, 바흐에서 스트라빈스키에 이르는 작곡가들의 자필 악보 사진판과 복제판(가끔 원본판도)이 포함되어 있었다. 책처럼 보이는 저 자료집들은 실제로 귀중한 문헌이나 사진 등을 정리한 것으로, 내 친구 제임스는 이것들을 사용해 일을 하고 있었다. 그밖에, 대영도서관에도 지지 않을 정도의 비밀 서류가 보관된 커다란 벽면이 있었다. 거기에는 음악 기계 장치, 그가 즐겨 사용하는 말에 따르면 '말하는 기계'에 관한 문헌도 정리돼 있었다. 그럴 때, 그의 어조는 런던 토박이 그 자체였지만, 실제로는 영국인이 된 미국인의 방식이었다. 유감스럽게도 그는 보스턴에서 태어나, 후에 대통령이 되는 존. F. 케네디와 같은 해에 하버드 대학에서 공부했다. "마에스트로, 예부터 전해져온 발라드 제1번에 관한 이야기를 기억하고 계십니까? 작품 23에 관한 것 말입니다. 잠시 기다려 주십시오. 아마, 괜찮겠지요. 즉시 카탈로그를 보여 드리겠습니다…." 제임스는 위스키와 직접 손으로 쓰인 악보를 앞에 두자 기분이 좋아진 동시에 진지해졌다. 호기심을 드러낸 동시에 신중해진 것이다. 그는 일어서자마자 쉼 없이 탐색을 계속하면서, 책장 가장 위 칸 구석에서 주저 없이 문헌이든 보따리 하나를 꺼내오더니 나에게 보여주었다. 높은 곳에 놓인 서류를 꺼낼 때 사용하는 사다리 위에서 능숙하게 균형을 잡으며, 재빠르게 소책자의 페이지를 넘겼다. 그러더니 거기에 쓰인 내용을 읽으면서 작은 응접실로 되돌아와 내 옆에 앉았다. 그는 근시용 안경을 벗더니 종이를 얼굴에 갖다 대, 내가 읽을 수 있도록 해주었다.

"1957년이었던가? 맞아요, 확실히 1957년이었어요." 제임스는 오래된 기억 속을 더듬어보았다. 어마어마한 가격이었다. 단 두 페이지가 말이다. 어찌 됐든 발라드 사단조의 친필 악보인 것은 확실했다. "저 발라드의 친필 악보라면 로스앤젤레스에 있다고 알려져 있었습니다. 슐레징거판 인쇄에 사용된 적이 있으니까요. 그런데 새롭게 두 페이지 분이 툭 튀어나온 것입니다. 상드의 컬렉션에서, 역시 친필 악보로서 말이지요. 무척 기묘한 일이 아닐 수 없습니다. 저의 오래된 친구 중에 영국인 바이어가 한 명 있는데, 그는 자필 악보라면 뭐든지 사들이는 성격이라, 거금 7만 5,000프랑을 내고 저 두 페이지를 사려고 했지요. 저에게 악보를 보여주었는데, 대체 어디에서 나온 것인지 이해할 수 없었답니다. 그 악보를 보자마자, 저는 그것이 가짜라는 것을 알아차렸습니다. 당신은 그 이유를 아시나요?"

나는 감탄하면서 상대방을 다시 쳐다보았다. 그가 충분히 그런 지식을 가지고 있으면서도 전문적인 설명을 하지 않는다는 사실은 알고 있었다. 제임스가 나에게 말하고자 했던 것은 진위를 구별해내기 위해 악보에 쓰여 있는 내용을 이해할 수 있느냐 없느냐 하는 점이었다.

"자, 보세요, 마에스트로. 이 사진을 잘 들여다보세요." 그렇게 말하고 나서 그는 잠시 침묵하더니 책상 뒤로 갔다. 그리고는 서류가 들어 있는 상자를 하나 집어 들었는데, 그것은 무척 두꺼운 서류처럼 보였다. "설명을 해드리지요. 마에스트로, 이것이 첫머리의 라르고(아주 느리게)입니다." 그러고 나서 그는 노래를 부르기 시작했다. 도 미 라 시 도 미 라 시 도 미……. "하지만 여기에 쓰여 있는 것은 신경 쓰지 않으셔도 됩니다. 어쩌면 쇼팽이 쓴 것일지도 모릅니다. 그것보다도 여기를 보세요, 음표들이 어떻게 배열되어 있는지를 말입니다. 마치 인쇄된 악보에서 베낀 것처럼, 단정하고 정확하지 않습니까?" 음표 기호와 기호 사이의 간격도 균등하지요. 아시겠습니까, 마에스트로? 이 악보를 음악 작품이라고 생각하고 읽어서는 안

됩니다. 마치 한 장의 그림처럼, 혹은 그래픽 디자이너의 작품을 보듯이 바라보아야 합니다. 이것은 쇼팽의 느낌이 아닙니다. 잠깐만 기다려 주세요." 그렇게 말한 후, 그는 다른 책을 손에 집더니 또 다른 사진을 꺼냈다. "이것을 보세요, 마주르카 작품 59-3의 친필 악보입니다. 이것은 의심의 여지없이 진짜입니다. 전체가 얼마나 부정확한지, 얼마나 정정한 곳이 많은지, 이 지면을 지저분하게 만들고 있는 무수한 잉크 자국이 어떤지를 잘 보십시오. 피아노 보면대 위에서 펜을 사용하게 되니, 거의 수직으로 된 면에 글을 써넣게 되는 셈이지요. 이 때문에 문자나 기호가 삐뚤어져 있고 쓸데없는 힘이 들어가 있습니다. 게다가 종이는 지저분하고 구겨져 있지요. 하지만 이 두 페이지는 부정확한 것 같으면서도, 잘 정리되어 있음을 알 수 있습니다. 악보 필사를 무척 많이 해서 필사에 익숙한 누군가가, 하지만 작품은 거의 써 본 적 없는 인물이 인쇄된 악보를 보고 필사한 것이 틀림없습니다."

이래서 나는 제임스를 좋아했다. 명료하고도 창조적인 정신의 소유자였다. "또한, 역사 문헌으로도 이것이 가짜라는 것을 설명할 수 있습니다. 왜냐하면, 레코피시 우트포르프 쇼팽 카탈로그에 저의 분석 결과가 쓰여 있으니까요. 즉, 그 악보에는 278이라는 번호가 붙어 있는데, 폴란드어로 '위조'라고 쓰여 있습니다. 어찌 됐든 이것은 이미 오래된 이야기입니다. 이제 말씀해주세요. 아무래도 누군가가 당신에게 발라드 제4번의 자필 악보를 보여준 것 같군요."

누군가가…. 그렇다고는 해도 명확하게 이야기하기란 무척 곤란했다. 그러나 제임스에게는 무엇보다도 정확한 사실이 필요했다. 왜냐하면 그는 의사와 같은 사람이었기 때문이다. 그는 청진기를 쥐고 가만히 있을 뿐이었다. 그는 질이 나쁜 값싼 시거에 불을 붙였다. 섬세한 취미를 가진 자라면 아마 그 악취를 참을 수 없었으리라. 그런 다음, 모호한 눈빛으로 가만히 나를 바라보았다. "음, 동베를린에 전해져온, 자필 악보에 관한 이야기라면 알고 있습니다. 헨델이나 바흐의 알려지지 않은 악보라면 아마 존재하겠지요. 모차르트의 경우, 미발간된 것도 몇 개 있었습니다. 아니, 베토벤조차도 조금은 남아 있다고 생각해도 좋겠지요. 그러면 쇼팽은 어떨까요? 쇼팽만큼은 모든 것이 다 알려진 작곡가입니다. 사라져버린 작품이나 젊은 날의 습작까지 포함해서 모조리 다 알려진 작곡가 중 한 사람이지요. 저는 그렇게 생각합니다. 하지만 마에스트로, 이번에 당신이 한 말에는 저의 흥미를 끄는 점이 있기는 합니다. 어쩌면 누군가가 당신에게 말도 안 되는 가짜를 팔려고 하는 것인지도 모릅니다. 하지만 그런 점이라면 걱정하지 마십시오. 그 문제의 악보를 당신이 볼 수 있게 된다면 제가 바로 당신이 계시는 파리로 갈 테니까요. 그땐 당신도, 저도 실수할 리가 없겠지요. 하지만 이번 일의 경우에는 그 이상의 무언가가 숨겨져 있는데, 바로 그 점이 저의 흥미를 끌고 있습니다. 즉, 도대체 위작은 왜 저희가 알고 있는 인쇄판과 다른 것일까요? 대체 누가 쇼팽의 위작을 만들어낼 수가 있었을까요? 그 정도의 능력을 갖춘 자는 누구일까요? 이뿐만 아니라 여기에는 더욱더 중요한 점이 있습니다. 누가 당신에게 그와 같은 위작을 보여주려고 하는 것일까? 그것만큼 위험한 도박은 없으니까요. 단지 돈을 버는 것이 목적이라면 얼마든지 다른 방법이 있었을 텐데 말입니다. 예를 들어 사선지와 오선지도 구별하지 못하는 수집가에게 가서, 발라드 제4번의 진짜 자필악보의 사보(寫譜)를 파는 편이 낫지요. 저라면 당신 같은 명연주가에게 가지 않을 것입니다. 당신처럼 쇼팽의 악보를 구석구석까지 알고 있고, 전 세계에 전문가 친구들이 있는 사람에게 말입니다. 당신은 쇼팽의 위작 같은 것을 별 어려움 없이 구별해낼 수 있겠지요. 그리고 마에스트로, 한 가지만 더 말해두겠습니다. 한번 생각해보세요. 하필이면 왜 발라드 제4번일까 하는 점입니다. 1800년대에 쓰인 모든 작품 중에서도 가장 중요한 피아노곡입니다. 그것도 가장 복잡한 작품이지요. 대체 어째서 위작의 대상이 되었을까요? 어째서 당신에게 마주르카 같은 훌륭한 작품을 제시하지 않았을까요? 곡은 짧고 간단하며, 게다가 호소하는 부분까지 포함돼 있다면 그것만으로도 충분합니다. 작품 68번 다음에 작곡된 마지막 곡이라도 괜찮습니다. 아니, 마에스트로. 이쯤에서 저희는 명확히 해두어야만 합니다. 대체 어째서 잘 알지도 못하는 러시아인이 유럽에서도 가장 비밀스러운 주소 하나를 알고 있는 것일까요? 친애하는 마에스트로, 저조차도 당신이 지금 파리에 살고 계시다는 사실을 알지 못했습니다. 하지만 당신이 저의 시거를 좋아하지 않는다는 사실 정도는 알고 있답니다. 당신이 생각하는 것보다는 꽤 좋은 것이지요. 조금 피워보시는 것이 어떠십니까? 아주 조금이라도 괜찮습니다."

나는 유쾌해져서 다시 그를 바라보았다. 이것이 바로 그만의 독특한 대화 방식이었다. 그는 저 싸구려 시거를 그 누구도 좋아하지 않으며, 물론 나 역시 좋아하지 않는다는 사실을 이미 알고 있었다. 무엇보다 나만큼 담배 맛에 까다로운 인간은 이 세상에 없었기 때문이다. 나는 당혹해하며 소파에서 일어섰다. 그리고 그의 책장으로 다가가 작곡가 순으로 배열된 책의 제목을 뚫어지게 바라보았다. 거기에는 모든 작곡가의 이름이 있었다. 리하르트 슈트라우스라든지, 프리드리히 칼크브레너(독일의 피아니스트 겸 작곡가)와 같은 내가 연주한 적 없는 작곡가들의 이름도 많이 있었다. 그는 침묵한 채, 시거 연기를 방의 한쪽 벽면에 가득 뿜어대더니 이윽고 멍하게 혼잣말처럼 중얼거렸다.

"확실히 발라드 제4번에 관한 이야기에는 기묘한 점이 있습니다. 어째서 그 곡은 자필 악보의 완전판이 존재하지 않는 것일까요? 잘 알려진 것은 아니지만, 이 점은 중요하지 않아요. 쇼팽의 자필 악보는 많이 남아 있고, 소실되어 버린 것도 많이 있으니까요. 하지만 보통 어느 정도의 규칙은 적용됩니다. 한 예로 젊은 시절의 악보는 소실되기 쉽지요. 하지만 문제의 발라드는 1842년에, 노앙에서 작곡되었습니다. 이미 쇼팽의 명성이 자자했고, 그의 작품은 영국의 경우 웨셀에서, 독일에서는 브라이트코프&헤르텔, 파리에서는 슐레징거에서 동시에 간행되었습니다. 그의 주위에는 악보를 사보하는 친구들이 많이 있었고, 조르주 상드도 그 중 한 명이었지요. 그중에는 그의 작품을 사보해, 그 악보를 출판사 세 군데에 보낸 자도 있었습니다. 그러나 그 이상의 일은 없었고, 또한 그것이 전부는 아니지요. 이 발라드에는 두 개의 자필 악보가 존재합니다. 이 점은 마에스트로 당신도 잘 알고 계시지요. 하나는 뉴욕에 있고, 다른 하나는 이 근처에 있습니다. 보들리언 도서관이지요. 두 개 모두 불완전한 것, 상당히 불완전한 것입니다. 참고로 뉴욕에 있는 악보는 루체른에서 1933년에 루돌프 칼리르가 구매한 것인데, 기묘하게도 4분의 6박자입니다. 쇼팽의 친구였던 데사우어로부터 나온 것이지요. 하지만 보들리언에 있는 악보는 분명히 멘델스존의 부인인 세실이 소지하고 있던 것입니다. 어째서 불완전한 것일까요? 중간마다 빠져 있는 수많은 페이지는 어디에 있는 것일까요? 대체, 어떤 말도 안 되는 이유로 쇼팽의 친구는 이처럼 불완전하고 실수도 많은 악보를 가지고 있던 것일까요? 게다가 멘델스존처럼 위대한 작곡가가 발라드의 한 부분을, 전부가 아니라 그 일부분만 가지게 될 일이 있을 수 있는 것일까요? 그리고 만일-또한-전체를 받았다고 한다면 어째서 소실된 부분이 있는 것일까요? 이처럼 중요한 작품을, 게다가……."

그런 그의 이야기를 들으면서 나는 가만히 기묘한 악보를, 그것도 손으로 쓰인 악보를 자세히 들여다보았다. 그것은 독서대 위에 두 개의 클립으로 고정되어 있었다. 그 밑에는 일렬의 바늘이라고 할까, 작은 바늘들이 돋아난 회전하는 롤이 있었다. 제임스는 내 옆으로 와 이렇게 말했다.

"아직 보지 않으셨군요. 정말 신기하지요? 자동 피아노 회사의 롤에 의한 추적 기계로 조반니 바치가루포라는 이탈리아인 이름의 회사가 만든 자동기억장치입니다. 제노바 사람이라고 들었습니다만, 회사는 베를린에 있습니다. 그 방면에서는 유명한 사람인데, 마침 올해 세상을 떠났습니다. 알고 계십니까? 굉장한 노인이었지요. 이 자동기억장치는 그가 보내준 것이랍니다. 이 악보까지 함께 말이에요. 한 번 읽어 보십시오. 금방 알아보시겠지요? 매키 메서('서푼오페라'의 주인공) 곡의 일부입니다. 1928년에 쿠르트 바일과 베르톨트 브레히트가 일부러 쓴 악보이지요. 이 가곡(칸초네)이 롤 위에 복원될 수 있도록 공장을 방문했을 때에 쓴 것입니다. 이 또한 자필 악보의 일종이지요, 마에스트로. 단, 이것은 완전판입니다만.

"확실히 그렇군." 그렇게 말하고 나서 나는 이의를 제기했다. "하지만 칼리르가 산 발라드는 의미가 있네. 설령 불완전하다 할지라도 말일세. 쇼팽은 4분의 6박자로 곡을 쓰기 시작했지만, 그 후에 일단 중단한 다음, 8분의 6박자로 수정해서 다시 곡을 썼어. 그 4분의 6박자로 된 악보는 아마 두 번 다시 검토되는 일 없이, 어딘가에 남아 있었을 거야. 그것들을 친구 중 누군가가 발견해서 어딘가의 서랍에 넣어 두었을지도 몰라. 쇼팽의 자필 악보라면 그에게 있어서는 나름대로 애착을 가질만한 것일 테니까. 그런 악보가 희귀본이 되기까지는 어느 정도 시간이 지나지 않으면 안 되네. 참고로, 그런 사보라면 단 한 장일 리가 없어. 하지만 보들리언 도서관에 보관된 악보라면 이야기는 완전히 달라지지. 왜냐하면 그 경우에는 악보가 왜 136소절에서 멈췄는지에 대한 설명이 없으니 말일세. 그리고 그 나머지 부분이 어디에 가버렸는지도 알려지지 않았고."

"만일 주도면밀한 사기꾼이 있다고 한다면 어떨까요? 두뇌가 명석한 자가, 특히 머리가 잘 돌아가는 자가 있다고 한다면 어떤 짓을 저지를까요?" 제임스는 자못 유쾌한 듯이 이야기를 계속했다. 미국인 특유의 유머 감각과 영국인 특유의 냉소를 곁들여 자신의 총명함을 뽐내는 듯이….

"그렇지, 나라면 보들리언의 악보에서 빠져 있는 부분의 위작을 만들어 보이겠네. 물론 다른 악보가 존재한다는 여지를 남기지 않고 말이야. 기술적으로는 상당히 어려운 일이 될 거야. 우선, 같은 재질의 종이를 찾아내야만 하고, 마찬가지로 오래된 잉크도 만들어내지 않으면 안 되니까 말일세. 이것이야말로 프로만이 할 수 있는 일이네. 만일 이런 것들을 만들어내는 데 성공한 자가 있다면 무척 완성도가 높은 작품이 되겠지."

그러므로 이런 비열한 기술이라고나 할까, 악질적인 사기를 생각할 수 있는 요소는 완전히 없어졌다. 그리고 제임스는 무엇 하나 단정 짓지 않고, 무척이나 신중하게 나를 향해 말했다. 이는 심각한 사태이며 더욱 세밀히 파고들어 생각해보아야만 한다고 말이다. 그러나 정말 놀랄만한 일은 밤이 깊어져 감에 따라 더욱 명확해졌다. 그는 생각할 수 있는 데까지 추론을 거듭해서 의견을 제시한 다음, 마치 미지의 수색이라도 펼쳐 보이는 것처럼 예의 그 발라드에 관한 온갖 정보를 다 보여주었다. 그것은 오랜 기간에 걸쳐 그가 수집한 것이었다. 1933년에 예의 그 자필 악보를 구매한 칼리르 같은 인물이 일 년 후, 제임스에게 감정을 의뢰하러 와, 그것이 진짜라는 것을 확인하고는 무척 안도했다는 이야기도 이상한 일은 아니라며 이해할 수 있게 된 것이다. 그때 제임스는 의문을 드러내지 않았다. 나는 오늘 그때의 긴 대화를 되새기면서 말하지 않을 수 없다. 즉, 제임스가 맨 처음에는 상당히 신중했었다는 것을 말이다. 마치 나에 대해 무언가 두려워하고 있는 것 같았다. 아마도 그는 이런저런 논의를 계속하면서 오랜 시간을 들여, 이해하고 싶었던 것이다. 나에게는 무언가 다른 목적이 있는 것이 아닐까, 이미 자필 악보를 내가 손에 넣은 것은 아닐까 하고.

밤이 깊어져 런던 습관으로는 대화를 나누기에 일반적인 시간은 아니었다. 그런데 갑자기 그는 무언가에 놀라기라도 한 것처럼 나에게 물었다. "혹시 프란츠 베르트에 관한 소문을 들은 적이 있습니까? 아니, 분명 없으시겠지요. 그는 칠레의 산티아고에서 오랫동안 생존해 있었습니다. 물론 1945년 후에도 말입니다. 나치스 전범이었기 때문에 가능한 한 몸을 숨겨야 하는 자들 중 한 명이었지요. 그러나 이스라엘이 시간을 들여 찾아내야 할 만한 정도의 인물은 아니었습니다. 하지만 프란츠 베르트 소령은 분명히 SS(나치스 친위대) 소속이었습니다. 그는 베를린 음악원에서 수학한 우수한 피아니스트였지요. 참고로 조금 광기 어리고 별난 점이 있어서, 악마와 낭만주의 음악 사이에는 밀접한 관계가 있다고 생각했습니다. 이 재기 넘치는 젊은이는 바흐 음악의 기하학적 순수함이란 이름으로 나치스가 된 것입니다. 있을 법한 이야기라고 생각하지 않으십니까? 아니, 마에스트로 당신은 그렇게 생각하실 수 없겠지요. 그러나 현실은 그

러했습니다. 모든 것은 반대가 될 수도 있는 법입니다. 바흐의 토카
타와 마찬가지로 말이지요. 베르트 소령은 틀림없이 당신의 러시아
인 친구가 당신에게 말했던 미스터리한 악보에 대해 잘 알고 있었을
것입니다. 아마도 제3제국의 정부 기관에서는 잘 알려진 이야기였
겠지요. 어쨌든 베를린에서, 그는 특별한 사람이었으니까요. 미소년
에다가 매력적이었지요. 단지 여성들에게만 인기가 많았던 것이 아
니었습니다. 그러나 실제로 베르트는 자신이 나치스 당원이라는 점
을 자랑스럽게 여겼는데, 이 사실을 아는 사람은 별로 없었지요. 그
는 돈과 권력에 약했고, 또한 '문화'에도 약했습니다. 즉, 소수의 특
권 계층을 통해야만 접근할 수 있는 '문화'에 약했던 것입니다. 1945
년 5월에, 베르트 소령은 폴란드인 애인과 몰래 배를 타고 칠레로
향했습니다. 뉘른베르크 재판은 그를 단념했지요.

산티아고에서는 자신을 바우어라 칭했습니다. 그곳에서 그가 나
치스 체제의 추종자였음을 알고 있는 사람은 단 한 명도 없었지요.
따라서 그는 피아노 개인 교습을 시작했지만, 화제가 될 만한 콘서
트는 절대 열지 않았습니다. 작은 홀에서 아주 가끔 열 뿐이었지요.
자신이 클라우디오 아라우의 제자였다며 자랑을 하곤 했어요. 확실
히 아라우는 그가 아직 학생이었을 때, 어쩌면 한 번 정도는 베를린
에서 그의 연주를 들은 적이 있을 것입니다. 어쩌면 그의 뛰어난 기
교에 감탄했을지도 모릅니다. 하지만 그를 제자로 받아들이지는 않
았습니다. 그의 말에 따르면 '지나치게 엄밀하고 표현력이 빈약'했
으니까요. 그런데 마에스트로, 어째서 제가 이 정도까지 베르트 씨

즉, 바우어에 대해 알고 있는지 의아하게 생각하시겠지요. 믿어주실지 모르겠지만, 그에 대해서 처음 저에게 이야기 해준 사람은 시몬 비젠탈(오스트리아의 유대인 학살 전쟁 범죄 연구가)이었습니다. 베르트를 둘러싸고 기묘한 소문이 퍼지고 있었으니까요. 왜냐하면 그는 때때로 음악회 등에서 프로그램 외에 누구도 들어본 적이 없는 곡을 단편적으로 연주했기 때문입니다. 바흐 즉, 요한 세바스찬 바흐의 올림 사조 조곡(파르티타)이 있다고 주장했지요. 당신은 현재 위대한 바흐의 올림 사조 파르티타가 없다는 것 정도는 알고 계실 것입니다. 하지만 그는 그것을 연주했던 것입니다. 칠레의 산티아고는 확실히 멀리 떨어져 있지만, 그런 종류의 정보는 사람들의 귀에 들어가기 마련입니다. 특히 1950년대에는 이스라엘의 정보원이 텔아비브보다도 산티아고나 부에노스아이레스에 더 많이 있었으니까요. 요컨대, 사람들에게 알려지게 된 것입니다. 그러자 기묘한 소문이 사람들의 뇌리 속에 되살아났지요. 일부의 전문가들이 빼돌린, 오직 소수만이 연주할 수 있는 숨겨져 있던 악보의 존재 말입니다. 한 번 보세요, 마에스트로. 당신이라도 베토벤의 소나타를 찾아낼 수 있겠지요. 레하르(헝가리의 작곡가로 오페레타 작곡으로 유명)의 악보 사이에, 아마도 어떤 실수로 들어가 버린 것을. 혹은, 어느 귀부인에게 헌정되어, 그 귀부인이 좋아한 악보 속에서 말입니다. 앨범의 한 페이지가 되어 오랜 세월 동안 계속 끼워져 있던 것인지도 모릅니다. 자필 악보 같은 것은 책과는 달리 낱개의 여러 장으로 된 것이 많아서, 도서관의 산더미 같은 악보들 속에 섞여 행방을 알 수 없게 되거나, 사람들에게서 잊히기가 쉬운 법입니다. 전 세계의 수집가들 특히, 아마 어떤 일이라도 마다하지 않는 골동품 마니아들이 칠레에 모여들었습니다. 휴가를 보내는 이들이 일 년 내내 산티아고에 끊이지 않게 된 것이지요. 그들은 무엇을 찾기 위해 온 것일까요? 물론 미스터리한 인물, 바우어를 찾기 위해서입니다. 최고 수준의 기교를 가진 피아니스트로 상당히 난해한 곡조차도 매우 훌륭히 연주해내는 인물, 그럼에도 세속적인 명성을 추구하지 않는 인물이지요. 어찌 됐든 그는 뉘른베르크의 결석 재판에서 다른 많은 사람과 함께 사형을 선고받았으니까요. 따라서 지나치게 눈에 띄는 행동을 하면 어떤 위험에 처할지 모르는 일이었습니다. 하지만 그때는 의사 멩겔레(아우슈비츠에서 생체실험을 한 인물) 조차 아직 수색 중이었기 때문에, 베르트 소령은 그다지 문제가 되지 않았습니다. 한밤중에는 켈트인의 비호를 받고, 낮에는 저속하고도 사치스러운 여관에 출입하며, 날이 저물면 이곳저곳에 있는 고급 관료들의 집에서 피아노를 연주하고, 소녀들이나 유혹하는 젊은이 따위는 말입니다."

내 눈앞에는 아직, 누렇고 꾸깃꾸깃한 종이가 몇 장 놓여 있다. 얇은 복사 용지와 비슷하다. 타자기 활자인 'o'는 거의 뭉개져서 까맣다. 's'는 위아래로 약간 잡아당긴 것처럼 생겼다. 프란츠 한스 베르트에 관해 쓰여 있는 목록도 있다. 이것은 제임스와 이야기했던 며칠 후에 도착한 것이다. 그가 조사한 데이터에 의하면, 베르트는 1915년 7월 3일, 프랑크푸르트의 오데르 강가에서 태어났다. 아버지는 제1차 세계대전에서 살아 돌아오지 못했지만, 평범한 공무원이었다. 어머니는 남편의 사망 후, 피아노 개인 교습으로 생계를 꾸려나갔다. 가족은 곧 베를린으로 이주했고, 베르트는 1927년, 음악원에 입학했다. 1933년에 그는 음악원을 졸업했는데, 때마침 그 무렵 나치스가 대두하게 된다. '민감한 두뇌를 가진 몽상가'라고 적혀 있으며, 다음과 같이 이어진다. "신비주의, 강령술, 그 밖의 마술에 상당히 깊은 관심을 두고 있다. 이것들로부터 비뚤어진 인생철학을 도출해내, 이내 나치스 사상에 동조해갔다."

그러나 그 후, 젊은 SS로서의 그의 경력은 순탄하지 않았다. 그는 탐욕스러웠고, 무절제했으며, 때로는 협박, 공갈을 일삼기도 했다. 거의 매일 밤 베를린의 사창가를 전전했고, 종종 만취할 때까지 술을 마셨다. 그런 그에게 1937년, 이윽고 기회가 찾아왔다. 베르트는 갑자기 생활 태도를 바꿔 학업에 전념했다. 특정한 교우 관계를 끊었고, 사창가 출입도 줄였다('1938년에는 열다섯 번도 가지 않았다'고 세세히 기록되어 있다). 대체 무슨 일이 일어난 것일까? 보고서에서는 그가 결국에는 우아한 살롱, 즉 더욱 세련되고도 '이름 있는' 사람들의 모임을 가까이 하게 되었다고 한다. 그는 총통 앞에서도 연주했는데, 그것도 한두 번이 아니었다. 사실상 베르트는 궁정 피아니스트가 되어, 나치스 체제의 가장 중요한 인물들과 교류관계를 맺게 된다. 예를 들자면, 우선 요제프 괴벨스를 들 수 있다. 또한 발두어 폰 시라흐(나치 청년단 지도자)와는 수많은 밤을 함께 보냈다. 시라흐가 빈의 대관구장이 되어 이주하기 전까지의 일이지만 말이다.

그리고 프란츠 폰 파펜(독일의 군인 겸 정치가)과 맺은 관계는 파펜이 -당시 23세였던- 이 젊은 피아니스트에게 얼마나 애착하고 있었는지를 보여준다. 그런데 이 부분에 관한 기술에서는 어쩐지 말을 머뭇거리는 듯한 느낌이 들었다. 즉, 영매술이 있었던 밤에 대한 정경이 너무나 막연하게 기술되어 있었던 것이다. 그때 베르트는 피아노를 향해, 전신에 혼을 담아 연주했을 것으로 생각된다. 실제로 내가 가지고 있는 보고서에는 이렇게 기술되어 있다. "파렴치한 인간의, 지극히 평범한 연주가 여기에서는 문제가 되었다." 그리고 깊은 곳에서부터 끓어오르는 음악, 일종의 신들린 상태, 어쩌면 가설극장에서 공연하는 장난 같은 것이라고 쓰여 있다. 아무래도 베르트는 건반을 앞에 두고 온 정신을 집중시켜 전력을 다한 나머지, 실신을 했던 것 같다. 실제로는 어떤 일이 일어났던 것일까? 그날 저녁 제임스는 이 점에 관해 훨씬 명확하게 말했다.

"처음 베르트의 공연은 과소평가 됐었습니다. 베를린에서 화제가 됐을 때, 그는 영매 음악가로 불렸지요. 물론 그 기교를 곧이곧대로 받아들인 자는 거의 없었습니다. 베르트는 일부러 위대한 예술가들의 작품을 골라 연주했지요. 바흐, 베토벤, 드뷔시, 슈베르트의 영혼이 자기를 불러, 연주했다고 주장했습니다. 세심한 부분에 이르기까지, 계산된 분위기를 조성해가면서 연주해보였던 것입니다. 곳곳마다 초를 태웠고, 향을 피워 그 향기가 스며들게 했지요. 검은 그랜드 피아노(당시는 그다지 일반적이지 않았다)에 앉아 곡을 연주했는데, 그 자신은 SS장교의 복장으로 나타났습니다. 왜냐하면 -그의 주장에 의하면- 그 모습이 자신에게 한층 신비로운 힘을 불러일으키기 때문이라고 합니다. 그러나 그것은 그의 기회주의를 여실히 드러내주고 있을 뿐이었지요. 1938년, 저와 친했던 친구 한 명이 베를린에서 외교관으로 근무했을 때, 때마침 그의 콘서트를 보았다고 했습니다. 런던 출신의 그 친구는 음악 애호가로, 폭넓은 곡목에 이르기까지 정통했는데, 그 콘서트를 보았을 때, 당혹감을 느꼈다고 합니다. 피아노에 의한 영매술이 그의 호기심을 자극해, 흥미를 끌었기 때문이지요. 처음에는 극히 소수의 선택된 청중을 위해서만 열린 기묘한 연주회일 것으로 생각했는데, 베르트의 연주가 진행됨에 따라 동조할 수 없는 무언가를 느꼈다고 합니다. 그의 의견은 이렇습니다. "존재하지 않는 악보에 관해서는 뛰어난 모방자였고, 때로는 탁월함을 느끼게 했다. 만일 격한 감정을 불러일으키는 번안곡을 만들어내기보다 과감하게 작곡에 전념했더라면 오히려 재능을 더 싹 틔우지 않았을까?"

저녁 무렵에 열렸던 콘서트에서, 실제로 어떤 일이 일어나고 있었을까요? 그것을 이제 저는 알고 있습니다. 베르트는 몇 가지 비밀스러운 자필 악보를 얻게 될 기회를 잡은 것입니다. 누군가가 그 악보들을 보여주었을 겁니다. 어쩌면 발두어 폰 시라흐일지도 모르지만, 한스 프리체였을 가능성 또한 높지요. 그는 요제프 괴벨스의 그림자 같은 인물로 라디오 해설자이기도 했으니까요. 혹은, 휴고 피셔일지도 모릅니다. 그는 일종의 문화고문이었는데, 키가 작고 도수가 높은 안경을 썼으며, 국립도서관에서 정리 일을 맡았으면서도 많은 서류를 빼돌린 인물이었으니까요. 참고로 그것은 그다지 부피가 큰 자료가 아니었습니다. 상당히 무겁기는 했지만 그렇게까지 크지 않았고, 평범한 종이 상자에 들어 있었지요. 봉인된 앨범을 뜯어서 빼낸 악보이거나 때로는 앨범 전부인 경우도 있었는데, 제3자에게는 아무런 의미도 없는 작곡가의 사적인 메모마저 끼워져 있었습니다. 적어도 10페이지 정도 되는 모차르트나 리스트, 거기다 멘델스존의 것도 있었지요(그는 유대인이었기 때문에 추방되어 연주되지 않았던 곡도 있다). 그밖에 요한 세바스찬 바흐의 것도 있었고 헨델의 것도 있었습니다. 헨델의 것은 틀림없이 많았을 것입니다. 그렇다고는 해도 전부 진짜였을까요? 마에스트로, 저는 지금도 대체 그 악보 중에서 어느 정도가 진짜 미발표 곡이었는지, 알지 못합니다. 실제로 얼마만큼 연주되었던 것일까요? 어쨌든 덧붙여 말하면, 그 악보들 속에는 틀림없이 쇼팽의 것도 많이 있었습니다. 아마 발라드 제4번도 있었을 것입니다. 그 악보가 어떤 경로를 거쳐 베를린까지 왔는지를 추적하기란 어렵습니다. 하지만 빈에서 온 것임은 틀림없겠지요. 파리에서 온 것도 약간은 있었습니다. 나치스가 점령한 후에, 베를린으로 옮겨져 온 것이지요. 물론 베르트가 연주회를 열 기회는 점차 줄었지만, 전쟁 중에는 계속되었습니다. 그리고 발라드 제4번의 자필 악보가 확실히 베를린까지 왔다고 한다면, 1940년 이후가 틀림없습니다. 하지만 마에스트로, 제가 아는 것은 거기까지로 더 이상은 알 방도가 없습니다. 그 자필 악보들에 대해 본 사람이 아무도 없으니까요. 베르트가 칠레의 산티아고로 가지고 갔을 것이라고 말하는 자는 있습니다. 그리고 그는 그곳에서도 계속 연주회를 열었지요."

제임스는 많은 것을 알고 있었지만 충분치는 않았다. 오늘날 나는 진실을 알고 있다. 프란츠 베르트와 크리스티나 푸신스카는 1945년 4월 7일 새벽, 베를린을 떠났다. 그 둘은 위조 서류를 가지고 있었다. 스웨덴 여권이었다. 그들은 덴마크에 들어가, 우선 코펜하겐에서 잠시 머물렀다. 그런 후에 오슬로로 갔고, 다음에는 런던으로 옮겨갔다. 런던에서는 며칠간이나 머물렀다. 영국의 수도에 있었던 사흘간, 베르트가 어떻게 행동했고, 누구를 만났으며, 어디를 방문했는지 우리는 알지 못한다(나는 알지 못했다고 말하는 편이 더 좋다). 그 다음 그들은 더블린으로 건너갔고, 항구에서 화객선을 타고 4월 23일, 대서양을 건넜다. 5월 말에는 이미 디에고 데 알마그로 거리(5번지)의 소박한 공동 주택에 체류 신고를 했다. 참고로 그들이 그곳에 머물렀던 기간은 짧았고, 곧 다른 공동 주택으로 거주지를 옮겼는데, 그 주소는 확실하지 않다. 그러고 나서 벨라비스타 지구에서 멀지 않은 곳에 자리를 잡았다. 블라스 카냐스 거리(내가 가진 종이에 쓰인 숫자가 확실치 않아서, 번지는 3, 아니면 8일지도 모른다)에 있는 방 세 개짜리 주택으로, 난방 장치는 없었다. 그는 자신을 바우어라는 이름의 독일인 피아니스트라고 소개했다. 하지만 6개월 후, 크리스티나가 아르헨티나의 부유한 지주와 도망을 가는 바람에 그는 혼자 남게 되는데, 이것이 전환의 계기가 되었다. 당연한 일이지만, 베르트의 집에 온갖 종류의 사람들이 출입하게 된 것이다. 그

중에는 그와 같은 나치스의 신봉자로 칠레에 도주해온 자들도 있었다. 그들은 매우 다양한 직업을 가졌으며 신분이 높은 사람도 있었다. 또한 베르트는 자신이 많은 음악의 보물을 소유하고 있는 것처럼 행동했기 때문에, 그것들을 사들여 더 큰돈을 벌어들이려고 궁리하는 자들까지 있었다. 그러나 베르트는 예의 그 자필 악보를 더 이상 가지고 있지 않았다. 사랑의 배신녀 크리스티나가 가지고 도망가버렸기 때문이다. 크리스티나 푸신스카는 1976년에 부에노스아이레스에서 비참하게 세상을 떠났다. 그런 상황에 이르게 된 경위는 말할 가치도 없을 것이다. 그녀는 자필 악보 같은 것을 한 장도 본 적이 없다고 말했다. 몇몇 아르헨티나 친구들에게 그녀가 털어놓은 말에 따르면, 베르트가 베를린을 떠났을 때, 그가 항상 가지고 다니던 커다란 가죽 가방에는 자못 중요한 물건이 들어 있는 것처럼 보였지만, 사실 그 가방 안은 텅 비어 있었다고 한다.

그렇다면 무슨 일이 일어났던 것일까? 음악의 '보물'은 대체 어디로 가버린 것일까? 자필 악보를 보면서, 나는 이 안에서 더욱 고차원적인 의미를 찾아내려 아직도 노력하고 있다. 예를 들면 중심이라든지, 모든 것을 설명해주고 모든 것을 정당화시키는 깊은 어떤 점을 말이다. 하지만 그러는 사이에도 나는 음표들이나 16분음표들, 그리고 이 귀중하고 완전한 종잇조각들이 점점 좋아졌다. 그래서 나는 그날 밤, 내 친구 제임스가 틀림없이 내심 마음을 졸이고 있었을 것이라고 지금에 와서야 생각한다. 왜냐하면 그는 20년이란 세월에 걸쳐, 베르트의 가방을 찾기 위해 노력해왔기 때문이다. 그의 생각에 그것은 런던 아니면 적어도 영국 내에 있을 것이 분명했다. 그것을 발견해내지 못했기 때문에 아마도 그는 '재생장치'를 마음의 위안으로 삼았던 것이다. 참고로 그 당시 그는 이런 사실을 나에게 밝히기를 주저했지만, 제임스의 말에 따르면, 베르트는 그의 보물들을 정리해서 팔아 치우기에 충분한 날을 런던에서 보냈다. 그렇다고는 해도 어느 정도의 가격으로 처분했을까? 매우 저렴하게, 아니, 지나치게 헐값으로 처분했을 것이다. 하지만 칠레에서 안락한 생활을 하기 위해서는, 그것도 나치스 전범이라면 틀림없이 상당한 자금이 필요했을 것이다. 따라서 제임스의 생각은 틀렸다. 베르트는 이미 사정을 다 파악하고 있었기 때문에 런던에서 무엇 하나 팔지 않았다. 아니, 더 정확하게 말하면 결코 자필 악보 같은 것을 팔지 않았다. 무엇보다도 그는 가지고 있지 않았던 것이다. 게다가 제3제국의 요인들과 영국 외교관들의 관계를 기술한 이른바 위험한 문서 같은 것은 더더욱. 위조된 서류라면 아마 조금은 가지고 있어서, 히틀러에게는 물론, 아라비아의 로렌스 앞으로 보낸 영국인 나치스 지지자 그룹이 쓴 문서 등으로 약간의 돈을 수중에 넣을 수는 있었을 것이다. 이 문서에 따르면 로렌스는 평범한 오토바이 사고로 죽은 것이 아니라, 영국의 정보기관에 의해 살해당한 것이 된다. 왜냐하면 그가 나치스 당원들과 접촉을 도모해, 비밀리에 연대를 맺으려 했기 때문이다.

확실히 베르트는 그 페이지에 쓰여 있는 작품 대부분을 연주할 수 있었다. 하지만 그것은 단지 그가 그 작품들을 암기할 수밖에 없었기 때문이다. 그는 악보를 가질 수 없었고, 또한 필사할 수도 없었다. 생각해보면, 그는 그 악보들을 똑같이 필사할 수 있었지만, 그것들이 진짜와 같다고 어떻게 증명할 수 있겠는가? 그는 베를린에 있을 때부터, 많은 작곡가의 작품을 단지 암기하고 있었을 뿐이다. 물론 자신의 기억 속에서 되살려내, 칠레로 도주한 후에도 기회가 있을 때마다 연주했던 것이다. 게다가 그의 성격이 불안정했던 점이나, 이상 행동을 자주 한다는 사실은 널리 알려져 있었으므로, 그의 기억력도 점차 희미해지고 말년이 되자, 이제는 그를 만나러 오는 사람도 점점 줄어 ─더욱이 그가 무언가를 소지하고 있을지도 모른다는 희망을 품은 사람들마저 사라져─ 그의 상상 속의 효과가 뒤섞인, 그 특유의 혼란스러운 음악 작품이 연주되는 것도 매우 드문 일이 됐다. 그 뿐만 아니라 그는 파킨슨병에 걸려 양손을 자유롭게 움직일 수 없게 되었고, 기억은 물론, 그의 손가락 사이에 남아 있던 피아니스트로서의 기교도 서서히 무뎌져 갔다. 프란츠 베르트는 이렇듯 고독 속에서 알코올에 빠졌고 수년 전, 쓸쓸히 세상을 떠났다. 그를 기억하고 있는 사람은 이제 아무도 없었다. 동시에 그를 심판하기 위해 찾아내려는 사람들도 더 이상은 존재하지 않게 되었다.

그날 밤, 제임스가 나에게 상기시킨 것은 발라드 제4번의 자필 악보가 어디에도 존재할 수 있다는 사실이었다. 그 악보는 런던에도, 제네바에도, 러시아에도, 아마 존재할 수 있으리라. 하지만 특히, 이 파리로 옮겨져 왔을 것이란 사실이 가장 타당하다. 그러므로 신중하게 검토해야만 한다. 자필 악보의 수는 꽤 많았는데, 베를린에서 빼돌린 것은 한결같이 모스크바로 건너갔다. 모스크바에서는 열광적인 찬미자들의 갈망 대상이 되었다. 그리고 악보에서 악보로, 마치 판매가 금지된 소설 작품처럼 음악원 학생들의 손에서 손으로, 혹은 연주가들 사이에 전해져 극적인 전설로 변해갔다. 그러므로 그 러시아인이 한 말은 거짓이 아니었다. 문제의 자필 악보는 파리에서 도난당해 나치스에 의해 베를린으로 옮겨졌고, 베를린에서 붉은 군대에 의해 모스크바로 건너갔다. 그 러시아인이 이 귀중한 자필 악보들을 다시 한 번 파리에 가져옴으로써 악보가 다시 원래의 자리로 되돌아온 것이다.

제임스는 그날 밤 내가 가장 알맞은 때에 왔다고 생각했다. 그는 수수께끼를 풀 좋은 기회가 찾아왔다고 여겼기 때문이다. 하지만 나는 사태를 더욱 복잡하게 했을 뿐이었다. 그날 밤 그는 평소 때보다 담배를 더 피웠다. 나는 언제나 피우던 나의 담배를, 그리고 그는 예의 그 참기 힘든 평상시의 시거를 피웠다. 드디어 나는 이해할 수 있는 순간이 왔다고 생각했다. 다른 말로는 표현할 방법이 없었다. 그것으로 나는 만족했고 그 또한, 마찬가지였다. 제임스의 눈은 이제 의문에 찬 시선을 보내지 않았다. 그는 완벽을 기하듯이 전부 쏟아내지 않고, 마치 추론의 잉여 가치를 남기려는 듯이 오직 상대방의 지성에 호소하는 의미만을 덧붙였다. 그는 완전히 지쳐 있었음이 틀림없었다. 왜냐하면 시간이 꽤 흘러, 말로는 표현할 수도 없는 일종의 우수 속에서 그의 기분이 감지되었기 때문이다. 우리는 온갖 기록 장치나 감탄할 만한 기술 장치, 그리고 돈을 아까워하지 않고 사

모은 영혼 없는 도구들이 가득 찬 홀에서 다른 서재로 자리를 옮겼다. 거기에는 만 권이 넘는 책들과 함께 피아노가 놓여 있었다. 스타인웨이의 그랜드 피아노로 미국산이었다. 아마 1920년대의 제품일 것이다. 그는 나를 제대로 쳐다보지도 않고 말했다.

"때때로 어떤 곡을 연주해보기도 합니다. 하지만 저는 어느 날 갑자기 영혼을 빼앗겨, 저에게는 그 그림자만이 남아 있는 것이나 마찬가지랍니다. 그런 이유로 오직 이미 알고 있는 음색의 뒤를 따라가기만 하지요. 회전하는 원반에 새겨진 소리, 혹은 아무리 뛰어난 피아니스트라도 결코 풀 수 없었던 비밀을 말입니다. 이른바, 갑자기 그 의미를 자신에게 명확하게 알려주는 듯한 침묵이란 페이지의 음색을요." 나는 아무 말도 하지 않고 피아노 앞에 앉았다. 스스로는 아무것도 하지 않은 것 같다는 생각에서 나온 행동이었다. 나는 보면대에 놓여 있던 악보를 바라보았다. 쇼팽이었다. 녹턴 악보를 모은 책으로 작품9 제1번 내림 나단조가 펼쳐져 있었다. 카미유 플레이엘 부인에게 헌정된 '세 개의 녹턴' 중 첫 번째 곡이다. 나는 깜짝 놀라 나도 모르게 미소를 지었다. 쇼팽의 녹턴은 탁월하면서도 또한 참기 힘든 곡이다. 녹턴 때문이 아니라 피아니스트 때문이기는 하지만 말이다. 특히 작품9 제2번 내림 마장조에 이르러서는 더더욱 그렇다. 쇼팽의 작품 중에서도 아마 압도적으로 유명한 곡이리라. 소녀 세대의 애호가에서 일선에서 활동하는 예술가에 이르기까지, 이 곡의 매력은 넓고도 깊게 퍼져 있다. 그런 녹턴이 제임스의 피아노 보면대 위에 펼쳐져 있었다. 나는 제임스를 어떤 음악 애호가의 범

주에 넣어야 좋을지 알 수 없었기 때문에 당황했던 것이다. 만일 그
가 이 곡을 탁월하다고 생각한다면 그것은 쇼팽이 자신의 녹턴을 한
없이 사랑했었다는 사실을 알기 때문인데, 그렇다면 제임스는 가장
단순한 악곡만이 신비한 곡이 될 수 있다는 사실을 알고 있는 것이
다. 혹은 반대로 만일, 제임스가 세상의 다른 반쪽에 속하는 인간이
었다면 이 녹턴은 견디기 힘든 곡이 된다. 그런 이유로 나는 어쩌면,
섬세한 나의 친구가 악보를 구석구석까지 알고 있는 것뿐만 아니라,
1600년대 네덜란드 회화의 예술성에까지 정통해 있어, 쇼팽이 젊은
시절 작곡한 녹턴 소품을 연주하면서 저녁을 즐기고 있는 것은 아닐
까 생각했을 정도였다. 게다가 그때 보면대 위에 펼쳐져 있던 곡은
매우 특수한 녹턴이었다. 즉, 기교면에서 상당히 단순한 탓에 위험
한 곡이었던 것이다. 왜냐하면 어떤 부분도 간단히 연주할 수 있어
나쁜 연주가 될 위험이 있었기 때문이다. 그 녹턴에는 매우 강한 패
시지가 숨겨져 있고, 맨 처음 음이 반복되며, 음계는 약간 불완전하
다. 또한 장식음은 약간 망설이는 곳이 많은데, 그것도 가식이 있어
서는 안 되었다. 나는 그 곡을 연주하기 시작했다. 눈을 감은 채로
말이다. 어떤 녹턴이든, 나는 물론 악보를 볼 필요가 없었다. 나는
그날 밤 그 속에 잉태하고 있던 침묵을 깨는 것조차 두려워하는 듯
이, 피아니시모(매우 여리게)로 연주했다. 그는 나와 함께 곡을 공유
하고 내 음악에 존경을 표하며 내 의자에서 몇 걸음 떨어진 곳에 있
었다. 조금 전부터 입에 물고 있던 시거의 불도 이미 꺼진 채였다.
피아노는 정확한 음색으로 계속 울려 퍼졌다. 건반은 실로 부드럽고

음색은 낮으면서도 무거웠다. 또한 때때로 날카롭게 주위의 공기를 갈라놓았다. 과연 미국에서 만들어진 스타인웨이의 울림으로 함부르크에서 만들어진 것과는 음색이 약간 달랐다. 손이 건반에 닿을 때의 감각은 부드러웠지만, 결연한 울림이 있었다. 나는 가능한 한 칸타빌레로(노래하듯이) 저 녹턴을 연주하려 노력했다. 단, 망설임은 눈치 채지 못하게, 또한 장식음을 강조하면서…. 왜냐하면 피아노는 조금도 거드름피우지 않고, 과도하게 달콤한 효과를 보이지 않고도 그런 연주법을 나에게 허락해주었으니까. 연주는 훌륭하게 마무리되었다. 내가 연주한 것이지만 정말 멋진 연주였다. 그렇게 생각하면서 내림 라조의 제2주제로 넘어가려고 할 때, 나는 쇼팽이 때때로 넌지시 사용하는 천재적인 수법을 깨달았다. 즉, 음 하나를 필요 이상으로 반복함으로써 기대감을 낳고, 왼손의 집요한 8분음표, 혹은 6잇단음표를 추억처럼 낮게 연타해 우수를 자아내는 것이었다. 그리고 난 후, 마지막 부분의 화음을 연주할 때, 나는 내가 본래 연주해야 하는 것보다, 즉 악보에 쓰여 있는 것보다도 약간 강하게 연주했다. 정신을 차렸을 때, 제임스는 나에게 가까이 다가와 있어서, 거의 내 등에 닿을 듯 말 듯 한 곳에 있었다. 기묘한 정적이 흘렀다. 전에도 몇 번인가 이런 침묵에 귀를 기울였던 기억이 있다. 나 같은 피아니스트가 혼자서 연주하고 있었을 때나 연주회장에 있었을 때의 일이다. 한 곡이 끝났을 때, 종종 박수갈채가 들리기도 하고 혹은— 연습이나 녹음을 하고 있을 때에— 마무리 부분의 화음이나 음색이 재고할 과정의 시작이 되거나, 지금 막 연주가 끝난 곡을 다시 연주해보기도 한다. 마치 있을 수 없는 메아리를 다시 들어보는 것처럼 말이다. 그리고 그런 메아리 속에서 자기 자신을 판단하기 위한 암호를 발견해내는 것이었다. 하지만 그때는 더욱더 다른 상태에 놓여 있었다. 따라서 박수는 전혀 어울리지 않았다. 이 세상의 모든 관습을 알고 있는 두 사람 사이에서 그것은 이 장소에 걸맞지 않은 것이었다. 특히 저토록 간결한 녹턴에 있어서는 말이다. 그리고 그때 만들어진 정적은 풍요롭고 긴장돼 있었으며 또한, 기분 좋은 것이었다. 나에게 있어서도, 그에게 있어서도. 참고로 그때 제임스는 그 정적을 거의 단박에 깨버렸다. 그는 손가락 끝을 악보에 대고서 지면을 비비는 음까지 냈다. 그리고 제15소절을 다시 한 번 강조하는 듯이 그 부분 전체에 손가락 끝을 미끄러뜨렸다.

"양손에서 영혼을 잃어버린다는 것이 어떤 의미인지 알고 계십니까? 이 포르테 아파시오나토에, 이 크레셴도 콘 포르차에 정확한 해석을 부여할 수 없다는 것 말입니다. 이 네 소절에 들어갈 수 없다는 것, 그런 상태를…… 당신이라면 무엇이라고 부를까요? 어쩌면 우울? 그래요, 그렇게 부르기로 합시다. 우울함이 이른바 불시에 덮쳐온 불꽃처럼, 정신과 육체를 한 번에 감싸는 것이지요. 한때 저는 녹턴의 각 곡을 제 나름 훌륭한 방법으로 연주했습니다. 이 음표들 사이에서, 표면적으로는 단순하게 보이지만, 사실은 복잡한 심층을 마치 제가 발견해내기라도 한 것 같았지요. 저는 다른 누구보다도 날카롭게 꿰뚫어보았다고 생각했습니다. 다름 아닌 런던에도 몇 가지 녹음 장치가 있는 곳에는 틀림없이 제가 연주했던 녹턴이 아직 남아 있을 것입니다. 물론 저는 두 번 다시 들어 본 적이 없습니다. 지금도 저는 가끔 그 녹음을 들어보려고 시도합니다. 어느 곡이나 아름다운 여성과 닮았지요. 무척이나 아름다운 여성과 말입니다. 하지만 그녀에게는 뺨에 상처 자국이 있습니다. 거의 눈에는 보이지 않는 상처 자국이 말입니다. 하지만 그다지 눈에 띌 만한 것이 아닌데도, 어쩐 일인지 그 상처 자국에만 모두의 시선이 쏠립니다. 하지만 마에스트로, 지금은 이런 이야기를 할 때가 아닙니다. 또한 아마도 저는 지금 한 명의 호사가로서 이야기하고 있는 것입니다. 우리의 자필 악보에 관한 것은 내일부터 생각합시다."

그가 나를 내보내기 위해 막 서둘렀을 때, 나는 예전에 본 적이 없는 기묘한 장치를 발견했다. 그것은 자못 정교한 기계가 들어가 있는 목재 장치로 세로 폭은 그다지 깊지 않았고, 가로 폭은 피아노 건반 정도로 하모늄(작은 오르간 같은 악기)의 페달과 똑같이 생긴 페달이 두 개 달려 있었다. 그리고 그 장치의 한 면에는 피아노 건반과 똑 닮은 목재 막대기가 늘어서 있었다. 그 도구 장치에 내가 호기심을 느끼고 있다는 사실을 알아채자마자, 제임스는 "흡입식 피아노 자동 장치입니다"라고 말했다. "목재 막대기 보이시지요? 실제로는 기계 장치의 손가락이 되는 것입니다. 그 작은 도구가 건반에 가까이 다가간 다음에 페달이 움직이는 것이지요. 마치 하모니카처럼 공기가 마닐라마(파초과 식물의 잎 무늬에서 채취된 섬유)로 만들어진 두꺼운 종이를 통과하는 것이지요. 그리고 복잡하기 그지없는 공기 펌프 시스템에 의해 88개의 목재 손가락이 움직여, 그것들이 미묘한 뉘앙스를 더해가면서 피아노상의 건반을 두드린답니다. 이 도구에 의한 녹음 롤도 많이 만들어졌는데, 아마 쇼팽의 에튀드 작품10의 제12번 다단조도 있을 것입니다."

"아니, 그것만은 안 되네!" 나는 무심코 말해버렸다. 단, 낮은 목소리로. 그 사이에 나는 무척이나 맥이 빠져, 저 영혼도 없는, 마치 괴물 같은 기계 장치를 바라보고 있었다. 그리고 그런 내 말에 제임스가 대답했으리라 여겨지는 대사를 마음속으로 생각했다. '그날 저는 영혼을 빼앗겨 버렸던 것 같습니다. 저에게는 그 그림자만이 남아 있지요. 그것과 완전히 똑같은 음을 내고 있었던 것입니다. 롤에 새겨진 음을 저는…….' 자신을 스스로 호사가라 칭하는 제임스는, 이런 말까지 입 밖에 내서 말하지 않았지만, 마음속으로는 알고 있었던 것이다.

6.

만약 가능하다면, 나는 음악을 '창세기'에 나오는 7일에 걸친 선량한 신의 은총으로 여기고 싶었다. 즉, 음악을 생물이나 식물, 태양이나 달, 별들과 함께 천지창조의 성과 중 하나로 생각하고 싶었던 것이다. 이 세상에 신이 존재하지 않음을 확신할 이유가 있다면, 그것은 바로 이 깊은 침묵, 견디기 힘든 우주의 끝에 있을 것이다. 나는 어릴 적부터 별이 총총한 밤하늘을 올려다보고는 했다. 그때마다 나는 그 별들이 아름답다고밖에 생각할 수 없었다. 내가 올려다볼 때마다 별들은 찬란한 빛으로 하늘을 가득 채웠다. 그리고 나는 저몇 십억 킬로미터나 머나먼 저편에 있는, 소리 없이 침묵하는 불의 구체에 대해 생각했다. 어째서 저 허공은 음악을 만들어내지 않는 것일까? 어째서 대기와 사물, 떨리는 물체만이 소리를 내는 것일까? 나는 행성을 바라보면서 느릿느릿한 그들의 변혁을 상상했다. 무(無)와 어둠의 바다 속에서 불타오르는 아득한 반짝임만을 상상하고서, 그 침묵의 극을 깨버릴 음악은 아무것도 없다고 생각했다. 몇 백만 년, 몇 십억 년 동안 분명히 지속되고 있는 저 침묵. 그리고 나는 아마 그때, 한 창조자, 혹은 신이라 불러도 좋을, 이 공포를 깨버릴 수 있는 부동의 창조자라는 존재를 생각하고서야 마음의 위로를 받을 수 있었다. 그렇다, 신이 존재한다고 생각하는 편이 낫다. 하나의 음성 같은 것, 아니 하나의 선율 말이다. 가능하다면 묵직한 음이 단 수초 간이라도 계속 침묵하고 있는 영원의 우주를 가르고 들어갈 수 있다면, 바로 저 별들의 침묵 속으로……. 지금은 어딘가에 신이 있는 것은 아닐까, 나는 생각하기 시작했다. 이 우주 끝에 소리가 존재한다는 사실, 무한의 밑바닥에 있는 희미한 소리는 짐짓 뽐내는 듯한 전파망원경을 통해서만 감지해낼 수 있다. 아니, 그렇게 상상할 수 있다고 친절하게도 나에게 가르쳐주었다(그리고 이제까지는 눈으로 바라보기만 했던 별들이 지금은 귀 기울여 듣는 것이 되어 가고 있다는 사실까지). 하지만 나는 아직 거기까지 이해할 수 있는 수준에 이르지 못했다. 왜냐하면 너무나도 오랜 세월에 걸쳐 나의 항성과 행성 모두 소리가 없는 세계에서 움직여 왔고, 평면 기하학처럼 3차원 없이도 설명할 수 있기 때문이다. 나는 입체로 된 세계 속에서 권력을 상징하는 정삼각형 같은 것을 아직 느끼고 있었다. 그것은 다면체이거나, 원뿔형, 때로는 원통형이었고, 피라미드 같기도 했다. 하지만 나는 그런 것들에 대해 생각해왔다. 우주 깊은 곳에서 들리는 희미한 소리에 관해서, 그것도 너무나 자주 말이다.

그리고 나는 어떠한 도구가 소리를 내고 있는 것은 아닌지, 내 마음에 되물어 보았다. 피아노도, 하프도 아닌, 어떤 악기가 아니라 현의 떨림 같은 것은 것. 그렇다면 가죽을 두른 큰 북, 혹은 잠시도 멈추지 않고 움직이는 롤에 의해? 아니, 그것도 아니다. 호른과 닮은 어떤 소리인지도 모른다. 아니면, 낮은 색소폰 같은 것인가? 상당히 낮고, 무거우며 또한 길고, 느릿하게 지속되는 단 하나의 음색 같은 것이다. 이른바, 유막처럼 우주를 커다랗게 감싸는 것. 그러나 그것은 작게 갈라지거나, 나뉘지 않고 조용히 꾸준하게 움직인다. 마치 커다란 눈사태를 슬로우 모션으로 바라보는 것처럼 말이다. 이것이 나에게는 우주의 소리이며, 신이 존재한다는 증거이다. 행성과 항성 그리고 인류를 신이 만들었기 때문이 아니라, 자신이 만들어낸 것에 대한 기쁨에 젖고 자기 자신의 모든 경이에 젖어, 비범한 재능과 이성을 드러내고 있기 때문이다. 그러한 정신은 무한을 생각해낸 후에, 더더욱 그 무한을 충족시켜보였다. 그리고 나는 그 전체에 하나의 음을, 구별하기 어렵지만 확실히 존재하는 단 하나의 음을 덧붙일 필요성을 느꼈다. 그것은 단순하고 원초적인 것, 이른바 살아 있는 단세포의 존재로, 소리를 내는 아메바, 또는 기적이며, 만인에 대한 위안이다.

신의 음계란 무엇인가? 도인가, 레인가, 아니면 미 플랫인가, 파

샤프인가. 그리고 하나의 음계만이 아니라면 소리가 아닌 더욱 복잡한 무엇인가? 5도나 7도 화음, 아니면 틀림없이 하나의 프레이즈(작은 악절)이다. 이것은 끊임없이 반복되는데다가 자기 자신에게 되돌아오므로, 마치 그 프레이즈의 악보는 어떤 한 현대 음악의 문장형태와 비슷해진다. 그리고 그것들은 때때로 순환하는 오선이 되어, 레코드와 비슷해짐으로써 처음도 끝도 없어지지만, 어떤 점에서 출발하더라도 연주할 수 있게 된다. 그리고 그때에는 우주가 하나의 조성을 갖게 될 것이다. 그것은 영원히 고정되어 절대 변하지 않는다. 이리하여 발견된 우주의 탄생이란, 세계, 그리고 사물의 총체와 하나가 되는 것을 의미하게 되리라. 다장조의 우주는 너무나도 한정적인 탓에 나를 실망시킬 것이다. 또한 단조이거나, 녹턴이거나, 멜랑콜릭하다면 그 또한 나의 뜻에 맞지 않는 것이리라. 만약 단조라면, 우주가 지나치게 슬퍼질 테니까. 가능하다면 우주는 하나의 화음으로 울려 퍼졌으면 좋겠다. 그런 경우에는 증5도 화음이기를 바란다. 이들 음표로 형성된 음은 상당히 간단하다. 도, 미, 솔 샤프. 가장 높은 음인 '솔 샤프'는 화음을 펼쳐서 그것을 무한히 확장시키지만, 점점 움푹 패여가는 우주를 떠오르게 한다.

나는 이 화음을 연주해보았다. 건반의 중앙 옥타브에서 연주해본다. 도, 미, 솔 샤프. 그런 다음, 다시 한 번 연주해본다. 전보다도 가볍게 손가락을 건반 위에 올려서 말이다. 나는 도와 미를 누르면서 다섯 번째 손가락으로 먼저 솔 샤프를 치고, 다음에는 솔 내추럴(제자리표)로 옮겨간다. 또한, 중음정의 다장조와 내추럴 다장조의 차이를 들어본다. 반음만큼의 간격, 반음만큼의 주파수 이동으로도 모든 것이 변해버린다. 나의 우주는 열렸다가 닫힌다. 프톨레마이오스의 체계(천동설)에서 코페르니쿠스의 체계(지동설)로, 그리스인과 로마인의 하늘에서 나의 하늘로 옮겨간다. 그들의 완결된 태양계 세계에서 나의 불확실하고 불안정한, 천 개의 인용으로 이루어진 스피노자나 니체의 작품을 매개로 한 것으로 옮겨간다. 나는 강한 힘이 단 하나뿐인 반음이나 작은 간격, 극히 미약한 진동으로 옮겨가는 것을 좋아한다. 솔 내추럴은 건반 위에서 흰 건반이고, 솔 샤프는 검은 건반이다. 지금 막 내 기억 속에서 내가 옮겨가는 것은 두 가지 세계 사이의 올바른 대비이다. 이러한 여러 가지 소리를, 온갖 행성이 가진 소리의 질과 연결한 사람이 있다. 이미 어른이 된 내가 코르넬리우스 아그리파(르네상스기 독일의 사상가이자 연금술사)의 마술론 〈오컬트 철학〉을 읽었을 때의 일이다. 나는 제2차 세계대전 후, 빈의 한 헌책방에서 1533년도 초판을 손에 넣었는데, 그 책에서 음악에 관한 기묘한 주해를 발견하고는 무척 감탄했다.

토성은 슬픈 음, 목이 잠긴 묵직한 음, 여유 있는 음을 낸다. 마치 음이 하나로 합쳐져 응축된 것처럼 말이다. 화성은 거칠고 날카로우며 위협하는 듯한 결연한 음을 낸다. 마치 분노를 잉태하고 있는 것처럼. 달은 지시받은 것들을 모두 합친 음을 낸다. 이들 세 개의 천체는 화음이라기보다는 오히려 각각 특징적인, 음성 같은 소리를 공통적으로 가지고 있다. 이에 반해 목성, 태양, 금성 그리고 수성은 상반된 화음을 가지고 있다. 목성은 묵직하고, 일정하며, 강력한, 그러면서도 감미롭고, 밝으며, 듣기 편한 음을 내고 있다. 태양은 존경스럽고, 강하고, 순수하고, 달콤하며 우아하고도 아름다운 음조를 가진다. 금성은 음란하고 음탕하고, 부드럽고, 풍만하고도 탐스러우며 구심적인 음조를 가진다. 수성의 화음은 다양하고, 밝고, 쾌활하며 일종의 활기가 넘친다.

나는 언제나 천체와 음악 사이의 화음을, 자신의 내적 우주와 진짜 우주, 즉 나의 외부에 있는 것과의 화음을 계속 갈구해왔다. 저 귀중한 책은 너무 늦게 찾아왔다. 이른바, 내가 나의 많은 불안을 다 해결했다고 착각했던 인생 후기에 찾아왔다. 하지만 나는 피아노에 향할 때마다 항상 자신에게 되물었다. 나의 도구가 만들어내는 음악의 파동은 어디로 사라져가는 것인가, 만약 위대한 음악이 우주의 질서를 바꿀 힘을 가지고 있다면, -우주의 질서를, 즉 위대한 창조자가 미리 준비해둔 건축물을 말이다- 게다가 한마디로 말해, 만일 어떤 음을 나에게 덧붙일 수 있다면, 음란하고 음탕한 화음이란 어떤 것인가? 나도 어쩌면 저 기분 좋고 밝은 화음과 똑같은 것에 도달할 수 있을까? 모차르트의 사장조 화음은 무척이나 경쾌하지만, 한편으로 도 샤프 7화음의 멜로디에서는 존경심이 생겨날 것이다. 확실히 나는 아그리파의 시대에 자신이 도달했다거나, 그 이상 앞으로 나아갔다거나, 그 대응성과 유사성을 발견했다거나, 음악의 본질적인 내부에 세계를 옮겨 넣을 수 있었다고 생각한 순간이 있었다. 그러나 나는 굴복하지 않으면 안 되었다. 즉, 그 반대를 받아들일 수밖에 없게 됐다. 음악은 세상에 대해 무관심하니 그 유사성 같은 것은 생각하지 않는 편이 더 낫다고 말이다. 즉 쇼펜하우엘이 쓴 것처럼, "음악은 결코 물질에 동화되지 않는다." 나의 행성들은 나의 화음이나, 나의 도 샤프나, 나의 사장조와도 아무 관계없이 계속 자전하리라. 아니, 내가 세계에 대한 상찬의 형태로서 선택한 작곡가들의 작품조차, 상관없이 자전을 계속할 것이라고 말하는 것이 더 좋겠다.

하지만 이 근원이 되는 음들 속에서, 반음을 올리거나 내린 이 화음들 속에서, 그리고 내 안의 열광적인 이론벽을 환기시키는 이 희미한 음정 속에서, 나는 단 한 번도 코르넬리우스 아그리파가, 더욱이 바르톨로메오 라모스 데 파레자(스페인의 작곡가, 음악이론가, 오르간 연주자)가 알 리 없던 저 음악을 고려하지 않았던 것이다. 어찌됐든 나는 1956년, 파리에서 바르톨로메오의 저작 〈음악실천론〉의 초판본(1482년)을 손에 넣었다. 아무래도 나는 낭만주의 음악 안에서 살아가지 않으면 안 된다는 벌을 받은 것이다(그렇다고는 해도 어떤 죄에 의해서인가?). 그 음악이라면 나 자신이 보다 잘 연주할 수 있었고, 그래서 내가 훨씬 더 좋아하게 됐기 때문이다. 건반 애호가처럼 연주하는 나에게는 쇤베르크는 말할 것도 없고, 연주할만한 리하르트 슈트라우스의 곡조차 없었다. 라벨(프랑스의 작곡가)에 대해 말하면, 젊은 시절에는 연주할 수 있을 것으로 생각했었지만, 그것조차 내 손가락 사이에서 흘러나가 사라져버렸다. 아무리 해도 끼울 수 없는 시계의 용수철처럼 말이다. 저 작은 양 끝을 정확히 제자리에 집어넣기만 한다면 간단히 움직이기 시작할 텐데. 그렇게 생각하면 나는 분노가 끓어오른다. 도 샤프 장7화음이 신(神)인지 아닌지는 알 수 없다. 내가 아는 것은 단지 이 세계의 조화가 음악의 조화를 어설프게 모방한 것이란 사실이다. 맹세해도 좋다. 이 점만은 틀림없다. 나는 종종 한밤중에 내가 미쳐버린 건 아닌지, 생각한 적이 있다. 그런 때는 단 두 음표로 된 화음을 백 가지의 다른 방법으로 치면서, 그 백 가지 방법 속에서 또 다른 백 가지를 상상한다. 각각 미묘하게 다른 방법으로 말이다. 게다가 나는 그 화음들이 서로 완전히 다르다는 것을 확인할 수 있었다. 쇼팽의 작품 속에서도 가장 간단한 왈츠의 악보는 두 음표가 만들어낸 화음에서부터 만들어지는 것이 아니라, 그 수백 가지 조합으로부터 만들어지는 것이다. 마치 거리에서 만난 천 명이나 되는 남녀의 눈이, 서로 다른 무수한 조합을 이끌어내는 것과 비슷하다. 그리고 그 눈들 사이에서 수많은 갈등과 우수를 살짝 엿보거나, 서로 간에 구별할 수 없게 되는 것과도 닮았다. 그 눈들은 때때로 안타깝고, 때때로 기쁜 듯하며, 때때로 주의가 산만하다. 또한 황홀하고 옛 추억을 그리워하기도 한다. 눈은 몸에서 멀리 떨어져 있는 것 같지만 억누르기 힘든 몸 깊은 곳의 표출이기도 하다. 게다가 눈은 끊임없이 움직이고, 젊음이 넘치며, 노인에게도, 노파에게도 깃들지만, 거꾸로 세월의 무게에 풀이 죽어버린 남녀의 것이 되기도 한다. 음악은 종종 이와 같은 대비 속에서 태어난다. 그리고 때로는 단절돼 섬광을 발하기도 하고, 한순간의 짧은 악절이 되어 자기 자신의 뇌리에 평생 끊임없이 울리기도 한다.

지금 나는 농부들의 모습을 떠올리고 있다. 내가 태어나고 자랐던 곳의 농부들은 산길에서 만나면, 밀짚으로 만든 엉성한 모자를 벗고 나에게 어색하게 인사를 했다. 그리고는 단 하나뿐인 멜로디를 휘파람으로 불면서 갔는데, 그 멜로디가 바뀌는 일은 결코 없었다. 그들에게 있어 음악이란 단 하나의 그 휘파람 멜로디로, 그것은 아버지로부터 아들에게, 혹은 할아버지로부터 아버지에게 변함없이 이어져 내려온 것이리라. 그 곡의 제목조차도 모르는 경우가 많다. 추억 속에서 모두 다 잊혀져버렸기 때문이다. 스페인 독감으로 고열에 시달리다가 세상을 떠난 아이들의 이름도, 고된 노동 속에서 허리가 굽은 채, 논에서 벼농사를 짓다가 일생을 마친 딸들의 이름도. 혹은 열이나 되는 아이를 낳고 기르느라 등이 둥글게 변한 채 대지를 경작하다가 세상을 떠난 어머니들의 이름조차도. 그녀들의 바람은 노동력이 되어줄 남자아이를 낳는 것이었지만, 그런 바람조차도 때때로 이루어지지 않았다. 우리 집 땅에서 농사를 지었던 농민들의 음악은 노동을 끝내고 집으로 돌아가는 길에 휘파람이 되어 들렸다. 땀투성이에 행복과는 거리가 먼, 지옥 같은 생활 속에서 그들의 눈동자는 눈 안에 새겨져버린 두 개의 상처 자국이다. 그런 그들이 부는 휘파람을 듣고 있으면 거기에 내 음악이 있다고 느끼게 된다. 단순하고 날카로우며, 때때로 음정이 맞지 않았지만, 그들에게는 대대로 이어져 내려온 유일한 음악이었으리라. 거기에 틀림없이 그 음악도 있었다. 1920년대의 이탈리아, 내가 아직 어렸을 적의 이탈리아에서는 남녀들이 도회지에서도 휘파람을 불고 있었다. 아직 자동차가 그렇게 많지 않아서, 자동차들은 돌로 된 거리를 스치듯 달려 군중 속을 빠져나갔다. 그렇게 달리면서 부는 휘파람을 듣고 있으면 거기에는 종종 특별한 모티브가 담겨 있어서, 멀리서 듣는 것만으로도 그 사람이 집으로 돌아간다는 사실을 알 수 있었다. 나도 소년일 때부터 노래라고 할 것도 없이 무심코 휘파람을 불었다. 그리고 피아노를 연주할 때에도, 특히 단순한 모티브일 때 그것에 맞춰 소리를 내어 노래를 불렀다. 나는 그 습관을 어느새 잃어버리고 말았다. 마찬가지로 피아니스트 친구에게 어느 음악의 단 한 소절을 연주해 달라고 하거나, 어떤 추억을 일깨워주는 음의, 그 다음을 연주해 달라고 하는 등으로 추억을 불러일으키는 습관도 이미 잃어버리고 말았다. 그것은 예전에 종종 일었던 일로, 그 누구도 창피해할 일이 아니었다. 즉, 그때까지 음악은 아직 생활 속에서 살아 있었고 우리 손 안에서 생명을 유지하고 있었던 것이다.

지금도 생각이 나는데, 친하게 지냈던 여자 친구 한 명이 나에게 가단조 왈츠의 첫 주제를 몇 번씩이나 연주해달라고 거듭 부탁해왔던 일이 있었다. 나는 기꺼이 그 부탁을 들어주었다. 그것은 순수하고도 순진한 행위였다. 거기에는 의혹이 없었다. 위대한 음악, 그 표현과 해석, 그리고 그 뒤에 따라오는 추억, 다시 들어볼 때의 감동. 게다가 반복되는 같은 음조가 따분한 주제 같으면서도, 무한정 반복됨으로써 희석되어가는 마음의 동요. 오늘날에는 더 이상 이 같은 사치가 용납되지 않는 탓에 음악은 굳어져버렸다. 각 부분은 손을 댈 수 없는 완벽한 걸작이 되었다. 음악을 변주하거나 처음 일부분만을 연주하고, 이어서 다른 부분을 연주하는 일, 혹은 장난으로 그 것을 바꿔보거나 연주법을 바꿔보는 일 등은 이제 누구의 흥미도 끌지 못한다. 왜냐하면 이 같은 행위를 이해할 수 있는 능력을 갖춘 자가 없고, 그렇게 악기를 다룰 수 있는 자도 없기 때문이다. 나의 작가 친구도 이렇게 말했다. "이제는 진정한 문법을 터득한 자가 없다." 이것은 조금 냉정한 표현이지만 제법 핵심을 찌르고 있다. 이제는 나도 세상의 흐름에 물들게 되어 보통 사람들처럼 초대를 받아들이고는 하는데, 그 초대에는 종종 피아노 연주가 동반된다. 그러나 내가 연주하는 일은 극히 드물고 연주를 한다 해도 사람들은 나를 정체를 알 수 없는, 마치 앞선 세기의 유물처럼 취급하고는 한다. 나는 어떤 곡이든지 연주해낼 수 있을 것이다. 그런데도 사람들은 너무나도 잔인하게 무지의 기쁨을 얼굴에 드러낸다. 그 누구도 자신들의 계급이나 신분, 사회적 지위조차 알지 못하는 주제에 말이다. 확실히 나와 함께 식사하는 자들은 나에게 쇼팽의 녹턴 작품9의 2번을 연주해달라고 요구하지 않고(적어도 그런 말을 꺼낼 용기를 가진 자가 없고), 더욱이 에릭 사티(프랑스의 작곡가)나 베토벤을 요구하지도 않는다. 어렵지 않은 일이다. 그럴 때 나는 '열정(아파시오나토)'을 연주하고는 하는데, 요즘 유행하는 '폭풍(템페스트)'은 연주하지 않는다. 또한 요한 세바스찬 바흐는 레퍼토리에서 제외해버리고 싶다. 왜냐하면 나의 양손은 점점 더 나쁜 음색을 낼 것이 분명하기 때문이다. 그러나 낭만주의가 아닌 것은 전부 혼의 열정이 아니므로 설령 크게 유행하고 있더라도 혼의 열정이 무척이나 어울리지 않는

168

감정으로 변해버린다. 그리하여 마치 대향연에서 어울리지 않는 질투로 인해 싸움이 일어나는 것처럼 되므로 본래 감추어두는 편이 좋은 것이다. 이렇게 내가 만난 부인들은, 예를 들면 바그너의 모든 것을 알고 있다는 척을 하거나, 나에게 자못 정중하게 질문하거나 하는 것이었다. 내가 어떤 식으로 거의 전 생애에 걸쳐 프리데릭 쇼팽 같은 작곡가의 연주나 해독에 몰두해왔는지에 대해서 말이다. 저 아니꼬운 낭만주의의 무명 작곡가들은 평생 교향곡 한 작품, 오페라 작품 하나도 작곡하지 못했다면서. 그러므로 나는 가만히 상대방의 눈을 다시 한 번 쳐다보고는 대답을 하려고 해보지만 할 말을 잃어버리게 된다. 그리고 마음속에서 반복하는 것이다. 당신은 생각해본 적이 있는가, 이 세상에 신이 존재하는지 아닌지를. 만일 존재했다면 단 하나의 음이라도 낸 적이 있었을까? 이 어리석은 사람들이 사는 우주 속에서 구별해내기 어려운, 단순한 외침과는 다른 한 가지음을 말이다.

그렇다, 어쩌면 한 가지 소리에 불과할 뿐일지도 모른다. 모든 사람에게 있어서는! 이 우주 안, 어디에 있더라도 동일한 울림을 담아서 들려오는 음. 불쌍한 귀, 들으려 하지 않는 귀, 우리들의 생명에 엉겨 붙는 음. 하나의 소리. 그것을 우리는 마음속에서 헛되이 떨쳐버리려 한다. 심지어 우리의 귀는 두 번 다시 그 소리가 들리지 않을 것이라는 착각마저 하려 한다. 그리고 그것을 다른 온갖 종류의 소리로 덮어버리려 한다. 숭고한 음, 눈부신 음, 견디기 힘든 음, 여유가 넘치는 음, 강한 음, 빠른 음, 날카롭고 묵직한 음, 금속 재질이거나 연약해지거나 하는 음. 거기에 수정처럼 맑은 음, 극적인 음, 바이올린의 트릴처럼 떨리는 음. 멀리서 들리는 오보에나 달콤한 플루트의 가장 낮은 음색 같은 외침. 아마도 애달프게 우리는 숨을 헐떡거리며 여기까지 왔고, 지금도 모두가 그렇게 하고 있다. 휘파람을 부는 우리 집 농부들도, 나의 스승이었던 작곡가들도, 나와 친한 음악가들도 말이다. 모두가 저 소리를 자신의 몸에서 떼어내려고 노력해온 것이다. 깊은 밤에 들려오는 소리. 아마 그것은 우리들의 자아를 지키는 힘이 약해져 마음(푸시케)의 문이 열린 탓에 들려오는 원초적인 소리이다. 우리들이 고독한 존재라면 우리는 소리를 내는 일조차 불가능하다. 노래를 부르는 일도, 라디오를 켜는 일도 없으며, 자동차의 엔진 소리도 들리지 않을 것이다. 들리는 것은 기껏해야 계단 밑 도로에 울려 퍼지는 시내 전차의 소리 정도이리라. 그런 정도라면 아마 내가 어렸을 때, 별이 가득한 하늘을 올려다봤을 때, 나를 덮쳐왔던 저 침묵이 그런대로 더 나은 소리였다고 말해도 좋겠다. 밤하늘에 있으면서도 아무 말도 하지 않는 행성들, 그것들이 나의 천체도감에 그려져 있었다. 완전한 구체로, 절망적으로 어두운 배경 속에 떠올라 있으면서도 서로 다른 색으로 칠해진 색의 띠. 마치 무대에 선 배우처럼 스포트라이트를 받으며 빛나고 있다. 그것은 깜깜한 어둠 속에 남겨진 콘서트장에서의 내 모습과 닮아 있다. 나의 연미복은 까맣다. 나의 스타인웨이도 까맣다. 앉는 의자도 까만데 내 머리까지도 까만색이다(노파심에 하는 말이지만 아직도 충분히 까맣다). 그에 반해 내 얼굴과 양손은 새하얗다. 그리고 내가 연주하기 시작하면 청중이 볼 수 있는 것은 건반과 내 양손, 그리고 얼굴뿐으로 주위는 칠흑 같은 어둠이다. 게다가 내 위에 쏟아지는 빛은 그 밖의 아무것도 비추지 않는다. 굳이 말하면 그 자체가 이미 충분히 의미를 잉태하고 있는 음악에 어떤 의미를 덧붙이려는 행위와도 닮았다.

쇼팽의 콘서트는 어땠습니까? 그러자 나의 조부가 말했다. 반은 고대 원형경기장 같은 것이었고 나머지 반은 옛 친구들과의 모임의 장소였다. 깜깜한 어둠 속에는 아무것도 없었다. 피아니스트는 청중과 가까운 곳에 있었고, 청중 중에는 종종 낯이 익은 인물도 있었다. 감동은 있었지만 무대장치가 만들어낸 것은 아니었다. 그러므로 피아노 근처의 청중들을 앞에 두고 발라드 제4번이 연주되었을 때는 모든 것이 변했다. 특히나 특수 조명이 설치되지 않은 자연 조명이었을 때는 말이다. 20세기로 접어든 후에는 세속적인 의식에 따른 필요에서 콘서트가 열렸으므로 재능의 발로가 주안점이 되었고 이것이 거의 시종일관 반복되는 형식이 되어 극히 작은 부분에서만 다른 점이 인정되었다. 즉, 특수한 감각의 재능을 타고난 사람이거나, 그렇지 않으면 종잡을 수 없는 치통의 표현 같은 것이다. 그런 가운데 종종 다른 연주를 호소하는 것은 피아노 자체다. 이른바, 그런 자극에 건반이 미묘하게 응할 수 있도록 템포를 빨리하는 것이고, 그 터치를 낮게 조정함으로써 가장 알맞은 무게감을 만들어내는 것이다. 또한 때때로 어중간한 결과를 가져오지 않도록 비르투오시즘을 발휘하는 등의 위험은 무릅쓰지 말아야 한다. 극히 미세한 것에서 생각지도 못한 결과가 발생하는 법이다. 한 예로 전날 밤에 잠을 잘 이루지 못했다든지, 담배를 너무 많이 피웠다든지, 위스키를 한 잔 마셨다든지, 혹은 악보 읽는 법을 조금 바꿔 과감하게 참신한 연주를 시도해본다든지 하는 불완전한 상황에서 출발해 그것을 가능한 데까지 호전시켜보면 좋을 것이다. 하지만 이렇게 우연에서 시작된 시도는 예술 분야에서 말하는 재능이나 엄격한 의미의 천재에 의해 만들어지는 것이 아니다. 어째서 나 같은 피아니스트가 갑작스러운 두통에 휩싸였을 때 쇼팽의 '환상 폴로네이즈'를 조금 더 천천히 연주해서는 안 되는가? 그래서는 안 될 것이다. 왜냐하면 "쇼팽을 해석하는 방법은 더욱 현명해지고 보다 명상적이 되어, 공명 페달의 사용법조차 겁을 내, 불안해지고 주저하게 되어 마치 작곡자의 마음 깊숙한 곳까지 들어가려 하면서도 그 탐구를 완수하지 못한 채로 모호한 여지를 남기게 되니까……." 나는 베를린에서 열렸던 나의 콘서트를 이렇게 비평한 어느 유명한 평론가의 말에 답하지 않았다. 만일 그 엿새 후, 뮌헨에서 열린 콘서트에 와서 나의 공연을 보았다면 답을 들은 것이나 다름없었을 것이다. 그곳에서 나는 '환상 폴로네이즈'를 이전처럼 빠르게 연주했다. 어느 연주법보다도 나에게 있어서는 적절한 것이었다.

그때 그 평론가의 말이 나의 뇌리에 되살아났다. 우연히 읽은 책 속에서 그 비평 글을 발견했기 때문이다. 파리에 갈 때 가져가려고 생각하고 있던 책들을 정리하고 있을 때였다. 나는 광대한 서재 따위가 싫다. 도저히 전부 읽을 리가 없는 몇 천 권의 책 따위는 하얀

벽이 보이지 않도록 하기 위해, 고작 책장을 책으로 채우는 일에만 도움이 되니까. 나는 파리의 집으로 가져갈 수백 권의 책을 선별했다. 거의 모든 책이 고전이었는데, 그것도 문학작품이었다. 음악에 관한 책은 없었고 음악에 관한 논문도 선택하지 않았다. 음악에 관해서는 악보가 말해준다. 그것이라면 물론 없지는 않았다. 나는 악보를 계속해서 읽어 왔고, 지금 해석하고 있는 악보는 물론이거니와 비록 아직 연주한 적이 없는 악보라도 들여다보는 것을 무척 좋아했다. 그 악보에 그다지 흥미가 없을지라도 이야기책처럼 읽었다. 기계적으로 그렇게 하고 있다고 말해도 좋겠다. 왜냐하면 그것은 언제나 기분전환이었고, 이야기였으며, 읽을거리인 동시에 풀어야 할 수수께끼였으니까. 여러 번 접힌 그런 종잇조각을 거듭 읽고 있었더니, 독일어로 쓰인 색이 바랜 비평문(아마 〈짜이트〉 지에 실린 것)과 함께 '모자를 쓴' 소녀가 뇌리에 되살아났다. 그 소녀가 연상된 이유는 나 자신조차 설명할 수 없다. 나에게 소녀를 떠올리게 한 것은 '환상 폴로네이즈'였을까? 그렇지는 않을 것이다. 아니면 그날 자신이 생각했던 것처럼 내가 연주할 수 없었기 때문일까? 아니, 이것도 아닐 것이다. 생각해보면 며칠 전에 다녀온 영국 여행이 나의 마음에 이 일을 더욱 진전시켜야겠다는 바람을 강하게 불러일으켰기 때문이었다. 그것은 욕구 불만이었다. 예의 그 러시아인은 모습을 보이지 않았다. 하지만 '모자를 쓴' 소녀라면 분명히 찾아낼 수가 있었다. 그 카페에 가보면 된다. 가능하다면 그때와 똑같이 작은 테이블에 앉아 참을성 있게 기다리면 되었다. 하루나 이틀, 혹은 삼일, 기껏해야 일주일 정도일 것이다.

나는 도대체 왜 그 옛날, 며칠 동안이나 쓸데없이 기다리려고 했던 것일까? 그 소녀는 내가 사는 곳을 알고 있는데. 우리 집이 어떤 구조로 되어 있는지, 내 침대가 얼마나 푹신한지까지도 알고 있는 것이다. 나는 어떤 이야기 속에서 이 낭만파의 환상을 끄집어낼 수가 있단 말인가?

어찌 됐든 오늘은 험준한 융프라우 봉의 거대한 바윗덩어리가 눈을 비추는 태양으로 새빨갛게 물들어 있다. 마치 들라크루아가 그린 그림처럼 말이다. 저 빨강은 그의 그림과 똑같은 색이다. 그날 이후, 나는 나흘간 계속 그 카페에 가, 저녁 내내 줄곧 책을 탐독하면서, 주의 깊게 카페에 출입하는 사람들에게 시선을 보냈다. 그것은 내가 한 일이지만 정말 참 잘한 일이었다고 지금도 생각한다. 나는 그 며칠 동안 이전에는 시험해본 적 없는 가설을 세우기 시작했다. 어째서 발라드 제4번이 다른 것인가? 나는 알지 못했다. 아니, 아직 알지 못했다고 말하고 싶다. 쇼팽은 종결부에 무엇을 만들어내려고 했던 것일까? 하지만 나는 그처럼 재고하는 이유를 알고 있다고 생각했다. 그리고 내가 재고하는 이유는 발라드 제4번의 공식판을 부정할 수 없기 때문이다. 그것이 출간되었을 때, 쇼팽은 아직 건강했고 정신 상태도 양호했다(육체 상태는 악화 일로를 걷고 있었지만). 또한 친구 구지마와에게 보낸 편지를 다시 한 번 떠올려보면, 그 편지에는 이 발라드로 획득할 권리에 관해 쓰여 있어서 쇼팽이 이 작품에 얼마나 집착하고 있었는지를 알 수 있다. 게다가 그 출간을 맞이해

600프랑이란 고액의 권리를 요구한 부분에서는 진정한 직업 작곡가로서의 지각도 엿볼 수 있다.

"자네에게 말해둔 것처럼 내 부모님 앞으로 편지를 보내주기를 바라네. 그런 후에 다른 편지 한 통을 자필 악보와 함께 라이프치히 앞으로 보내주기를. 내게는 자네 말고는 이 일을 맡길 사람이 없네. 내 자필 악보는 아무런 가치도 없지만, 만일 잃어버리기라도 한다면 나는 다시 엄청난 노력을 해야만 할 거야."

나는 이 문구를 이해하기 위해 몇 번이나 되풀이해서 말했다. "내 자필 악보는 아무런 가치도 없지만, 만일 잃어버리기라도 한다면 나는 다시 엄청난 노력을 해야만 할 거야." 만일 잃어버리기라도 한다면……. 그 자필 악보는 분실되지 않았다. 악보는 출판사에 보내져, 인쇄소에 맡겨졌다. 하지만 아마 쇼팽은 그 일을 다시 한 번 생각해본 다음, 또 다른 편지를 한 통 썼다. 그리고 다른 버전의 악보가 포함된 발라드를 중판하려고 했지만, 시간이 맞지 않았다. 그렇다, 일은 그렇게 진행될 예정이었다. 아마도 쇼팽은 그의 생애 마지막 수개월 동안 자신의 주요 작품을 다시 한 번 재검토해보기로 했음이 틀림없었다. 적어도 그 종결부만큼은 재검토해보자고 말이다. 하지만 그렇다고 한다면 누군가에게 말을 했을 것이다. 예를 들면 제인 스털링같은 사람에게 말이다. 그녀는 쇼팽의 인생에서 가장 마지막에 관계를 맺었는데, 열렬하고 또한 결정적으로 그를 번민하게 한 인물이었다.

제인 스틸링은 전혀 매력적인 여성이 아니었고 얌전한 여성도 아니었다. 하지만 쇼팽이 조르주 상드와 파경을 맞이한 후, 이미 병들고 초췌해진 쇼팽을 보살펴준 유일한 여성이었다. 만약 스틸링이 없었다면 쇼팽은 좀 더 일찍 세상을 떠났을 것이고, 그가 자신의 전 작품을 정리하는 일도 분명히 불가능했을 것이다. 쇼팽에게 그의 작품의 전모를 명확히 하기 위한 노력을 반쯤 강요한 사람은 다름 아닌 그녀였다. 그녀는 헌신적인 애정을 쏟아 그를 사랑했고, 쇼팽도 친구에게 그런 상황을 명확히 알려주는 내용의 편지를 썼다. "그녀는 친절하지만 무척 귀찮은 존재다." 조르주 상드와 치명적 관계를 맺었던 후였으므로, 쇼팽과 그녀의 사이는 애정의 에필로그와도 닮아서 극적인 순간이기는 했지만, 역설적인 상황에 놓여 있었다. 쇼팽은 영국의 나이 많은 아가씨의 보호 속에서, 열정적이고 더할 나위 없이 극진한 대우를 받았던 것이다. 제인 스틸링의 서류 안에서 쇼팽의 작품은 어느 것이나 완벽하리만치 정리되었다. 발라드 제4번에는 작품 52라고 써넣었다. 그 서체는 친구 프랑콤의 것이라고 추측되고 있다. 그러나 제임스의 말에 의하면 그 '인시핏(첫머리)'은 쇼팽의 친필이라고 한다.

첫머리는 극히 일부분밖에 없다. 마치 휘갈겨 쓴 것처럼, 이 얼마되지도 않는 부분에 작품 52의 '인시핏'이라고 써넣었을 때, 쇼팽은 대체 어떤 발라드를 머릿속에 그리고 있었던 것일까? 내가 갖고 싶다고 갈망해 마지않았던 것은(정말, 이제야말로, 내가 갈망하고 있었다고 단언해도 좋다) 이것인가? 아니면 누구나가 콘서트에서 연주해 왔던 것, 즉 인쇄되어 출판된 것인가? 극히 일부분이지만 친필이라 추정되는 이 쇼팽의 필적은 그야말로 단호한 것으로, 주저하는 듯한 기색은 보이지 않는다. 나는 불과 두 소절 안에서 아주 짧은 시간이 지만, 망설였던 펜의 흔적 같은 것을 찾았다. 쇼팽이 확실히 망설였 음을 알려주는 흔적, 거기에 내 의구심의 기반이 있었다. 즉, 작품 52는 재검토되어 수정된 것이 틀림없다. 따라서 아마도 작품 번호를 바꿔야만 했다. 날짜도 다른 날짜로 수정할 수밖에 없었을 것인가? 아니, 그렇지 않다. 고작 이 정도의 페이지를 위해 작품에 다른 날짜 를 써넣을 수는 아마 없었을 것이다. 그렇게 하면 균형이 깨져버리 게 될 테니까 말이다. 그렇다고는 해도 이런 사태는 대체 어떻게 이 해해야 할까? 내가 미쳤던 것일까? 확실히 나에게는 일종의 정신적 허탈 상태가 일어났던 것 같다. 나조차도 그 긴장을 견뎌낼 수 없었 던 것이다. 나는 단 두 소절을 꼼꼼히 검토하며 잉크가 조금 더 진했 을지도 모른다고 상상하거나, 그 반대였을 상황에 대해 생각했다. 어쩌면 위대한 쇼팽은 아직 젊은 나이에 노인처럼 경련이 일어나 겨 우 이 정도의 음표를 덧붙여 쓰는 일조차 무척 힘이 들었는지도 모 른다. 그러므로 발라드를 다시 보고 재검토하기 위해서는 틀림없이 육체적으로도 엄청난 노력이 필요했을 것이다. 쇼팽의 인생 마지막 수개월 동안에는 작곡하는 일, 그 자체가 곤란해졌다. 그는 오랜 시 간 휴식을 취해야만 했던 것이다. 그즈음, 그런 저녁에, 나는 온몸이 타는 듯한 열에 시달려 참을 수 없을 만큼 무거운 이마를 떨구고 걸으면서도, 렌 거리에 있는 카페에 계속 다녔다. 그리고는 발라드 작품 52, 제4번 바단조와 그 여자 사이에는 어떤 관계가 있는 것이 아닌지 생각하기 시작했다. 그녀는 예전에 내가 만났던 들라크루아의 초상화와 닮았다. 그리고 내가 파리에 막 도착했을 때, 그녀와 첫날 밤을 함께 보냈다. 게다가 나는 나의 신경과민적인 성격으로 인해 (스스로 그런 사실을 인정하지 않으려 했지만) 깨닫게 되었다. 그녀와 다시 한 번 만나지 않는 한, 결코 악보를 찾아낼 수는 없을 것이라고 말이다. 나는 그 소녀를 러시아인의 숨겨진 공범자로 생각하지 않으며 그녀가 어떤 의미에서, 기묘하게 뒤얽힌 사건과 관련돼 있다고도 생각하지 않는다. 더군다나 마법의 속임수라거나, 내가 좋아하는 예감이 적중하기를 기대하는 것도 아니다. 나는 내가 탐구하고 있는 정열의 필적이 상상할 수 없는 형태로 나를 괴롭히는 감각의 어른거림과 어떤 관계성을 갖기만을 바랐다. 아니, 그것뿐만이 아니다. 나는 그녀가 내가 풀 수 없는 수수께끼의 문을 열어줄 여성이었으면 좋겠다고 내 멋대로 상상을 펼치고 있었다. 요컨대 나는 '모자를 쓴' 나의 소녀가 반드시 내 인생 안으로 들어올 것이라고 확신하고 있었던 것이다. 비록 오직 순수한 개념으로서만 그러할지라도 말이다. 아마도 나는 단지 그녀가 좋았으니까, 그리고 동시에 그 자필 악보 또한 중요했기 때문에 나는 어느 한 쪽을 선택하고 싶지 않았다. 하지만 나의 힘은 미약해서 두 가지를 모두 자신의 손안에 넣는 일이 허락되지 않았다.

　　그렇다면 오직 나 자신만이 정열의 필적과 마음속 정념을 서로 연결하고 그것을 이 세상에 가져와, 몸짓과 육체로 이루어진 세계에 옮겨 넣은 다음 시선과 동작으로 변화시킬 수 있었다. 지나가버린 세기에 쓰인 음악의 페이지. 그것은 낭만주의의 잿더미에 생명을 불어넣는 것이 아니라, 한 이야기에 열정의 불을 지르는 것이다. 바로 그것이 나의 정신 속에 있었던 이야기를 이미 여러 번 목격해서 잘 알고 있던 것으로 변화시키는 것이다. 하지만 내 음악의 신은 나에게 이를 위한 그 어떤 도움도 주지 않았고 심지어 쇼펜하우엘조차 소용이 없었다. 그때 나는 승부에서 거의 지고 있었던 것이다. 음악은 원료가 필요하지 않다. 내가 나무로 된 저 조화로운 상자에서 음악을 꺼내고자 한다면 음표를 내 생각대로 울리기만 하면 된다. 그러므로 원료에 대해서는 내가 어떻게든지 대처하기만 하면 되었다. 때때로 나는 해머 위를 가뿐하게 스치고는, 욕설을 퍼부으며 그날의 더위와 습기를 손가락 끝의 땀에서 느꼈다. 그리고는 지나가버린 밤마다 악보를 해석할 때, 양손에서 살짝 느껴졌던 탄력성을 떠올리기도 했다. 그 후에 사라져 없어져야만 하는 원료는 바로 나 자신이었다. 나는 내가 만들어낸 소리의 배후에 오직 홀로 영원히 살고 싶었던 것이다. 나는 녹음을 하면서 작은 소리로 계속 노래를 부르는 굴드를 떠올리고 있었다. 그의 레코드 속에서는 바흐의 음표 아래로 그의 목소리가 들려온다. 모든 사람들이 굴드를 기인이라고 굳게 믿고 있는데, 그것은 거기에 자기 자신이 없다는 미쳐버릴 듯한 공포를 그 누구도 이해하지 못했기 때문이다. 후세에 소리만을 남기려 한 그라는 존재를 말이다. 굴드는 불과 서른이 될까 말까 한 나이에

은퇴해버리고는 두 번 다시 콘서트를 열려고 하지 않았다. 그는 오로지 녹음하는 일에만 정신을 집중했다. 그 때문에 현재는 그의 음악을 녹음한 테이프만이 남게 되었다. 나보다도 훨씬 철저한 완벽주의자였던 그는 어째서 그 훌륭한 레코드를 그의 희미한 목소리와 함께 공개하기로 한 것일까? 단지 그의 기이한 행동인 것일까?

절대 그렇지 않다. 그것은 모두에게 그가 존재했다는 사실을, 그가 거기에 있었다는 사실을, 그 음악이 글렌 굴드라 불리는 인물에게서 나왔다는 사실을, 그리고 레코드 판 커버에 인쇄된 초상이 바로 그라는 사실뿐만이 아니라 레코드판 '안에 존재한다'는 사실을 일깨워주기 위한 하나의 방법이었던 것이다. 거기에는 그의 양손이 있고, 피로에 지친 근육이 있으며, 원료에서 음악을 뽑아내기 위해 고군분투하는 인간의 땀이 있었다. 그리고 굴드의 레코드판에 귀를 기울인 사람이라면 바로 그 안에 그가 존재한다는 사실을, 영원히 존재한다는 사실을 알게 된다. 나도 녹음을 하면서 때때로 음표 곳곳에 내 목소리를 함께 넣은 적이 있다. 하지만 나는 일부러 그렇게 한 것이 아니다. 나는 구식 타입의 피아니스트로 악기가 발하는 음 파야말로 신성한 것이라는 가르침을 받으며 자랐다. 그래서 가끔 자신의 녹음에 귀를 기울이고 있으면, 희미하게 숨소리가 들려온다. 특히, 연주하는 음이 피아니시모(매우 여리게)가 됐을 때, 그것이 들려온다. 녹음에 사용하는 홀은 마치 거대한 스펀지 같아서, 음이라는 음을 모조리 흡수해버리기 때문이다.

그러나 그즈음, 내가 또다시 헛되이 한 사람을 찾아내기 위해, 렌 거리의 카페에 다시 다니기 시작했던 때의 일이다. 그 사람은 원래부터 나의 혼란스러운 정신 상태를 알 리가 없고, 나를 칭칭 동여매고 있는 유대감 같은 것도 도저히 알 수 없었지만, 나는 처음으로 깨달았다. 어쩌면 나의 수수께끼를 푸는 열쇠는 가까운 곳에, 그것도 지극히 가까운 곳에 있는 것이 아닐까? 즉, 나는 이해하게 된 것이다. 시간은 고스란히 내 쪽에 있었다. 그리고 모든 것은 완벽하리만치 준비가 갖추어져 있었다. 마치 '평균율 클라비어곡집'의 푸가 같았다. 거기에서는 모든 성부가 완벽하고 모든 음표가 다른 음표의 뒤를 쫓아간다. 그리하여 신중하고도 매우 단순하게 시작하다가 이윽고 같은 주제의 반복과 교차를 거쳐 풍부한 체계를 만들어내는 것이었다. 그것은 망연자실한 것처럼 기쁨을 창조해내, 드디어 평화와 안녕이 넘쳐흐르는 해결점에 도달한다. 나는 "내 이런 이야기의 행방이 마치 바흐의 한 푸가처럼 옮겨가면서 끝나면 좋을 텐데"라고 생각하고 있는 것인지도 모른다. 적어도 "그런 상태였으면 좋겠다"고 바라고 있다. 그것은 내가 잘 알고 있는 표현으로, 거기에는 나를 위협하는 것이 존재하지 않으리라. 그리고 설령 바흐가 아닌, 그것보다 균형이 잡히지 않은, 약간 구성이 불확실한 작품에 그런대로 마음이 움직였다고 하더라도 나는 나름대로 이해할 수 있는 행복에 잠길 수 있을 것이다. 베토벤의 소나타라도 좋다. 혹은 또다시 쇼팽이라도 좋다. 가능하다면 스케르초가 좋겠다. 나는 예측을 거부하는 듯한, 비르투오시즘이 풍부한 곡이 좋다. 이 또한 나에게 안전한 감각을 부여해주리라. 그 방법은 이른바 등산가의 상태와 비슷하다.

절벽 곳곳에 숨어 있는 위험을 숙지하고 있는 덕분에 조금도 두렵지는 않지만, 거꾸로 그것에 의해 발을 헛디딜 가능성이 있었다. 방심한 순간에 그는 추락하게 될 것이다.

어떤 악보를 끼워 넣어야 저 나날들의 내가 어떠했는지를 알아차릴 수 있었을까? 바흐는 아니고, 베토벤도 아니다. 그리고 쇼팽만큼은 나에게 가장 가까운 존재이긴 했지만, 그렇다면 어떤 페이지인지를 나는 아직 알지 못했다. 결국 그날 오후 나 홀로 그 카페에 있었을 때, 나는 자신이 발라드 제4번의 이야기를 둘러싸고 상상의 날개를 펼치고 있음을 깨달았다. 그리고 만일 내가 주인공인 사건이 저 페이지들을 대위법에 따라 표현한 것에 불과하다면? 그리고 만일 소리의 창조자인 것처럼, 우주 소음의 신(神)인 양 오직 나만이 결단을 내려야 하는 존재였다면, 나는 이제는 스스로가 불확실한 것이기를 바라기조차 했던 그 기술 속에서, 죽음에 직면한, 완전히 소모되어버린 쇼팽에게서 무엇을 찾아내려 했던 것일까? 나, 나의 생명, 나의 열정, 보완해야 할 부분, 아니면 그 악보의 소리인가? 저 당시 내 인생에서 발생한 모든 사건이 내가 아직 알지 못했던 바단조와 동일한 가치를 지니고 있다는 생각은 그야말로 계시가 분명했다. 그리고 만약 그렇다면 이제는 우주의 소음을, 두렵고도 사나운 소리를, 구약성서의 신 같은 것을 생각하지 않아도 되고, 원료와 음악의 관계, 따라서 표상과 의지와의 관계를 둘러싼 쇼펜하우엘의 직감에 관해서도 생각할 필요도 없어진다. 더욱이 코르넬리우스 아그리파의 음악을 둘러싸고, 우주의 질서에 상응하는 것을 소리에서 찾아내려는 행위 또한 두말할 필요 없이 사라지게 되는 것이다. 아니, 지금에 와서야 나는 알게 된 것이다. 저 종결부가 다른 나의 발라드 제4번이 150년 전부터 나를 계속 기다리고 있었다는 것을 말이다. 그 악보는 무척이나 부주의한 쇼팽 친구들의 손에서 내가 도저히 알 수 없는 다른 인물들의 손을 거쳐, 이윽고 베를린으로 옮겨졌고 이 곡으로부터 무엇 하나 끄집어낼 수 없었던 사람들의 손에 의해 연주되었다. 그 후 모스크바에 건너가 겁 많고 우수한 몇몇 피아니스트들에 의해 연주되다가 결국에는 또다시 파리에 되돌아와 나를 기다리고 있었던 것이다. 때마침 렌 거리의 카페에서, 솔랑주라는 이름의 매력적인 소녀가 나를 기다리고 있었던 것처럼. 그것이야말로 음악의 형태를 취한 의지의 표상이며, 그것을 향해 나는 자신의 모든 역량 아니, 어쩌면 내 모든 존재를 발휘하려고 했다.

7.

솔랑주 뒤드방은 무척 제멋대로인 성격의 소유자였다. 그녀는 어린 시절 어머니의 관심을 받지 못했다. 그도 그럴 것이 어머니는 집필 활동에 몰두하고 있었다. 게다가 마치 낭만파들을 흉내라도 내듯 염문을 뿌리고 다니느라 여념이 없었다. 그래서 어린 솔랑주는 유년 시절을 오빠 모리스, 유모, 그리고 할머니와 함께 보냈다. 드물긴 했지만 어머니가 올 때는 남자아이처럼 복장을 해야 했다. 하지만 아무리 그런 옷차림을 해봤자 솔랑주는 이미 여성스런 분위기가 물씬 풍기는 아이였고, 그걸 감추기도 어려웠다. 예를 들어 말을 타는 그녀의 모습은 요염 그 자체였다. 그녀의 자유분방한 성격은 공공연한 사실이었다.

솔랑주 뒤드방은 조르주 상드의 딸이었다. 조르주 상드는 솔랑주에 대해 다음과 같이 말했다. "솔랑주는 비록 아름답긴 해도 못된 아이에요." 이런 연유로 솔랑주는 수도원에 들어가게 되었고 그와 동시에 '마리 드 로지에'라는 이름의 가정교사에게 맡겨졌다. 마리는 그녀의 임무를 정확하게 해내며 솔랑주를 사내 아이들로부터 떼어놓았다. 조르주 상드는 가정교사에게 이런 글을 썼다. "솔랑주에게 더 이상 손을 쓸 수 없게 되는 순간이 반드시 올 것입니다. 그때를 위해 지켜봐야 합니다. 무의식적일지는 모르겠으나 여자 아이들이란 자신들이 느끼고 받아들이는 말의 모든 의미에 눈을 반짝이기 마련이죠. 비록 한 단어라도, 무관심한 척해도 특히 남자와 관련된 말의 의미에 대해서 더욱 그렇죠. 그 점에 있어서는 부디 신중하셔야한다는 점 잊지 말아 주시기 바랍니다." 하지만 상드의 말은 별로 큰 도움이 되지 못했고, 솔랑주의 남자에 대한 관심은 도가 지나칠 정도로 나날이 심해져갔다.

1845년, 17세의 솔랑주는 쇼팽과 더욱 밀접한 관계에 있었다. 쇼팽은 이렇게 적고 있다.

"올해 들어서면서부터 나는 계속 묘한 분위기에 휩싸여 있는 것 같다. 마치 상상 속에 존재하는 공간에 살고 있는 것처럼 말이다. 분명 일을 하고 있긴 하지만 내가 왜 이 일을 하고 있는지 그 이유는 잘 모르겠다. 게다가 그 일들에 가치가 있냐고 묻는다면 전혀 그렇지 않다. 다른 장소로 이동하는 일조차 하지 않는다. 나는 그저 하루 온종일, 그리고 해가 지고 나서도 방에 처박혀 있을 뿐이다. 그러나 나는 겨울 동안에는 작곡을 할 수 없기 때문에 돌아가기 전, 몇 개의 원고를 끝내야만 한다. 어제는 일을 하고 있었는데 솔랑주가 자기를 위해 뭐라도 연주해달라고 조르는 통에 일을 멈출 수밖에 없었다. 그리고 또 오늘은 나무 한 그루를 벌목하러 가는데 같이 가달라고 했다. 지붕이 없는 마차로 자꾸만 나를 데려 가고 싶어 해서 방금 솔랑주와의 산책을 마치고 돌아오는 길이다."

쇼팽과 솔랑주의 관계에 대해서 명확히 서술하고 있는 전기문은 없다. 그저 몇 가지 조심스러운 추측들만이 존재할 뿐이다. 혹은 이 병적인 스토리에서 쇼팽을 구해내기 위해 지나친 배려를 보이는 이 야기들만 존재했다. 그러나 이윽고 파리에도 그가 상드에게 솔랑주를 데려 가고 싶다고 요청했다는 소문이 퍼지기 시작했다. 상드는 아무 근거도 없는 소문이라며 초조해하며 화를 냈지만 이내 흐지부지 얼버무렸다. 그에 관한 전기문을 쓰던 작가들은 하나같이 쇼팽과 상드와의 관계가 깨지게 된 원인이 상드의 아이들에게 있다고 말한다. 물론 쇼팽이 솔랑주에게 큰 애정을 보이고 있던 것은 사실이지만 상드의 다른 자식인 모리스와의 관계가 최악이었던 것도 사실이다.

노앙에서 지내던 조르주 상드가 쇼팽의 병간호를 멀리하기 시작할 무렵, 솔랑주가 그를 걱정하기 시작했다. 그리고 쇼팽은 그녀의 어머니와 오빠인 모리스의 경멸어린 시선으로부터 솔랑주를 감싸주었다. 마치 이 모든 일이 풍요롭고 창조적인 하나의 그림 속에서 일어난 사건인 양 느껴지지만, 현실은 반대로 부척이나 초라하고 빈약한 양상을 띠고 있었다. 난폭하며 제멋대로였던 젊은 모리스는 오귀스틴 브롤과 관계를 갖기 시작했다. 상드가 먼 사촌동생이었던 브롤을 양녀로 입양했는데, 소문에 의하면 그녀는 화약 같은 아이였다. 이 젊은 두 남녀의 관계는 그야말로 지저분한 추문과 같았으며, 아무리 쉬쉬하려 해도 세간에 당혹스러운 불씨를 뿌려댔다. 결국엔 모르는 체로 일관하던 조르주 상드도 이 스캔들을 불쾌하게 생각할 수밖에 없었다. 한편 쇼팽은 거기에 대해 비난을 쏟아 붓기 시작했고 솔랑주 역시 오빠의 스캔들에 분개했다. 분명 오귀스틴의 신분이 낮은 것도 여러 원인들 중 하나였으리라. 이로써 두 개의 파가 생겨났다. 한쪽은 쇼팽과 솔랑주, 그리고 다른 쪽은 모리스와 그의 어머니였다. 사건은 이 뿐만이 아니었다. 시간이 조금 흘러 솔랑주가 오귀스트 장 클레쟁제르라는 조각가와 결혼을 하게 된 것이다. 그는 지적인 인물이긴 했으나 뻔뻔하고 자기주장만 밀고 나가는 고집스러운 구석이 있었다. 조르주 상드는 결혼을 승낙했지만 쇼팽은 클레쟁제르를 전혀 마음에 들어 하지 않았을 뿐만 아니라 그를 사기꾼이라 생각했다. 상드 역시 이미 쇼팽이 그렇게 생각할 것이라는 것을 알고 있었다. 그녀는 모리스에게 보내는 편지에 솔랑주의 결혼에 동의한다는 말과 함께 다음과 같은 말을 쓰고 있다. "이 일은 쇼팽과는 전혀 상관없는 일이야. 그러니까 그에게 한마디의 언급도 해서는 안

돼. 루비콘 강을 건넌 후에 '혹시'나 '그러나' 같은 말로 걱정하는 건 안 좋은 사태만 초래하게 되니까."

그나저나 1846년 그 해 여름, 대체 무슨 일이 일어났던 것일까? 현재 우리가 알 수 있는 건 그 해가 그들이 노앙에서 함께 보낸 마지막 여름이었다는 것, 그리고 다음 해부터 쇼팽은 두 번 다시 초대받지 못했다는 것 정도이다. 조르주 상드는 그를 냉대했으며 모리스는 노골적으로 적의를 드러냈다. 그리고 이제 솔랑주에게는 클레쟁제르가 있었다. 하지만 솔랑주와 쇼팽 사이에는 여전히 강렬한 애정이 남아 있었다. 전기 작가들은 쇼팽이 클레쟁제르에 대해 다시 평가하기 시작한 것은 그가 솔랑주와 결혼했기 때문이라고 기술한다. 하지만 그들 중 어느 누구도 솔랑주와 쇼팽 사이에 존재한 애정과 서로를 감싸고 보호했던 끈이 이전의 것과 달라져버린 사실에 대해 의문을 품지 않았다. 쇼팽은 완벽하리만치 고상한 정신의 소유자였으며, 반려자였던 상드의 아이들을 마치 자신의 아이처럼 생각했다. 전기 작가들은 쇼팽이라는 사람을 일관되게 일종의 윤리관이 강한 사람으로 그려냈지만 현실에서의 그는 어두운 부분을 가지고 있는 사람이었다. 조르주 상드는 쇼팽의 친구인 구지마와에게 보낸 편지에 이렇게 적고 있다.

"7년간 저는 쇼팽을 포함한 다른 남자들과 일말의 교류 따위도 없이 처녀와도 같은 순결한 삶을 살아왔습니다. 너무나도 컸던 정열에 스스로 지쳤습니다. 그리고 저는 이제 돌아갈 수 없을 만큼 늙어 버렸습니다. 만일 이 세상에 완벽한 신뢰체로서 그를 대하는 여자가 존재한다면 그건 바로 제 얘기일 겁니다. 비록 그는 눈치 채지 못했지만 말이죠. 많은 사람들이 절 비난하고 있다는 사실은 이미 알고 있습니다. 어떤 이들은 제 정열이 너무 지나쳐 그의 모든 걸 소진시켰다 하고, 또 어떤 이들은 제 광기가 그를 착란 상태에 빠트렸다고 비난했습니다. 그러나 당신만큼은 어떤 것이 진실인지 알고 계시겠지요. 그는 마치 제가 그를 위축시키고 죽이려 들었던 것 마냥 한탄하고 있습니다. 그러나 반대로 만일 제가 다른 행동을 취했다면 그것이야말로 분명 그를 죽게 만들었을 것입니다. 저는 문자 그대로 순교자에 불과했습니다. 그러나 하늘은 참으로 매정했습니다. 마치 제가 지은 중대한 죄를 속죄하는 느낌이 들었습니다. 왜냐하면 그만큼의 노력과 희생을 치르며 어머니와도 같은 절대적인 사랑을 쏟았음에도 불구하고 그는 제 무모한 애정의 희생물이 되어 죽어가고 있었으니까요."

나는 항상 솔랑주와 쇼팽의 관계가 단순한 우정이라는 데 의문을 품고 있었다. 아무리 위선의 잉크로 아무렇게나 휘갈겨 쓴 문자들이 무수히 존재한다고 해도 말이다. 쇼팽은 솔랑주의 결혼식에 초대되지 않았다. 그를 안절부절못하게 하는 데 이만한 일도 없었을 것이다. 쇼팽은 이미 지쳐버리기도 했고 포기하는 마음으로 그녀의 남편에 대한 그의 견해를 바꿨다. 그리고 솔랑주를 잃는 것보다는 좋은 친구로라도 남을 수 있길 바라며 그녀와 만나고 싶은 마음을 편지에 적어 내려갔다. 어쩌면 추측이 아니라 억측일 수도 있다. 그러나 쇼 팽은 정말로 밝히지 못했던 진상들을 밝히기 위해 솔랑주에게 편지 를 써야만 했다. 1848년 9월 9일, 즉 그녀가 이미 조각가인 클레쟁제 르와 결혼한 후에 보낸 편지에서 쇼팽은 두려움에 떨며 이렇게 적고 있다.

"어느 날 아주 기묘한 사건이 나에게 일어났습니다. 내가 내림나 단조의 소나타 제 3악장 '장송행진곡'을 영국 친구들 앞에서 연주하 고 있을 때의 일입니다. 나는 거의 정확하게 알레그로로 스케르초를 연주했고, 다음으로 행진곡을 연주하려던 때였습니다. 갑자기 반쯤 열린 피아노의 뚜껑에서 저주받은 악령들이 일어서는 것이 보였습 니다. 그들은 어느 우울했던 밤, 수도원에서 내 앞에 나타났던 것들 입니다. 정신을 차리려면 잠시 그 장소에서 벗어났어야 했을 겁니 다. 하지만 나는 결국 아무 말도 하지 못하고 다시 피아노를 치기 시 작했습니다."

이 편지는 오랜 시간이 지나도록 공개 되지 않았다. 그 사실을 처 음으로 알려준 사람은 베르나르 가보티(클로드 로스탕과 파리의 쌍 벽을 이루는 프랑스의 일류 음악 비평가)였다. 그는 런던에서 이것을 입수해 쇼팽을 둘러싼 그의 전기물에 이 사실을 공표했다. 어디서 또는 언제인지는 명확치 않지만 발라드 제4번의 자필 원고는 분명 솔랑주 클레쟁제르의 손에 넘어갔을 것이다. 아마도 쇼팽 본인은 그 악보를 소각하라고 부탁했을 것이다. 사실 솔랑주는 방돔 광장에서 프리데릭 쇼팽의 마지막을 지킨 몇 안 되는 입회인들 중 한 명이었다. 그보다 수개월 전인 1949년 5월, 따뜻한 봄이 찾아왔을 무렵, 비록 잠시 동안이긴 했지만 쇼팽이 양호한 건강상태를 보인 적이 있었다. 바로 그때 그는 예전부터 태워버리고 싶었던 대부분의 자필 원고들을 난로 속에 던져 태워버렸다. 더 이상 살날이 얼마 남지 않았다는 걸 깨달은 그는, 스스로 인정할 수 없는 미발표 곡들을 이 세상에 남기고 갈 수 없다고 생각했던 것이다. 그 중에 그가 태우지 않고 남겨 놓은 것이 오늘날 사후 작품으로서 우리에게 전해져오는 것들이다. 그리고 그것들은 후에 유리안 폰타나라는 사람에 의해 출판되었다.

쇼팽은 죽기 전, 더 이상 악보가 인쇄되지 못하도록 남아 있는 것들을 전부 태워달라고 부탁했다. 아마도 발라드는 1849년에 들어선 몇 개월간 수정되었다고 단정지어도 무방할 것이다. 쇼팽은 헌사를 솔랑주 뒤드방으로 바꾸어 솔랑주에게 그것을 건넸다. 아니, 그녀에게 주는 선물이라고 하는 편이 정확한 표현이겠다. 그는 그것을 출판하려 했던 것일까? 아마 그렇지는 않았을 것이다. 그것은 그저 그의 단순한 사랑의 몸짓이며 정념의 표명이었다. 그렇기 때문에 더욱 사람들 눈에 띄지 않았을 것이 분명하다. 이 범상치 않은 선물을 받은 솔랑주는 어땠을까? 아마 바로 그의 행동을 이해할 수는 없었을 것이다. 그녀는 발라드를 헌정 받고 기뻐하기는 했지만 마지막 장을 눈치 채진 못했다. 자필 원고에 따로 편지가 동봉되어 있지는 않았다. 따라서 쇼팽과 솔랑주 사이에 오고 간 말들을 우리는 알 수 없다. 우리가 알 수 있는 것은 솔랑주가 피아니스트가 아니었다는 사실 뿐이다. 쇼팽과 같은 거장을 스승으로 두었다고는 하지만 그녀는 그 악보를 막힘없이 연주해낼 만한 역량을 갖지 못했다. 그렇다면 그 귀중한 악보들은 어떻게 되었을까? 그것을 내가 만났던 솔랑주라는 이름의 그 소녀에게 물어볼 수 있다면 얼마나 좋을까. 물론 그녀의 성은 뒤드방이 아니다. 그리고 운명은 내가 러시아인과 만난 그날 밤, 그녀를 내 앞에 데려왔다. 단순한 우연의 장난에 불과했던 것일까? 아니면 바단조를 둘러싸고 전개되는 비밀스러운 수수께끼들을 풀라는 신의 계시였을까? 그 당시 나는 솔랑주가 조르주 상드의 딸이며 쇼팽과 좋은 친구 이상의 관계였다는 것을 알 턱이 없었다. 어느 날 렌느 거리의 그 소녀가 자신의 이름을 내게 말했을 때, 갑자기 떠오른 악상처럼 우연의 일치인지 장난인지 순간적으로 그런 감정을 느꼈던 것이다. 나는 소설 속에서만 읽던 이런 묘한 관계들이 실제로 내 인생에도 이렇게 여러 차례에 걸쳐 등장할 수 있다는 것을 알았다. 솔랑주가 내 음악의 보석을 쥐고 있는 여자라는 사실을 깨닫기까지는 조금 더 시간이 걸렸다. 또한 안타깝게도 프리데릭이라는 이름을 쓰고 있는 한 명의 러시아인 역시 필요했다. 그의 이름은 누구에게 어떤 해도 끼치지 않을 지극히 평범한 이름이었다. 이르든 늦든 그는 내 창문 밑에 다시 모습을 드러낼 것이었다. 나는 이미 그렇게 믿고 있었다. 그리고 수수께끼를 좋아하는 사람처럼 나를 어떤 사건에 끌어들일 거라는 사실도 짐작하고 있었다. 그가 반드시 그 자필 악보를 들고 나타날 것이라는 것도 포함해서. 더 이상 인내심을 요할 수 없는 상태였다.

사실 일이 생각대로 진행 되지는 않았다. 렌느 거리에 있는 카페에 다녀온 날부터 벌써 4일째였다. 정말로 무더웠던 오후, 창문가에 다가간 그 순간부터 내 인생의 단편적인 희극이 막을 올렸다. 그는 창문에서 내려다보면 바로 보이는 벽에 부동자세로 기대어 있었다. 창문을 올려 보고 있지는 않았으나 처음 만났을 때와 마찬가지로 어쩐지 안절부절 못하는 모습이었다. 그 모습은 마치 내가 먼저 자신의 존재를 알아봐주길 바라는 것처럼 보였다. 그게 원래부터 정해진 순서인 양 말이다. 그는 오래되어 헤진 가죽재질의 가방을 양손으로 꼭 껴안고 있었다. 나는 그 남자와 나를 잇는 유일한 물체인 그 가방을, 아니, 정확히 말하자면 우리의 관계를 정당화시켜줄 유일한 물체인 그 안에 들어 있는 것을 바라보았다. 앞으로 일어날 사태에서 본능적으로 내 몸을 지키려는 것처럼 나는 바로 그의 주의를 끌지 않으리라는 생각을 하며 창문가에서 몸을 돌렸다. 혹시 자필 악보가 저 안에 없는 것은 아닐까? 그냥 돈을 빼앗으려고 날 속이고 있는 것은 아닐까? 어쩌면 이번엔 흉기를 들고 왔을지도 모른다. 나는 이런 생각들을 하면서 잔뜩 겁을 먹고 있었다. 그와 동시에 어릴 적 겪었던 육체적 불안의 고통이 생생하게 떠올랐다. 그것은 과도한 피아노 연습 때문에 생긴 통증으로 손가락 끝이나 손목, 양 팔을 덮쳐오는 고통이었다. 그 고통은 다른 아이들보다 유독 신체가 허약한 소년이었던 나를 주저하게 만들었다(그 때문에 과도한 연습을 안 해도

193

됐었다). 그러나 그것은 극히 짧은 한 순간에 든, 아주 멀리서 왔다 금세 다시 멀리 사라져버리는 하나의 불안감에 불과했다. 나는 한 발자국 앞으로 나갔다. 그러나 양팔을 창문가에 올리는 등의 행동은 하지 않았다. 그 시간대에 비쳐오는 역광 속에 우뚝 솟은 존재감 있 는 모습으로 기억해주길 바랐다. 마치 연주회 때 피아노를 향해 앉 기 바로 직전의 위엄 있는 내 모습과 같길 바라며…. 자신의 앞에 나 타난 인물이 새삼 얼마나 대단한 인물인지 그에게 알려주고 싶었다. 뿐만 아니라 나를 두려워하길 바랐으며 모스크바나 레닌그라드에 서 열린 연주회에서 느꼈던 것과 같은 권위적인 카리스마를 다시금 일깨워주고 싶었다. 이런 것들을 생각하며 경직된 몸으로 창문가에 서 있었을 때 그는 시선을 휙 올려 내 쪽을 쳐다보았다. 거의 본능적 으로 고개를 끄덕이며 그에게 계단을 올라와도 된다는 신호를 보냈 다. 카페나 공원 벤치 같은 곳은 쇼팽의 자필 악보에 대해 논하기에 는 아무래도 어울리지 않는다는 것은 나도 잘 알고 있었으니까 말이 다.

"마에스트로, 드디어……" 마지막 층계를 채 다 오르기도 전에 그는 이렇게 말하며 내게 손을 뻗었다. 그의 말투는 확신에 차 있었 다. 하지만 내가 보인 약간의 냉담한 태도를 눈치 챘는지 조금 당혹 스런 기색이었다. 나는 그가 끝도 없이 감사의 말들을 뱉어낼 거라 생각했다. 내가 사는 곳에 대한 얘기라든지 생활용품에 관한 얘기, 혹은 조망이 좋은 경치나 등등 그런 것들에 관해서 말이다. 그러나 이런 예측은 보란 듯이 빗나갔다. 그는 아무 말도 없이 들어왔을 뿐만 아니라 입구를 둘러보지도 않았다. 단지 문을 닫기 전 잠시 계단을 쫓아 올라오는 사람이 없나 확인하기 위해 뒤를 돌아본 것이 전부였다. 그는 곧바로 자신의 행위를 정당화하기 위해 딱히 두려워하는 것은 없으며 자신은 지극히 안정된 상태라는 변명을 해대기 시작했다. 그저 옛날부터 해온 습관이 남아 있을 뿐이라고. 그러더니 이내 큰 방에 있는 피아노로 눈을 돌렸다. 그 주변을 걷다가 건반에 다가서더니 보면대 위에 펼쳐 있는 악보를 살펴보기 시작했다. "악보에 꽤나 각주를 다는 편이신 것 같네요. 이런 메모들을 모아서 출판하면 좋을 것 같아요. 젊은 피아니스트들을 위해서 말이죠. 모스크바 음악원에 있는 학생들이라면 몰래 찢어갈 수도 있겠지만요." 나는 그렇게 말하는 그를 진지하게 상대하지 않았다. 악보에 각주를 다는 것은 내 오랜 습관이었다. 음악과는 아무 상관없이 내 생각을 종이의 여백에 적는 일도 자주 있었으니까. 말하자면 악보는 갑자기 든 생각이나 인상 등을 짧은 글로 정리해 적어두는 곳이기도 했다. 어차피 그건 지극히 내 개인적이고 사적인 글일 뿐인데, 그걸 다른 사람이 본다니 상상만 해도 성가신 일이었다. 그래서 그의 말을 무시한 채 그에게 말했다. "자 이쪽으로 오시죠." 나는 창가에 있는 소파를 가리켰다.

우리는 바로 본론으로 들어갔다. "즉 이 악보를 최초로 손에 넣었을 것으로 추정되는 인물은 여성입니다. 조르주 상드의 딸이죠. 이 발라드는 그녀에게 헌정되었습니다. 그리고 로스차일드 남작부인(발라드 제4번이 공식적으로 헌정되어진 여성)은 쇼팽에게 있어 가장 중요한 여성이었습니다. 그의 마지막 순간까지요."

이걸로 당신이 쇼팽의 생애에 관해 굉장히 잘 알고 있는 인물이라는 것을 알았다고 그에게 말했다. 그러자 그는 우연히 사람들에게 잊혀져간 자료들이 손에 들어와 한 작곡가의 신변에서 발생한 일련의 사건들을 알게 된 것이며, 그 사실들을 통해 모든 경위를 깨닫게 된 것이라 답했다. 이를테면 그는 새로운 애인의 과거에 관련된 모든 일을 캐내려는 집요한 인물 같았다. "마에스트로, 저는 그래서 여러 서적들과 편지, 전기물들, 일기 같은 모든 종류의 문헌들을 읽기 시작했습니다. 쇼팽과 조르주 상드는 물론, 들라크루아, 리스트, 미츠키에비치, 유리안 폰타나까지도 제 시야에서 벗어날 수 있는 인물은 아무도 없었습니다. 그뿐만이 아닙니다. 쇼팽을 둘러싼 모든 인물들과 그의 생에 걸친 어떤 작은 것도 빼놓지 않고 전부 조사했지요." 이렇게 나는 그 발라드가 오랜 시간동안 서랍 안에 숨겨져 있었던 이유를 알았다. 그것은 그 둘이 거의 근친상간과도 비슷한 관계에 있었다는 증거이기도 했다. 물론 쇼팽은 솔랑주의 친아버지도 아니었고, 사실상 더 이상 그녀의 어머니의 애인도 아니었다. 그러나 쇼팽은 솔랑주가 어렸을 적부터 알던 인물이다. 처음에는 그녀의 친부모 같은 입장이었지만 이윽고 그녀가 성장함에 따라 몇 번이나 그녀에 대한 질투심을 보였으며 클레쟁제르와의 결혼을 반대한 것도, 결국에는 조르주 상드와의 관계가 그 딸이 원인이 되어 파국에 치달은 것도 사실이었다.

"그래서 1849년 초, 2~3개월간 쇼팽은 이 발라드의 종결부(코다)

를 변경하기로 결심한 것입니다. 그는 꽤나 빠른 실행력으로 악보를 변경해나가기 시작했습니다. 아마도 끝까지 완성한 최후의 중요한 작품일 것입니다. 고작 편지 한 통을 쓰는 일도 힘들어했던 그가 온몸의 힘을 짜내어, 그야말로 혼신의 힘을 다해 쓴 것입니다."

"어떻게 그것이 그 이전이 아니라 1849년 초 2, 3개월이라고 확신하는 겁니까? 그리고 그 악보가 진짜라고 장담할 수 있습니까?" 나는 더 이상 참을 수 없다는 듯이 물었다.

"마에스트로, 잠깐만요. 그렇게 서두르실 필요는 없습니다. 당신은 지금 제가 가져온 자필 원고를 설마 위조물이라고 생각하시는 건 아니겠지요?"

나는 자조적인 미소를 지었다. "그것보다 쉬운 일은 없지 않습니까. 이 세상에 깔리고 깔린 것이 위조 자필 악보니까요."

"제가 가지고 있는 것은 그렇지 않습니다." 러시아인은 말했다. 그 말투는 마치 싫증이 나 더 이상 말하고 싶지 않다는 것처럼 들렸다. "마에스트로, 저는 이 악보의 신빙성에 대해 논할 바에는 차라리 전혀 다른 이야기를 하는 편이 나을 것 같습니다. 그것보다 저는 당신이 자필 악보의 존재를 알고 계실 거라고 믿습니다. 그리고 누군가가 실제로 연주해본 적이 있다는 것도요. 과거 50년 간 다른 다수의 비밀스러운 악보들과 함께 말입니다."

"프란츠 베르트……." 나는 작은 목소리로 말했다.

"그 사람이 누군지 저는 모릅니다. 소련의 피아니스트 중 몇 명이 그런 곡들을 따라 연주했다는 것은 압니다. 그렇지만 별로 알려진 사람들이 아니라 아마 한 번도 들어보신 적이 없을 겁니다. 그렇지만 발라드라면 이야기가 달라집니다. 제가 아는 한, 그 곡을 연주한 사람은 단 한 명뿐입니다."

의문은 더 커졌다. 왜 그 악보만이 어느 누구 하나 출판하려 하지 않고 긴 세월 숨겨진 채 있던 것인가? 여기서 잠시 러시아인이 나에게 말한 정보들을 정리해보자. 그의 말에 의하면 —아니 엄밀히 말해 몇 년 후에 음악과 관련된 자필 악보 분야에서 전문가로 이름을 날린 암스테르담에 위치한 한 고서점의 주인의 말에 의하면— 20세기 초에 들어섰을 당시에는 뭐든지 출판해야 한다는 사고가 존재하지 않았다고 한다. 음악 계통에 그처럼 세세한 부분까지 관심을 갖고 신경 쓰는 일은 거의 없었다. 그 이후에 마치 병적인 질투심과도 비슷한 성향을 보이는 시대가 등장한 것이다. 유일하게 존재하는 것을 손에 넣는 것이 지상의 과제처럼 여겨졌고, 특권을 가지고 있지 않는 한 소유할 수도, 연주도 할 수 없게 되는 것이 존경받는 세상이 온 것이다.

베르트라는 사람은 누구였을까? 그는 마치 내 친구 제임스가 소유하고 있는 자동 피아노처럼 음악 롤과도 같이 그의 친구인 나치스들을 위해 자신의 재능을 이용한 평범한 연주가였다. 그렇다면 비밀에 감춰진 피아니스트는 대체 어떤 사람들이었을까? 거리의 악단 같은 사람들, 혹은 특권을 갖고 있는 체제 속 노예 같은 사람들은 누군가의 명령만 있다면 희귀하고 중요한 작품들마저도 금세 연주하곤 했다. 예를 들자면 그들은 음악계에 존재하는 일종의 환관이었다. 내가 아는 한 지금까지 이런 악보를 제대로 읽을 수 있는 피아니스트는 없었다. 그런 사람이 있었다는 이야기도 들어본 적이 없다. 그러나 이런 이야기들은 최근 들어 불거져 나온 것이기 때문에 그 전과는 또 다르다. 그렇다면 대체 솔랑주에서 프란츠 베르트로 이어지는 이야기는 어떻게 설명해야 한단 말인가? 어째서 그 발라드만 그것을 제대로 연주할 수 있는 사람의 손에 전해지지 않은 것일까? 나를 방문한 러시아인은 헌정하는 사람이 바뀐 이유가 솔랑주 측에 발생한 문제 때문이라고 했다. 무엇보다 그녀는 로스차일드 남작부인에 관해서라면 잘 알고 있었다. 그 뿐만이 아니라 조르주 상드는 그 전부터 솔랑주와 쇼팽의 사이를 의심하고 있었을 것이 분명하다. 나아가 그 악보에 새겨진 헌정하는 이의 실체를 알고 있었다면 말이다.

따라서 1899년 솔랑주가 죽음에 이르기까지 그 비밀스러운 종잇조각은 분명 서랍 어딘가 깊숙한 곳에 숨겨져 있었음에 틀림없다. 그렇다면 어떻게 그것이 세상에 나올 수 있게 된 걸까? 1906년 쇼팽이 그녀에게 보낸 편지들과 함께 서적들도 한 수집가의 손에 넘어갔다. 자신의 수집품을 매매하는 일이 드문(지극히 드문) 그 인물은 파리에 있던 쇼팽의 거주지로부터 100미터 남짓 떨어진 피갈 거리에 살고 있었다. 거기서 모든 것이 뿔뿔이 흩어지게 되는데 그것들의 가치는 더 이상 알 수 없었다. 서적들은 20년 뒤 파리의 한 고서점의 카탈로그에 몇 점 소개되기도 했다. 편지의 행방에 관해서는 알 턱이 없었다. 단 한 통의 편지만을 제외하고. 그것은 런던에서 베르나르 가보티가 구매한 것으로 피아노의 뚜껑에서 튀어나온 악령들의 이야기가 적혀 있는 것이었다. 그 외의 것들은 베일에 싸여 있어 알 수 없었다.

"친애하는 마에스트로, 이렇게 모든 것을 숨김없이 이야기하는 저의 무례함을 용서해주십시오. 알 수 없는 편지 속에는 아마도 쇼팽과 솔랑주와의 관계에 대한 진상을 알 수 있는 무언가가 적혀 있었겠죠. 그러나 이제 더 이상 그 편지는 존재하지 않습니다. 조르주 상드에게 보낸 쇼팽의 편지마저도 남아 있지 않으니까요. 모두 그녀가 불태웠을 겁니다. 왜일까요? 전기를 쓰는 작가들은 그저 단순한 부연 설명만을 붙이고 있습니다. 모든 것을 그녀의 잔인하고 포악한 기질과 변덕스런 성질, 그리고 그녀가 신봉하던 자기중심주의의 탓으로 돌리겠지요. 그러나 결코 그렇지 않습니다. 물론 조르주 상드는 다혈질에 제정신이 아닌 인물이긴 했습니다. 그에 비해 쇼팽은 초췌하고 약하디 약한 기질을 가진 사람이었고요. 비단 육체적인 문제를 말하는 것은 아닙니다……."

그나저나 그 편지 안에는 대체 무슨 내용이 쓰여 있었을까? 둘의 관계를 짐작해볼 수 있을만한 내용이 있었을까? 편지를 보면 쇼팽은 지금껏 우리가 알고 있던 쇼팽과는 전혀 다른 독특한 정신을 갖고 있는 사람임을 알 수 있다. 그다지 순수하지도 않고 낭만주의적이지도 않은, 상상을 초월할 만큼 많은 고뇌를 품고 있는 기질의 모순된 성격의 소유자는 아니었을까? 가보티가 발견한 그 유일한 편지야말로 그가 그런 사람이라는 것을 증명하고 있었다. 그것이 쇼팽의 정신에 나타난 단 하나의 환영, 단 한 번의 착란 상태였을까? 아니면 그 외에도 더 있었을까? 나를 '친애하는 마에스트로'라고 부르는 그 러시아인에 의하면 그 외에도 다른 일들이 있었다고 한다. 그러나 그 사건들이 제아무리 자필 악보에 대한 뒷이야기를 더욱 농밀하게 해주는 흥미로운 이야깃거리라 해도 결국 나에겐 도를 지나친 환상에 지나지 않았다.

하여간 그 무더웠던 날 오후, 나는 알았다. (이 점에 있어서는 단한 치의 의문도 들지 않았다.) 그가 가져온 자필 악보가 틀림없는 진품이라는 것을. 왜 그렇게 생각했는지 열거해보자면, 먼저 그 가방을 대하는 그의 태도다. 그는 결코 가방을 손에서 놓으려 하지 않았다. 마치 끊임없이 무언가를 두려워하고 있는 것 같았다. 나처럼 늙어버린 피아니스트가 그 가방을 빼앗으려고 해도 그럴 수 없으리라는 것을 잘 알면서도 어느 누구도 믿을 수 없다는 듯한 태도였다. 그는 어딘가 이치에 맞지 않는 행동을 노골적으로 표현하고 있었다. 마치 특별한 애착이 있어 한시라도 그 가방을 의자 위에 놓을 수 없다고 말하고 있는 것처럼 느껴졌다. 그도 그럴 것이 나와 대화를 나눌 때에도 손 하나 까딱하지 않고 가방을 꼭 쥐고 있었다. 가방을 누르고 있는 그 손동작 하나마저 참으로 요염하게 느껴질 정도였다. 하지만 잘 보고 있자니 그의 두 손은 조심스럽게 떨리고 있었으며 설명하는 그의 말투는 머뭇거리고 있었다. 인간의 본심이라는 것은 그 사람의 태도에서 나타나기 마련이다. 무엇보다 손이라는 것은 다른 어떤 것에 견줄 수 없을 만큼 또렷하게 마음속에 담겨 있는 이야기를 풀어낸다. 따라서 양손을 보고 있자면, 손끝을 보고 있자면, 즉 그와 같은 움직임을 쫓다보면 그것은 때로는 친절하게, 때로는 격렬하게, 때로는 거만한 형태로 그 사람의 속마음을 전해준다. 양손에는 언어의 배후에서 그것을 지지하는 형태로 명맥을 유지하고 있는 또 다른 형태의 언어가 존재하는 것이다. 나는 몇 번인가 놀란 적이 있다. 내가 문하에 제자를 들여(매우 단기간이긴 했지만 나는 몇 명의 제자를 들인 적이 있었다) 처음으로 말을 나누었을 때 상대방이 움직이는 양손을 보며 이 아이는 어떤 연주법을 할지 상상해본 적이 있었기 때문이다. 그리고 그런 내 예상은 빗나간 적이 없었다. 스스로도 놀랄 정도였다. 예의 그 러시아인의 양손은 가만히 보고 있자니 정열적이고 힘찬 느낌이 들었고 상대방을 존경하는 기운도 넘쳐흐르고 있는 듯 했다. 그의 손은 그 자필 악보가 가지고 있는 음악의 힘을 잘 표현해주고 있었고 그와 동시에 그것을 소유하고 있는 열광적인 기쁨을 나타내고 있었다. 아마도 그는 그 악보를 오랜 시간 동안 자신의 손이 닿는 곳에 가까이 두었음에 틀림없었다. 아니면 모스크바에 있는 자신의 집의 벽 어딘가에 깊숙이 숨겨두고 들키지 않기 위해 고생했을지도 모른다. (물론 그런 전체주의국가의 관료들이 작곡가가 정열을 토해낸 필적의 가치 따위 알 턱이 없겠지만.)

나의 친구는(여기에 이렇게 적어두고 나는 처음으로 내가 그를 친근하게 불렀다는 것에 스스로 놀라고 있다) 깨지기 쉬운 것을 가지고 있는 사람마냥 가방을 끌어안고 있었다. 그리고 마치 병에 넣은 편지를 거친 바다에 던져버릴 것만 같은 몸짓을 하고 있었기 때문에 나는 그를 진정시키기 위해 자리에서 일어나 그에게 한 발자국 떨어져 방 안을 서성였다. 이런 내 행동은 하나의 메시지였지만, 그는 아는지 모르는지 이야기를 계속 이어나갔다.

"마에스트로, 이 자필 악보가 어떤 우여곡절을 겪은 끝에 제 손에 들어왔는지 너무 자세하게 묻지는 말아 주세요. 어디서 나타나 어떤 곳을 거쳐 저에게 들어온 것인지는 잘 알고 있습니다. 1946년에 모스크바 음악원에 있던 한 피아니스트의 이야기라면 저도 들었습니다. 그로부터 3년 뒤에 그는 행방불명이 되었고 그 뒤의 소식은 묘연하여 알 수 없었습니다. 무인도로 도망갔다는 식의 이야기가 아닙니다. 마에스트로, 저의 고국에서는 추운 곳으로 갔다가 영영 돌아오지 못하게 되는 경우가 있습니다. 하여간 그 피아니스트가 쇼팽의 발라드를 희한한 형태로 연주한다는 소문이 있었습니다. 처음에는 그저 흔한 소문일 뿐이었습니다. 하지만 금세 여기저기로 이야기가 퍼지면서 병적인 형태가 되어버렸죠. 그 발라드를 어떻게 연주하고 있었냐고요? 발라드 제3번곡까지는 그냥 평범한 형태였습니다. 하지만 제일 마지막 제4번에서 바뀌었습니다. 제2번의 종결부와 조금 비슷했습니다. 몰토 아지타토(매우 격렬하게)라는 지시가 붙어 있었지만요. 아니, 그것보다는 프레스토 콘 푸오코(정열을 가지고 빠르게)와 비슷했다고나 할까요. 그리고 그것은 우리들이 알고 있던 것과는 완전히 다른 것이었습니다. 이런 정보가 극히 일부의 사람들 사이에서만 전해지고 있었던 것에 관해서는 이해할 수 있으실 겁니다. 왜 그만이 그런 악보를 읽을 수 있는 특권을 가지고 있었을까요?"

소련이 붕괴된 후, 그 베일에 싸인 피아니스트에 대해 조금 더 자세한 정보를 손에 넣을 수 있었다. KGB의 문서 기록에 의하면 그 인물은 안드레이 카리토노비치라는 이름이었고 1928년 3월 6일에 우크라이나의 수도 키예프에서 그리 멀지 않은 조브닌이라는 시골 마을에서 태어났다고 한다. 재능이 있어 장래가 보장된 연주가이긴 했지만 1949년 2월 16일에서 17일에 걸친 새벽에 체포되어 강제수용소에 보내졌다. 아마도 그의 노출된 동성애 성향이 그런 불행을 초래한 것이리라. KGB의 문서 기록을 뒤져보아도 그의 운명의 전말에 대해서는 그 이상 알 수 없었다. 아마도 1957년 겨울 즈음에 시베리아의 강제 노동수용소에서 목숨을 잃었을 것으로 추정된다. 문서 기록에는 그의 가족에 대한 기술도 남아 있었다. 1950년부터 52년 사이에 그의 가족은 전부 강제수용소로 이송되었고, 50년대 끝 무렵에는 아버지도 어머니도 그의 두 형까지 한 명도 빠짐없이 사망했다. 그러나 나의 친구 러시아인의 설명에 의하면, 카리토노비치는 1947년부터 49년에 걸쳐 모스크바 음악원에서 중요한 역할을 완수했다고 한다. 그는 거기서 교수직을 맡고 있는 늙은 피아니스트의 정부(情夫)였다. 발라드의 자필 악보를 그에게 읽게 해준 것은 필시 그 늙은 교수였으리라. 그리고 아마도 그의 젊은 열정이 교수에게 실수를 저지르게 했을 것이다. 그렇긴 해도 그 악곡은 사람들 앞에서 연주해서는 안 되는 것이었음이 분명했다. 대체 누가 그를 고발한 것일까?

"당연히 저도 거기까지는 알 턱이 없습니다. 마에스트로, 너무나 오래된 이야기니까요. 저는 그를 아주 잘 알고 있었습니다. 너무나도 잘…. 제가 안드레이가 연주한 그 곡을 처음으로 들은 것은 다른 어디도 아닌 그의 방에서 친한 친구들과 모두 모여 쇼팽의 작품을 듣거나 연주하던 어느 날 밤이었습니다. 우리는 쇼팽을 반은 폴란드인이고 반은 프랑스인인 작곡가라고 생각했습니다. 왜냐하면 그는 러시아인을 침략자라 칭하며 증오했으니까요. 1949년 1월이었을 겁니다. 아버지는 제가 그런 친구들과 어울리는 것을 굉장히 싫어하셨습니다. 아마도 주위에서 일어나려고 하는 위험을 미리 감지하고 있기에 그러셨던 거라 생각됩니다. 당연한 일이지만 아버지는 설령 단편적인 것이라 해도 혹시라도 우리들 중 누군가가 베를린에서 온 물건을 함부로 연주할까 싶어 두려워했던 것입니다. 그 물건이라는 것은 구소련의 정규군에 의해 봉인된 가방 안에 들어 있던 것을 말합니다. 단, 그것은 제 3제국이 붕괴되고 조금 시간이 흐른 뒤인 1946년 11월에 겨우 모스크바에 다시 반송되어진 것이었습니다. 처음에는 꼼꼼하게 점검해서 그랬는지 당분간은 베를린에 유치되어 있었습니다."

그 악보의 존재를 알고 있는 사람은 몇 명이나 있었던 것일까? 어떤 내용이었을까? 쇼팽의 것 말고 또 무엇이 있었을까? 대부분이 베를린이나 산티아고에서 있었던 베르트의 연주곡목들이었다. 그러나 그 이외의 것들도 약간 있었다. 베토벤의 소나타와 전부 알려진 것들뿐이었지만 헨델이나 멘델스존, 클레멘티가 쓴 것들이 많이 있었다. 그 중에서도 특히 바흐나 리스트의 좋은 작품들도 있었고 드뷔시의 어렵고 난삽한 종잇조각이나 본인은 출판되길 원하지 않았던 작품들도 몇 점 섞여 있었다. 그것들은 몇 가지 서로 다른 과정들을 거쳐 베를린까지 오게 된 것이었다. 그 악보들은 말하자면 유럽의 절반에 상당하는 사적인 컬렉션을 통해 모여진 것들이었다. 즉, 파리에 있던 수집가들, 혹은 런던의 수집가들과 빈의 수집가들의 손을 거쳐서 말이다. 파리나 빈에서 수집된 것 중에는 법적인 권리를 갖는 소유자에게서 접수된 것들도 꽤 있었다. 그렇지만 일반적으로는 돈을 주고 구입한 것들이었다. 이제껏 단 한 번도 출판된 적이 없다고 단언할 수 없지만 출판되길 고대하던 작품들이었다. 그 악보들을 만인에 공개하기 위해서 일부러 서두를 것까지는 없었다. 어떤 일이 있어도 서두를 필요는 없었다.

"네, 서두르지 않겠습니다. 자필 악보를 손에 넣은 그때부터 저는 당신에게 이 악보를 드리기로 마음먹었습니다." 나의 러시아 친구는 내 마음을 고조시키려는 듯 이렇게 단언했다. 어쩌면 그는 나의 기뻐하는 미소 따위를 기대하고 있었을지도 모른다. 하지만 그렇게 되지는 않았다. 나는 그의 양손이나 그의 행동들이 처음에는 견딜 수 없게 느껴졌다. 지금에 와서는 그것들이 나를 납득시키고 있다는 사실을 깨달았지만. 점차적으로 처음 그에게 느꼈던 반감들은 누그러져갔다. "예전에 제가 당신께 드린 말을 기억하고 계신가요? 프리데릭 쇼팽의 고백하기 힘든 정열의 결실인 그 종결부를 멋지게 재현해낼 수 있는 사람은 당신 밖에 없을 거라고 했던 말이요. 그걸 들지 못한 지 어느덧 30년이나 흘렀습니다."

　나의 친구가 말한 정말로 고백하기 힘든 것이라 규정지은 정열이란 무엇을 가리키는 것이었을까? 솔랑주 뒤드방에 대한 쇼팽의 정열을 말하는 것일까? 아니면 안드레이 카리토노비치에 대한 그의 정열? 아무래도 그 음들을 가장 멋지게 조화시켜 연주해낼 수 있는 유일한 사람은 진정 나뿐이었을지도 모른다. 어떤 때는 아르페지오에 의해, 어떤 때는 음계에 의해, 또 어떤 때는 3도, 5도, 6도를 오르락내리락 하는 음계에 의해 곡을 연주했다. 오직 나만이 온전한 하나의 이야기와도 같은 무언가를 가지고 있었기 때문에 사람들은 나에게 그 이야기를 유일한 방법으로 완성해달라고 요구했을지도 모른다. 나는 마음속으로 숙명적인 무언가를 느꼈다. 그 악장들을 정말로 제대로 연주해낼 수 있다면 나야말로 최고의 피아니스트가 될 수 있을 것이다. (아마 리스트나 쇼팽이라 해도 분명 그렇게 인정해줄 것이 틀림없었다.) 분명 베르트나 카리토노비치도 그 종결부를 연주할 수 있었다. 하지만 전자는 일종의 길거리 음악가였고 후자는 내 러시아 친구의 착각과 혼란스러운 기억에 의해 왜곡되어진 인물이다. 따라서 나는 그에게 그럴만한 큰 재능이 있었는지 어쩐지 확신을 가질 수가 없었다.

　몇 년이 지난 후에 나는 그 두 명의 인물들이 어느 정도의 실력을 가진 피아니스트였는지 더 잘 알 수 있도록 노력을 거듭했다. 한 명은 러시아인이었으며 다른 한 명은 독일인이었다. 거듭되는 전쟁과 잔혹한 독재체재 하에 대립한 양 진영의 시대라는 고통스러운 세월

속에 조국을 걱정한 망명 폴란드인이 써내려간 악보에서 아마 그 두 사람은 함께 증오했던 이 세계로부터 도망치기 위한 위로를 찾고 있었을 것이다. 하지만 그것은 그들의 기묘한 존재 속에 갇혀 있어, 남겨진 기법과도 같은 것이며 비극적인 한숨과도 같은 것이었다. 나는 베르트와 카리토노비치의 손이 얼마큼의 역량을 지니고 있었는지 알 방도가 없었다. 베르트에 대해서는 약간 알고 있는 부분도 있었지만 카리토노비치에 관한 정보는 전혀 알 수 없었다. 그의 일가는 반년도 되지 않은 사이에 몰살돼버렸기 때문이다. 그 외의 정보는 거의 없었다. 우크라이나인이었던 점은 분명하다. 하지만 언제부터 피아노를 치기 시작했을까? 누구나가 그렇듯 아마도 매우 어린 시절부터 피아노를 치기 시작했으리라. 그리고 언제 모스크바에 왔을까? 아마도 가족 전부가 다 같이 1945년 말 정도에 들어왔을 것이다. 그는 1947년에는 학업을 끝마치고 있었다. 학위 증명서는 발행되지 않았다. 그 이후에 무슨 일이 일어났는지는 알 길이 없다. 노교수와의 관계는 어떻게 일어나게 된 것일까. 그건 그렇다 쳐도 어쩌다가 그 장신의 금발머리를 한 건방진 젊은이가 예의 발라드의 복사본을(원본은 아닐 것이다) 손에 넣게 된 것일까. 솔랑주에게 바친 그 발라드를 말이다. 대체 어디서 처음으로 연주를 한 것일까? 누구를 위해서? 경멸하던 그 늙어빠진 동성의 애인을 위해서? 단지 그가 그 보물에 가까이 갈 수 있게 해줬기 때문에? 아마도 그럴 것이다. 필시 다른 누구도 아닌 그 노교수가 그를 고발했음이 분명하다. 안드레이의 욕망의 대상이 자신이 아닌 그저 자신이 잠시 소유하고 있던 것이었음을 깨달았을 때 그것은 이루 말로 다 할 수 없을 만큼의 깊은 분노였으리라. 도저히 참을 수 없었던 분노가 출처를 알 수 없는 편지를, 혹은 그것과 비슷한 무언가를 소련 경찰에게 전하게 했음이 틀림없다. 파괴활동, 동성애, 학원 내부의 건전한 사회주의적 환경을 손상시키고 부패시키려 했던 수상한 인물. 그 기묘한 악보와 밤마다 해댄 연주, 그 밖에 또 무엇이 있었을까? 모스크바 음악원처럼 많은 면에서 신성화되고 있는 장소에서의 스캔들은 가능한 피해야 했기 때문에, 배링해협으로 여행할 즈음하여 그런 사태가 꽤 있었다. 안드레이가 모습을 감췄다. 아니, 어쩌면 그와 동시에 다른 또하나의 인물도. 물론 그 인물이라 함은 나의 친구 러시아인을 가리키는 것이다. 그 역시 정부였기 때문에 그 순간부터 도망칠 것을 계산하고 있었으리라. 그러나 그 무렵엔 한밤중에도 조사가 진행되고 있었기 때문에 그의 아버지는 바로 체포되었다. 그리고 다른 사람도 아닌 안드레이 카리토노비치가 그에게 그 비밀스런 종이를 맡긴 것이다.

"안드레이가 저에게 넘긴 가방, 그것은 제가 이 집에 들어온 순간부터 당신이 바라보고 있던 바로 이 가방입니다. 그가 강제수용소에 끌려가기 3일 전, 저에게 직접 건네주었습니다. 적은 말수의 그는 저에게 이렇게 말했습니다. "지금 열어봐서는 안 돼. 어디든 상관없으니까 숨겨줘." 그의 얼굴에는 맞은 흔적이 있었고 입고 있던 셔츠의 소매는 찢겨진 상태였습니다. 아무래도 누군가와 싸운 것 같았지만 떨고 있지는 않았습니다. 아주 약간 입 언저리가 숨차 보였습니다. 그가 뭔가를 훔쳐온 것은 아닐까 생각했지만 일부러 물어보지는 않았습니다. 그리고 저는 그에게서 가방을 받아 들고 매일매일 장소를 바꿔가며 그것을 숨겼습니다. 그렇게 그는 모습을 감췄습니다. 무슨 일이 일어난 건지 알게 되기까지는 그렇게 많은 시간이 걸리지 않았습니다. 그래서 그 가방을 열고 안에 있는 것을 보게 된 것입니다. 자필 악보는 진한 다홍빛의 서류봉투에 들어 있었고 책의 측면에 커버가 씌워진 채로 가죽 끈으로 묶여 있었습니다. 마에스트로, 저는 그게 무엇인지 잘 알고 있었고 깊은 감명을 받았습니다. 그것이 쇼팽의 손으로 쓴 종이라는 가치 때문이 아닙니다. 또한 그것이 미발표 곡을 포함하고 있어서라든지 세간에 알려진 것과는 다른 것이라는 이유 때문도 아닙니다. 그것과는 다른 종류의 감명이었습니다……. 그가 두 번 다시 돌아올 수 없게 되리라는 것은 알고 있었습니다. 그 점은 분명합니다. 그리고 그 자필 악보를 누군가에게서 가져왔다는 사실도 바로 알았습니다. 그 종이를 뺏긴 인물은 온갖 수단을 동원해 다시 되찾으려 할 것입니다. 때문에 저에게 그 의혹의 눈초리가 돌아올 것이라는 사실은 불 보듯 뻔했습니다. 왜냐하면 제가 안드레이의 가장 친한 인물이라는 사실은 이미 공공연한 사실이었기 때문입니다. 저는 위험에 처해 있었던 겁니다."

아마도 그렇게까지 위험하진 않았을 것이다. 분명 안드레이는 체포되었다. 하지만 그 원인은 매우 근시안적인 도덕정신의 혐의 때문이었다. 전체주의는 매우 어리석은 체제 속에 있었기 때문에 이 악보를 근거로 음모론의 혐의를 꾸며낼 능력조차 갖고 있지 않았다.

그들은 바흐의 악보가 자유를 조장하는 글들보다 훨씬 더 위험한 효과를 품고 있으며, 노동자 계급의 독재를 쓰러트릴만한 힘을 감추고 있는 엄청나게 위험한 물건이 될 수 있다는 사실을 전혀 깨닫지 못했다. 내 친구인 러시아인을 찾는 사람은 아무도 없었다. 혹은 적어도 몇 년 뒤까지 그런 결과가 계속 되었다. 그의 말에 의하면 자신의 뒤를 쫓아온 기묘한 인물들은 예의 악보를 그에게서 훔쳐가려는 사람들이며 그에게 남아 있는 최후의 것까지도 모조리 빼앗으려는 사람들이었다. 그래서 그는 그들로부터 숨은 것이다. 악보는 그 가방과 함께 그의 손 안에 남겨졌다. 그것을 쥐고 있는 그의 손은 기쁨으로 떨리고 있었다. 지금에 와서 나도 그가 기뻐하는 이유를 이해할 수 있었다.

"마에스트로, 우리가 처음 만났던 날을 기억하고 계십니까? 저는 제가 소련에서 겨우 도망칠 수 있었다는 말은 드렸습니다. 아버지가 체포당한 것은 1949년 3월 16일이었습니다. 그날 아침, 아버지가 수염을 밀고 있었을 때 그들은 아버지를 체포하러 왔습니다. 아버지는 아무 말도 할 수 없었고 수염을 끝까지 다 밀 수도 없었습니다. 면도기를 세면대로 두고 얼굴을 비누로 겨우 닦고서 천천히 옷을 갈아입었습니다. 어머니는 조용히 작은 가방에 필요한 일상용품을 챙기기 시작했습니다. 저는 짧은 복도 끝에서 그 광경을 그저 가만히 바라보고 있었습니다. 아버지가 어머니와 저에게 단 한마디의 작별 인사를 나누는 것조차 허용되지 않았습니다. 그렇게 아버지는 1951년에 돌아가셨습니다. 적어도 돌아가셨다는 말을 전해 들었을 뿐입니다.

폐결핵을 앓다가 말이죠. 치료는 받으셨지만 아버지에겐 병마와 싸울 체력이 남아 있지 않았다고 했습니다. 저는 아버지가 저를 위해 남겨주신 바이올린을 지금도 소중히 가지고 있습니다. 제가 모스크바에서 탈출한 것은 그로부터 25년 정도의 세월이 흐른 뒤입니다. 1976년의 일입니다. 그 당시 저는 작은 사중주단에서 연주를 하고 있었습니다. 그러던 중 어떤 페스티벌에 참석하기 위해 글래스고에 초대되었습니다. 태어나 처음으로 저는 소련 밖으로 나갈 수 있게 된 것입니다. 글래스고까지는 물론 가지 않았습니다. 런던에서 비행기를 내렸는데 공항에 도착하자마자 저는 쉬지 않고 계속 달렸습니다. 그리고 택시에 뛰어 올라 미국 대사관에서 내린 것입니다. 대사관의 문 앞을 지키고 있던 경찰관 앞에 가서 조금 어수룩하게 말했습니다. '정치상의 보호를 요구하는 바입니다.' 한 시간 뒤에 대사관의 담당관이 약간 수상쩍어하며 농담 섞인 어조로 저에게 이렇게 물어봤습니다. '대체 당신은 영국에 살고 싶은데 왜 미국 대사관에 와서 그 허가를 요청하는 겁니까?' 저는 그의 질문에 대답할 수 없었습니다."

나의 러시아 친구가 영국에 정치상의 보호를 요청한 것은 1976년의 일이었다. 그러나 그로부터 1년 후에 그는 파리에 와 있었다. 지금까지 소련에서 위대한 바이올린 연주가가 나온 예는 없었고 서양에서도 그런 일은 없었을 것이다. 더군다나 그가 관현악단에 들어갈 가능성은 거의 없었다. 그렇기 때문에 더욱이 어떻게든 생활을 꾸려 나갈 수밖에 없었을 것이다. 그리고 내가 그와 알게 되었을 때도 그는 어딘가 작은 악단에서 연주하며 근근이 밑천을 마련하고 있었던 듯 했다. 술을 많이 마셔댔기 때문에 건강 상태가 그리 좋은 편은 아니었다. 아마도 그를 찾는 사람은 더 이상 존재하지 않을 것이다. 그리고 소중하게 간직하고 있던 그 자필 악보의 존재 역시 완전히 잊혔을 것이다. 그도 그럴 것이 벌써 30년이라는 세월이 흘렀잖은가. 따라서 내 친구의 이야기는 살짝 이성을 잃은 인간의 공상이라 간주해도 좋을 것 같다.

"내가 어떻게 해야 그 자필 악보를 받을 수 있습니까?" 어느 순간 나는 참지 못하고 그에게 물었다.

"마에스트로, 자필 악보가 아니라 가방입니다. 저는 당신에게 자필 악보를 드리려는 것이 아닙니다. 제가 당신에게 드리려하는 것은 안드레이 카리토노비치가 그날 제게 건네준 이 가방입니다. 이제는 그날 아침의 일이 너무나도 아득하게 느껴집니다. 너무 오래되어 그의 얼굴조차, 그의 눈동자가 무슨 색이었는지조차 떠오르지 않습니다. 당시 저는 매년 수많은 피아니스트들의 연주를 들었습니다. 거의 모든 연주를 다 들었다 해도 과언이 아닐 겁니다. 그러나 호로비츠만은 예외입니다. 그는 그 무렵 소련에서는 연주를 하지 않았습니다. 그러나 누구 하나 호로비츠와 비슷한 연주를 하는 사람이 없었습니다. 안드레이에게 자신의 위대한 재능을 세상에 널리 떨칠 수 있는 시간적 여유가 있었다면 어떻게 됐을지는 모르겠지만 아무리 그가 뛰어난 연주를 했더라도 분명 마에스트로, 당신의 그것과 조금 닮았다는 평가밖에는 받지 못했겠지요. 저는 그 사실을 1958년에 이미 깨달았습니다. 레닌그라드에서 있었던 당신의 연주를 들었던 때의 일입니다. 당신은 기억하지 못하실 겁니다. 그렇지만 그때 당신은 쇼팽의 발라드 바단조를, 즉 제4번을 연주하셨습니다. 당신이 첫 소절을 연주하기 시작했을 때, 뭐라 말해야 할까요, 전율과도 같은 것이 흐르며 저는 마치 안드레이의 연주가 재현된 것 같은 느낌을 받았습니다. 그날 저는 이 가방을 누구에게 주어야 하는지 깨달았습니다. 그리고서 두 번 정도 당신이 연주하는 콘서트에 방문해 이 가방을 전해드리려 했습니다. 하지만 대기실은커녕 공연장 직원에게조차 다가갈 수 없었습니다. 오늘 저는 사람에게는 누구나 운명이라는 것이 존재한다는 사실을 다시 한 번 통감했습니다. 저의 운명은 이 가방을 당신에게 전하는 것이었습니다. 왜냐하면 이 악보들을 가져야만 하는 사람은 바로 당신이니까요. 가격은 당신이 매겨주십시오. 제가 조금이라도 부유한 생활을 하고 있었다면 아무것도 바라지 않았겠지만 당신도 아시다시피 지금의 저는 하루 벌어 하루 먹고 사는 처지입니다. 그러니 당신의 관대한 판단에 맡기도록 하겠습니다."

어쩌면 그가 지금까지 나에게 한 이야기들이 전부 공들여 만든 거짓말일 수도 있다. 혹은 다른 운명에 처해 있는 사람들을 절묘하게 대칭함으로써 나를 매료시킨 것일 수도 있었다. 어쨌든 그렇다 하더라도 이야기의 전말을 나에게 들려주었다. 그 종잇조각들이 내 손에 들어오게 되기까지 많은 사람들을 거쳐야만 했을 테니까 말이다. 나는 그때 광기에 사로잡혀 있었던 것일까? 어쩌면 그랬을지도 모른다. 분명히 그 착란의 음악 속에서 나는 편안함을 느꼈음에 틀림없다. 그렇기 때문에 설령 그가 날 속였을지라도, 가방 속에 아무것도 들어 있지 않다 하더라도, 나는 그 가방을 열어보지 않으리라. 나는 안에 들어 있는 것을 굳이 확인하지 않은 채 그냥 받기로 각오를 다졌다. 그러나 나는 하나의 위험한 행동이 인생에서 결정적인 가치를 갖는다는 사실을 알고 있었다. 혼란함 속에서도 그것을 그에게 고백했다. 어찌 됐든 그 순간을 맞이하기 위해 58년이라는 세월을 필요로 했던 것이다. 살라미 소시지를 사려는 사람처럼 스스로를 속임수에 빠트리게 되는 결과를 초래할지, 아니면 마치 그런 운명이 모두 진실인지, 가방을 점검하는 것으로 인해서 이 모든 것을 망치고 싶지 않았다. 나는 안에 들어 있는 것을 확인하지 않았다. 나의 대담함을 믿음과 동시에, 역사는 완벽하므로 이런 잔꾀를 부리는 일은 절대 용납되지 않을 거라 믿은 것이다. 그의 손이 가방을 내려놓았다. 여전히 약간의 주저하는 기색이 느껴진 것은 아마도 내가 가방 안에 들은 것을 확인하려고 하지 않는 태도에 동요했기 때문이리라. 그가 무엇을 생각하고 있었는지 나는 알 턱이 없었다. 그러나 작별인사를 나누기 전에 그는 나에게 이렇게 말했다. "아마도 당신이 이 곡을 연주할 때 저는 이 아래에 와 있을 겁니다. 이 창문 아래에서 듣고 있을 겁니다." 나는 대답하지 않았다. 내가 그를 위한 특별한 콘서트를 열 필요는 없겠지. 그렇긴 하지만 내가 연주할 때 그가 또 다시 몰래 훔쳐든다고 해도 상관없었다. 왜냐하면 이미 그는 그런 무례한 행동을 범하면서 내 인생에 마음대로 끼어들었으니까.

그가 계단을 내려가기 전, 나는 그에게 한 가지 질문을 던졌다. "예브게니, 당신은 왜 그날 내 집에서 나간 소녀가 모자를 쓰고 있었다고 말한 거죠?"

당혹스런 얼굴로 그는 나를 쳐다보았다. 그리고 잠시 후 이렇게 말했다. "아니요, 마에스트로. 그녀는 모자 따윈 쓰고 있지 않았습니다. 아마도 당신이 잘못 기억하시는 거겠죠……"

8.

우리의 정신이 물질과 결합되는 한 지점이 있다. 우리 주변에 존재하는 아주 미세하고 보잘것없어 보이는 것. 그 사실을 알고 있는 피아니스트는 많지 않다. 전문용어를 빌어보자면 굉장히 멋없긴 하지만 '건반에 손이 닿는 순간과 기계적인 순간 사이에 존재하는 조정'이라고나 할까. 이 조정 장치는 잘 보면 그저 평범한 나사에 불과하다. 피아노의 안쪽에 들어 있는, 건반의 끝 부분에 박혀 있는 눈에 띄지 않는 상당히 작은 나사다. 이 조정 장치(그 작은 나사)는 높은 곳에서 위치를 바꾸며 수직 기둥이나 롤러나 레버나 쿠션의 조직 등을 통해 해머에 닿으면서 현을 치게 된다. 그러나 '행위로서의 터

치'는 내가 행하는 동작이자 나의 손을 반영한 것이며 음악에 대한
내 생각이다. 대부분은 눈에 보이지 않는 작은 나사에 맡긴 것이다.
만일 내가 더 부드럽게 건반에 닿는다면 나사는 그것을 기계에 전달
해줄 것이다. 기계는 그것을 조그마한 해머에 알릴 것이고 해머는
정확하게 계산되어진 무게로 가지런히 놓여 있는 현을 치게 될 것이
다. 우리가 살고 있는 이 우주는 단순하면서도 그와 동시에 복잡한
것이라는 말을 들을 때마다 나는 내 피아노를 떠올리며 그 표현에
의해 행해지는 일들을 정확하게 이해할 수 있었다. 발라드 제4번의
도입부에 등장하는 음표의 무리들을 연주하기가 무섭게 매우 복잡
한 어떤 일들(즉, 건반을 누르는 그 움직임이 레버에 전달되고 수직 기
둥이 연속해서 작은 해머의 롤러의 위로 움직이고 그것이 현을 향해 올
라가는…)이 발생하여 지금껏 내가 늘어놓은 모든 말들을 이해할 수
없는 상태에 빠지게 된다는 사실을 나는 그제야 깨닫는 것이다.

그렇기는 하지만 발라드의 첫 소절에 등장하는 그 옥타브 솔은
평소에는 상상할 수도 없을 만치 부드럽고, 닿는 것을 느끼지도 못
할 정도로 완전한 것이었다. 그 두 개의 솔은 피아노라는 기구를 둘
러싼 오랜 시간에 걸친 연구 끝에 탄생된 것이며, 기적에서 피어난
것이라고 밖에 설명할 수 없을 것이다. 설령 제아무리 정교하게 만
들어진 피아노라 한들, 결국은 한낱 나무 조각에서 태어난 소리에
불과할 테지만 결코 그렇다 말 할 수 없었다. 또한 완벽하면서도 복
잡한 그 소리가 레버의 시스템을 통해 나온 것이라고는 생각할 수
없었다. 그러나 전체적으로 봤을 때는 그저 하나의 물질일 뿐이며

218

기술에 의해 만들어진 것이었다. 나는 몇 번씩이나 어떻게 하면 이 특이한 진실의 기술을 후세에 전할 수 있을 것인가 자문했다. 내 두 손을 어떻게 움직여야 할지, 어떻게 해야 내 스타인웨이에서 그 진실이 나올 수 있을지 말이다. 그러나 몇 년이 흐른 지금도 나는 그것에 대해 얘기할 수 없다. 그렇기 때문에 나는 이 집에 있는 내 피아노가 누렇게 변색된 상아 건반 속에서 완전한 상태이길 그저 지켜볼 수밖에 없다. 설령 매우 드물게 검은 건반 같은 것들에 다소의 차이가 있다 하더라도. 전체의 현 모양이나, 그런 현들을 보호하고 싶어 하는 것처럼 검게 변해버린 소음장치, 더 나아가 황금색 장치 전체의 내부에 완벽하게 내장되어 있는 빛나는 강철로 된 키에 다소 차이가 생긴다 하더라도 말이다.

피아노는 지금까지 항상 같은 형태로 발전되어 왔고 오래 전부터 고전적인 형태를 유지해왔다. 그렇긴 하지만 끊임없는 연구의 산물인 동시에 도구로서의 외관도 계속하여 변화해왔다. 쇼팽이 연주했을 무렵의 피아노는 지금의 그것과는 상당한 차이가 있었다. 당시의 현은 오늘날 나오는 피아노의 현에 비해 5배나 얇은 형태를 띠고 있었다. 그렇기 때문에 지금에 비해 소리는 약했지만 거기서 느껴지는 내면적인 맛이 있었다. 나는 몇 번이나 1800년대 전반에 고안된 피아노로 콘서트를 열고자 했으나 성공하지 못했다. 나는 1920년 출생으로 항상 다른 타입의 피아노들을 별다른 어려움 없이 연주해왔지만 시대에 따라 피아노는 더욱 향상되어졌다. 예를 들면 플라이엘 피아노(프랑스의 피아노 메이커)는 의연하면서도 완벽에 달하는 여지를 남기는 악기였다. 그리고 쇼팽은 당시, 그의 음악의 경지에 도달하지 못하는 수준의 피아노로 연주할 수밖에 없었다. 따라서 그의 음악의 위대함은 악기에 의해 연주되어진 소리보다 그가 악보에 써내려간 기호들에 의해 증명되고 있는 것이다.

그 종이에 기록된 음을 솔랑주는 연주할 수 있었을까? 아마도 그랬겠지. 나는 주의 깊게 그 악보를 해석해야만 했다. 왜냐하면 음악의 성격을 표현하기에는 악보에 써진 것만으로 충분치 못했기 때문이다. 연주는 그것들을 하나의 완전체로 만드는 과정이기 때문에 나는 공백으로 남겨진 부분들을 채우고 양손의 머뭇거림이나 쉼표까지도 다시 연주해봐야만 했다. 그렇게 되기까지는 무엇보다 피아노의 영혼이라고도 말할 수 있는 조그마한 나사의 힘이 컸으리라. 그 나사가 음악 속에 깃들어 있는 분노와 냉정함까지 모든 것을 기록해주는 것이다.

예브게니(이제는 그의 이름을 쓸 수 있다. 왜냐하면 그가 더 이상 사기꾼이 아니라는 사실을 알았기 때문이다)는 안도감과 함께 마치 어깨에 짊어지고 있던 큰 짐을 내려놨다는 듯 내 집에서 떠나갔다. 그는 센 강의 왼쪽을 향하여 가고 있었다. 그가 생 쥘리앵 르 포브르 교회를 향해 멀어져가는 모습을 창가에서 바라보았다. 그리고선 가방 쪽으로 눈길을 돌렸지만 바로 건드리지는 않았다. 나는 피아노에 앉아 잠시 연주를 했다. 드뷔시의 전주곡을 몇 곡쯤 친 후에 스크랴빈의 에튀드를 두 곡 정도를 연주했다. 지칠 때까지 몸을 움직이기로 마음먹고 서재로 가 '평균율 클라비어곡집' 중 2권을 꺼내 전주곡과 푸가(둔주곡) 전곡을 연주했다. 몇 년이나 바흐의 곡을 연주하지 않았는데도 불구하고 펼치는 곳마다 한 번도 막힘없이 연주할 수 있는 스스로에게 놀라움을 금치 못했다. 이윽고 나는 완전히 지쳤다. 등이 아파 견디기도 힘든 지경이었다. 나는 창가로 다가가 예브게니의 모습이 보이지 않는 것을 확인했다. 동시에 그가 충분히 알고 있음직한 곡들만 연주한 것을 그에게 알려주고 싶다는 생각이 들었다. 생각해보니 이 이야기가 시작된 순간부터 나는 단 한 번도 발라드 제4번을 연주한 적이 없었다. 어쩌면 완성판이 나타나길 바라고 있었던 것일 수도 있다. 혹은 어떤 생각에 사로잡혀 그 곡을 치지 않았던 것일 수도 있다. 그 점은 명확히 알 수 없지만 한 가지 분명한 것은, 내가 그 헤진 가방을 손에 들고 열어봤다는 것이다.

가방의 안쪽은 두 칸으로 나누어져 있었다. 한 쪽은 텅 비어 있었고 다른 한 쪽에는 진홍색 종이 케이스가 들어 있었다. 그 안에 헤진 종잇조각들이 들어 있었는데 장수는 그다지 많지 않았다. 조심스럽게 종이들을 꺼내어 넘겨보았다. 자세히 보지는 않다. 책상 쪽으로 다가가 자리에 앉아 탁상 스탠드의 불을 켰다. 그 외의 불빛은 필요치 않았다. 맨 첫 장을 보았다. 종이는 상아색이었다. 종이의 가장자리 부분이 뚜렷하게 구분되어 있는 것이 마치 액자 같은 디자인이었다. 이름 모를 꽃모양 같기도 했고 보는 관점에 따라서는 키타라(고대 그리스의 대표적인 발현악기)나 플루트와 같은 고대 악기를 연상시키기도 했다. 그 액자모양의 디자인은 악보에 우아한 기품을 불어넣고 있었다. 잉크는 검정색이었고(나중에 제임스가 정정한 말에 의하면 '회검정색'이었고) 각 종이의 앞면에만 오선보가 3군데 그려져 있었으며 뒷면에는 아무것도 없었다. 각 오선보에는 다섯 소절씩 있었다. 내용을 자세히 보는 것을 피하면서 장수를 세어보니 16장이었다. 맨 마지막 장의 아랫부분은 특히나 파손상태가 심각해 종이의 가장자리 부분이 찢겨져나가 바단조 마지막 화음 부분에 닿을 것만 같았다.(게다가 자세히 보니 왼쪽 가장자리 부분의 옥타브 화음 중 낮은 파의 음표가 찢겨나간 부분과 함께 없어진 상태였다.) 나는 맨 첫 장으로 다시 돌아왔다. 그것은 다른 페이지들보다 한층 더 지저분한 상아색의 종잇조각이었으며 몇 군데인가 습기에 의한 얼룩이 져 있었다. 왼쪽의 첫 소절 윗부분에 악보의 오선지에 거의 닿을 듯 말듯 하게 '발라드'라고 쓰여 있었다. 그 윗부분 중앙에는 이 종이들의 표제인 것 같은 '솔랑주 뒤드방 부인에게 헌사함'이라는 글귀가 있었고 오른쪽에는 연필로 '작품52'라고 쓰여 있었다.

　나는 손을 멈추고 첫 장에 쓰여 있는 몇 자 안 되는 그의 필적을 유심히 들여다보았다. 그 문자들을 몇 년의 세월이 지난 지금에서야 바라보고 있었다. 발라드 Ballade의 첫 번째 문자인 'B'는 다른 글자들에 비해 컸다. 그리고 알파벳의 아랫부분이 닫혀 있지 않아 마지막 문자인 'e'는 마치 악센트 기호가 붙어 있는 것처럼 'i'와 비슷해 보였다. 게다가 '피아노를 위하여'라는 지시가 빠져 있었다. 또한 안단테 콘 모토(느리게 그러나 활기차게)라는 지시도. 이 소절의 첫 지시임에도 불구하고 말이다. 깜박한 것일까? 아마도 그럴 것이다. 나는 서둘러 종이를 넘겨보았다. 그리고 내가 가지고 있는 악보를 꺼내왔다. 그것은 1976년 뮌헨의 헨레출판사에서 출판한 에발트 치머만이 엮은 발라드 악보였다. 두 개를 비교해보니 첫 부분에 다음과 같은 차이가 있었다. 8번째 소절이 시작하는 부분에서 아 메차 보체(소리를 반으로 줄여서)라는 지시가 피아니시모(매우 여리게)로 바뀌어 있었다. 그러나 그것은 사소한 부분에 불과했다. 쇼팽 자신은 그런 부분에 있어서 그다지 신경을 쓰는 타입이 아니었다. 그는 자신의 악보를 모사해주던 유리안 폰타나에게 본인이 제대로 하고 있는지 봐달라는 부탁을 했다. 그리고 '혹시라도 틀린 부분이 있다면 정정해주도록'이라는 말을 전하고 있었다. 그는 마치 제 211소절, 혹은 마지막 2페이지의 15와 16에 도달하는 것을 피하고 싶어 하는 것 같았다. 마치 실망하거나 낙담하는 것을 두려워하는 사람처럼. 그리고 그때 바로 나야말로 그 종이들의 주변만 맴돌고 있는 것은 아닐까 하는 생각이 들었다. 흡사 나의 악보 독해력이 쇼팽의 대위법(음악적 선율에서 얻어진 것으로 음악에서 한 멜로디에 다른 멜로디를 반주로 부가시키는 방법)에 비해 자유로운 것처럼. 나는 악보들을 응시하면서 비교하고 검토하는 동시에 머릿속으로 주제를 되뇌었다. 그리고선 잠시 멈췄다 다시 2, 3소절 정도 앞으로 돌아갔다. 아마도 그건 전부터 내 머릿속에서 흘러나오던 어떤 것이 나를 자꾸 사로잡았기 때문이겠지. 지금까지 그렇지 않았던 것은 내가 지금껏 그 어떤 것을 그렇게 대수롭게 여기지 않았기 때문이리라.

쇼팽의 필적은 어땠을까? 굳이 따지자면 나에게 그 악보는 굉장히 평범한 모사본처럼 보였다. 솔랑주를 위해 아름답게 써내려간 가장 읽기 쉬운 형태로 쓰인 것. 특히 그는 복잡한 운지 기호마저도 정성껏 깔끔하게 기록하고 있었다. 1849년에 들어선 3개월간 이것이 기록되었다고 가정한다면 쇼팽의 체력은 아마도 무(無)에 가까울 정도로 떨어졌을 것이다. 따라서 솔랑주에게 이 선물을 준 것 자체가 그에게는 죽기 위해 노력한 것과 마찬가지의 의미를 가졌을 것이 분명하다. 그렇게 생각하니 병마와 싸워가면서도 굴복하지 않으리라는 기개가 넘쳐나는(유난히 종이에 명확히 기록해놓은 그의 필적의) 문자들이 적혀 있는 듯 보였다. 그러나 바로 그 뒤에는 어지러움을 호소하며 눈앞이 캄캄해져 거의 기력만 남은 쇼팽이 있었으리라. 하지만 다시 그 다음 순간에는 남은 기력을 그저 허무하게 소비하지 않기 위해서인 양 경쾌한(이라고는 해도 문자는 엉망진창이며 연약해 보였지만) 글자가 이어지고 있었다. 음악가가 아니라면 간과했을 법한 종이 여기저기에 번진 잉크 자국들. 그 점점이 더럽혀진 반음계를 많이 쓴 그의 작곡 기법을 나는 넋을 잃고 바라보고 있었다. 그 점들은 음표와 헷갈릴 수도 있을 것이다. 그러나 솔랑주처럼 그 악보의 전부를 숙지하고 있는 사람이라면 오해의 여지는 없었을 터였다. 그녀에게 그 악보는 사적인 내용을 담고 있는 종이이자 음악으로 전하는 불가능한 사랑의 고백과도 같은 것이다. 왜냐하면 음악이라는 것은 정열을 논하기 위한 수단이 아닐뿐더러 감상적인 소설은 더욱 아닌, 정념(情念) 그 자체이며 굴복해선 안 되는 위험한 관계에 놓여진 존재인 것이다. 왜냐하면 그것은 당신의 눈을 멀게 하고 당신이 세상을 바라보는 것을 방해하며 아무도, 아무것도 모르도록 당신의 마음에 말을 걸어오기 때문이다. 요컨대 그것은 당신으로 하여금 좋든 싫든 말로써 음표를 읽게 한다. 그 말 역시도 각각의 음을 가지고 리듬을 가지며 멜로디를 이루는 한, 당신이 말하기 위해 노력하고 서술하기 위해 요구하는 그 조화를 결코 반복할 수는 없을 것이다. 이는 비단 악보에만 국한된 것이 아니라 단순하고 진부한 대화에서 역시, 당신의 조율사와 음의 조화를 도모하는 것은 그리 쉽지 않으리라. 설령 당신이 조금 더 경쾌하며 격렬하지 않은 소리를 내는 피아노의 필요성에 대해 설명하고 싶더라도. 당신이 어째서 베토벤이 아닌 드뷔시를 연주하고 싶은지에 대해 설명하고 싶더라도. 드뷔시는 부드러운 소리나 감지할 수 없을 만큼의 지속적인 저음을 섞어 연주해주길 바라고 있다. 소수의 사이비 낭만주의자들만이 말과 음악을 대체할 수 있다고 생각하는 것이다.

솔랑주와 쇼팽의 관계는 훨씬 더 미묘한 것이었음이 분명했다. 따라서 그 종잇조각들이 우울한 정신 상태에서 쓰인 것이라고 마음대로 생각하거나 단순하게 불가능한 사랑의 의식에 의해 적힌 것이라고 생각한다면 전혀 이해가 되지 않을 수밖에 없다. 일반적으로는 기껏해야 지방의 무도곡이나 멜랑콜릭한 왈츠 정도의 것이 어울렸다. 피아노를 위해 만들어진 걸작이라고 해도, 사람들이 중요하다고 생각하는 작품이라 해도 다시 검토해봐야 할 정도의 문제는 아니었다. 그렇다면 나는 어째서 그 마지막 두 장을 보는 것을 주저했을까? 이제까지 일어난 사태들을 파악하기 위해서라도 당장에 그 두 장을 살펴봐야 하지 않았을까? 마지막 두 장이 정말 우리가 알고 있던 것과는 다르다는 말이 사실일까? 마치 그 순간이 오는 것을 무한히 늦추기라도 할 것 마냥 내 손은 주저하고 있었다. 나의 머릿속에 바단조가 울려 퍼지고 있을 때에도, 내 방안 가득 바단조가 울려 퍼질 때에도 내 손은 더욱 망설이고 있었다. 방 안에 놓인 장식들이, 그림이, 소파가, 의자가, 시계가, 카펫이, 그 외의 모든 물건들이. 내 인생의 음표기호 위에 존재하는 모든 것들에 네 개의 플랫이 붙어 있는 것처럼 느껴졌다. 마치 바단조의 음계가 내 관자놀이 이쪽저쪽으로 계속 뛰어다니는 것 같았다. 그것은 일정한 음파 같아서 정말 참기 힘들었다. 아 메차 보체가 피아니시모로 바뀌었고 페르마타가 음표를 하나 이동하여 주저하는 것을 강조하고 있었다. 게다가 이 버전에는 낭만파를 연상시키는 조옮김도 있었다. 따라서 나는 반대로 의고전주의풍을 띠고 있는 것일까? 하는 의문을 품게 되었다. (그러나 이 의문에 안도감도 함께 했다는 점은 인정할 수밖에 없다.) 그러나 이런 생각을 하는 중에도 나는 그 짐짓 꾸민 듯이 우아하며 정확한 필체를 바라보고 있었다. 어쩌면 자필 악보는 복사본이 아닌 쇼팽이 직접 이어서 써내려간 것일지도 모른다. 그리고 그렇다고 한다면 이것 외에도 자필 악보가 더 존재한다는 말이 되겠지. 이렇게 깔끔하게 쓰이기 전, 수정을 거듭하며 주저하고 자주 지운 흔적이 보이는 악보 말이다. 그 경우에는 아마도 이것과는 별도의 종이를 찾아내야만 할 것이다. 지금 읽고 있긴 했지만 베일을 벗길 수 있을지 모르겠다. 어찌 됐든 더 이상 이런 장난에 장단 맞춰줄 수는 없는 노릇이라 생각했다. (그러나 이것이 진짜 자필 악보라면 나는 쇼팽이

226

큰 주저나 망설임 따위는 갖고 있지 않았다고 말해야 할 것이다.) 그의 필적들은 많은 부분에 있어서 단호함이 묻어났다. 특히 음표의 해석을 달며 아 메차 보체라든지 크레셴도, 돌체, 포르티시모, 리테누토, 콘 포르차 등을 쓰는 것만으로 부족함을 느낄 때 그의 단호한 면이 잘 엿보였다고나 할까.

지금까지 나는 이런 아고기크(연주 시 엄격한 템포나 리듬에 미묘한 변화를 주어 다양한 색채감을 나타내는 방법)의 지시들에 대해 나의 마에스트로들과 얼마나 많은 논의를 해왔던가! 크레셴도는 파데레프스키(폴란드의 피아니스트이자 작곡가)에게 있어서 어떤 것이었을까? 그리고 루빈스타인에게는 어땠을까? 쇼팽 자신에게는? 전기 작가들의 말에 의하면 그는 자주 청중들을 당황시켰다고 한다. 왜냐하면 그는 연주회장에서 자신이 생각하는 대로 연주 형태를 변화시켰기 때문이다. 예를 들면 포르티시모 대신에 피아니시모로 바꾸는 식으로 말이다. 그럼에도 불구하고 그는 본인에게 엄격한 연주자였다. 어느 날 프란츠 리스트가 그의 앞에서 녹턴을 몇 곡 연주했다. 그날 밤 그 연주에서 리스트는 미묘한 변화를 주어 다수의 변주곡들을 탄생시켰다. 쇼팽은 화를 내며 리스트에게 이렇게 말했다. "내 녹턴을 연주하고 싶다면 부탁하건데 내가 악보에 적은대로 연주해줬으면 좋겠소." 쇼팽은 무용지물인 현란한 꾸밈음이나 낭만파식의 고민하는 기색 따위는 필요 없다고 말하고 있는 것이다. 이 악보에서도 엄격한 고뇌에 불타오른 기색 속에서 마치 그것과 비슷한 정확하고 직선적이며 명쾌하고 정열적인 것을 읽어낼 수 있었다. 케루비니(이탈리아의 작곡가)는 자신의 '대위법과 푸가의 기법'과 함께 낭만파의 이조(移調)라 불리는 것을 정리해낸 인물이다. 그리고 테누토(음의 길이를 충분히 유지하는 것)라 기록된 몇 개의 음표 뒤에 오는 제58소절에서 주제의 자유로운 대위법이 시작되는 바로 그 곳에서도 느낄 수 있었다. 마치 작곡상의 기법이 병마를 압도시켜 소실의 감각을 능가해가는 것처럼 거무스름한 회색빛의 잉크는 계속 이어졌다. 왜냐하면 쇼팽은 절대 그 1849년 초반의 수개월동안 자신의 병이 이제는 더 이상 구원받을 수 없다는 사실을 알고 있었을 테니까. 그리고 그와 동시에 그는 드물게 보이는 세속적인 부분도 있었기 때문에 자신의 유언이 비밀에 부쳐질 수 있도록 하나의 악보에 그 모든 것을 담은 것이다. 제58소절과 거기에 이어지는 부분의 필적은 매우 정확하여 기계적인 느낌마저 들었는데 그 부분에 관한한 별다른 의문점도 없었을 뿐더러 별도의 해석의 여지도 없었다. 때때로 음표의 꼬리부분이나 직선부분이 비뚤어진 것을 볼 수 있었는데 그것은 마치 그가 펜촉을 종이에 댄 순간 격렬한 기침에 의한 발작으로 글을 써내려갈 수 없었던 것처럼 보였다. (혹은 숨이 막혔든지.) 악보들 중에서 펜 끝이 엉뚱한 쪽으로 획을 긋거나 한 흔적은 전혀 찾아볼 수 없었다. 또한 잉크의 흔적 역시 신중하게 지운 것처럼 보이는 곳도 있었다. 결핵이라는 병마는 그의 육체만을 우롱했던 것이 아니라 계단의 층계를 오를 힘조차 없앤 것 같았다. 그와 동시에 그의 음악을 창출해내던 정신과 그의 양손의 힘, 말하자면 그에게는 더 이상 작곡을 하기 위해 필요한 미미한 힘마저 남아 있지 않는 것 같았다. 그 전에 행해진 쇼팽의 마지막 음악회 중 몇 곳에서는 그가 쇠약해진 탓에 막간에 자주 정신을 잃었다는 소문도 있었다. 그 무렵 쇼팽이 피아니시모를 많이 사용하여 연주한 것은 연주 상의 선택이나 예술가로서의 원숙함, 또는 자신의 음악을 재해석했기 때문이 아니었다. 전보다 현저하게 약해진 그의 체력이 더 이상 왕성한 시절 그가 써내려간 화려한 기법들을 쫓아갈 수 없었기 때문이다. 단지 그 뿐인 것이다. 아마도 이것이 진실이었으리라. 그러나 이 보풀이 잔뜩 일어난 양피지가 내 손 끝에서 벗어나지 않는 이상, 이것만으로는 충분치 않았다. 그의 펜 끝이 지나간 미미한 흔적과 희미한 각인을 느낄 수 있을 때까지 만지고 싶었다. 그리고 만일 현미경으로 찾을 수만 있다면 그곳에 새겨진 강이나 계곡, 고지대를 찾아 악보의 저편에 있을 음악이 샘솟는 보이지 않는 샘이나 음악으로 변형되는 자연의 모습들을 찾아내고 싶었다. 나의 재능과 건반 끝에 있는 조그마한 나사의 힘에 의해 그것들은 마치 많은 뇌하수체처럼 완벽한 스타인웨이 속에서 절묘한 질서를 창출해내는 것이다. 의지와 감정이라는 완벽한 기하학 속에서 모든 것은 제자리를 찾아 돌아오는 것이다. 트릴(어떤 음과 그보다 2도 높은 음을 번갈아 빨리 반복하며 연주하는 장식음)을 뜻하는 'tr'이라는 문자마저도 쇼팽의 펜 아래에서는 생명을 가지고 있었던 것처럼 느껴진다. 아니, 그 두 개의 소문자를 그는 온 몸의 힘을 담아 글씨에 생명을 불어넣듯 기록해 나갔을 것이다. 그 몸짓이 나에게는 보인다. 제116소절 아래에 있는 한 점에 굉장히 작은 얼룩이 있다는 것을 인정한다. 그것은 아마란

투스(불사의 꽃)의 심홍색과 비슷한 색으로, 나는 그 얼룩이 어쩌면 혈흔이 아닐까 하는 생각이 들었다. 심한 기침을 하던 그의 폐에서 나온 것일지도 모른다. 혹은 그 이후에 내가 모르는 어떤 다른 이가 흘린 혈흔일 수도 있다. 누구일까? 혹시 솔랑주일까. 아니면 시간이 흘러 이 악보들을 소유했던 사람들 중 한 명일까. 어찌 됐든 그 얼룩은 꽤 오래된 것처럼 느껴졌다. 그도 그럴 것이 이 악보는 130년 정도 먼지 속에 묻혀 있었지 않았던가. 잉크의 색조차도 일정하지 않았을 뿐더러 넘기는 페이지 위쪽에 연달아 희미한 엷은 하나의 층이 형성되고 있었다.

종이를 한장 한장 넘기면서 생각해보니 지금껏 아무도 이 종이를 묶어서 정리한 사람이 없다는 사실을 깨달았다. 장식부분도 각각 달랐고 미묘하여 눈치 채기 어려웠지만 각 페이지마다 차이가 있었다. 제164소절 부분은 밑줄이 조금 두껍게 쳐 있었다. 아마도 쇼팽이 펜촉을 갈아 끼운 증거겠지. 나는 자세히 들여다보았다. 펜촉을 갈아 끼운 사이에 작은 구멍이 나 있었고 일부가 술 플랫이 달린 32분 음표에 가려져 거의 보이지 않았지만 종이가 찢겨 있었다. 그 음표 밑에 쇼팽은 아첼레란도(점점 빠르게)라고 적고 있었다. 나는 종이를 들어 올려 불빛에 비추어 보았다. 어느덧 해가 질 무렵이었고 찢긴 부분의 틈새로 빛이 들어와 그 부분을 적절하게 보정하고 있는 듯했다. 빛은 악보를 비추면서 그 사이를 통과해 내 방 안쪽 어둠에 싸여 있던 피아노에 닿았다. 나는 일어서서 건반 앞으로 다가가 앉았다. 예의 몇 장 정도 가지고 있던 (한 번 본 것이 전부인) 발라드의 전

곡을 다시 마지막 페이지까지 연주하기로 결심했다. 나는 제임스처럼 되고 싶지 않았다. 그는 마치 자필 원고를 그가 좋아하는 위스키인 양, 혹은 음악을 만들어내는 기계 장치들 중 하나라는 양 그저 감상하려고만 들었다. 나는 오히려 이것들이 나에게 주어진 하나의 의무이기에 연주해야 한다고 생각했다. 보면대를 꺼내어 악보 묶음을 첫 장부터 잘 정리해 한장 한장 반듯하게 펼쳐 놓아 보았다. 안단테 콘 모토(느리게 그러나 활기차게)라는 지시는 빠져 있었지만 상관없었다. 나는 그대로 그와 똑같이 연주할 거니까. 오른손이 솔 옥타브의 한 소절을 쇼팽이 원했던 그대로 레가토(음이 끊기지 않게 매끄럽게 연주하는 것)로 치기 시작했다. 그리고 어느 순간 나는 음표를 읽고 있지 않았는데도 불구하고 악보를 암기한 사람처럼 완벽하게 연주하고 있다는 사실을 깨달았다. 악보에는 음표를 뛰어넘은 무언가가 있었다. 내 양손은 빠르게 움직였으나 본래 연주해야 하는 패턴보다는 오히려 더 천천히 움직이고 있었다. 8분음표의 윤곽이 흐릿할수록 내가 연주하는 음정도 보다 흐릿해졌다. 펜 끝을 잉크에 적시면 종이가 더러워질 수밖에 없겠지만, 그래도 더 또렷한 표시가 있는 곳에서는 내 양손도 더 힘을 실어 건반을 눌렀다. 피아노뿐만이 아니라 자필 악보에도 영혼이 깃들어 있는 것이다. 발라드의 주제(발라드의 주제 중 하나를 가리키는 것이지만)가 시작되는 음표에 쇼팽이 ppp라는 기호를 붙인 부분에서 내가 거의 연주를 멈추는 것처럼 보이는 이유는 도와 이어지는 레 플랫 사이 하얀 공백에서 다음에 오는 음표를 측정하려 했기 때문이다. 그때, 나는 쉽게 얻기 어려운 자유를 손에 넣은 것과 같았다. 나는 그 음표들에 존재할 리 없는 것을 기준 삼아 하나의 가치를 부여하고 있었다. 하지만 만일 정열의 필적이라는 것이 정말 존재한다면 그것이 더 나은 가치를 부여하는 방법이라는 것쯤은 잘 알고 있었다. 혹시 악보를 이해하고 싶었다면 처음부터 다시 시작해야만 했다. 분명한 사실을 놓치고야 마는 이 성급한 성격을 버리고, 기대하는 기쁨도 없이 허무한 호기심에 몸을 사리는 일도 없이 말이다. 나는 마치 돋보기를 쥐고 있는 사람처럼, 아니 오히려 그러길 바라면서 악보의 첫 페이지를 연주했다. 십 수 년이래 내가 알고 있던 그 음표들을 구석구석 확대시켜 잉크의 흔적들을, 더 이상 음표가 아니라 그 곡을 연주해내기 위해 악마의 감각이 양손에 명령한 기묘한 기호로 변형시키고 싶었다. 그건 그렇다 치더라도 솔 플랫 위에 있는 짧은 머리카락 같은 선을 어떤 식으로 연주하면 좋을까? 어쩌면 너무 요란스럽게 표현했는지도 모른다. 음악이란 그런 식으로 읽어낼 수 있는 것이 아니다.

그러나 나는 알고 있었다. 기호에는 절대 우연한 상황이 적용되지 않는다는 것을. 너무 극심한 과로 끝에, 혹은 천식에 의한 발작으로 생긴 것이 아니다. 기호는 하나의 의도이자 또 하나의 의지이다. 그것뿐이 아니다. 그것은 단순한 음표를 뛰어 넘어 위대한 작곡가의 의지를 표명하기 위한 강고한 의지가 내포되어 있는 것이자, 사랑을 고백해본 적 없는 여자에게 악보를 헌정하는 것만으로는 부족하여 말로는 표현할 수 없는 무언가를 덧붙여야만 했던 그의 마음이 드러난 것이었다. 나는 종잇조각을 지그시 바라보았다. 그리고 결정하기 어려웠던 마음이 드러난, 처음에는 희미했지만 이내 강하게 눌러 자주 수정한 흔적이 보이는, 그 의지의 흔적이 담긴 기호인 잉크 자국을 지그시 바라보았다. 그러는 사이 나는 음악도 읽어내는 법을 배워야 한다는 사실에 생각이 미쳤다. 지금까지 내가 배워온 스타일과는 전혀 다른 방법의 것을 말이다. 즉, 마음의 상태를 음악으로 변용시켜야만 한다는 생각을 한 것이다. 몇백 년간 코드화되어진 규칙의 총체를 단순히 규범 짓는 것으로는 부족했다. 퍼져나갈 공간이 존재하지 않는 규칙은 모든 것을 질식시킬 수밖에 없다. 친구인 제임스의 주장이 조금씩 이해되기 시작했다. 그에게 있어서 악보란 파울 클레(스위스의 화가, 판화가)나 칸딘스키의 작품처럼 해석해야 하는 것이었다. 악보라는 종이 역시 해석을 해야 한다는 말이다. 그러나 그것은 자주 다수의 음악가들에게 무시당하던 방법 중 하나였다. 지금에 와선 나도 제임스의 그 방법을 조금씩 이용하고 있었다. 아니, 오히려 제임스에 비해 한 발 앞서고 있는 상황이라는 생각도 들었다. 악보를 보며 생각하는 것만으로도 즐거움을 맛볼 수 있었고 그 기쁨 전체를 음악에, 단순한 음악으로 변용시킬 수 있게 되었기 때문이다. 그리고 떠올리는 것만으로도 기쁨이 밀려왔다. 그 기쁨이라는 것은 내가 여태껏 전혀 맛보지 못했던 형태였으며 그 이후, 바로 지금도 그 밀려오는 기쁨을 만끽하고 있었다.

나는 스위스에 있는 은가에서 느끼는 따분함을 수치로 나타낼 수 있다는 것을 발견했다. 그리고 하루의 시간을 세는 방법에 따라 그것을 분석할 수 있다는 사실도 알아냈다. 따라서 그때의 내 열정을 다시 기억해낸다면 상냥함과 닮은 어떤 감정을 가질 수 있었다. 이제와 생각해보면 한 사람의 인간이 스스로 모든 것은 꿰뚫어볼 수 있는 감각을 가졌다고 믿을 때에는, 사소한 부분일지라도 전능한 신의 경지에 이르렀다고 할 정도의 확신을 가지고 있는 것이다. 그렇다는 것은 무한히 이어진 계단 중 첫 번째 계단에 한쪽 발을 올려놓았다는 것과 같은 의미를 갖는 것이다. 그 열정은 자신을 무한대로 확신하며 어떤 것보다 스스로를 뛰어나다고 느끼게 하겠지만 실제로는 그렇지 않다. 모든 것은 우리 위에 존재한다. 나는 불확실한 하나의 음표 속에서 이 세계를 소유했다고 생각했지만 사실은 반대로 이제껏 내가 이해하려 들지 않았던 하나의 세계 속으로 스스로 들어간 것이었다. 지금까지 내 자신의 재능이 아니라 여과장치에 의해 보호받고 있다가 그제야 겨우 양손의 힘이 애매한 음표의 무리들을 하나의 완벽한 소우주 같은 것으로, 나의 존재감을 다시 되돌려주는 것 같던 그 무언가로 변용시켜주었다는 생각이 들었다. 그리고 그런 행동들을 통해 그 순간까지 나를 감싸던 모든 감각을 습득할 수 있었다. 우리 인간이라는 존재는 한 사람 한 사람이 우주의 질서에 공헌하기 위해 존재한다. 각각의 음은 뚜렷하더라도 전체로 놓고 보았을 때는 애매한 그 소리를, 더 세세한 탐색을 더한 조성에 의해 풍부한 음색으로 변화시켜 신의 떨림을 풍부한 선율로 바꿔나가도록 되어 있다는 사실을 깨달았다. 완전히 이해하기 어렵고 설명하기 어려운 신의 떨림이야말로 우리의 정신 속에서 음악을 만들어내는 것이다. 그리고 나에게 있어 그런 역할을 한 것이 바로 쇼팽이었다. 그와 그의 '발라드'가 그 경지에 달하기 위해. 그리고 '발라드'와 함께 낭만주의자인 한 러시아인과 세련된 수집가, 또 우리의 쇼팽이 숨기고 있던 정열과 같은 이름을 가진 한 명의 여성과 그녀에게 중요한 악보의 일부를 헌정한 것도.

이 이야기의 시작에는 솔랑주가 있었다. 쇼팽과 마찬가지로 나에게도 나의 솔랑주가 있었다. 단지 내 이야기에 등장하는 솔랑주는 나중에 등장했을 뿐이다. 이 우연성을 동반한 힘은 나중에서야 그 힘으로 모든 것을 설명했고 그와 동시에 하나의 의미를 부여했다. 두 명의 솔랑주를 나와 연결시켜 그 악보를 연주하게 된 것은 신의 계시였을까? 나의 신이 그 독특한 선율을, 우주의 끝에 존재하던 화음을 나에게 치게 하기 위해 솔랑주라는 한 여인을 렌느 거리에 있던 카페에 나타나게 했던 것일까? 아니, 그건 있을 수도 없는 일이다. 이 일련의 사건들에 하나의 의미를 부여하고 있는 것은 다른 누구도 아닌 나다. 솔랑주라는 이름을 가진 사람이라면 천 명도 넘게 찾아볼 수 있을 것이고 반대로 그녀 한 명만이 존재할 수도 있는 일이었다. 무한히 이어지는 주파수 속에서, 아니면 오래된 음반으로 그 선율을 다시 들을 수도 있었을 것이다. 혹은 저 먼 우주의 어둡고 추운 어딘가에서 나에게 전달될 수도 있었을 것이다. 근본적으로 가치를 갖지 못하는 것이라는 취급을 받아 누군가에 의해 찢겨 버려졌을 가능성도 없지는 않았을 것이다.

어찌 됐든 음색의 근원까지 도달한 것은 나 자신이다. 자필 악보를 손에 넣은 사람으로서 그것을 연주하는 것에 만족한 것이다. 아니, 이것이야말로 내가 갈망할 수 있는 전부라고 믿은 것이다. 나는 찬찬히 마지막 두 장에 도착했고 그것에 대해서는 아무것도 모르고 있었다. 스스로 한 줄기의 섬광처럼 혹은 강렬한 감정의 발로가 되어 나타나주길 바라고 있었다. 말하자면 나는 투르(프랑스 중서부 도시)에 있는 대성당이나 노트르담의 대성당 앞에 겨우 도착한 한 명의 순례자이길 바랬다. 그곳에 도착하기까지 한줄기의 빛도 들지 않는 좁은 길을 거치며 많은 우여곡절을 겪은 순례자 말이다. 그러나 이윽고 작은 광장을 빠져 나와 고개를 들자 그 앞에는 프랑스 고딕 양식의 첨탑과 종탑이 우뚝 솟아 있는 것이다. 그것은 진정 경탄할 만한 효과이다. 당신이라면 흥분을 가라앉히며 그 전체를 한 눈에 다 보고 싶다는 생각에 성당의 정면에서 가장 먼 집까지 뒷걸음질 칠 것이다. 그러나 아무리 등을 벽에 밀어붙여도 -그래도 아직 너무 가까워서- 그 전체를 시야에 넣을 수는 없는 일이다.

요컨대 나는 14페이지에서 15페이지로 넘어가던 그때, 돌연 고딕 건축물의 걸작인 그 성당 정면이 내 눈앞에 나타나 있는 것 같은 인상에 휩싸였다. 눈앞이 캄캄해지며 전신이 마비되어 오는 것처럼 방금 전까지만 해도 연주를 하던 두 손이 한 순간 나의 의지와는 상관없이 그대로 멈춰버렸다. 이미 충분히 숙지하고 있었음에도 더 이상 연주할 수 없다는 듯이 말이다. 물론 상당히 어려운 부분이었음은 인정한다. 그러나 천천히 한 장 한 장 연주를 해나가고 있었을 때 그 두 장이 뜬금없이 나타난 것만 같은 기분이 든 건 확실했다. 왜냐하면 211번째 소절이 15페이지의 첫 부분이었기 때문이다. 따라서 내가 먼저 예측했던 감정에 호소하는 결과는 매우 쉬운 것이 되었다. 나는 페이지를 넘김과 동시에 예의 음표들을 한 눈에 훑고 있었다. 그러나 그 전에 예의 중단되어졌던 화음들에 먼저 도달해야만 했다. 그것은 발라드의 결론이 될 것이라고 생각됐지만 사실은 반대로 종결부의 서곡이었다. 그 시점에서 잠시 멈춰 섰다. 콘서트 도중도 아니고, 녹음실에 있었던 것도 아니었기 때문에 가능한 일이었다. 그리곤 음표들과 그 위에 이어진 자그마한 원을 바라보았다. 뭐라 말하면 좋을까. 너무나도 불규칙해서 어느 누구도 본 적 없는 악보였기 때문에 악보를 덮을 수 없었다. 나는 그것을 쇼팽이 몇 개의 화음 위에 잇단음표를 그리려다 만 흔적이라고 생각할 수밖에 없었다. 마치 두 번이나 표시를 남겨놓은 것처럼 더 두꺼운 펜촉으로 더 진한 잉크를 묻혀서. 그러나 이것은 그저 지나친 추측일 수도 있다.

페이지를 넘기자 거기에는 내가 알지 못하는 세계가 펼쳐져 있었다. 그리고 나는 그것을 거의 읽어낼 수 없었고 고통과 비슷한 감정에 휩싸였다. 그것은 센 강 어귀에서 나를 덮쳐온 꿈과 같은 것이었다. 피아노에서 일어나 가벼운 현기증을 털어내려고 창문가로 다가갔다. 그리곤 여느 때보다 한층 더 깊은 한숨을 내뱉었다. 내 주변은 평소와 다를 바 없는 일상이 이어지고 있었다. 센 강은 흘러 떨어지는 폭포처럼 보였고 노트르담 대성당에 있는 두 개의 첨탑은 물을 퍼 올리는 수차의 양 날개 같았다. 에펠탑마저도 거대한 강철로 된 추처럼 흔들렸고 별들은 우주선처럼 멀어져갔다. 나는 이런 풍경들도 곧 지나갈 것이라는 것을 알고 있었다. 그리고 두근거리는 심장의 고동 소리도 곧 사그라질 것이라는 것과 모든 행동들이 다시 원래 위치로 돌아갈 것이라는 사실도. 이윽고 나는 다시 피아노 앞으로 돌아가 그 페이지를 훑어보기 시작했다. 그리고 이 악보가 모사본이 아니라는 것을 바로 눈치 챘다. 펜 끝의 흔적 때문이 아니라 더 강하고 제대로 기록된 음표들이나 조금씩 비뚤거리는 선, 이리저리 날아다니는 듯한 8분 음표, 거기에 기록된 음표들은 쇼팽 자신이 직접 적은 것이 틀림없었다. 피아노 보면대에 기대어 고통을 참으며 적어 내려간 것이다. 양 팔을 뻗어 한 쪽 손엔 머리를 기대고 한 쪽 손은 건반에 두어 화음을 찾아가며 아르페지오와 음표를 기록하다 처음에는 왼손으로, 그 다음엔 오른손으로, 그리고선 양손으로. 그리고 그렇게 두 손으로 연주해보고 마음에 들지 않는 부분의 악절을 정정해가는 것이었다. 그 중에는 마구 휘갈기며 지운 곳들도 있는가 하면 종이의 가장자리에 덧붙인 것도, 바꾸어 쓴 곳도 몇 군데 있었다. 그것은 마치 전쟁이 끝난 뒤의 흔적과도 같아 그 엄청난 악보 중 한 장이라고 생각할 수 없을 정도였다. 어렸을 적 내가 좋아해 자주 치던 악보와는 전혀 달랐다. 그렇다고 나이를 먹고서 손에 들었던 천편일률적으로 기록된 음표들이 나란히 인쇄되어 있는 악보 같은 것도 아니었다. 음표가 많든 적든 나에게는 악보가 세상의 전부였다. 변경 사항이 아무리 많다고 하더라도 결국 조화를 이루고 있는 샵과 플랫의 세상. 더블 샵과 더블 플랫, 거기에 트릴과 더 작은 음표, 그리고 우리가 꾸밈음이라고 부르는 아치아카투라(짧은 앞꾸밈음)의 세계다. 그러나 이 오선보라는 우주 속에서 나는 한 가지 질서를 발견했다. 감정 속에도 감각의 질서가 있는 법이다. 그런 질서의 전체는 나에게 일종의 확신을 부여해주었다. 그것이 음악이자 나만의 음악이며, 내가 연주하는 것을 선택해 온 근거이다. 즉, 악보에는 명확한 지시와 함께 그것들이 인쇄되어 있다. 간격이 주어지고 쉬는 곳이 표시되어 있으며 이탤릭체로 인쇄된 말들에 의해. 조금 옛날식인 우아한 인쇄 방식을 띠고 있는 그 악보는 지금도 나를 매료시키기 충분하다. 그리고 무엇보다도 그 흑백의 세계, 흑과 백이 말을 걸어오는 악보야말로 뒤러(독일의 화가 겸 조각가)의 판화와도 같은 것이었다.

나는 자필 악보가 어떤 것인지 잘 알고 있었다. 그 뿐만이 아니라 다른 이의 자필 악보와 나의 자필 악보의 차이점도 이해하고 있었다. 그러나 내가 아무리 19세기 작곡가들의 휘갈겨 쓴 악보를 많이 봐왔다 한들 쇼팽의 자필 악보는 너무나도 질서정연하지 못한 상태였다. 그런 상태의 음표들을 본 솔랑주는 어떤 생각을 했을까? 읽기 쉽도록 깨끗하게 옮겨 쓰지도 않은 것을 여성에게 보내는 것은 조금 예의에 어긋난 행동은 아니었을까? 음악에 어지간히 정통하지 않고서야 이해할 수 없는 부분도 있지 않았을까? 나는 마치 어리석은 피아니스트 같은 생각을 가지고 있었다. 과거를 연상하는데 내가 어릴 적 봤던 악보들에 대한 기억을 떠올리고 있었다. 마치 순서도 정열의 필적도 정확한 규칙이나 습관, 교육과 같은 차원의 것들이 통할 거라 생각한 것처럼. 그리고 내 음표들의 우주가 누구에게나 적용될 거라 생각한 것처럼. 뇌수의 소모에 의해 현기증은 조금씩 가라앉고 있었다. 나는 다시 스타인웨이로 돌아와 애무하듯 피아노의 끝 부분부터 건반까지 훑었다. 보면대 앞에 앉아 15페이지를, 그리고 그 다음으로 지어지는 마지막 페이지를 들여다보았다. 그리고 숨을 죽였다. 어디서부터 시작해야 할까?

그 와중에도 지시는 계속 되고 있었다. 프레스토 콘 푸오코(정열을 가지고 빠르게). 발라드 제1번의 주제와 발라드 제2번의 주제가 각각 나타냈을 때의 지시와 같았다. 프레스토 콘 푸오코를 어떻게 연주해야 좋을까? 어떤 식으로 피아노라는 악기를 정열적인 물체로 변화시켜야 할까? 두려움 따위는 없었다. 양손의 손가락이 건반을 이쪽에서 저쪽으로 오르락내리락 하면서 한순간도 멈춘다는 인상을 주어선 안 된다. 그와 동시에 건반 하나하나를 부드럽게 스치며 청중에게 호소해야만 했다. 그 모습은 마치 펜싱의 명수가 시합에서 이러 저리 뛰어 다니면서 검을 능숙하고 부드럽게 놀려 상대의 급소를 찌르는, 상대와 격렬하게 칼날을 맞부딪치며 싸우는 것과 닮아 있다. 팔의 힘줄은 더할 나위 없이 긴장되어 있고 두 손은 상당한 기교를 선보이며 건반을 뛰어 오른다. 손끝은 힘 있게 건반을 때리다가도 때로는 부드럽게 건반의 표면을 쓰다듬는다. 학생들은 이런 기술을 익히기 위해 열심히 연습한다. 어떤 때는 힘 있게, 정확하게, 그리고 재빠르게. 게다가 이 모든 것들을 상당히 속도로. 1841년 이후 쇼팽은 음악회에서 더 이상 '프레스토 콘 푸오코'라는 지시를 갖는 그의 곡들의 어떤 부분도 연주하지 않았다. 특히 발라드 제2번의 경우는 더 느긋한 선율인 제1부 밖에 연주하지 않았다. 그의 육체적

조건이 연주를 방해하고 있었던 것이다. 이 악보가 쓰인 시점은 1849년 그가 죽음을 앞둔 6, 7개월 전이었다. 명백하게 그가 그 부분을 연주할 수 있을 리가 없었다. 그럼에도 불구하고 그는 이 원고를 적어 내려갔다. 연주한 적은 없었는데 말이다. 분명 솔랑주에게 연주를 시켰을 것이다. 왜냐하면 이 악보의 존재는 그녀 말고는 어느 누구도 몰랐을 테니까. 따라서 솔랑주는 쇼팽에게 그 부분을 어떤 식으로 쳐야 하는지에 대해 레슨을 받고 있었다. 왜냐하면 그녀는 그다지 고도의 기술을 가진 피아니스트가 아니었기 때문이다. 필요한 것은 이 '프레스토 콘 푸오코'를 칠 수 있는 능력이었다. 나는 마지막 페이지를 바라보았다. 1849년 2월 17일이라고 적혀 있었다. 그가 죽음을 앞 둔 8개월 전이었다. 그 이틀 전인 2월 15일, 쇼팽의 여자 친구인 폴랭 비아르도(에스파냐계 프랑스의 소프라노가수 겸 작곡가)는 조르주 상드에게 이런 서신을 보냈다.

"쇼팽의 상태를 여쭤보셨더군요. 그의 건강은 천천히 내리막길을 향해가고 있습니다만, 간혹 좀 몸 상태가 나은 날엔 마차로 외출을 하는 정도입니다. 아니면 피를 토하거나 기침에 고통스러워해 그저 가슴이 답답한 날들이 계속되고 있습니다. 밤에는 더 이상 나가지 않지만 아직까지 조금씩 레슨을 하고 있습니다. 그리고 기분이 좋은 날에는 들떠하며 명랑한 모습을 보일 때도 있습니다. 여기까지가 그의 건강 상태에 대한 정확한 실정입니다. 그렇지만 저도 요새는 자주 못 만나고 있습니다. 그가 세 번 정도 저를 방문했는데 공교롭게도 제가 집을 비웠었거든요."

나는 그 해 2월이 쇼팽의 체력이 극한의 상태에 이른 시기였음을 알고 있다. 그는 자신의 몸에 무슨 일이 일어날지 충분히 인지하고 있었다. 벌써 몇 개월 전부터 유언장을 만들어 '그가 마지막 숨을 거뒀을 때 사람들이 그의 유골을 어떻게 다뤄야 할지에 대한 지시'까지 구술하고 있었다. 무엇보다 맨 처음 그가 말한 것은 자필 악보를 파기하는 것이었다. 최종 완성본이 아닌 악보들에 대해서는 적고 있지 않았지만 처리는 스스로 체력을 조금이나마 회복했을 때 했을 것이다. 5월의 어느 날 그는 난로에 불을 피워 그 위대한 유산들을 불 속으로 던졌을 것이다. 당시 쇼팽의 기력은 실제로 그렇게 하는 것을 도울 정도로 남아 있지 않았다. 마지막 기분을 나타내기라도 하는 듯 그가 종이에 그린 것은 관이나 십자가, 또는 묘지이거나 음악에 관한 짤막한 메모 같은 것들이었다. 긴 세월동안 그의 치료를 맡았던 주치의는 쇼팽이 신뢰하는 유일한 인물이었지만 그보다 일찍 사망하고 없었다. 주치의 대신에 불려온 의사들은 하나같이 그의 병세를 이해하려 들기보다 아무 도움도 안 되는 약을 조제해주고 고액의 사례를 요구해왔다. "그들의 의견은 하나같이 똑같이 기후의 영향이라는 둥 안정과 휴식이 필요하다는 말만 되풀이 한다. 하지만 휴식이란 건 그들이 존재하지 않는다 해도 틀림없이 언젠가 얻을 수 있는 것이다. 그들은 내 고통을 완화해주기는커녕 캄캄한 어둠 속을 헤매게 하고 있을 뿐이다." 게다가 쇼팽은 가난하기까지 했다. 집세의 절반은 친구들이 지불하고 있었다. 쇼팽은 그 사실을 전혀 몰랐다. 그의 건강 상태로는 빈약하나마 그의 수입원이었던 레슨조차 할 수 없었고 콘서트를 열 수도 없었다. 게다가 모든 문제들을 해결해 주던 상드 부인도 더 이상 그의 곁에 없었다. 이런 상황 속에서 쇼팽은 솔랑주를 떠올리며 그녀에게 편지를 썼다. 그리고 가끔 그의 집에 들러주는 들라크루아와 뜨거운 우정을 나눴는데, 그 부분은 화가의 일기를 보면 이해할 수 있을 것이다.

1849년 1월 29일.
오늘 저녁 쇼팽의 집에 다녀왔다. 그와 10시까지 함께 있었다. 그는 너무나도 훌륭한 남자다! 우리는 상드 부인과 그의 기묘한 운명에 대해, 그리고 그녀의 미덕과 악덕이 묘하게 어우러진 성격에 대해 이야기를 나눴다. 그녀의 작품인 〈회상록〉에 대해서도 이야기를 나눴다. 그는 내게 이렇게 말했다. 자신이라면 그런 것을 쓰는 일은 불가능했을 것이라고……

4월 14일.
쇼팽의 집에서 저녁을 보냈다. 그는 쇠약해져 있었고 곧 숨이 멎을 것만 같아 보였다. 그는 시간이 좀 지난 뒤에야 내가 왔다는 것을 눈치 채고는 조금 기력을 회복했다. 그는 일상에서 느끼는 권태감이 가장 잔혹하게 자신을 괴롭힌다고 했다. 그에게 지금까지 단 한 번도 그런 공허한 감각을 느껴본 적이 없냐고 물었다. 나는 때때로 그런 감정들로 인해 괴롭기 때문이다. 그는 항상 무언가에 몰두해왔기 때문에 느껴본 적이 없다고 대답했다. 아무리 하찮은 일이라 해도 마음은 언제나 만족한 상태였고, 그런 마음에 자욱하게 낀 안개들은 사라져 있었다. 고통은 다른 곳에 존재했으니까……

 이런 기록들만 보고 있자면 자꾸 의문이 들었다. 쇼팽은 대체 어디에 그의 비밀을 숨기고 있었던 것일까? 어쩌면 아직 발견되지 않은 다른 편지들 속에 있는 것일까? 아니면 이미 파기됐을까? 무관심한 유럽을 뱅뱅 돌다 내 손에 전해진 이 악보 속에? 아니면 또 다른 어딘가에? 쉽게 이해할 수 없었다. 그 세월들이 모든 것을 원래 위치로 돌려놓았다. 때때로 참기 힘들만큼 늙어빠진 낭만파의 필터를 빠져나온 것처럼. 그리고 연면히 이어지는 일종의 착색 석판화 속에서 다수의 친구나 지인들, 증인들의 말에 의해 그려지고 있었다. 결국 쇼팽 같은 인물의 진정한 모습을 아는 이는 아무도 없는 것이다. 세속적이면서도 천재였던 인물, 외로움을 쉽게 타고 금방 싫증을 내는 남자, 깊은 증오를 안고 있으면서도 쉽게 고백하지 않는 성격. 이 모든 것은 단 한 명을 수식하는 말이었다. 그는 생애 마지막 순간까지 상드 부인에 대해 물었다. 그에게 죽음이 찾아오기 직전까지 그녀는 그를 만나러 돌아오지 않았다. 쇼팽은 항상 완벽한 인간이었다.("이 얼마나 훌륭한 인간이란 말인가!"라고 들라크루아는 적고 있었다.) 병석에 누워 있으면서도 거룩하고 숭고할 정도로 고통을 이겨낸 관용의 정신의 소유자였다.

나는 오늘도 그의 필적을 들여다보고 있다. 그리고 곧, 그뿐일 리 없다고 생각한다. 낡아 바래버린 세속의 기색이 쇼팽을 감싸 안았고 그것은 우리에게 많은 것들을 빼앗아갔다. 왜냐하면 이것은 사랑을 저지당해 언제까지고 사랑하던 여인을 그리워하며 죽음을 앞 둔 병석에서마저 그녀와의 관계를 되돌리고자 한 남자의 필적이 아니기에. 이것은 관능의 필적이며 쇼팽의 관능을 그대로 적어 내려간 것이다. 그저 함축성을 가진, 풍부한 색채를 띠고 있는, 강약이 있는 관능적인 것이라기보다는 오히려 정반대의 성격의 것이었다. 짐작건대 정열을 잃어버린 쇼팽이라 한들 그와 동시대를 살았던 잰체하던 낭만주의와는 전혀 맞는 구석이 없었을 것이다. 악보들을 보고 있자면 나에게는 충분히 이해가 되는 상황이었다. 아무런 재능도 없는 사람들의 집단 속에서 쇼팽이 얼마나 참기 힘든 고통을 맛보았을지 말이다. 일단 보들레르가 조르주 상드에 대해 기록한 문장에 찬의를 표하는 곳에서부터 이야기를 시작하려고 한다. "그녀는 예술가가 아니었다. 그녀가 가지고 있던 유려한 문체는 당시 부르주와의 입맛에 딱 맞는 것이었다. 어리석으면서도 진중한 면을 갖고 있는 엄청나게 수다스러운 여자였다. 그녀의 도덕관은 문을 지키고 서 있는 여자나 첩들의 그것과 같은 섬세한 감각을 가진 것이었다. 남자들이 이런 관념의 웅덩이에 빠지는 것을 선호한다는 사실은 금세기 남자들의 저속함이 잘 말해주고 있다."

그가 말한 이런 남자들 사이에 쇼팽도 포함되어 있었을까? 누가 그렇다고 말할 수 있겠는가? 분명 그날, 나 역시 한명의 여자를 통해 나의 수수께끼가 사라져가는 것을 깨달았다. 그 여자는 파리에서 생활하고 있었으며 조르주 상드의 딸과 같은 이름을 가지고 있었다. 그것은 모두가 아는 낡아빠진 이야기다. 필적은커녕 정열의 전략을 그 순간에 이르기까지 등한시해왔던 사람인 양 나는 잊어버린 것이다.

내가 무슨 생각을 하고 있었는지조차 기억이 나질 않는다. 그날, 특히 그 밤, 그 두 페이지를 연주하기 시작한 순간 나는 무슨 생각을 하고 있었던 것일까.

9.

지금껏 제임스가 쇼팽을 위해 이렇게나 재빠르게 움직여준 적이 있었는지 의문이 들었다. 목요일에 저녁을 먹기 전 나는 제임스에게 전화를 했고 그는 23시 52분에 놀랍게도 이미 우리 집에 있었다. 파리행 비행기 편에 자리를 하나 마련하는 것은 그리 어렵지 않았을 것이다. 그리고 택시는 아마 최대한의 속도를 밟았겠지. 제임스가 자필 악보를 앞에 두고 이렇게 주저하지 않은 적도 지금껏 있었나 싶을 정도였다. 그 악보들은 아마도 진품이었을 것이다. 그렇지만 검증해볼 필요는 있었다. 제임스는 약간의 음미하는 시간을 가진 후에 완벽한 확신을 가지고 그 회검정색 잉크가 쇼팽의 펜에서 나온 것이라고 말했다. 그는 덤덤하면서도 신속하게 악보를 훑고 있다는 사실을 알았다. 왜냐하면 그의 논리는 신속했으면서도 그 전개 방법은 냉정하고 침착했기 때문이다. 그는 내가 어떻게 결국 그 악보를 소유하게 되었는지 궁금해 했다. 나는 개인적인 부분을 제외하고는 기꺼이 그에게 그간의 이야기를 해주었다. 제임스는 그 악보들을 연주하게 될 운명이었다는 등의 고백을 해야 하는 상대가 아니었다. 그런 고백을 하지 않아도 그는 충분히 알고 있었을 것이다. 그런 그의 존재는 나를 당혹시키기도 한다. 전날 밤, 악보들의 몇 군데를 연주하면서 약간의 곤란함을 느꼈다. 그래서 일련의 연주 기법상의 곤란한 부분들을 극복하며 적절한 운지법을 고안해냈다. 구성 방법 자체가 피아노의 거장이라 하더라도 결코 쉽게 연주할 수 없는 방식이었다.

솔랑주는 마치 허공에 비약하는 것 같은 부분들을 어떻게 연주할 수 있었던 것일까? 세 번의 하강하는 음정과 뒤이어 오는 여섯 번의 상승 음계를 최대한 빨리 연주해야 하다니. 그 부분은 발라드 제2번의 가장 성급한 멜로디라인을 떠오르게 했지만 특히나 에튀드 작품 25의 제11번(겨울바람)이 떠올랐다. 전체가 포르테(세게)로 진행되었으나 부분적으로 포르티시모(매우 세게)의 경우도, 레가티시모(매우 부드럽게)인 곳도 있었다. 절대 오를 수 없는 절벽 앞에 서 있는 것처럼 느껴졌다. 나는 의지할 하켄도 자일도 가지고 있지 않았다. 맨 손으로 등반해야 했으며 추락했을 때의 리스크가 얼마나 클지도 알고 있었다. 그날 밤, 솔랑주는 어떻게 했을까? 라는 질문을 스스로에게 던졌다. 그와 동시에 쇼팽 본인이라면 어떻게 이 난곡을 연주해낼 수 있었을까? 라는 질문도….

이 질문이 나를 향한 것이 아니어서 오히려 다행스럽게 느껴졌다. 나는 흔히 일반적으로 피아노의 거장이라고 불리는 사람들과 같은 대답을 할 수 없었기 때문이다. 악보자체는 이미 알려진 발라드의 종결부보다 훨씬 더 격렬하고 성급한 것이었다. 쇼팽은 그 악보를 쓸 때, 마치 그가 택한 섬세한 종잇조각을 능욕하듯 글씨를 휘갈겨 썼고 절대 다시 고쳐 적지 않았다. 따라서 그 자필 악보는 예쁘게 정리되어 적힌 부분과 읽기에도, 연주하기에도 곤란한 종결부 페이지 사이에 뚜렷한 대조감이 느껴졌다. 그는 그 악보를 다시 적지 않았다. 왜냐하면 솔랑주가 그 상태 그대로의 것을 원했기 때문일 것이다. 혹은 그 역시 악보를 적어내린 형태를 그대로 유지해놓고 싶었기 때문일 수도 있다. 그는 체력저하 때문에 자신이 적은 선율을 스스로 들어볼 수 없었다. 자신이 만들어낸 고뇌를 기호 속에 집어넣는 일밖에는 할 수 있는 것이 없었다. 이렇게 악보를 다시 옮겨 적는 것이 무산되었기에 지금 그가 원했던 본래의 모습을 한 그 악보를 내 눈앞에서 보고 있는 것이다.

그러나 이런 독해 방법만으로는 무언가 부족했다. 그것만으로는 너무 낭만주의적이고 너무나 안이했기 때문이다. 쇼팽의 구술 필기자라면 고뇌 속에 발라드의 종결부를 적어 내려간 인간의 모습을 생각하는 것으로 충분하겠지. 쇼팽은 위대한 작곡가임과 동시에 명석한 두뇌를 가진 사람이었고, 마음 깊은 곳에 낭만주의를 가지고 태어난 바흐를 사랑한 인간이었다. 따라서 그 종결부는 집념이 강한 거장의 힘을 발휘해 엄격한 기하학적인 구성으로 정교하게 수학 상의 난문을 풀어 보인 것이었다고 해도 될 것이다. 그러면서 그는 정서적인 구성에도 뛰어난 재능을 가지고 있었다. 또한 특별한 수학적인 재능을 유지하며 어지러운 이론들 위에 결코 흔들리지 않는 창조의 세계를 펼쳐 보였다. 악보를 음의 세계로 전환시키기 위한 방법을 강구해내기 위해 나는 하루를 꼬박 숙고하며 보냈다. 그리고 날이 밝아오던 4시쯤 되었을까. 나는 붉어진 얼굴로 마음속으로 춤을 추고 있었다. 음악 생각에 몰두하다보니 어느새 창문이란 창문은 죄다 걸어 잠그고 있었는데 그런 종류의 열광 속에서 그 알려지지 않은 악보가 하나의 형태를 갖기 시작했고 그 악곡에 귀를 기울일 수 있게 된 것이었다. 그리고 프란츠 베르트나 안드레이 카리토노비치라는 피아니스트가 갖고 있었던 기교가 얼마나 특별한 재능이었는가에 대해서도 이해할 수 있었다. 그 악보들은 평범한 재능으로는 파악할 수 없는 것이었다. 연주를 하는 데 있어 간단하고 쉬운 방법이란 존재하지 않기 때문이다. 그것은 산 정상에 오르기 위해 발 디딜 곳 없는, 불가능하다고 생각되는 절벽을 올라야만 하는 상황과 비슷했다. 나는 이 음악을 잘난 체하며 예브게니의 앞에서 연주했다면 그가 어떤 인상을 받았을지 상상이 갔다. 만일 그 악보를 완벽하게 연주해낼 수 있는 진정한 올바른 방법이 존재한다면 아마도 그것은 끝까지 쇼팽을 우롱하게 되지 않았을까? 나는 그 악보들을 바라보았지만 그래도 내 몸이 느끼는 불만족스러운 기분들을 떨쳐버릴 수가 없었다. 요컨대 기교와 정념, 정열의 불꽃과 신속함…, 존재한 것은 이뿐이었을까? 그것만이 쇼팽이 솔랑주에게 전하고자 했던 원망이었을까? 겉으로 보기에는 전통적인 악보와 비슷한 구석이 있었지만 그 안에 퍼져나가는 음표의 미로들. 그러나 그것만이 아닐 것이리라. 그 외에 무엇이 있을법한데 나는 그 무언가를 알 수 없었다. 아라우를 떠올렸다. 클라우디오 아라우. 그라면 이 악보를 앞에 두고 어떤 식으로 생각을 했을까? 나는 자문자답했다. 하마터면 그를 불러낼 뻔 했지만 스스로 사로잡힌 망념에 대한 대답은 스스로 내야 하는 것이며 다른 누구의 의견도 구해선 안 된다는 결론을 내렸다. 하지만 지금에 와서는 그를 불러내어 의견을 묻지 않았던 것을 후회한다. 어리석게도 나는 동일한 감정을 도출해내는 과정에서 의견이 엇갈릴 리 없다고 생각했던 것이다.

제임스와 있을 때는 또 달랐다. 자신의 감정을 조금도 겉으로 드러내려 하지 않는 그 침착하고 차분한 제임스의 태도에는 자주 당혹감을 감출 수 없었지만, 사실 그런 그의 태도는 진정한 감정가의 것과는 달랐다. 오히려 같은 여자에게 마음을 품게 된 두 명의 남자가 서로에게 고백하는 것과 닮아 있었다. 밤이 깊어졌을 때의 일이다. 그는 의연하여 명석한 냉정함을 유지하고 있었고 나는 어떻게든 여기서 탈출하기 위한 실마리를 잡기 위해 번민을 거듭하고 있었다. 물론 어떠한 실마리도 찾아내지 못한 채……

나에게 있어 그 두 장을 정열의 필적으로서 독해하는 것밖에 달리 방법이 없었다. 설령 쇼팽이 〈평균율 클라비어곡집〉과 낭만주의

251

정신을 동일한 것인 양 하나로 치부해버린 타협의 희생과도 같은 존재였다 할지라도 말이다. 그의 정념은 장조에서 단조로, 예를 들면 음악에 있어서 그 단조가 스스로 갖는 합리성의 저조함, 혹은 상실과 같은 이행의 산물만은 아니었다. 나는 지금 무엇을 더 말하고자 하는가? 어째서 이 두 장에서 케루비니를 떠올려야만 하는 것일까? 예전에 부에노스아이레스에서 카를로스 가르델(아르헨티나의 탱고 가수 겸 작곡가)의 탱고를 들었을 때 놀라운 감각에 휩싸였기 때문일 것이다. 그 전까지 일관되게 추구해왔던 문화나 음악의 엄격함과 전혀 맞지 않다고 생각했던 바로 그 음악에 매료되고만 것이다. 내 친구인 재즈 피아니스트가 래그타임(재즈의 한 요소가 되는 피아노의 연주스타일)의 연주법을 몇 군데 알려주었을 때도 역시 같은 느낌을 받았다. 그리고 갑자기 이해하게 된 것이다. 19세기 말부터 20세기에 걸쳐서 배출된 유능한 다수의 음악가들보다 스콧 조플린(미국의 피아니스트이자 작곡가. 래그타임의 왕이라고 불린다) 속에 훨씬 더 많은 바흐가 존재한다는 것을.

그리고 지금에 와서야 더는 세상에 존재하지 않는 사람이 써내려 간 음악을 해석할 수 있게 되었다. 그 생각이 나를 놀라게 했다. 나는 조금 천박한 보사노바라든지 탱고, 래그타임에 대해서도 까맣게 잊고 있었다. 그리곤 항상 해왔던 방식대로 다시 떠올려낸 것이다. 무치오 클레멘티의 피아노 연습곡집 '파르나수스 산에 이르는 계단'과 함께 자라온 사람처럼. 내가 해온 방식이란 먼저 난이도에 따라 거장의 연주를 통해 곡을 판단할 것, 그리고 갑자기 가위에 눌리는 것처럼 한 가지에 열중하는 성질 외에는 아무것도 가지고 있지 않은 평범한 사람이라는 사실을 떠올릴 것 이 두 가지였다.

이 사고방식은 제임스가 수집하고 있는 음악 기계의 한 종류와도 같다.(제임스는 먼저 렌즈를 꺼내어 자필 악보를 자세히 본 후, 그것을 조금 멀리 놓고선 악보의 전체를 살펴본다.) 나에게는 롤러, 핀, 소형 모터 같은 기구 대신에 힘줄, 뼈, 근육이 존재한다. 내 양손은 프로 그램을 조작하는 기계처럼 오랜 세월 동안 일정량의 레퍼토리를 연주할 수 있도록 수련을 거듭해왔다. 그리고 나는 그것들을 소량으로 정리했다. 아마 내 인생에서 제대로 정리된 레퍼토리 곡수를 따져본 다면 500여 곡 정도 될 것이다. 내 70년 피아노 인생에 고작 500여 곡이라니. 나는 음표들을 있는 그대로 읽어온 내 숙명을 원망하진 않는다. 어느 날 스스로에게 절망감을 느끼고 있던 나를 보며 작가 친구는 농담 섞인 어조로 이런 말을 건넸다. "진실이란 것은 생각보 다 훨씬 짧은 것이네. 대신 그 뒤에 해석이 붙는 거지. 자네는 눈앞 에 있는 악보들을 읽으며 그 속에 담겨 있는 진실들을 무한히 해석 할 운명을 안고 태어난 걸세. 우리는 모두 그렇게 살고 있다네. 그 길에 탈출구는 존재하지 않아. 지금은 그저 계속 해석을 붙여나가야 만 하는 그런 시대인 걸세."

제임스와 함께 했던 그 칠흑 같이 어두웠던 밤, 나는 그에게 이 말 을 할 수 있었다. 혹시 이대로 아침이 밝아오지 않는 건 아닐까? 그 는 어떤 해석도 내놓지 못하는 자신을 고집했지만 그의 손 안에 있 는 작은 장치는(다른 사람의 입장에서 보면 자신의 뇌리 속에 있는 장치가, 뭐 어쨌든 같은 말이긴 하지만) 어떤 우연 속에서 작동을 멈출지도 몰랐다. 그리고 그가 이 세상을 위해 모아온 음악용 기계도 뛰어난 복원술만 갖추고 있다면 완벽해진다고 말해도 될 것이다. 이런 방법으로 아주 미세한 부분을 다른 소재로 바꿀 수 있었다. 만일 회상에 잠기기 좋아하는 어느 낭만주의자였다면 영혼을 수선하는 일은 불가능하다고 했겠지. 그리고 아마 그 말이 틀렸다고 단정 지을 수는 없을 것이다. 드뷔시의 전주곡집은 세상을 향한 그의 복수였다. 그의 악보를 읽어 내려가는 일은 일종의 나를 향한 그의 복수였다. 거기에는 도구를 초월하는 무언가가, 음악을 넘어선 무언가가 존재했다. 그리고 그것은 유추(아날로지)를 넘어선 무엇이었다. 악보들을 묘사하려 노력해보자면 그것은 마치 깎아지른 듯한 절벽과도 같았다. 또는 도저히 정복할 수 없는 산의 정상이나 차양처럼 덮쳐오는 음표와도 같았다. 마치 스스로 낙하산을 펼치며 자유롭게 낙하하는 사람이 된 것처럼 말이다. 나는 스스로 이해하지 못하며 서술할 수 없는 그 음악과 비슷한 연상이나 운동의 세계를 구축하려 노력해온 것이다.(단, 내 음악 연구 상의 기술용어들과 일치하지 않는 이상, 그것들은 전부 그저 허무한 시도가 될 뿐이지만…) 그리고 그는 더 이상 음악이 아닌 다른 것을 읽어내려 하고 있었다. 예술 비평과 필적 관상학의 중간쯤 위치하는 것이라고나 할까.

"이 음표들을 보십시오. 마치 쇼팽이 그의 정열을 그리려고 한 것 같지 않습니까? 여기를 잘 보세요. 이 3도 화음은 흥분한 것 마냥 3옥타브나 떨어지고 있습니다. 그와 동시에 이 악보는 청초하고 명확한 무언가의 의도를 갖고 있는 것처럼 보이지 않아요. 마치 양손의 움직임으로 음악의 힘을 만들어내기 위해 그냥 음표를 하나하나 이동시킨 것처럼 불규칙하게 적혀 있으니 말이죠. 꼭 창문을 닫아 음표들을 제자리로 돌려놓으려 하고 있는 것 같습니다. 그의 필적들은 강한 바람에 의해 움직인 것처럼 보이니까 말입니다."

제임스는 계속해서 꿈을 꾸듯 그의 상상을 즐기고 있었다. 이런 그의 견해를 이미 알고 있었다고 말해야만 할까? 그동안 악보에 대한 교육이나 인쇄물을 주의 깊게 보는 일에는 익숙해져 있었으니까? 그렇지 않았다. 나는 단지 오선지의 첫 줄 위에 있는 음표가 '미'라는 것과 두 번째 줄 위에 있는 것이 '솔'이라는 것 정도만 알고 있는 사람에 불과했다. 나는 이런 일들을 통해 새롭게 배워나갔다. 언젠가는 컴퓨터 역시 이런 일이 가능해지겠지.(어쩌면 벌써 지금도 가능한 단계에 도달해 있을 수도 있다.)

"아, 왜 솔랑주 뒤드방에 대해서는 생각하지 않았던 걸까?" 제임스는 혼잣말을 내뱉었다. "기묘하지 않나요. 지금까지 전기 작가들은 이 사건을 아주 세세하게 다뤄왔습니다. 마치 그들이 쇼팽의 친척이라고 되는 양 말이죠. 그리고 그가 아직 이 세상에 살아 있는 것처럼요. 130년이 지난 지금에도 여전히 금기는 깨지지 않고 있는 겁니다. 우리들마저 그것을 생각해본 적이 없었으니까요. 보십시오, 마에스트로. 많은 요인들은 전부 여기 이렇게 모여 있습니다. 그녀는 그녀의 어머니와는 반대로 거스를 수 없을 만큼 관능적인 여자였습니다. 그리고 쇼팽은 특히나 그녀의 그런 부분을 마음에 들어 했음이 틀림없고요. 그를 노예로 만들었던 그놈의 우울증 역시 그녀 덕분에 떨쳐낼 수 있었습니다. 아마 그 둘 사이에 일어난 사건들을 우리가 알 수는 없겠지요. 존재했을 법한 모든 증거도, 서류들도 모두 사라져버렸으니 말입니다. 그렇지만 악보에서 우리가 유추해볼 수 있는 것은, 쇼팽이 고민하고 절망했다는 것입니다. 아마도 실제로 일어났을 법한 것 이상으로 그는 정말 자신을 잃고 혼란스러워했던 것은 아니었을까요?"

그 두 장의 악보는 나를 곤란하게 만들었다. 그리고 나는 그 정열을 알아낼 수가 없었다. 아니, 어쩌면 그렇게 되지 않기를 바랐던 것일 수도 있다. 그것은 오히려 일방적으로 그렇다고 밀어 부쳐온 강박관념이 아니었을까? 그 악보는 그저 쇼팽이 차분하게 쓰지 못한 탓이 아닐까? 자신을 잃었다는 말은 어쩌면 그가 병마와 맞서 싸우며 모든 힘을 소진하여 근육도 위축되고 쇠약해진 나머지 모든 감정을 제어할 수 없어졌기 때문은 아니었을까? 그렇다고 한다면 모든 것은 너무 간단하게 풀이해볼 수 있다. 그리고 나는 내 남은 인생을 더 느긋하게 보낼 수 있을 것이다.

그러나 그렇게 생각해보려 해도 한 가지 설명이 아귀에 맞지 않았다. 가능하다면 나는 굴드처럼 하고 싶었다. 즉, 내 일생을 헨델과 바흐에 바치며 낭만파를 멀리하고, 어느 정도는 그들을 경멸하듯 음악은 1700년대에서 끝났고 1900년대에 다시 새로이 시작되었다고 단언하고 싶었다. 또한 일말의 공포심을 불식시키며 그저 조곡, 푸가와 같은 바로크의 기적 속에 묻혀 살고 싶었다. 아마 라클로(프랑스의 장군이자 소설가)까지라면 모를까 네르발까지는 미치지 못했을 것이다. 라클로의 소설인 〈위험한 관계〉는 당시 사람들이라면 누구나 한번쯤 읽어봤을 것이다. 그러나 그것은 실현될 수 없었던 러브 스토리였기에 고통스러웠다. 사랑의 불가능을 그린 소설이었기 때문에 모든 사람들은 본인들의 역할을 잃어버리고 말 것이다. 왜냐하면 라클로의 등장인물들에게는 도망칠 곳이 없었으니까. 사랑은 존재하지 않는다. 존재하는 것은 그저 장난뿐이다. 라클로에게 있어서 발몽은 진정한 사랑에 빠진 인물도 아니고 한 명의 귀족도 아니다. 단순히 어리석은 남자이다. 그도, 그의 메르퇴유 후작부인도….

　따라서 모차르트를 이해하는 것은 어렵다. 그의 곡을 연주하고자 한다면. 왜냐하면 모차르트는 1700년대를 조롱하며 우리를 번뇌하게 만들고, 탈출구는 없다고 말하고 있는 것처럼 그의 청중들을 바라보고 있으니까 말이다. 그의 곡의 가벼움은 마치 음을 자수 놓거나 손으로 직접 단 레이스 같았고, 그것은 영혼이 없는 사람들을 매혹시켰다. 하지만 베토벤이 만들어낸 거대한 분노에 의해 날아가 버렸을 것이다. 그리고 볼프강 아마데우스라는 이름을 가진 균형의 천재는 한쪽으로는 바흐의 음악을 지켜보았고 다른 한 쪽으로는 베토벤 이후에 나올 음악들을 정해갔다. 그에 앞서 나왔던 이들과 동시에 그리고 그의 뒤를 따라올 자들에게 미소를 지어보일 수 있었던 유일한 인물, 그야말로 경탄을 금치 못할 균형을 유지할 줄 아는 인물이었다. 그렇기에 그는 나락의 위에 한 줄로 이어진 황금줄 위를 천재라는 수식을 달고 건널 수 있었던 것이다. 가벼운 발걸음으로,

그러나 위기는 의식하면서, 또한 거룩하고도 신비스러운 정신을 유지하면서…. 음악의 궁극적인 요소는 마치 칠흑 같은 색을 띠고 있으며, 받침대에서 절대 떨어지지 않는 신비의 돌과 같다. 우리는 모차르트의 안으로 들어갈 수도 없고 나올 수도 없다. 쇼팽은 가능하지만. 베토벤도, 바흐도, 바그너도. 그리고 쇤베르크(빈 태생인 오스트리아의 작곡가)와 베르크(빈에서 태어난 오스트리아의 현대 작곡가)도. 하지만 모차르트는 불가능하다. 말하자면 마치 하나의 섬처럼 모차르트의 주위를 돌아볼 수 없는 것이다. 그 주위를 돌며 미를 감상하는 것은 가능할지 모르나 그 배에서 내릴 수는 없다. 왜냐하면 거기에는 걸어 들어갈 수 있는 단 하나의 길도 보이지 않기 때문이다.

쇼팽은 모차르트를 사랑했고 들라크루아를 사랑했다. 왜냐하면 그는 모차르트가 쓴 음악의 전부를 완벽하게 이해하고 있었기 때문이다. 쇼팽은 자주 모차르트의 곡을 자신의 콘서트에서 연주했다. 곡수는 많았지만 전부는 아니었다. 그 점에 있어서도 (내가 보기에) 제임스는 나를 이겼다는 듯 의기양양한 기색을 보였다. 그 부분은 마음속에 있는 것이라며 제임스는 말했지만 나는 지금 내 정신을 혼미하게 만드는 부분일 뿐이라고 말했다. 나는 어떤 것에 있어서도 마음이라는 말을 이용하는 것을 좋아하지 않았다. 거기에는 무의미하며 가치를 떨어트리는 것이 있기 때문이다. 마음(심장)이란 곳은 내 피를 내뿜는 곳이지 감정과는 아무 상관이 없는 곳이다. 더 정확히 말하자면 그것은 마치 긴 인생 속에서 시계를 가지고 있는 것과도 같았다. 나를 고민하게 만드는 것은 나를 교착시키는 신경 단위 세포이지 기계적인 조작을 행하는 시계가 아니다. 제임스는 기계들의 장치를 만지며 살아온 남자다. 카리용(고정되어 매달려 있는 23개 이상의 청동제 종으로 구성된 악기)이야말로 그가 존재하는 이유일 것이다. 그러나 나 같은 경우는 짧은 회로 사이를 움직이는 것을 좋아했다. 음악의 효과나 이론을 선호했으며 내 존재에 대해 글로써 표현하고자 했다. 그는 음악 기계 속에서 회전하는 롤러처럼 생각했으나 나는 음표를 빛에 비추어보고 이것저것 조합해보면서 새로운 생각을 해내는 편을 좋아했다. 제임스가 즐거움을 느끼는 것은 회전하는 롤러이자 기계의 완벽함, 움직임이나 사색의 완전성이다. 나의 경우는 반대로 사색의 착오나 작동하지 않는 것, 또는 작동하지 않는 사이에 의미를 창출해내는 것이었으며 또 다른 이야기의 세계로 데려가주는 부분에서 즐거움을 느꼈다. 제임스는 말러의 교향곡 제7번의 도입부와도 같이 커져가는 관능을 상기시키며 마지막에는 흘러넘치는 그의 기쁨의 감각을 채워 가곤 했다. 그러나 그는 그 기쁨을 축적해가는 형태로밖에 느끼지 못했다. 그래서 그는 자필 악보들을 계속해서 그 큰 집 안에 쌓아가며 고정시켜가는 것이었다. 하지만 나 같은 경우는 하나의 큰 강물이 갈라지고 또 갈라지며 삼각주를 형성하는 것처럼 무수한 작은 시냇물이 분단된 관능을 가지고 있었다. 그런 부분에서는 쇼팽과 닮아 있었다. 기대 속에서, 쉼표 속에서, 멈춰버린 시간이나 접힌 주름 속에서 미적인 기쁨의 가능성을 찾아가는 것이다. 나는 불완전한 관능을 가지고 있었기에 빛과 그림자와 같이 공허하면서도 충만한 나의 부족한 부분을 즐길 줄 알았다. 이것은 내가 자필 악보를 대하는 태도에도 똑같이 적용된다. 정열적이면서도 동시에 엄격하며 거듭되는 수정이나 떨리는 음표, 강하게 그어진 밑줄, 분노와 불능의 기호로 되어져 있는 것이다.

숨 막힐 듯한 감각에 휩싸이며 나는 공개되지 않은 그 두 장 중 첫 번째 장을 정성스럽게 손으로 베껴내기 시작했다. 제임스가 두 번째 장을 눈으로 읽어 내려갈 때 나는 악보용 큰 노트와 연필을 꺼내어 고음부 기호와 저음부 기호를 적었다. 나는 시, 미, 라, 레의 선 위에 4개의 플랫 기호를 적고 8분의 6박자라 표시했다. 나는 감격에 잠겨 프레스토 콘 푸오코(정열을 가지고 빠르게)라고 적었다. 그리고 가능한 한 정확하게 음표와 화음들을 적어나가기 시작했다. 음표와 음표의 머리 부분, 8분 음표와 16분 음표의 꼬리 부분까지 하나하나 꼼꼼히 기록했다. 악보에서 조금이라도 불필요한 부분을 제외하고. 나는 음악의 영역을 넘는 부분들과 주저함이 엿보이거나 강제로 적힌 듯한 기술 부분은 전부 빼기로 했다. 나는 완벽한 내 필적에 의해 정확하고 일사분란하게 마치 제도를 하는 사람처럼 악보를 완성해나갔다. 그런 의미에서 쇼팽의 악보는 들라크루아의 한 장의 유화와도 같았다. 그 한 장의 유화를 풀이해낼 때 내 필사는 한 장의 도안과도 닮아 있었다. 아마도 정확함을 기하는 사이에, 말하자면 정반대의 방법, 레오나르도 다빈치풍의 (역설적인) 정확함 속에서 그와 비슷한 선들을 반복하며 미묘한 의미를 만들어내어 그것이 나에게 안심과 차분함, 그리고 정신의 안락함 등을 제공하는 것이었다.

제임스는 그런 나를 보며 잠시 동안 아무 말도 하지 않았다. 내 연필이 쇼팽의 악보를 베껴내는 모습을 보던 그는 이렇게 말을 꺼냈다. "마에스트로, 당신의 필적도 정열을 아마도 두려워하는 것처럼 보이는 필적이네요. 혹은 다른 방법으로 정열을 드러내고자 생각하고 있는 사람의 필적처럼 보입니다. 그러나 하나의 악곡에 그 정열을 불어넣을 수는 있어도 지워낼 수 있다고는 믿고 있지 않군요. 그렇기 때문에 당신이 그 악보를 옮겨 적고 있다는 자체가 경이롭습니다. 정말 있을 수 없는 일이지만 우리들은 그 악보의 노예가 되어버렸습니다. 1930년대 초의 일입니다. 저는 당신은 모르는 어떤 이유 때문에 당시 매사추세츠의 푸르른 잔디 위에 방치되어 있었습니다. 그 잔디 위에서 일어난 이야기를 지금부터 당신에게 말씀드리고 싶군요. 제 이야기를 끝까지 견디고 들어주신다면 아마 당신에게 도움이 될 것이라 믿어 의심치 않습니다. 어쨌든 이야기를 시작하려면 1930년으로 돌아가야 합니다. 저는 봄이 찾아온 보스턴에 돌아가 있었습니다. 아마 영국을 뒤로 하고(하버드 시절은 아니었던 걸로 기억합니다) 마지막으로 돌아왔던 무렵이었을 겁니다. 저희 가족이 살던 집은 큰 산장으로 1865년에 지어진 것이었습니다. 2층 건물에 작은 탑들이 많이 있었죠. 프랑스의 오를레앙이나 투르에서 찾아볼 법한 성(城)과 비슷한 생김새였습니다. 그것을 지은 사람이 누군지는 말할 수 없습니다만, 우리 가족들은 그 기묘한 형태를 만든 그를 자주 웃음 소재로 올리곤 했습니다. 구경할만한 탑은 없었지만 마치 작은 성처럼 보이긴 했습니다. 넘어가기 어렵게 둘러싸인 벽에는 창문이

없었고 집 안에 있는 큰 홀은 아주 넓은 것들뿐이었습니다. 도개교
나 해자는 없었지만 넓은 잔디밭이 평평하게 깔려 있었습니다. 제
기억으로는 거의 1킬로미터 가까이 잔디가 깔려 있었던 것 같습니
다. 잔디는 정원사들에 의해 예쁘게 손질되어 있었습니다. 녹색 바
다처럼 넓게 펼쳐진 잔디밭은 아주 큰 떡갈나무와 단풍나무들에 의
해 가려지는 부분도 있었습니다.

그 봄날, 저는 조금 우울한 상태로 집에 돌아왔습니다. 그때 갔던
미국 여행은 저를 일종의 흥분상태에 빠지게 만들었었죠. 가능하다
면 돌아가고 싶지 않았던 것입니다. 그렇지만 동시에 다시 집에 돌
아가고 싶다는 생각이 들기도 했습니다. 복도들은 계단이나 작은 방
들로 구분 지어졌으며, 작은 방들은 다시 더 큰 방으로 이어지고 있
었습니다. 나무로 만들어진 벽은 닿을 때마다 삐걱거렸고 틈새로 빛
이 새어 들어와 모든 방들을 비추고 있었습니다. 하지만 방 전체를
환하게 비추진 못했습니다. 그런 방 안에 제 피아노가 있었습니다.
19세기 말에 만들어진 영국제 그랜드 피아노였습니다. 저는 항상 그
피아노로 연습을 했습니다. 방에는 큰 창이 몇 개 있었는데 창밖으
로 큰 나무들에 살짝 가려진 넓은 잔디가 보였습니다. 저는 가끔씩
피아노 연습을 하다가 바깥 풍경에 넋을 잃곤 했습니다. 태양이 나
무의 정상을 반달 모양으로 비추며 시간의 흐름에 따라 빛이 이동하
며 만들어내는 아름다움에 말이죠. 저는 아이가 아니었습니다. 그렇
다기보다는 어른으로 성장하는 저를 느끼기 시작했다고나 할까요.
저는 스스로 느끼기에도 놀라운 속도로 성장하고 있었습니다. 스스

로 우울함에 빠진 젊은 지식인인 척 연기하고 있었다 할지라도 그것이 반드시 잘못된 것은 아니었습니다. 그리스어도 라틴어도 읽을 수 있었고 그 전에는 독일어로 대화를 나눌 수도 있었습니다. 게다가 마에스트로, 부디 이 얘기를 듣고 웃지 말아 주십시오. 저는 제 스스로를 젊고 유능한 피아니스트라 칭하고 있었던 것입니다. 그러나 그 날, 보스턴의 그 방에서, 저는 두 번 다시 일어나지 않을 놀라운 사건과 마주하게 되었습니다. 지금도 그 순간을 아주 생생하게 기억합니다. 그것은 제가 가장 좋아하는 계절이었던 어느 여름에 일어난 일이었습니다. 저는 물건이 놓인 선반을 둘러보고 있었습니다. 테니슨(영국의 시인)의 양장본 책과 블레이크(영국 시인 겸 화가)의 시집을 보고 있었던 걸로 기억합니다. 두 권 모두 젊은 지식인들이 즐겨 읽던 책이었죠. 모래색의 커버에 덮인 얇은 책도 있었습니다. T. S. 엘리엇이 쓴 〈단테론〉이었습니다. 하지만 이런 것들보다 제가 가장 선명하게 기억하고 있는 것은, 그 책들을 보고 난 후 항상 그렇듯 피아노의 뚜껑을 열어 양손을 건반에 올려놓기 전, 잠시 창문 밖의 풍경을 바라보았을 때 느꼈던 바로 그 감각입니다. 마에스트로, 그 느낌은 정말 한순간이었습니다. 눈앞에 펼쳐진 잔디밭에 잠시 눈길을 주었던 그 순간, 제가 맛보았던 느낌을 대체 뭐라 설명하면 좋을까요.

한 명의 소녀가 지나가고 있었습니다. 저보다는 조금 나이가 있어보였고 쏟아지는 태양빛과도 같은 금발머리의 소녀였습니다. 창문에서는 멀리 떨어져 있었지만 큰 활모양을 그리며 잔디를 가로지

르고 있었습니다. 살짝 고개를 숙이고 천천히 발걸음을 옮기는 모습에서 왠지 망설이는 기색이 느껴졌습니다. 시선은 계속 잔디를 바라보고 있었습니다. 몸을 휘감은 꽃무늬 옷은 무척이나 소박한 모양을 하고 있었으며, 무릎 위를 살짝 덮고 있었습니다. 그 아름다움을 아직도 뭐라 표현해야 할지 모르겠습니다. 아마 미처 거기까지 생각할 겨를조차 없었던 것이겠지요. 그때 저는 상실감을 느꼈습니다. 마에스트로, 정말 처음 겪는 감정이었습니다. 아마도 사랑이라고 불리는 열정에 가까운 그 무언가를 맛보았던 것입니다. 그때 저는 어렸기 때문에 아직 관능이라는 것에 대해 알지 못했습니다. 하지만 그날, 그 순간부터 그것을 알게 되었습니다. 태어나 처음으로 한 소녀를, 한 여자를 보았습니다. 그녀가 사라지기도 전에 저는 벌써 그녀를 갈망하고 있었습니다. 넓은 잔디 위를 걸어가던 한 여자, 그리고 천천히 움직이던 몸과 그녀의 금발머리에서 향수와 비슷한 감정을 느꼈던 것입니다. 그때, 저는 살아 느껴지는 동작의 기쁨보다 잃어가는 동작의 고통을 하나하나 곱씹으며 되살아오는 향수를 통해 열정이라는 감정을 깨달은 것입니다. 그녀의 완벽한 움직임을 즐기고 있었던 것이 아닙니다. 그 동작을 두 번 다시 볼 수 없다는 생각에 오히려 괴로워하고 있었던 것입니다. 그렇기 때문에 그 모든 것은 저를 혼란시키고 동요시켰으며 흥분시킨 것입니다."

여기서 그는 잠시 이야기를 멈추고 나에게 양해를 구했다. 그리고 나선 시거 하나를 꺼내 물고는 불을 붙였다. 나는 그의 시거를 몹시 싫어했는데, 이상하게도 그날만큼은 그의 행동을 이해할 수 있을 것만 같았다. 나는 그가 말하는 동안 이미 손에서 연필을 놓고 천천히 방 안을 걷고 있었다. 그의 이야기가 중단되고 나서야 우리는 서로를 마주보고 앉았다.

"지금까지 제가 한 이야기를 부디 흘러간 사랑이야기라 치부하지 않으셨으면 좋겠습니다. 이것은 그저 좋은 가정에서 자란 한 젊은이의 고통이나 혼란에 대한 이야기가 아닙니다. 절대 아니에요. 세상 사람들은 누구나 각각의 문제를 끌어안고 살고 있습니다. 누구든 열다섯 살쯤 되면 그 나름의 고민들이 생깁니다. 특히나 생각지 못했던 형태로 사랑이 찾아온다거나 아니면 그 감정이 무언인지조차 몰랐을 때에 한해서는 더더욱 말이죠. 그러나 마에스트로, 그런 것과는 전혀 별개의 이야기입니다. 이것은 문학이자 우리의 문화입니다. 저는 그 소녀를 바라고 있었습니다. 저는 그런 만남이 등장하는 책을 읽는 것 외에 아무것도 한 것이 없었습니다. 많은 시집들을 당시 출판되었던 시집들을 읽는 것 외에는 아무것도 하지 않았습니다. 시인들은 히아신스의 소녀들에 대해 논하고 있었으며, 무수한 매개를 통해서 그 소망들이 논해지고 있었습니다. 저는 저만의 공현 대축일(1월 6일, 기독교에서 동방 박사들이 아기 예수를 만나러 베들레헴을 찾은 것을 기리는 축일)이 존재하길 바랐고 바로 그것을 손에 넣을 수 있었던 것입니다.

그 소녀는 누구였을까? 저는 아직도 그 소녀가 누군지 알지 못합니다. 제 다리는 그렇게 시야에서 사라져간 그 소녀를 쫓아갈 수 없었습니다. 대체 그녀는 어디로 가버린 걸까. 나중에 어머니께 여쭤었습니다. 그렇지만 어머니는 그 근처 어디에서도 제 또래의 금발머리 소녀가 살고 있다는 것을 기억해내지 못했습니다. 아마도 그것은 꿈이나 환영, 아니면 유령이라도 본 것이겠죠. 그러나 그것이야말로 쇼팽이 정열의 필적으로 악보를 써내려갔을 때 느꼈을 우수(憂愁)의 감정과도 같은 것이었음이 확실합니다. 그렇기 때문에 당신은 이 악보들을 옮겨 적는 것은 아무 도움이 되지 않을 것입니다. 음표들을 아무리 완전한 교양체로서 옮겨 적는다한들 말이죠. 저는 그날 본 그 환영을 도무지 잊어버릴 수가 없습니다. 그러기는커녕 오히려 여전히 그날 속에 존재하고 있습니다. 당신은 이 곡들을 부정할 수도 없을 것이고 이것을 적은 손을 잊을 수 없을 것입니다. 안타깝게도 당신이 이 모든 것을 완벽하게 재구성하는 것은 불가능합니다. 이처럼 무성하게 우거졌던 자연의 장소는 분명히 존재합니다. 하지만 다음 날 다시 그 길로 돌아가 보려 하면 그 잔디도, 식물들도 금세 다른 것이 되어 있는 것입니다. 마에스트로, 아무도 우리에게 이런 싸움에서 이겨낼 힘을 주지 않았습니다. 적어도 저에게는 그럴만한 힘이 없습니다. 아마 당신도 마찬가지겠지요. 아니, 어쩌면 제 말이 조금 지나쳤을 수도 있습니다. 지금으로부터 50년 전, 그날 오후 제 눈앞에 나타났던 그 금발머리 소녀가 당신에게는 어떤 의미를 가져다줄까요? 아마 정열이 묻어나는 우수(憂愁)에 대해 제가 아무리 논한다 한들 당신에게는 아무 의미도 없겠죠. 인생에서 그저 갓길에 피어 있는 한 무더기의 풀숲과도 같을 것입니다. 제 인생에 정열의 풀숲이 존재했다고 한다면 뭐가 될까요? 저에게도 사랑했던 여자들이 많았다고 한들 뭐가 달라지겠습니까? 다시 생각할 때마다 저는 그저 전부 잃을 뿐이었습니다. 쇼팽은 그의 솔랑주를 어떻게 생각했을까요? 두 번 다시 그녀를 손에 넣을 수 없었을까요? 아마도 그랬겠죠. 하지만 여기를 봐주십시오. 이 오스티나토(같은 높이로 일정한 음형을 반복해서 연주하는 것)를, 그의 이 집요한 아집을…. 저음부 기호에 있는 이 바단조 음계들과 반복되어지는 이 오스티나토를 말입니다. 마치 이것은 소리 없는 원망이나 깊은 한탄 같아 보입니다. 같은 주제가 반복되어지고 점점 낮은 소리로 바뀌며 아래로 이동해 가는 모습이 마치 바다 속 깊은 바닥을 끌고 다니는 닻과 같습니다. 혹은 말도 안 되게 무거운 바위거나 말이죠. 오른손이 짚은 고성음 다음에 이어지는 3도의 하강하는 화음. 이 장중한 저음의 선율은 고성음의 선율보다 훨씬 더 무겁게 느껴진다고 누군가가 말했습니다. 그것은 한계를 넘어서 균형을 잃어버린 음이라고……."

유추(아날로지)를 뒤따르는 또 다른 유추. 분명 이 장중한 음성은 그 고성음과 불협화음을 이루고 있다. 두께 2센티의 현은 4미리의 가는 현보다 훨씬 더 격렬하게 진동한다. 그것은 물리적인 사실이며 철학적인 것이 아니다. 그러나 이 두 장의 악보가 운명 속에 갇혀 있던 것도 사실이다. 곡 자체도 마치 쇼팽이 (안타깝게도 스스로 멀어지지 않으려 하는) 그 세계로부터 고통을 떨쳐버리지 못하고 있는 것만 같다. 그러나 제임스는 나를 계속해서 혼란시켰다. 왜냐하면 런던에서 그를 만났을 때 나에게 녹턴이라든지 그가 연주하지 못하는 패시지 등에 대해 이야기했기 때문이다. 그것이 지금은 마치 사티의 운

율과도 같이 내 눈앞을 스쳐 지나가고 있지만, 그때 그는 약간 마술과도 같은 이야기를 해주었다. 나는 그의 얼굴을 지그시 바라보았다. 그는 늙어버린 남자의 얼굴을 하고 있었으나 그 속에서 나는 그의 왕년의 얼굴을, 50년 전의 모습을 상상해보려고 노력했다. 광대뼈는 아마 지금보다 훨씬 날렵하게 튀어나와 있었으며, 코는 지금보다 가늘었고, 이마는 번쩍거렸으며 주름도 적었을 것이다. 그러나 그의 푸른 눈동자는 긴 세월을 거쳤어도 아주 조금 탁해졌을 뿐이지 왕년과 다를 바 없이 빛을 내뿜고 있었다. 제임스의 어깨는 처져 등그레지거나 굽지 않았다. 그뿐만이 아니다. 건장한 그의 골격은 의연하고도 믿음직스러웠다. 그의 체격은 먼 옛날 그 시절이 지금보다 부드러웠을 것이다. 오히려(제임스의 신장은 1미터 90센티 가까이 된다) 지금보다 가냘프게 보였을 것이다. 그런 사람이 대체 왜 그런 이야기를 나에게 한 것일까? 도대체 솔랑주 뒤드방과 그가 만났던 초원의 소녀의 사이에는 어떤 상관관계가 있었던 것일까? 그리고 또 그 상실의 고민들과 정열의 필적의 사이에는 무슨 관계가 있었던 것일까? 나는 차례대로 거슬러 올라간 그 과거의 이야기들과 내 기억 속에 떠오른 광경들, 혹은 내가 모르는 많은 길을 거쳐 결국 내 손안에 들어온 많은 사람들의 기억의 광경들에서 나를 자유롭게 할 수 없었다. 나는 그의 상실의 번뇌들을 생각했고 또 나의 정욕의 망상들에 대한 집착을 생각했다. 그것은 어느 날 밤 어쩌다 알게 된 나의 솔랑주에 대한 망념이었으며 그 외에 아무것도 아니었다. 나는 나에게는 공현 대축일이 없었다는 사실을 생각했다. 망령조차 나타난 적이 없었다. 그러나 번민에 고통스러웠던 적은 있었다. 그는 그의 시간들을 지나가버린 순간들을 괴로워하는 데 썼다. 그리고 그것과 같은 일을 하는 것이 나에게는 기쁨이었겠지. 나의 경우는 반대로 뒤쫓을 수 있었다면 그 소녀를 쫓아갔을 것이다. 설령 어떤 희생을 감수해야 한다고 하더라도 나는 머뭇거리지 않았을 것이다. 내 창문에서 그녀가 모습을 감추는 것을 용납할 수 없었을 것이다. 그리고 지금 가능하다면 그녀의 이름을 궁금해 할 것이며, 또한 그녀가 지금 무엇을 하며, 어디에 살고 있는지도 알고자 노력했을 것이다. 나는 소유하고자 하는 열망에 사로잡혀 있었다. 사물을, 사람을, 소유하는 것이 좋았고 내버려진 것이나 이별하는 것, 억지로 사이를 갈라놓은 것들이 견디기 힘들었다. 적어도 제임스가 가까운 과거를 기억하며 고통스러워하고 아직 생생한 현재를 괴로워하는 것처럼 나도 그렇게 괴로웠다.

"마에스트로, 가까운 과거에 대해서는 이렇게 고통스러워하지만 그보다 더 먼 과거에 대해서는 그렇지도 않습니다." 그는 놀란 듯 내 말을 가로막으며 말했다. 마치 그 침묵 속에서, 그와 함께 놀라야만 할 것 같은 조화 속에서, 내가 함께 시간을 보내온 것처럼 말이다. "가장 먼 과거라면 어떻게든 처리할 수 있습니다. 하지만 가까운 과거는 어떻게 해야 좋을지 도무지 모르겠습니다. 그것은 마치 막 출발하려는 열차와 닮아 있습니다. 멀어져가는 열차의 제일 마지막 칸을 눈으로 쫓으며 향수를 느끼는 것처럼 말이죠. 벌써 저 멀리 사라져간 열차 뒤에 남은 공허란 선로를 눈앞에 두고 더 심한 향수를 느끼는 것처럼…, 아마 이것도 역시 존재의 공허함을 고통스러워하는 하나의 방법이겠죠."

나는 악보의 공백 부분들을 바라보았다. 쉼표 부분을, 혹은 내가 옮겨 적은 악보 속에 있던 긴 음표들을 찾으면서. 거기에는 공백인 곳이 없다는 것을 깨달았다. 악보는 침묵을 요구하고 있는 것이 아닌, 비견할 수도 없는 강렬함을 짊어진 위대한 음악의 전조를 고백하는 매우 짧은 불안의 순간을 표시하고 있었다. 그리고 그 음표들은 달리고 달려 하나의 방향을 향해 가고 있는 것처럼 보였다. 이렇게 나는 처음으로 완전히 다른 방법에 기준해 악보를 읽는 것이 무엇을 의미하는지 깨달았다. 그것은 인상파의 기법과 상당히 많이 닮아 있었다. 잇달아 있는 음표들을 잘 보기 위해서 나는 그 음표들로부터 멀리 떨어져야만 했다. 그 두 장의 악보에 따로 설명이 붙어 있는 곳은 없었다. 아니, 그렇다기보다는 악보를 전체적인 하나로 생각했어야 했다. 마치 성장해가는 어떤 것처럼. 이윽고 그것이 하나로 완성되는 것처럼 보이면서 비밀스러웠던 의미의 베일이 벗겨지는 것이다. 그것은 마치 거대한 바위를 조각해 만든 하나의 비석(예를 들자면 오벨리스크 같은 기념비가 되는)이자 모차르트의 수많은 악보와도 같지 않을까? 아마 그럴 것이다. 그것이 제임스에게 있어서는 행복이었을까? 어찌 됐든 그는 관능의 현기증을 즐기길 좋아했다. 그러나 나에게 있어서도 그 종잇조각은 기쁨의 씨앗이었다. 문자 위에 있는 64분 음표와 또 하나의 64분 음표 사이에 끼어 있는 매우 짧은 쉼표에 의해 만들어진 그 희미하게 중단되는 부분은 인간의 귀로는 들을 수 있는 것이 아니었다. 아마도 오직 우리 마음속에 자리하는 귀로 들을 수 있는 것이리라. 거기에 우리가 바라는 모든 것이 있었다. 그리고 또 거기에는 음표들이 존재했다. 혼란스러워 보이면서도 예상할 수도 없는 방법으로 적힌, 전체를 한꺼번에 읽어 내렸을 때 완벽하면서도 필요한 그 음표들이 말이다.

"마에스트로, 계속 옮겨 적어주십시오. 왜냐하면 이 음악의 전체를 제가 들을 수 있도록 당신께 부탁하고 싶으니까요. 그렇지만 사실 지금 제가 이 악보들을 본 것만으로도, 그리고 이걸 해석한 것만으로도 이미 충분하지만요." 그렇게 말하면서도 제임스는 또 자신의 직감으로 꿰뚫어본 본인의 능력에 만족하고 있는 것처럼 보였다. 나는 에브게니를 떠올렸다. 혹시나 우연이나 운명에 의해 바로 지금 이 순간 내 창문 아래에 그가 있었다면 어땠을까? 스스로 질문을 던졌다. 오늘도 나는 결코 단언할 수 없다. 솔랑주를 위한 그 악보의 종결부까지 나와 같은 해석을 하는 그 특별한 청중이 과연 그 연주를 들을 수 있는 기회를 가질 수 있었는지…. 에브게니는 그 악보를 둘러싼 이러한 이야기들을 알고 있었을까? 결국 자신과 연관성을 갖는 소녀들을 추억하는 것이었을까, 아니면 그 역시도 몇 줄 안에서 세상의 의미를 모색하고 있었던 것일까. 내가 생각하기엔 아마 에브게니에게는 다른 무엇이었으리라. 그에게 있어 세상이란 악보 속이 아닌 전혀 다른 곳에 존재하는 것이었다. 그로부터 시간이 좀 흐른 뒤, 나는 랑뷔토에서 지하철역으로 내려가는 그의 모습을 본 것 같았다. 처음으로 내가 이 도회지 속으로 들어가 보자는 결심이

섰던 유일한 순간이었다. 나는 거의 뛰듯이 계단을 내려가 지하철 근처까지 다가갔다. 정말 그가 맞는지는 자신이 없었다. 가까스로 따라잡아서 본 것은 한 남자의 뒷모습이었고 그는 지하철에 빨려 들어가듯 차창의 불빛들과 함께 사라져버렸다. 더욱더 나는 단언할 수 없다. 과연 정말 내가 제임스를 위해 발라드를 연주했을 때 창문 밑에 그가 서 있었을지 말이다. 연주를 마치고 곧바로 나는 창문 밖으로 얼굴을 내밀고 주의 깊게 주위를 살폈다. 하나의 그림자가 빠른 발걸음으로 다리를 향해 멀어지는 것이 슬쩍 보인 듯한 기분이 들었다. 시테 섬과 생 루이 섬을 잇는 그 다리를 향해. 나의 지나친 생각일 수도 있다. 운명에 의해 그날 밤 그가 거기에 있었다고 아무리 굳게 믿어 본들, 예브게니가 그 곡의 선율을 알아챌 수 있었을 거라고는 생각할 수 없었다. 머지않아 나는 파리를 떠날 예정이었다. 그리고 덧붙이자면 그때가 그 두 장의 악보를 연주한 마지막 기회였다. 그날 이후로 나는 거의 연주를 하지 않게 되었다. 그 후에도 계속 그 악보들을 해독하며 그 속에 담긴 의미를 찾아왔으며, 렌즈를 통해 몰래 훔쳐보는 것처럼 내 영혼의 깊은 곳을, 혹은 내 망상의 집념의 내면을 계속 지켜봐왔지만 말이다.

나는 내가 베껴 쓴 악보를 제임스에게 주지 않았다. 그리고 그 역시도 아무것도 바라지 않았다. 그런 점에서 나는 그를 인정해줄 수밖에 없었다. 그는 단지 일련의 메모만 했을 뿐이었다. 용지에 대해서라든지 잉크나 쇼팽의 서체에 관한 사소한 것들을 말이다. 자필 악보의 신빙성에 대해서는 최대한 빨리 결론을 지어 나에게 연락하겠지. 단, 악보를 가지고 간 것이 아니기 때문에 시간이 필요하겠지만 말이다. "마에스트로, 저에게 그 악보를 맡기시지 않아도 괜찮습니다. 당신이 이 악보들을 얼마나 소중하게 여기는지, 그 기분을 알 것 같으니까요. 당신이 저를 신뢰해주신다는 것은 잘 알고 있습니다. 그렇지만 이 문서는 결코 제가 가지고 가서는 안 될 겁니다. 이것은 당신이 가지고 있는 것이 마땅합니다. 마치 쇼팽이 당신에게 선물한 것처럼 이 악보는 당신의 물건이라는 운명을 가지고 태어났으니까요. 요컨대 당신은 전문감정단 누구의 말보다도 이 악보가 진품이라는 것을 알고 계실 겁니다. 그렇게 느끼고 이해하고 있으시겠죠. 저의 염려는 그저 기술적인 것에 불과해 반드시 필요한 사항은 아닙니다. 방금 전까지만 해도 당신이 이 악보를 연주하는 것을 들으면서 제 뇌리를 스쳐가는 생각이 있었습니다만, 그런 생각들은 버리기로 했습니다. 제가 가지고 있는 기계 중에 자동 연주 피아노의 어떤 음도 녹음하는 성능을 가지고 있는 것이 있습니다. 저를 대신해 당신이 녹음해주실 수는 없는지 부탁드리고 싶을 정도입니다. 물론 테이프 상의 이야기입니다. 지금은 저도 충분히 알고 있습니다. 당신이 발라드의 저 부분을 대중들 앞에서는 결코 연주하지 않으리란 사실을요. 그리고 그것을 녹음하지 않으리라는 것도요. 그것은 아득한 옛날, 금발머리 소녀를 그저 멍하니 볼 수밖에 없었던 것과 비슷한 것입니다. 그녀는 제 방을 둘러싸고 있던 그 창문들을 천천히 가로질러 제 시야에서 완전히 사라져갔습니다. 이 발라드도 그와 같이 제 시야에서 사라져간 것입니다. 들려오는 음악도 마찬가지로 환영으로 나타나는 것뿐일 테지요. 괜찮습니다, 마에스트로. 그 이상의 것은 바라지 않습니다."

기묘한 일이었다. 내 집에서 나가는 그의 모습이 처음으로 몹시도 지쳐보였다. 창문 밖으로 그를 바라보았다. 그의 발걸음은 마치 무언가에 의해 멈춰진 것과 같은 인상을 받았다. 마치 절대 돌아가지 않겠노라고 작정한 사람의 모습과도 같아 보였다. 결연한 태도로, 그러나 괴로워하듯 발걸음을 빨리 하고 있었다. 한 걸음 한 걸음은 엄청난 유혹을 이겨내려는 사람의 그것과 닮아 있었다. 나는 그러는 게 당연하다고 생각했다. 그의 깊은 교양과 높은 지성이 그의 녹음기를 위해 한번만 더 연주해달라고 나에게 부탁하는 것을 말리고 있었던 것이다. 그렇다고 할지라도 정말 참기 힘든 용기가 필요했던 것이 분명했다. 혹은 방금 전까지 그가 말했던, 한 순간에 스쳐 지나간 우수(憂愁)를 위함이었을지도 모르겠다. 그 이상은 그의 모습을 좇지 않았다. 곧 내 시야에서 완전히 사라지겠지. 파리 건물들의 그림자에 섞여 라탱지구의 좁은 길 사이로….

어느덧 날이 밝아오고 있었다. 그리고 나를 비추던 전구의 불빛도 기력이 쇠한 노인처럼 희미하게 파르스름한 빛을 내더니 이내 꺼져버렸다. 조금 화가 나서 거친 손놀림으로 전구를 꺼버렸다. 다시 보니 그의 시거가 남아 있었다. 그것은 우리가 꼬박 새운 하룻밤의 증거물 같았다. 자필 악보는 한장 한장 겹쳐져 깨끗하게 정리되어 있었다. 오히려 미술관에라도 전시해야 하는 건 아닐까 생각해보았다. 혹은 대영박물관에 베토벤이나 바흐, 스트라빈스키의 자필 악보들이 안치되어 있는 선반 위에 나란히 전시해놓는다거나. 하지만 이런 생각을 하면서도 어느덧 화를 내고 있는 내 자신에 놀라고 말았다.

10.

얼마 전부터 나는 젊은 시절에 자주 연주하곤 하던 쇼팽을 더 이
상 연주할 수 없었다. 나 자신을 자랑스럽게 생각해야 할 이유들마
저 떠오르지 않았다. 나이를 먹어가면서 주변에서 일어나는 일들에
대한 이해도 점점 흐릿해져가는 것 같다. 사람들의 말에 의하면 이
렇게 하루하루 늙어가면서 느끼게 되는 것을 '영광의 고독'이라고
한단다. 그렇지만 그들은 나와 같은 특권계층의 사람 역시 고독을
느낀다는 것을 이해할 수 없을 것이다. 나는 모차르트를 추구해왔고
또 바흐에게 마음의 치유를 받고 있었다. 그것은 말하자면 이미 다
풀어본 수학 문제와도 같은 것이었고, 인생이 하나의 의미를 갖는다

는 감정을 맛보는 것이었고, 우주가 칭찬할만한 보증된 바로크 예술의 장식에 상응하는 것이라고 확인하는 것과 같았다. 바흐의 신은 우주나 별들, 세계를 창조했으며, 무언가 제대로 작용하지 않는 것이 있으면 그것에 대한 보증을 제시해준다. 모차르트의 신은 그와 경쟁하는 모든 것을 알려주지만 그 내면에 들어갈 수 있는 열쇠는 결코 건네주지 않는다. 그 문을 열 수 있는 방법을 모른다면 그건 스스로의 문제다. 쇼팽의 신은 존재하지 않는다. 쇼팽은 음악 신화 속에서 다른 이들과 먼 유연관계에 있으며 독창적이고 어두운 그림자 속에 존재한다. 그러나 무엇보다도 그것은 불완전하다. 그것은 시간의 파편이다. 항상 불완전한 상태이지만 미완성이기 때문에 이상한 것이다. 그 불완전함 속에 천재가 있다. 쇼팽은 미완성의 천재였다. 오늘 나는 매우 지쳐 있었기 때문에 원래대로라면 생명의 조각으로 끊임없이 채워나가야 하는 그 불완전함을 관대하게 여길 수 없었다. 그것도 스스로의 감수성에서 야기된 문제이다. 그렇기 때문에 나는 바흐를 연주한다. 분노를 담아 엉터리로 연주하는 모습은 마치 시계의 장치를 부수는 위대한 수리공 같았다. 바흐로 귀결된다는 것은 많은 피아니스트들이 나이가 들면서 겪는 말로였다. 우리는 공기와도 같은 레퍼토리들을 망각하여 질식당하고 있는 것이다. 이와 같이 눈앞에 멋진 경관을 두고서 말이다. 저 멀리 만년설이 보이고 가까이는 녹음이 푸르른 초원이 있다. 하지만 가볼 수조차 없다. 제임스와 만난 그날 이후로 나는 자필 악보를 앞에 두고 인생에서도 가장 혼란스러운 나날들을 보냈다. 이제껏 겪어본 적 없는 극심한 우울증에 시달렸다. 그것은 공포와도 같았다. 내가 살아온 길을 전부 뒤엎어버릴 듯한 공포였다. 그 악보들 때문에 온몸의 신경들이 전부 파괴되는 것만 같았다. 내 존재와 재능을 지지하던 기반이 격정의 큰 파도에 휩쓸려 애달픈 잔해로 변해버린 것 같았다. 나는 외출하는 일조차 꺼렸다. 세상이 침묵하고 있는 것처럼 느껴져 내가 하는 행동도 언어도 전부 처음부터 다시 배워야만 하는 건 아닌가 하는 생각마저 들 정도였다.

따라서 지금 나는 모든 것을 재구성해야 하는 인간이었다. 제임스가 애지중지하는 그 기계의 일부가 된 것처럼, 아니 오히려 그 외에는 아무 의미가 없는 것처럼, 나는 그런 무미건조해진 자신을 느끼고 있었다. 드뷔시의 전주곡을 논할 때가 아니었다. 나중에 아무것도 아닌 롤러 부품 중 하나가 제대로 움직이지 않게 된다면 대체 나의 이 양손은 어디에 써먹을 수 있단 말인가? 모든 것이 다 쓸데없는 짓이었다고 생각되기 시작했다. 어쩌면 짐을 싸서 더 멀리 숨어버리는 것이야말로 이 모든 것을 해결할 수 있는 유일한 방법이 아닐까? 어딘가 그 누구도 알 수 없는 다른 곳으로. 나는 솔랑주 뒤드방은 물론이고 쇼팽에 대해서도 전혀 생각하고 있지 않았다. 그러나 나의 솔랑주에 대한 생각은 멈출 수 없었다. 어떻게 해서든 그녀를 찾아내야만 했다. 아무짝에도 쓸모없는 일이라는 것을 알고 있다 하더라도 아마도 그것이 내가 파리에서 해야 할 가장 마지막 일이라는 생각이 들었다. 이 세상은 바흐의 조곡이나 쇼팽의 전주곡과 같은 기능은 가지고 있지 않았다. 결정적인 수치를 가지고 있지도 않았고 기하학 상의 이해도 해당되지 않았다. 그저 쉼표와 불확실한 음표에 불과했다. 그녀의 곁에서 잠들었던 그날 밤처럼. 그날 밤 나는 대지를 전전하는 움직임과 파수꾼들의 목소리를 감지한 것 마냥 눈꺼풀을 떨어댔다. 파수꾼들은 나의 재능에 대해 물어왔다. 어떻게 해서 그 재능을 손에 넣었는지, 또 왜 그 재능을 가지고 있는지, 내가 가진 재능을 어떤 식으로 사용할 것이며, 언제 사용할 것인지 등등…. 내가 가진 특권은 특별한 가치를 가지고 있었고 아마 그 특권을 쓸 순간이 왔다고 생각했다. 하지만 어느 누구도 나에게 어떻게 하면 될지에 대해서는 설명해주지 않았다. 나는 이 세상을 뒤로 해야 할 순간이 왔음이 분명하다고 생각하기 시작했다. 이 지상에 있던 내 존재를 닫아야 할 때가 왔다고 말이다. 나는 이 세상에서 모든 것을 손에 넣었다고 생각했다. 지금은 쇼팽이 그의 열정을 담아 유서처럼 남긴 악보까지 손에 넣었으니 말이다. 그러나 잠시 생각해보니 녹음해놓은 곡 몇 개를 제외하고는 이 세상에 남기고 갈만한 것이 아무것도 없었다. 나에겐 후세에 남을만한 열정도 없었고, 사랑하는 사람에게 보낼만한 편지도, 내 힘들었던 시절을 함께 나눌만한 피붙이도 없었다.

짐작건대 내가 사용하던 스타인웨이 역시 어딘가의 레코드 회사 스튜디오에 넘기는 것이 최선의 방법이겠지. 결코 박물관에 장식되거나 할 물건은 아니었다. 나는 스스로에게 화가 났다. 나는 그저 한 명의 연주가에 불과했으며 그 이상도 그 이하도 아니었다. 음악 세계에서만 연주가라는 말이 긍정적인 가치를 가질 것이다. 그 말은 재능이거니 천재거니 하는 개인의 섬세함을 알려주는 것이었다. 하지만 다른 분야에서는 진부하고 평범하며 개인적인 것을 의미하는 단어에 불과했다. 다른 분야에서 연주가라 하면 사고(思考)하는 것과는 전혀 관련 없는, 실제로 행동해 보이는 육체노동자라는 의미를 가질 뿐이었다. 그렇게 따지면 살인청부업자 역시 육체노동자였다. 이런 생각 때문에 나는 화가 나기 시작했고, 자필 악보 역시 풀어야만 하는 암호로서 대해야 하는 것인가 싶었다. 왜냐하면 연주가가 그저 전통적인 방법으로 오선보를 명확하게 읽어낼 줄 아는 사람이라면 암호 코드는 사고하는 정신을 가진 사람들만이 풀 수 있는 것이기 때문이다. 그리고 또 나는 다른 생각도 해보았다. 그 자필 악보들이 위조된 것은 아닐까 하고 말이다.(이미 몇 시간 전부터 나는 위조된 것이 분명하다고 믿어버릴 정도였다.) 그 악보들은 내가 모르는 어느 누군가가 그저 나를 함정에 빠지게 하기 위해 꾸며낸 것은 아니었을까. 여기까지 생각이 미치고서야 나는 헛웃음을 터뜨리고 말았다. 대체 내가 왜 그런 함정에 빠져야 한단 말인가? 더군다나 너무나도 부정확하고 꾸몄다고 하기에는 섬세하기까지 한 그 악보라는 함정에 말이다. 하지만 내 의심은 여기서 멈추지 않았다. 솔랑주가 혹시? 나의 솔랑주인 건 아닐까? 내가 사랑해 마지않는 그 여자를, 다른 그 어떤 이름도 아닌 그 이름을, 나는 떠올리고 싶었다. 나는 그저 같은 이름, 같은 사건이나 같은 말과 같은 장난을 사랑하는 세상의 산물이며, 그와 같은 관계들을 몽상하며 병들어가는 사람 같았다. 그렇다고 한다면 나는 내 병든 뇌수 속에서 만들어낸 꿈을 대체 왜 현실 세계에서까지 바라며 찾아다니고 있단 말인가? 왜 고민하며 고통스러워하는 것인가? 더 이상 그 카페에 돌아갈 이유가 없었다. 하물며 내 인생의 문이란 문을 더 단단하게 닫고 있을 필요도 없었다. 반대로 스스로 그 문을 활짝 열고 호화스러운 방들을 돌아다니며 내 연주를 들으면서 왜 그런 어리석은 희생을 해야 했는가에 대해 숙고해야 했다. 실재했던 것을 아무것도 없었던 것이라 생각했다. 별다른 선택의 여지가 없었다. 나는 내 머리를, 내 생각을, 그 너무나도 완벽하고 완벽했던 이야기에서 해방되어야 했다. 며칠이 흘렀다. 얼마나 시간이 흘렀을까. 이틀이나 사흘, 아마도 나흘 정도 흘렀겠지. 다행히 다시 원래의 나로 돌아왔고 솔랑주를 찾으러 외출을 하기로 마음먹었다. 나의 솔랑주를 말이다. 매일 우리가 있던 카페에서 그녀를 기다리는 일 외에는 아무 것도 하지 않았다. 나는 내가 알고 있는 원래 나의 생활을 되찾아야만 했다. 예를 들면 수염을 밀거나 우아하고 고상한 나를 되찾거나 (다른 어떤 일보다 더 중요한 건) 다시 연주를 시작해야만 했다. 나는 드뷔시로 돌아가 참기 힘들다고 느껴질 때까지 연주했다. 그리고 카페에서 그녀를 기다릴 동안 시간을 때울만한 책을 고르기도 했다. 그리고 우선 〈실비〉를 처음 읽을 책으로 골랐다. 책이란 것도 사건에 영향을 끼칠 수도 있고 사태를 전환시킬 수 있을 것이란 생각에서였다.

그것은 악보로 따지자면 캐논이나 변주곡과도 같은 것이었다. 매일 밤 8시 경에 나는 규칙적으로 카페에 모습을 보였다. 옆구리에 한 권의 책을 끼고서 언제나 앉는 작은 테이블에 앉아 한밤중까지, 가끔은 더 늦게까지 있었다. 책을 읽다가 밖을 바라보기도 했으나 기다리는 티를 내는 일은 없었다. 그녀가 그 카페에 들어오는 일이 있다면 분명 나에게 다가올 것이라 생각했으니까. 이런 행동이 결국은 그녀를 찾는 일과는 거리가 있다는 걸 알고 있었지만 괴롭거나 고통스럽지는 않았다. 오히려 태연하게 그 시간들을 즐기면서 기다리고 있었다. 가끔 흥미를 끄는 손님이 있으면 그 사람을 지켜보면서 즐거워하곤 했다. 따라서 내 심경의 변화를 어떤 것에 비유해보자면 바흐만이 유일하게 표현할 수 있을법한 복잡한 음표라고나 할까. 명확하고 신속하며 또한 엄격한 움직임은 기계적인 의식을 갖고 있는 시계의 집단과도 같았으며, 거만한 정도로 정확한 리듬에 의해 진행되는 움직임이기도 했다. 그러나 아주 짧은 일탈의 순간이었다. 내 마음은 이윽고 또 다른 변화, 예를 들면 차분한 명상의 순간이나 여느 때보다 훨씬 밝은 기분으로 변화하곤 했다. 그런 밤에는 아무거나 마셔댔다. 먼저 커피를 마신 후 위스키, 그리고 페르노(프랑스가 원산지이며, 아니스 외에 약 15종류의 향료를 사용하여 만든 리큐르)까지 마시곤 했다. 어떨 때는 잔뜩 취해 휘청대는 발걸음으로 집에 돌아와 그대로 피아노 앞으로 가 연주를 하기도 했다. 그럴 때는 아마도 평소보다 훨씬 거칠게, 또 기술적인 면에서는 평소보다 늘어지게 연주하곤 했다. 아마 멀쩡한 정신일 때는 들어주기 힘들만큼 엉망진창인 연주를 하고 있었을 것이다.

그런 날 밤에는 꽤 많은 일들이 일어났다. 밤이 깊어질수록 세상을 보는 내 눈은 종전과는 다르게 카페에 드나드는 이들을 자세히 관찰하기 시작했다. 간혹 나를 덮쳐오는 취기는 마치 우연히 이 세상에 떨어져 사람들 사이에 섞인 것 같은 기분을 들게 했다. 나는 유원지를 뛰어다니는 사람처럼, 기뻐하거나 주변을 둘러싸고 있는 빛의 색깔을 즐기거나 제트코스터마저도 위험하지 않다며 전부 웃어넘기곤 했다. 세상 모든 일을 행복해 마지않는 아이로 돌아간 듯 했다. 인생에서 자부심을 느끼던 귀족풍의 얼굴마저도 그 틀을 벗어던진 것 같았다. 어디까지나 내가 그렇게 느낀 것뿐이지만. 그리고 그러던 어느 날 밤, 나는 (이미 밤은 상당히 깊었기 때문에 솔랑주가 올리가 없었으므로) 마레 부근의 가게에서 연주하는 작은 악단 사람들과 함께 있었다. 나는 그런 그들의 음악을 좋아하긴 했으나 스스로는 절대 연주할 수 없는 것이었기 때문에 그들과는 조금 떨어져 앉아 있었다. 특히 피아노를 연주하고 있던 사람에게 집중하면서 그들의 연주를 경청하고 있었다. 그것은 나에게는 허락되지 않을 연주방법이었다. 그는 나름대로 꽤 기교를 부리며 연주를 하고 있었다. 지금 생각해보면 거의 새벽녘이었던 것 같다. 나는 피아노를 향해 갔다. 그리고 내가 연주하는 소리에 놀라 멍하니 바라보던 그들의 얼굴을 보았다. 예상했던 대로의 반응을 그들의 얼굴로 확인하면서 나는 쇼팽의 '스케르초 제2번 내림 나단조'를, 그리고 나선 리스트의 '초절기교연습곡' 중 몇 곡을 연주했다. (그리고 나는 아마 유치한 젊은이들처럼 나의 뛰어난 기교들을 과시해보이며 그들의 얼떨떨해 하는 얼굴을 보며 기뻐했을 것이었다.) 점점 날이 밝아오기 시작했다. 날이 밝아옴에 따라 밤새 잠을 이루지 못한 자들의 머리에 맴돌던 피로 역시 어느새 서서히 희미해져가고 있었다. 동이 틀 무렵 도시를 덮고 있던 엷은 보라색의 하늘이 사라져갔다. 그 시각, 카페 안에서 한 소녀가 나를 유혹하며 장난을 걸어왔다. 나는 그 소녀의 이름도 어떤 장난을 걸어왔는지도 거기에 따르던 규칙들도 전부 기억나지 않았다. 그 소녀는 기뻐하는 얼굴로 거의 노인이라고 불러도 될 만한 늙은 남자를 마음에 들어 했다. 그것은 내 연주가 마음에 들었기 때문일 것이다. 그러나 나와 그녀의 사이에는 채울 수 없는 거리감이 존재했다.

아마 그때였을 것이다. 아니 그때였다. 이 이상 기다릴 수는 없어, 아니 이제 더 이상 내게 기다리는 일 따위 존재하지 않는다. 나는 깨달은 것이다. 그리고 내게 남은 건 영국에서 쇼팽을 덮쳐 왔던 것과 같은 악마나 지옥의 환영을 보는 일뿐이었다. 그리고 쇼팽은 그 일에 관해 솔랑주에게 편지를 적었던 것이다. 그렇다. 나는 어떤 일이 있어도 그 발라드에서 도망칠 수 없었던 것이다 그것을 녹음이라도 해볼까 생각했다. 하지만 그건 미친 짓이다. 그 의미를 내가 명확하게 파악하기 전까지 나는 그것은 방치해 두었다. 아마 두 번 다시 렌느 거리에 갈 일은 없을 것 같았다. 더 이상 관심이 가는 사람도 존재하지 않았다. 함부르크에 있던 내 프로듀서가 나를 만나러 왔다. 내 이야기를 들으면서 눈썹을 찌푸리던 그의 얼굴과 당혹스러워하던 그의 눈빛에서 나는 눈치 챌 수 있었다. 아마도 그는 내가 미쳤다고 생각한 것이었겠지. 그는 거의 나에게 아무런 질문도 던지지 않고 평소보다 일찍 자리를 떴다. 오래된 녹음을 다시 재발표 해보는 것은 어떠냐는 등의 설득조차 없었다. 원래부터 두 번 다시 듣고 싶지 않았던 곡들이긴 했지만. 어쩌면 그의 기분이 다른 날들보다 별로였을 수도 있다. 어찌 되었든 아주 짧았던 행복한 감정이 끊어져 버린 그때가 내 인생에서 가장 어두운 순간이었다. 피아노를 어떤 방법으로 연주해야 할지 고민해야 할 때도 물론 그랬지만. 그리곤 거의 모든 것이 불시에 변했다. 나는 기다려야만 했고 종종 다른 사태가 일어나고 있다는 사실을 알아차려야만 했다. 그저 버스가 오길 기다리는 것처럼 가만히 있을 수만은 없었다.

그날은 화요일이었다. 하지만 정확히 몇 월이었는지는 모르겠다. 9월에 접어든 때가 아니었을까. 왜냐하면 그 시기의 파리의 거리에선 특별한 냄새가 난다. 비와 크레이프의 설탕 냄새가. 철판 위에서 탄 설탕이 계란과 섞이고, 아마 다시 가루와 섞이며 익는 냄새일 것이다. 굳이 얘기하자면 9월 중하순경이었음이 분명하다. 왜냐하면 하늘은 습기로 가득한 색깔을 띠고 있었고 오후에는 거무스름한 빛을 띠고 있었기 때문이다. 그리고 도로에는 점멸하는 네온사인이 유리창에 비치고 있었다. 셰르슈미디 거리와 푸르 거리는 거의 직각으로 교차하고 있다. 나는 가게 안으로 들어가지 않고 렌느 거리의 카페를 향해 모퉁이를 돌았다. 내 머릿속의 신경조직들이 이래서는 안 된다고 외쳤다. 아마 두 번 다시 나의 솔랑주와 만날 수 없는 벌을 받게 되겠지. 나는 그렇게 내가 내린 금지 명령을 두려워하며 한 명의 늙어빠지고 어리석은 노인처럼 그 구획을 계속 걸었다. 내 얼굴은 이제껏 본 적이 없을 정도로 퍼렇게 질려 있었음이 틀림없다. 약초 등을 진열해둔 유리창이 누런 내 얼굴을 비추고 있었다. 본능에 이끌린 듯 나는 뒤돌아보았다. 내 친구 제임스가 보스턴에서 문득 창문 밖으로 시선을 던졌다고 내게 말했던 그때와 같은 행동이었다. 기묘하다고 생각할지도 모르겠지만 때때로 인생에서는 같은 일이 일어나기도 하는 법이다. 그런 순간이 오기만을 주의 깊게 기다리고 있었다면……. 아버지는 내가 어릴 적, 어린 아이가 좋아할 법한 우화를 종종 들려주시곤 했다. 그 우화에 의하면, 사람은 인생에서 세 가지 소원을 이룰 수 있다고 한다. 한 가지 일을 세 번까지 빌어도 되는데 그것은 가장 좋은 순간에 손에 넣을 수 있다고 했다. 하지만 그러기 위해서는 바람에게 물어볼 필요가 있었다. 왜냐하면 바람이 야말로 적절한 시기가 왔음을 알려주기 때문이다. 그렇지 않으면 아무 것도 일어나지 않는다. 그리고 소원은 항상 만남과 상대방, 그리고 사랑을 하고 있는지의 여부와 연관되어 있다. 지폐가 가득 들어 있는 지갑 따윈 필요 없다. 그것이 있다고 해서 좋은 시기가 찾아오는 것은 아니니까. 그것보다도 오랜만에 만나는 사람이 찾아오는 편이 좋다. 그럴 필요를 우리가 느끼고 있기 때문이고 우리는 아마 어딜 찾아야 좋을지 모를 것이다. 그 뿐이 아니라 우리는 그게 누구일지, 과연 우리에게 행복을 가져다줄지 어쩔지도 모른다.

그날, 내가 안 것은 내 소원 중 3분의 1이 이루어질 거라는 것이었다. 늦은 오수, 가볍게 스쳐지나가듯이 불었던 바람은 소원이 이루어지기에는 아주 적당한 바람이었다. 나는 알 수 있었다. 내가 뒤돌아 봤을 때 반대편 보도에 멍하니 움직이지 않은 채 서 있는 솔랑주의 모습이 있을 거라는 것을. 그녀는 혼자였고 내 쪽을 바라보고 있었으나 나를 보고 있었던 것은 아니었다. 한 순간 그녀가 다른 사람인 듯한 인상을 받았다. 내가 기억하는 그녀의 다리보다 훨씬 가냘파 보였다. 그녀는 굉장히 길이가 짧은 바지를 입고 있었으며 길게 흘러내리는 금발머리가 아주 어린 소녀인 것처럼 보였다. 다시 한번 말하지만 그녀는 혼자였고 미동도 하고 있지 않았다. 그리고는 바로 내 존재를, 내가 그녀를 바라보고 있다는 것을 눈치 챘다. 그녀는 꽤 오랫동안 내 시선을 피하지 않고 있었다. 그러다 조용히 내 눈에서 시선을 떼며 멀어져갔다. 그녀는 솔랑주였을까? 아니면 내가 너무나도 그녀를 그리워한 나머지 다른 사람의 얼굴에 그녀가 겹쳐보였던 건 아닐까? 그 거리를 지나던 어떤 여성을 내 불안함과 절실한 바람으로 원하는 모습으로 바꾸려 한 것은 아닌가? 그리고 어떤 잔인한 운명이 마치 처음 보는 사이인 양 그녀를 나에게서 떨어뜨리려 한 것일까? 또한 어떤 집념이, 비록 하룻밤이긴 했으나 어쨌든 내가 알던 그녀를 마치 모르는 사람인 양 생각하게 만든 것일까? 그녀는 그저 내 공상 속에서 모든 것을 의미하는 이름인 솔랑주 역할을 한 것뿐인데. 위대한 작가라면 그날 사실은 그녀가 나를 큰 소리로 부르고 있었다고 얘기했을지도 모르겠다. 이제 와서 생각해봐도 그녀와 나 사이에 이어지던 그 침묵이 얼마나 길었는지 생각나지 않는다. 그리고 그 멀어진 거리가 말에 의해 채워지기까지는 또 얼마만큼의 시간이 필요했을까. 지금도 나는 그날 그녀와 만났던 시간을 재구성해볼 수 없다. 내가 알지 못하는 어떤 규범을 따르고 있었던 것일까. 그 때문에 질서도 없이 모든 것이 녹아내려 합쳐진 것이었을 수도 있다.

그쪽에서 나를 만나러 온 것이었을까? 그건 아닌 것 같다. 그럼 내가 그녀에게 다가간 것일까? 아마도 그럴 것이다. 나를 알아볼 수 없었던 것일까? 아마 바로는 못 알아 봤겠지. 그리고 조금 시간이 흐른 뒤에 내가 그녀의 이름을 불렀을 때, 그녀는 놀라서 나를 쳐다보았다. 그 모습은 마치 두려움에 떨고 있는 것처럼 보였다. 나는 그녀의 이름을 떠올릴 수 있었던 것이다. 어떻게 그럴 수 있었을까? 그리고 나는 친밀감이 넘쳐흐르는 목소리로 그녀의 이름을 불렀던 것이 틀림없다. 그 때문에 살짝 의식적으로 들렸을 수도 있다. 그것은 조심스러운 접근이 아닌 마치 착란을 일으킨 음악의 소녀와도 같았다. 오늘 이 문자들을 써내려가는 동안 나는 레코드플레이어의 회전판 위에 요한 세바스찬 바흐의 조곡을 올려놓았다. 머리를 식히기 위해서는 음악이 필요했다. 이 만남에 대해 내가 문장을 적어 내려갈 때, 배경음악으로 쇼팽의 곡이 흐르는 것은 참을 수 없을 것이다. 쇼팽의 곡을 틀어놓는다는 것은 빗방울을 가득 머금은 먹구름에 또 하나의 빗방울을 가득 머금은 먹구름을 겹쳐놓는 것과 같다. 만일 내 소원을 들어준다는 약속을 한 그 기분 좋은 바람이 무서운 집중호우가 쏟아지기 전에 분다고 하면 그것은 아마도 내가 파리에서 이미 만났던 바람이었을 것이다. 그나저나 우리는 어떻게 렌느 거리의 카페에 들어가게 된 것일까? 그 전에 비는 내렸을까? 그리고 억수같이 쏟아지던 그때는? 나는 하나도 기억하지 못했다. 내가 또렷이

기억하고 있는 것은 내가 자리에 앉으려고 했을 때, 아니 앉기 위해 의자를 옮겼을 때의 일이다. 작은 테이블 밑에 마치 꽃줄기처럼 쭉 뻗은 그 부드러운 다리 끝에 튀어나온 복사뼈를 본 순간 나는 솟아오르는 흥분을 주체할 수 없었다. 그리고 그 경악스러운 표정은 솔랑주 뒤드방이나 쇼팽, 내 친구 예브게니의 이야기의 그것과 같았다. 어쩌면 내가 잘못했던 것일까.

그러나 나는 두려웠다. 세상은 내 머리가 구축한 것 외에는 아무것도 아니라는 두려움과 안도감. 그것은 나의 것이었고 제임스의 것이었으며, 예브게니의 것이었고 결과적으로는 내가 써내려간 것이었다. 나는 그것을 두려워하고 있었으나 한편으로는 기대도 하고 있었다. 전부가 내 머리와 나의 양손, 내 재능의 성과이기를 바라왔다. 신의 용서로 이룰 수 있다면 나는 한 명의 뛰어난 기술자로서 하나의 완벽한 이야기를 만들어 모든 물건이 있어야 할 제자리로 돌아가도록 하고 싶었다. 아주 완전한 형태로. 나는 그 정열을 아름다운 문자 속에 담을 수 있길 바랐지만 그것이 확실한 형태가 되었을까? 지금도 나는 단언할 수 없다. 나는 그녀와 연관된 모든 것을 두려워했다. 나의 솔랑주를 쏙 빼닮은 누군가와 만난 것처럼. 그 누군가를 내가 바란 것은 아니었지만.

비는 어느 방향으로 카페의 창문을 적시고 있었을까? 빗방울은 창문에 아주 잠시 멈추었다가 사선을 그리며 떨어졌다. 그리고선 방향을 바꾸어 그 가게의 창문에서 창문으로 수직으로 흘러내렸다. 그 후(라고 해도 얼마나 시간이 흐른 뒤였을까?) 나는 집의 내부를 정리하는 것에 대해 고민하고 있었는데 그것은 마치 생각을 정리하는 것과 마찬가지로 귀찮고 단조로운 색에 갇혀 살아가는 것과 같았다. 그리고 그녀는 나를 보고 물었다. 도대체 왜 쇼팽은 저렇게 지저분하게 음표를 그려야만 했는지. 악보를 옮겨 적기 전에 솔랑주가 쇼팽의 손에서 악보를 뺏은 것은 아닐까? 그녀는 직면할 수 없었던 두려운 격정에서 도망치고 싶었을지도 모른다. 쇼팽이야말로 그녀의 아름다움의 희생양이었을까. 아니면 그녀야말로 그저 조용히 죽어가는 그를 바라볼 수 없어, 또 점점 쇠약해가는 그의 몸을 견딜 수 없었던 것은 아니었을까.

악보를 그녀에게 읽어주려고 했던 것일까? 그 카페에서 나는 자문자답 했다. 그때 비는 멈출 기색이 없이 (마치 더 뿌려댈 것처럼) 하늘색을 진한 유화처럼 물들이고 있었다. 그리고 그때였다. 왜인지는 모르겠으나 에피소드 하나가 내 뇌리를 스쳐지나갔다. 그것은 제임스가 나에게 말해주었던 보스턴 집의 정경과 무척이나 닮아 있었다. 혹은 어쩌면 그 이후에 시간이 조금 흐른 뒤 그 하늘이 나에게 그때를 기억나게 만들었을지도 모른다. 그날, 안네타라는 한 명의 소녀가 공원에서 조금 떨어진 곳에 있는 차고로 나를 데려갔다. 그 차고에는 이중으로 된 문이 있었다. 도로 쪽에 있는 것과 안쪽을 향해 있는 것. 그리고 안네타는 종종 철책을 넘어 놀러 오곤 했다. 그녀는 아마 열세 살쯤 됐던 것 같다. 그녀는 여름 내내 나를 만나러 왔다. 그렇게 나는 매일 매일 나를 찾아오는 그녀가 변해가는 모습을 보았고 더욱 그녀를 거부할 수 없었다. 내가 희미하게 기억하는 건 셰르슈미디 거리의 오후와 닮았던 그 오래 전 어느 날 오후였다. 그날 역시 빗방울이 탄환처럼 창문을 두드렸고 빗방울은 사선으로 흐르며 조금 멈추다가 이내 다시 빗물을 쏟아내고 있었다. 그녀는 이미 다 알고 있지 않느냐는 듯 나를 바라보더니 조바심을 내는 듯한 미소를 지으며 날 불렀다. 그녀는 나를 차고 안으로 끌고 들어갔다. 차고에는 아버지가 보관하던 아주 낡은 두 대의 마차가 있었다. 그녀는 매우 여유 있는 태도로 나를 바닥에 눕히고선 비에 젖은 그녀의 어깨끈을 끌러 내렸다. 나는 뒤늦게 그녀가 벌거벗은 상태라는 걸 깨달았다. 그리고 무슨 일이 있었났는지 내가 채 이해하기도 전에 그녀는 나를 그녀의 양 다리 사이에 가두고는 골반을 움직였다. 내 생명을 단단히 쥐어 욕망의 깊은 곳까지 집어넣고는 두 번 다시 나를 그곳에서 자유롭게 하는 것을 허락하지 않았다.

그리고 떨어지던 그 빗방울은 마치 서두르고 있는 것처럼 카페 유리창에서 내 기쁨을 멀리 보내지 않았다. 왜냐하면 나는 그때처럼, 그 차고 안에서처럼 솔랑주를 원하고 있었으니까. 우리는 집으로 향했다. 아사 거리, 보지라르 거리를 지나 카세트 거리에서 바로 꺾어 메지에르 거리로, 생 쉴피스 광장과 거리로, 그리고 오데온의 거리에서 오른쪽으로 가 장난스럽게 무슈 르 프랭스 거리를 지나 라신느 거리에 들어서 큰 거리를 질러 에꼴 거리 쪽으로, 그리고 생 자크 거리를 건너 테나르 거리로, 그보다 북쪽에 위치한 단테 거리와 생 쥘리앵 르 포브르 교회를 거쳐 아르슈베슈 다리와 생 루이 다리를 지났다. 겨우 별이 하나 둘 보이기 시작했을 때 다시 비가 우리를 덮쳐왔다. 그리고 그날 밤 결국 별은 보이지 않았다.

이제는 멀어진 그날, 나는 당황스러움과 극심한 피로에 지쳐 차고에서 나왔다. 안네타는 아무 말도 하지 않고 비에 젖은 벽에 기대어 그녀의 머리카락을 깨물고 있었다. 그리고는 차분하게, 너무나도 태연스럽게 단추를 잠갔다. 가슴이 드러나는 옷의 작은 단추를 세 개 잠그더니 잠시 후에 생각을 고친 듯 다시 하나를 풀었다. 마치 새삼스럽게 나를 도발하려는 태도처럼 보였다. 하지만 슬슬 집에 돌아가야 하는 시간이었기 때문에 그 낮고 작은 철책을 지나 도로를 향해 영원히 그 모습을 감췄다.

분명 여기와는 다른 길이었다. 라탱 지구를 마주 보고 있던 그 곳은 때론 해안가의 빛나는 바다와도 닮아 있었다. 천천히 걸으며 그 길을 오고가는 사람들을 보고 있자니 꼭 밀려왔다 밀려가는 파도 같았다. 그 군중의 물결은 내가 앉아 있던 창가에서도 보였다. 그러자 클레멘티의 연습곡 중 몇 곡이 떠올랐다. 어지러워 언제 끝이 날지 보이지 않는 그 곡. 혹은 카를 체르니의 곡들이, 그리고 마지막으로는 바흐의 전주곡이. 거기에는 반복되는 기쁨이 존재했다. 혹은 언제까지고 계속 돌아가는 것처럼 존재했다. 마치 십진법의 5번째나 6번째에서 다시 처음으로 돌아가며 순환하는 숫자의 무리들과도 같이. 말하자면 종결부는 없었고 대칭적인 조화만이 반복되었다. 선회하는 조각들은 안네타의 움직이던 골반과도 같았다. 그때마다 그녀의 육체를, 새로운 기쁨이 기다리고 있는 것이었다. 그녀를 놀랠 만한 어떤 일이 일어나고 있던 것과 반대로 나는 갑자기 덜컥 겁이 나

거의 무기력한 상태로 모든 것이 끝나기만을 기다릴 뿐이었다. 끝난 다음에는 내 방으로 돌아가 어둠 속에서 꼼짝도 않고 있다가 다시 그 기억을 떠올리며 그때의 감정을 맛보곤 했다. 그리고는 나의 악보를 앞에 두고 마치 악보에 빨려 들어갈 것 같은 몸짓을 했다.

그것은 내가 나의 솔랑주에게 한 것이었다. 그녀는 한 시간 정도 잠이 들었는데 눈을 뜨기 무섭게 나에게 무슨 생각을 하고 있냐고 물었다. 그 오래된 자필 악보를 앞에 두고 뚫어지게 쳐다보고 있던 나를 보며. 그러나 오래 전 그날, 안네타는 나에게 물어볼 수 없었다. 그날 밤, 어떻게 지쳐 나가떨어질 때까지 피아노를 연주할 수 있었는지 말이다. 쾌락이라는 고통에 이끌려 나는 클레멘티의 '파르나수스 산에 이르는 계단'의 연습곡을 전부 연주했다. 누가 봐도 불가능하다고 여기는 그 거리를, 하늘로 향하는 계단을 나는 한 계단도 빠짐없이 디디며 끝까지 올라갔다. 다른 곳에서 느낀 그 힘들었던 감정들을 마치 피아노에 전부 다 쏟아내 버리듯. 나는 그때 열다섯이었다. 그리고 안네타는 나의 삶을 영원히 뒤바꿔버린 여자였다. 피아노를 만질 때마다 그것이 그저 연통관으로 이어진 장난감일 뿐이라는 사실을 느꼈다. 그리고 피아노에는 뒤집힌 관능 같은 것이 존재하여 연주를 할 때마다 감각들이 소모되어 가는 것이라 생각하게 되었다. 하지만 다른 선택의 여지가 없다는 것을 깨달았다. 그것이야말로 나의 관능과 열정들을 옮겨 담고 있었으며 손해 볼 것 하나 없는 나만의 방법이었다. 나는 '사랑'이라는 말을 입 밖으로 잘 내뱉는 사람이 아니라는 것을 스스로도 잘 알고 있었다. 음악에 대한 사랑이나 피아노에 대한 사랑을 논할 때를 제외하곤. 나는 아직도 기뻐하면서도 시치미를 떼거나 일정한 거리를 두는 것을 좋아한다.

나는 정념과 정열의 필적에 대해 솔랑주에게 말했다. 그것이 렌느 거리에서였는지 셰르슈미디 거리에서였는지 아니면 내 집에서였는지는 기억나지 않는다. 그리고 내가 정말 그걸 알기 원했는지도, 솔랑주에게, 혹은 안네타에게 그렇게 말했는지도 분명치 않다. 안네타는 열세 살이었고 어엿한 여자였다. 그러나 그것은 중요하지 않다. 왜냐하면 프리데릭 쇼팽도 나와 마찬가지로 성에 눈을 떴을 것이 분명했으니까. 왜냐하면 지금까지 말한 적은 없지만 동년배의 여성이라 할지라도 나를 유혹해오는 것에는 희열을 느끼기 때문이다. 안네타는 몇 번이나 돌아왔지만 나는 그녀가 나를 얼마만큼 원하고 있는지 알 수 없었다. 그래서 나는 더욱 그녀에게 빠져들었고 미쳐 있었다. 하지만 그것도 안네타에게 나는 그저 장난감이었다는 사실을 깨닫기 전까지였다. 어느 날 오후, 더 이상 쓰지 않는 한 농장 벽의 그림자 뒤에서 어떤 성인 남자와 함께 있는 그녀를 발견했다. 그녀는 위를 향해 양 다리를 교차시키고 있었고 남자는 그런 그녀를 양손으로 안아 올리고 있었다. 그녀는 신음소리를 참기 위해 그 남자의 귀를 깨물려 했다. 그 순간이었다. 그녀가 나를 쳐다본건. 그녀의 눈빛에는 전혀 있을 리 만무한 내 호기심에 대한 분노와 실망이 담겨 있었다. 그 후로 안네타는 두 번 다시 모습을 보이지 않았다. 그녀가 다시는 그 철책을 넘어오지 않는다는 사실이 나에겐 너무 슬펐다. 그리고 지금 생각해보면 그 철책은 얼마 지나지 않아 높은 것으로 바뀌었다. 나는 그 일이 있은 뒤로 결코 여자들에게 많은 것을 묻지 않으리라 다짐했다.

그러나 솔랑주에게는 그럴 수 없었다. 나는 카페에서 그녀에게 왜 오를레앙 강변거리에 있는 아파트로 돌아와주지 않는지 물었다. 하지만 그녀가 어떤 대답을 할 지 이미 알고 있었다. 그래서 그 이상 아무것도 묻지 않았다. 즉, 그 이상으로 나는 그녀를 알고 싶지 않았다. 왜냐하면 그녀는 돌아올 리 없었으니까. 그래서 그녀에게 다른 것들을 물어보기 시작했다. 어떤 삶을 살고 있는지, 어떻게 자라왔는지, 어디서 태어났는지 말이다. 그녀는 나에 대해선 누구보다 잘 알고 있었다. 그녀는 내가 발표한 음반들을 전부 가지고 있었다. 만일 내가 허락한다면 기꺼이 내 음반의 프로듀서가 될 수도 있었을 것이다. 그리고 내 모든 작품들을 다시 재판(再版)할 것임이 분명했다. 그녀는 기뻐하고 있었고 "나는 당신이 어떤 사람인지 전부 다 알고 있어요"라고 계속 이야기했다. 비록 그로부터 몇 시간 흐른 뒤에 떠나갔지만 말이다.

그에 비해 안네타는 달랐다. 그녀는 우리 집 근처에 사는 농장 관리인의 딸이었고 우리 집의 요리사와 잘 아는 사이라며 자랑을 하고 다니곤 했다. 내가 그녀의 존재를 처음 알게 된 것은 어느 날 우리 집 뒤뜰을 산책하고 있을 때였다. 몇 번인가 그녀와 한두 마디 정도 대화를 나눈 적이 있었다. 그 모든 일은 정말 순식간에 일어났다. 그리고 우리는 처음 느꼈던 그 망설임을 매일 타오르는 불꽃으로 쓰러

트렸다. 그러나 안네타는 내가 피아노를 연주하고 있다는 것을 전혀 모르고 있었다. 그리고 그 이후로 그녀는 내가 어디에 있는지, 무엇을 하고 있는지, 나에 대해 전혀 알지 못했다. 그러나 몇 년이 흐르고 대단한 진실을 알려고 했던 건 아니지만 내가 〈실비〉를 읽었을 때 나는 깨달았다. 안네타가 네르발의 작품 속에 등장하는 실비와 꼭 닮아 있다는 것을. 그리고 우리 집 공원의 그 경계는 발루아에 있는 내 영토라는 것과 나는 그녀에 대한 사랑에 미쳐 있었지만 결국 그것을 단념해버린 네르발이었음을. 그렇게 생각하면 전부 납득할 수 있었다.

여리고 아름답고 가냘픈 발목을 가진 나의 솔랑주에 대해서도 전부 납득이 갔다. 그녀가 가졌던 욕망의 형식도 처음 내가 알게 되었던 그것과는 달랐다. 이제 내가 어떤 사람인지 알게 된 그녀는 나의 착란에 대해서도 알게 되었다. 내가 나의 솔랑주라고 하는 그녀에 대해서, 솔랑주 뒤드방에 대해서, 쇼팽에 대해서, 그리고 바단조의 발라드 제4번에 대해서도 말이다. 그녀는 자필 악보를 보았고 (그녀를 더욱 관능적으로 만들어줄) 경외심과 매혹적인 시선으로 나를 원하고 있었던 것이다. 나는 이제야 그녀가 생각하고 있던 것을 깨달았다. 그녀는 다른 남자를 알고 싶어 했음을. 이번에야말로 실수를 만회해야만 했다. 그녀는 그날 밤 아무 근심과 슬픈 감정도 없이 새벽을 뒤로 하고 떠난 것이 아니라 향수와 비슷한 감정을 가지고 문밖으로 발을 디뎠을 것이었다. 하지만 이걸로도 부족했다. 왜냐하면 나는 그녀의 육체를 갈망하고 있었다기보다는 오히려 꺼리고 있었으니까. 그녀의 육체는 오늘도 책상 위에 올려놓은 정열의 필적보다도 더 많은 것들을 나에게 알려줄 것이었기 때문이다.

솔랑주가 어떤 기분으로 나의 집을 나갔는지는 기억하지 못한다. 그녀는 그때, 내가 예상한대로 향수를 느꼈을까, 아니면 다른 감정을 느꼈을까. 하지만 나는 안네타가 마지막으로 철책을 넘어 사라져간 모습을 지금도 기억한다. 그녀가 나에게 마지막으로 어깨끈을 내려 슬쩍 보여주었던 그녀의 가슴을. 나는 그때 그녀의 그런 행동을 음란하고 난잡한 것이라고 여겼다. 하지만 내 관능을 자극했던 것은 분명했다. 그것은 내가 양손가락을 빠르게 즉흥적으로 움직이며 자위를 할 때처럼 나를 극도로 흥분시켰다. 아마 그때 내가 생각한 것은 베토벤의 '열정'이었다. 그리고 처음으로 깨달았다. 내 왼손의 마지막 움직임 속에 있던 것은 절망의 심층을 드러내는 음악이 아닌 소망을 되찾아내는 원망의 반복이었음을. 그리고 그것이야말로 마음 속 가장 깊은 곳에 있는 아마도 가장 제어하기 힘든 욕구의 바람이었다. 그렇게 몇 년이 흐른 뒤 어느 적막한 여름밤, 탐독하고 있던 토머스 만의 책에서 내가 느꼈던 그 감정을 '내면에 자리하는 정욕에 대한 분노'라고 표현하고 있는 것을 보고 마음의 평안을 얻었다.

나는 솔랑주가 내가 악보에 적어놓은 각주에 매우 흥미를 품고 있는 것을 바라보고 있었다. 그녀는 종이들을 넘겨보다가 유심히 읽고선 여기저기 다시 들여다보고 있었다. 그 동안 나는 창가에 서서 담배를 피우고 있었다. 생각건대 그때 나는 아직 젊은 나이였기 때문에 우리 아버지의 파이프 담뱃대에 담뱃잎을 쑤셔 넣어 피우기 시작했었다. 그 전까지는 익숙한 솜씨로 담뱃잎을 종이에 말아 피우곤 했다. 그러고 보니 처음으로 나에게 담배를 달라고 했던 여자는 안네타였다.

"무슨 생각을 하고 있어요?" 솔랑주는 마치 날 놀라게 할 심산인 양 갑자기 물어왔다. 나는 제임스를 생각하고 있었다. 그는 나에게 초원에서 만났던 소녀의 이야기를 해주었다. 그녀가 스쳐지나가는 것을 그저 바라만 보고 있었던 그, 사라져간 여자에 대한 향수, 이미 지나가버린 시간의 의미, 갈망하던 것을 그리워하는 행동에서 기쁨을 느낀다는 그 이야기. 그리고 반대로 나의 약함이 그 열망을 불태울 수 있는 것은 아닐까 생각하고 있었다. 그것은 마치 한 개비의 담배와도 같았다. 담배 끝이 빨갛게 불타오를 때 비로소 담배는 해로운 것이 된다. 아마 나 역시도 피아노 앞에 앉아 있을 때야말로 기대를 가질 수 있었던 것은 아닐까. 왜냐하면 복잡한 기호의 시스템은 낭만파의 열정으로 이루어진 것임을 알고 있었기 때문이다. 그런 의미에서 나는 읽을 수도, 이해할 수도 있었다. 아마도 악보를 눈앞에 둘 때만 나는 반성이라는 우위를 맛볼 수 있었다. 강렬한 음악성은 종종 마치 장난감처럼 해체되어 단순명료한 일련의 음표라는 요소로 환원되기 때문이다.

그것이 처음으로 내 몸에 일어난 것은 아마도 쇼팽의 '환상 즉흥곡'을 눈앞에 두었을 때였다. 청춘의 괴로움이라는 명제를 걸며 그 곡을 선택한 것이었다. 처음에는 굉장히 천천히 곡을 연주했다. 아무것도 모르고 있었던 것이다. 마치 빠르게 말해야만 하는 말을 천천히 하나하나 끊어 발음하고 있는 사람처럼 그 곡을 연주하고 있었다. 그리고는 단계별로 점점 빠르게 하지만 느리게 연주했다. 내 연주는 마치 어릴 적 할머니가 내게 가르쳐줬던 놀이법과 비슷했다. 그 놀이는 그냥 보면 아무 의미 없어 보이는 모자이크의 칸막이 종이를 순서대로 접어 올리면서 맞춰나가면 그때까지 보이지 않았던 모양이 드러나는 것이었다. 그리고 완벽한 내 얼굴에서 드러나듯 내가 태어나고 자란 특권적인, 그리고 부유한 우리 가족의 배후에는 두 가지의 속도가 숨겨져 있었다. 내 안에 잠재되어 있는 한층 더 느린 속도, 그리고 한층 더 냉정한 속도 말이다. 하지만 만일 내가 속도를 올리고자 하는 의식만 있다면, 예를 들어 '환상 즉흥곡'을 연주했을 때와 마찬가지로 내 일상 속에 들어와 있는 음표는 그때까지는 생각지도 못했던 여러 가지 형태로 이해시키려 들었다. 아버지는 되돌아오지 않을 사랑에 괴로워했다. 그리고 실은 숙부와 결혼하고 싶었으나 불가능했던 나의 어머니. 숙부인 아르투로는 여자를 사랑하지 않았을 뿐더러 그는 일평생 인간을 사랑하지 않았다. 때문에 어머니는 사랑하지도 않는 아버지와 결혼한 것이었다. 그것만이 숙부를 완전히 잃지 않는 유일한 방법이었으니까.

긴 병고 끝에 숙부 아르투로는 숨을 거두었다. 그리고 그로부터 한 달 뒤, 갑작스레 찾아온 어머니의 죽음. 나는 한평생 그 누구에게도 사랑받지 못했던 아버지를 위로할 수 없었다. 그리고 할머니는 무능한 의사처럼 그 계속되는 수난들을 그저 지켜보고만 있었다. 모든 일은 천천히 진행되었다. 마치 내가 처음 환상 즉흥곡을 제대로 연주하지 못했던 그때처럼. 혹은 일부밖에 보는 것이 허락되지 않았던 제단화처럼, 매우 느긋하게 확대된 부분만을 연주했던 그때처럼…. 어머니는 스스로 인생이라는 연극을 먼 발치에 서서 지켜만 보며 점점 마르고 썩어갔다. 아버지는 일찍이 머리가 하얗게 세었고 항상 서재에만 틀어박혀 있었다. 따라서 나는 그렇게 엄밀하게 갇힌 세계 속에서 몇 시간이고 몇 시간이고 피아노를 연주할 수밖에 없었다. 왜냐하면 숙부 아르투로는 독주자였으며 어머니의 첫 피아노 마에스트로였기 때문이다. 그리고 그가 죽었을 때 어머니는 숙부의 장례식에서 내가 전주곡 마단조와 전주곡 나단조를 연주해주길 바랐다. 마치 쇼팽의 장례식이 열렸던 마들렌 교회의 성당과 같길 바라며.

쇼팽의 장례식 날 솔랑주는 맨 앞자리에 앉아 있었음이 틀림없다. 1849년 10월 30일 아침 10시의 일이었다. 검은 휘장이 드리워진 교회의 성당을 3천 명이나 되는 사람들이 가득 메우고 있었다. 음악원의 오케스트라와 합창단이 모차르트의 레퀴엠을 연주했다. 그리고 마들렌 교회의 오르간 연주자였던 르페브르 웰리가 쇼팽의 두 개의 전주곡을 연주했고, 제3의 전주곡의 주제로 몇 개의 변주곡을 연주했다. 그러나 그 곡이 무엇이었는지 아무도 알지 못했다. 나는 그 곡이 올림 바단조가 아니었을까 생각했다. 그래서 나는 숙부 아르투로의 장례식 때도 번외 연주로 '전주곡 올림 바단조'를 연주했다. 내가 오르간에 앉자 맨 앞줄에 앉아 있던 슬픔에 잠긴 어머니가 보였다. 이제껏 본 적 없는 눈물이 그녀의 눈에 맺혀 있었다. 그리고 그날 본 아버지의 표정은 지금도 무어라 표현할 수 없다. 아버지의 안색은 회색빛이었고 마치 목탄화로 그렸다 금방 지워버린 듯한 표정을 하고 있었다. 그때 나는 17살이었고 쇼팽이 죽었을 때 솔랑주는 21살이었다. 그녀는 그 후 50년은 더 살아가야 했다. 당시 전기 작가들이 서술했던 것처럼 그녀는 남편인 클레쟁제르를 내버려둔 채 파란만장한 인생을 보내게 된다. 그녀의 인생은 망설임 따위도 없이 그녀의 격정과 관능이 이끄는 대로 따라갔고 그에 따라 그녀는 점점 고통스런 상처를 키워 갔다. 그날 쇼팽의 관을 들었던 프랑솜(프랑스의 첼리스트 겸 작곡가), 들라크루아, 플라이엘, 그리고 알렉산더와 아담 차르토리스키 공들이 그의 유해를 페르 라셰즈 묘지까지 이동했을 때, 솔랑주는 무슨 생각을 하고 있었을까? 마들렌 교회에서 마담 비아르도 가르시아와 라블라슈, 잔 카스텔란, 그리고 알렉시스 뒤퐁 등이 모차르트의 레퀴엠을 부르는 것을 들었을 때 어떤 기분이 들었을까? 그녀를 위해 써내려간 발라드 제4번을 떠올리고 있었을까? 그리고 아르투로 숙부는 적어도 한번쯤은 나의 어머니를 위해 연주를 한 적이 있었을까? 그리고 안네타는 그 밑에서, 그 가축들이 지나다니는 길에서 우리 집을 둘러싸고 있는 벽 맞은편, 내 방 창문에서 그다지 멀지않은 그곳을 지나다녔을 것이다 내가 연주하는 곡을 듣고 있었을까(지금 생각해보면 그 거리가 얼마나 떨어져 있었는지조차 떠오르지 않는다)? 이제 와 생각해보면 그 당시 나의 연주는 거의 그녀를 위한 것이었다. 하지만 그녀는 나를 위해 내 연주에 귀를 기울이는 일 따위는 하지 않았다. 하물며 내가 지금 이렇게 유명한 피아니스트가 되어 있는 줄도 모를 것이다.

솔랑주는 내가 녹음한 음반들을 전부 들었다고 했다. 그렇다고 해서 그녀가 쇼팽을 좋아하는 것은 아니었다. 그녀는 오히려 쇼팽을 '쓸데없이 낭만적인' 작곡가라고 생각하고 있었다. 나는 그녀의 근거 없는 의견이나 판단에 달리 토를 달지 않았다. 아마 끊임없는 오해 속에 생긴 잘못된 생각들을 정정하거나 잘못되었다고 말하는 것은 누구라도 그리 쉽게 할 수 없는 일일 것이다. 나는 그녀의 뒤늦은 탐구정신이 마음에 들었고 그녀가 예상하지도, 생각지도 못한 방법으로 나에 대해 탐색하는 것이 호감을 불러일으켰다. 그녀는 나조차도 긴 세월을 방치만 해두었던 내 발자취들을 쫓아 내 힘이 닿지 않는, 더 이상 내 것이라고 할 수도 없는 것들을 탐색했던 것이었다. 그녀가 어떻게 이탈리아와 프랑스에서 방영되었던 낡은 텔레비전의 방송 필름들을 손에 넣었는지 알 수 없었다. 그것들은 내가 드뷔시나 쇼팽의 곡을, 때로는 베토벤의 곡을 연주하는 영상들이었다. 그녀는 그것들을 실제로 봤다고 말했다. 그리고 특히 그 중에서 뛰어난 해석과 함께 쇼팽의 마주르카 중 하나를 연주했었다고 말했다. 그 곡은 쇼팽의 마주르카 작품 68-4라고 했다. 그녀는 그 곡이 그가 죽어가며 구술로 남긴 마지막 작품이라는 사실을 모르고 있었다. 그리고 마주르카도 마지막 발라드와 같이 바단조라는 사실을 나는 잊고 있었다.

나는 그녀가 나에게 마주르카에 대해 말한 것들에 당혹감을 감출 수 없었다. 그 구절은 항상 내가 두려움을 안고서 연주해왔던 것이기 때문이었다. 그 단순함의 깊이와 불확실하며 애매한 느낌이 드는 부분들을 제대로 연주할 수 없을지도 모른다는 불안감을 갖고 있었던 것이다. 말하자면 나는 조금 더 어른이 됐을 때 이 곡을 완전히 이해할 수 있으며 그때야말로 이 곡을 연주할 적시가 아닐까 하는 생각을 갖고 있었다. 그리고 나는 그 마주르카와 발라드 제4번의 종결부 사이에 어떤 차이가 있는지 생각했다. 두 곡을 작곡했던 시간의 간격은 어느 정도로 가까웠을까? 갑자기 나는 제임스가 말했던 그 의미를 깨닫기 시작했다. 제4번 발라드의 종결부가 얼마나 정열적이며 격노와 불가능과 그의 숙명까지 담고 있는 것에 대해 말이다. 그리고 분명한 관능과 당황스러움까지도. 그 마주르카가 제임스의 모든 것이자 상실이었다. 또한 우수였으며 나중에 후회하기 위해 순간을 살지 않는 것에 대한 기쁨, 그 직후에 밀려드는 감각의 동시성의 작은 상실이었다. 나는 이제야 솔랑주를, 창문을 보고 앉아 있는 나의 솔랑주를 이해할 수 있을 것만 같았다. 젊고 아름다운 그녀는 그녀의 방식대로 생각하고 있는 것이다. 마른 나의 몸을, 이 노인의 몸을. 그럼에도 불구하고 나는 단 한 번도 그런 식으로 생각해본 적이 없었다. 나는 내 눈앞에 다리를 꼬고 앉아서 머리를 벽에 기대고 있는 솔랑주를 이해할 수 있었다. 저녁이 데리고 온 바람결에 그녀의 황금빛 머리가 희미하게 흔들리고 있었다. 나는 알았다. 그것이 젊은 날의 한순간이라는 것을. 그 속에는 제임스도 있었고 나도 있었다. 그 속에는 우수도 존재했고 정열도 존재했다. 마치 서로 부딪히며 싸워대는 두 파도처럼 서로의 요소들을 잘 버무리면서 말이다.

그것이 바로 진실이었다. 그 순간 내 인생이 바단조의 음악 속으로 뛰어 들어갔다. 태어나 처음으로 환영의 출현과 함께 시작된 그 밤에 모든 것에 대한 설명이 뒤따른다는 것과 그리고 우연에 맡겨진 아무것도 아닌 것을 깨달았다. 그러나 멀리 떨어져가는 이야기들을 그런 식으로 하나로 엮어내는 일이야말로 많은 것을 알고 있는 인간들의 특권 중 하나라고 생각했다. 우리는 충분히 알고 있는 코드를 통해 세계를 풀어내고 하나의 언어를 끌어내어 존재하지 않는다고 여겨지던 문자를, 그리고 아마도 존재하지 않았을 문자를 해독해보이려 하는 것이었다. 그리고 나는 너무나도 명백한 일이었음에도 불구하고 다시 안네타를 생각하기 시작했다. 가슴이 답답해질 정도로 그녀의 관능을 떠올렸고 갑자기 내 몸쪽으로 다가온 솔랑주의 몸을 또 다시 느끼고 있었다.

11.

아마도 우연의 일치였겠지만 너무나 소설 같은 이야기였다. 나는 지금까지 눈치 채지 못했다. 러시아의 피아니스트, 안드레이 카리토 노비치가 체포된 것은 1949년 2월 16일에서 17일로 넘어가는 새벽이었다. 그날은 쇼팽이 발라드 제4번의 종결부를 완성한 순간으로 부터 딱 100년이 되는 날이었다. 내가 지금 눈앞에 쥐고 있는 이 악보에는 1849년 2월 17일이라고 적혀 있다. 그러나 카리토노비치가 이 날짜의 의미를 알고 있었으리라곤 아무도 생각하지 못했을 것이다. 그리고 그는 꽁꽁 얼어붙게 추웠던 새벽에 그 추위는 분명 파리의 그것과는 비교할 수 없을 정도였을 것이다 삼엄한 체제 속에서

집행 명령을 받고 움직이던 그 우둔한 경찰관들을 보며 경멸의 미소를 띠우고 있었을 것이다. 경찰관들은 자신도 모르는 사이에 한 번도 본 적 없는 드라마 각본대로 움직이고 있었다. 특출한 재능을 뽐내던 젊은 피아니스트 안드레이 카리토노비치는 얼마나 거만한 태도로 그 경찰관들을 지켜봤을까? 나는 뭐라고 설명할 수 없었다. 나뿐만 아니라 예브게니였다 하더라도 아무 얘기도 못했겠지. 내가 쥐어준 돈으로 추위와 빈곤함을 견딜 수 있을만한 곳으로 떠난 그 남자라도 말이다. 전기 작가들 중에는 2월 17일이야말로 프리데릭 쇼팽의 진정한 생일이라고 주장하는 자가 더러 있다. 그러나 얽히고설킨 날짜 속에 누구나 자신을 잃어버리거나 제정신이 아닐 수는 있는 법이다. 충분히 그럴 수 있지만 나로서는 단순한 우연의 결과가 아닌 하나의 의지표명이 아니었나 싶다. 카리토노비치는 자신이 체포되는 것을 교묘하게 피하고 있었던 것이다. 어떤 방법을 썼는지는 알 수 없지만 분명 그는 그 운명의 날짜가 다가올 때까지 그랬을 것이 분명하다. 하나의 결정이, 맹목적인 억압이, 그 이외에는 아무 의미도 갖지 않는 하나의 명령이 보기 좋게 완벽한 형태로 발현되기 위해서.

그 둘은 전혀 다른 세계 속에 있었으면서도 우연에 의해 서로가 서로를 지지하고 있었다. 그것을 이상하다고 해야 할까. 어찌 되었든 내가 사는 세계 속에서도 우연은 나와 함께 20세기를 거의 함께 보내왔으며 유용한 요소들을 형성해왔다. 그것은 하나의 스토리를 만들고 그 속에서 필요한 세트를 만들었으며 별 의미를 갖지 않던 것에도 그 나름의 의미를 부여해왔다. 나의 솔랑주를 그 스토리 속 어디에 놓아야만 했을까? 그 우연 속에, 혹은 여기까지 내가 구축해 온 완벽한 스토리 속에 말이다. 그로부터 수년이 지난 지금까지도 나는 아무 말도 할 수 없었다. 그날 밤 나는 그녀를 위해 발라드 제4번을, 그리고 마지막 마주르카를 연주했다. 그러나 그녀는 아무 감흥도 느끼지 못하는 것 같아 보였고 어떤 감동스런 표정도 보이지 않았다. 게다가 그녀가 이름 붙인 '양손의 경쾌한 힘'이라는 연주법에도 전혀 흥분하지 않았다. 나에 대해 전혀 칭찬하지 않는 사람을 만난 것은 태어나 처음 있는 일이었다. 그리고 그 사람은 내가 엄청난 호감을 품고 있던 단 한 사람이었다. 안네타처럼…. 그녀는 나의 절묘한 기법 따윈 아무 관심도 없는 채 그저 내 육체만을 알았고 그것만을 탐하길 원했다.

나는 나의 명성과 유명세, 위대한 연주가라는 카리스마로 평생동안 여자를 유혹했다. 그리고 내가 가진 막대한 재력을 이용하기도 했다. 그럼에도 불구하고 그날 밤 내 앞에 있던 한 명의 여자는 나에게 곡을 연주해달라는 부탁조차 하지 않았다. 원하는 것은 뭐든지 해주었지만 괘씸하다는 양 나를 바라보고 있었다. 그도 그럴 것이 내 집에는 단 한 개의 거울도 놓여 있지 않았다. 마치 노이로제에 걸린 듯한 이 늙은 환자의 기행적인 행동에 그녀는 어떤 반응도 보이지 않았다. 이 모든 일들이 내 마음을 혼란스럽게 만들었다. 나는 다시 한 번 발라드 제4번을 연주했다. 이제는 음표들까지도 혼란스러워 하는 것처럼 느껴졌다. 악보를 수정하기 전의 버전이 훨씬 좋았던 건 아닐까 하는 생각이 들었다. 쇼팽의 정열이 그의 눈을 멀게 했던 건 아닐까. 솔랑주 뒤드방의 제멋대로인 성격이 원래는 수정할 필요가 없었던 악보의 일부를 반강제적으로 수정하게 만든 것은 아니었을까. 그러나 나는 잘못 생각하고 있었다. 그 악보에 고통 받고 있는 것은 나 자신이었다. 원망의 마음을 끌어안고 있던 음악의 신이 나에게 보내는 마지막 장난이었다.

내일은 론 강이 흐르는 이 골짜기에 함부르크에서 많은 사람들이 도착할 것이다. 일 때문이지만 말이다. 아마 공항부터 이 집까지는 거리가 있는 편이니 꽤 시간이 걸릴 것이다. 앞으로의 계획에 대해 미리 의논해두어야 할 필요가 있었다. 그들은 쇼팽의 작품들을 거의 완전한 전집으로 발행할 생각을 하고 있었다. 아직 녹음하지 않은 작품들도 있었다. 어쨌거나 꽤 힘든 작업이 될 것이다. 그러나 시간에 쫓기는 것은 싫었다. 그들은 그런 면에 있어서는 귀찮을 정도로 꼼꼼한 편이라 어떻게든 3년 안에 전부 끝내고 싶다는 눈치였다. 나는 가끔 그들이 하는 이야기를 듣지 않았다. 아마 열 명 남짓한 그들 역시 내가 공허한 상태라는 것을 짐작할 수 있었으리라. 하지만 나는 그들에게 용서받을 수 있을만한 존재였고 또 그런 존재임을 십분 이용하고 있었다. 더 이상 아라우는 이 세상에 존재하지 않았고 마갈로프(러시아의 피아니스트)도, 굴드도 없었다. 아직까지 살아 있는 거장이라고 불릴만한 피아니스트 중에서는 리히테르(우크라이나 출신의 소련 피아니스트)와 내가 마지막 존재이다. 피아니스트들은 사람들이 자신을 괴짜 취급하는 것을 오히려 즐기곤 했다. 하지만 나

같은 경우는 오히려 그렇게 불리는 것을 "고통의 장막 속에 있다"고 표현하고 싶었다. 그들은 스스로를 천재라고 생각하고 있었는지 모르겠지만 나는 반대로 그런 재능들이 인생을 더 고통스럽게 만들뿐이었기 때문에 항상 수치스럽게 여겼다. 그도 그럴 것이 어렸을 때부터 교양이 있는 사람은 모름지기 별난 행동을 삼가고 어떤 일에도 적절한 행동을 취해야 한다는 엄격한 교육을 받아왔기 때문이다. 적어도 우리 아버지는 그렇게 가르쳤고 그 역시 그렇게 평생 자신의 약점을 숨기며 살아왔다.

어머니가 너무나도 깊은 비탄에 잠긴 나머지 돌아가셨을 때 나는 그것이 아르투로 숙부의 죽음과 연관되어 있다고 믿고 있었지만 아버지는 눈물 한 방울 흘리지 않으셨다. 그렇지만 어머니를 계속 사랑해왔고 그 때문에 평생 괴로워했다. 그 뿐만이 아니다. 아버지는 아르투로 숙부 역시 사랑했다. 숙부는 아버지보다 두 살 아래였지만 특별한 재능을 가진 사람이었다. 그 점에서 아버지는 숙부에게 도저히 당해낼 수 없었다. 덕분에 아버지는 인생에서 한 번에 두 가지의 비극을 맛보았다. 그럼에도 불구하고 자신의 괴로움이나 고통에 대한 감정은 일체 겉으로 드러내지 않았다. 모든 것을 잃어버린 듯 그는 방에 틀어박히게 되었다. 마치 육중한 문 뒤에 단단하게 자물쇠라도 걸어놓은 것처럼 말이다. 나는 그 집에서 2년을 더 살았다. 안네타도 없고 피아노 선생님도 없었다. 사실 피아노 선생님은 국제적인 콩쿠르에 나가보라는 조언 외에는 더 이상 나에게 해줄 수 있는 일이 없었다. 어쨌든 나는 콩쿠르에 나가 명성을 얻게 되었다. 3년간 첫 번째 레퍼토리를 준비했는데 그동안 내가 아버지를 본 것은 이른 아침과 저녁 즈음의 30분 정도였다. 아버지는 나날이 늙어갔고 머리도 하얗게 세면서 점점 빠져갔다. 그리고 그의 침묵은 점점 심해져 더 이상 견디기 힘들 정도였다. 그러다 딱 한 번 아버지가 방문 뒤에 기대어 숨어 있는 모습을 본 적이 있었다. 내가 피아노를 연주하고 있을 때였다. 아버지는 내가 연주하는 음악을 견디기 힘들다는 듯 내 피아노 소리에 귀를 기울이지 않은 지 오래였다. 그럼에도 불구하고 그날 아버지는 미동도 없이 그 자리에 묵묵히 서서 내가 연주하는 쇼팽의 마주르카 바단조를 듣고 있었다. 분명 그 곡은 어머니가 잔혹함과 고통을 담아 숙부를 위해 연주한 곡이었으리라. 내가 아버지의 존재를 깨달은 건 아마도 마음이 혼들려 잠시 연주를 멈췄을 때였다. 그리고 나는 아버지의 마음을 어지럽힌 것을 후회하며 다시 연주를 시작했다. 하지만 그때는 이미 모든 것이 끝난 뒤였다. 그는 야윈 몸을 재빨리 웅크려 문의 저편으로 사라져버렸다.

이 사건이 있었던 날로부터 아마 2개월도 채 지나지 않았을 무렵이었을 것이다. 그날 나는 만장일치로 1등의 영예를 안았던 바르샤바의 쇼팽 콩쿠르에 참가하기 위해 막 집을 나서려던 참이었다. 아버지는 그날 아침 일찍 집에서 모습을 감췄고 그 후로 두 번 다시 돌아오지 않았다. 이후의 소식 또한 묘연해 알 수 없었다. 어딘가에서 여전히 살고 있을지, 아니면 강물에 몸이라도 던졌을지 아무도 알 수 없었다. 혹은 목에 돌이라도 매달고 어딘가의 호수에 가라앉아버린 건 아닐까? 가끔 아버지와 닮은 사람을 보았다는 소식을 전해

듣곤 했었지만 그것도 얼마 지나지 않아 들리지 않게 되었다. 가족 예배당에 묘비만이 남아 있을 뿐이었다. 나는 아버지가 바로 세상을 떠나지는 않았을 것이라 생각하고 싶다. 쇼팽 콩쿠르에 나갔던 그날도 문 뒤에서 내 연주를 듣고 있었을지도 모른다. 그리고 가까이 가기 전에 급히 모습을 감춘 것일 수도 있었다. 내가 그날 발라드 제4번과 마주르카 작품68-4를 연주한 것은 우연이 아니었다.

아버지가 집에 돌아올 수 없게 된 날, 그날은 정확히 언제였을까? 평소대로라면 이런 날짜는 정확히 기억해두는 습관이 있었음에도 불구하고 그날만은 전혀 기억해낼 수 없었다. 기억하고 있는 거라곤 그날 저녁 하늘이 굉장히 어두웠고 범상치 않은 기운이 흘렀다는 것뿐이다. 불안감이 점점 커짐과 동시에 번개가 심하게 내리치기 시작했다. 번개 빛이 정원의 구석까지 비추곤 했다. 무슨 일이 일어날 것만 같은 느낌이었다. 왜냐하면 그때까지 맑디맑던 하늘이 어느새 거무스름한 빛으로 바뀌었고 달도 보이지 않을 만큼 어두워졌으며, 어느덧 바람도 잔잔해졌기 때문이다. 그리고 사람들의 목소리가 띄엄띄엄 들려왔다. 어둠 속에서 가족들이 횃불을 들고 돌아오는 모습이 보였다. 나는 그들의 얼굴에서 말로는 설명하기 힘든, 하지만 깊게 드리워진 그림자를 읽을 수 있었다. 그들은 내 기분을 상하게 하지 않기 위해 신중한 태도를 취하고 있었으나 암묵적으로 내 이해를 바라는 기운 같은 것이 느껴졌다. 입 밖으로 꺼낼 필요는 없었다. 이미 모든 걸 다 알아차렸다고 해도 과언이 아니었다. 그보다 며칠 전, 나는 예전에 어머니가 아버지에게 보냈던 편지뭉치들을 발견했다. 그것들은 1919년, 즉 내가 태어나기 전의 일이었으며, 편지에는 모든 것이 적혀 있었다. 어머니의 비극과 아버지의 인내, 그리고 우리 집에 있는 독립된 한 채에 숙부를 살게 하자는 쓸데없는 타협 같은 내용들 말이다. 그것은 출구도 없는 타협이었다. 20년에 걸친 형식상의 공동생활. 그 속에서 세 사람 각자가 느꼈을 공포. 마음이 여러 번민을 거듭하는 성격이었던 아르투로 숙부 역시 떳떳하게 동성애자로서의 삶을 살기는커녕 종종 스스로를 속이기까지 했다. 내 유소년기와 청년기의 실마리까지도 함께 찾아낸 것 같았던 그날부터 지금까지의 내 인생이 어땠는지 이제야 겨우 이해할 수 있었다. 그리고 순간 왜 그 마법의 횃불이 나의 이 희비극에 등장하는 배우들을 이렇게 동요시키고 있었는지도 알 수 있었다.

그로부터 번갯불처럼 모든 것이 또렷하게 보였다. '프레스토 콘 푸오코(정열을 가지고 빠르게).' 그날 밤으로부터 1년도 채 지나지 않아 나는 유명세를 타기 시작했다. 쇼팽 콩쿠르에서 만장일치로 얻은 1등의 영예. 독일의 대형 레코드회사와의 계약. 앞으로 2년간의 연주회 일정도 전부 빡빡하게 짜여 있었다. 전쟁이라는 장애물이 나를 막지 않았다면 말이다. 나는 이탈리아를 떠나 3년간 스위스에서 살았다. 그곳은 지금 살고 있는 이 집에서 불과 2킬로미터 정도 떨어진 곳에 있었다. 기다림이란 참고 견디는 것임을 나에게 알려주었던 그 풍경들. 나는 35년 뒤에 다시 이곳으로 돌아왔다. 그리고 제대로 살 수 없었던 그 젊은 날의 시간들을 결코 잊을 수 없다. 정말 지독히도 두려웠던 나날이었다. 그때 나는 아주 오랫동안 피아노 공부를 할 수 없었다. 전쟁은 마음속에 깊은 고통을 가져다주었다. 더군다나 나는 징병을 피할 수 있었던 특권 때문에 더 강한 죄책감을 가졌다. 그 마음을 겨우 씻어낼 수 있었던 것은 9월 8일(1943년 9월 8일, 이탈리아와 연합군과의 휴전 협정 공표) 이후였다. 나는 큰마음을 먹고 이탈리아로 돌아가 디오니시 슈페르티의 게릴라 부대에 들어갔다. 셈피오네 고개를 넘어 오솔라 공화국에서 많은 경험을 하며 살았다. 그리고 이미 아무도 살지 않아 방치된 도모도솔라 거리가 만 3천 명의 나치·파시스트들에 의해 점거되는 고통을 겪었다. 그렇지만 그 모든 것이 끝날 때까지 다른 청년들과 함께 나 자신을, 그리고 내 양손에 생긴 굳은살들을 그저 웃어넘기고 있었다.

이런 시절도 길게 가지는 못했다. 어느 날 밤, 우리는 어떤 집에서 피아노를 보았다. 독일에서 만들어진 업라이트형 제품이었다. 나무 패널이 떨어져나가 내부와 피아노선들이 전부 드러나 있었다. 아직도 해머의 펠트부분에 코리앤더(카니발에서 던지는 종이뭉치)가 붙어 있었던 것을 기억한다. 우리 그룹 중에서 가장 나이가 많은 마우리치오가 말했다. "네가 진짜 이걸 연주할 수 있다고? 그럼 우리한테 좀 들려주지 그래?" 우리가 국경에서 불과 몇 킬로미터밖에 떨어지지 않은 곤도 협곡에서 가까운 취라 이젤 근처에 있었을 때의 이야기다. 뚜껑을 들어 올리면서 나는 나에게 물었다. 도대체 어떻게 이런 산골짜기까지 피아노를 옮길 수 있었던 거지? 그리고는 다장조를 눌러 피아노의 상태를 확인했다. 소리는 문제없었다. 뿐만 아니라 조율 상태도 거의 그대로 유지되어 있었다. 주변에는 웃고 있는 소녀들과 식기가 부딪히는 시끄러운 소음, 그리고 강한 식초 냄새가 진동하고 있었다. 나는 머뭇거리지 않고 쇼팽의 왈츠를 연주하기 시작했다. 등 뒤에서 춤을 추기 시작하는 발소리가 들리기 시작했다. 찰스톤(1920년대에 유행한 빠른 춤)을 연주하라는 소리가 들려왔지만 신경 쓰지 않았다. 피아노를 만지지 못한 지 거의 2년 정도의 시간이 흘러 있었다. 휘파람소리나 엇박자로 부르는 노랫소리가 섞이는 등 잡음이 계속해서 들려왔지만 무시했다. 그리고는 브람스의 랩소디를 연주하기 시작했다. 이윽고 그동안 들려오던 소리들이 점차 희미해졌고 주위 사람들의 움직임도 거의 느껴지지 않았다. 마치 그 공간 속에 나 혼자만 존재하는 것 같은 기분이 들었다. 랩소디 연주를 끝마치고 의자에서 일어나 사람들을 둘러보았다. 소녀들을 비롯한 모든 사람들이 정적 속에서 두려움을 느끼는 듯 아무 소리도 내지 않았다. 마치 그곳이 전혀 다른 세계로 변해버린 것 같았다. 사람들은 나를 자신들과는 전혀 다른 사람이라는 눈으로 쳐다보고 있었다. 그들은 당혹감을 감추지 못하며 바라보고 있었던 것이다.

나는 무엇을 했던 것일까? 브람스의 곡을 연주하기만 했던 것일까? 혹은 내 피아노가 브람스를 연주하는 것과는 다른 무언가를 그들에게 보여주었을까? 뭐라 표현할 방법을 찾지 못했다. 내가 기억하는 것은 그때가 동이 틀 무렵이었고 너무 추워 동장군이 문 앞에 버티고 있는 것처럼 느껴졌다는 것이다. 모든 것이 끝을 향해 가고 있다는 사실은 이미 모두가 깨닫고 있었다. 10월 14일, 우리는 도망

처야만 했다. 오솔라 공화국은 곧 그 역사의 막을 내리려 하고 있었다. 나는 부대장 슈페르티의 뒤를 따라 다른 300명의 동료들과 함께 디베드로 계곡에 들어갔다. 그렇게 국경을 넘어 그대로 스위스로 도 망쳤다. 그로부터 몇 개월이 흐른 1945년 6월, 나는 겨우 밀라노로 돌아올 수 있었다. 다시 그날 밤으로 돌아가기엔 이미 군복이 아닌 평상복차림의 일반인이었다. 그때와 같은 건 무엇 하나 없었다. 혼돈의 시대를 떠돌았지만 결국은 다시 제자리로 돌아온 것이다. 나는 산장에서 나의 스타인웨이를 앞에 두고 여전히 뉴욕과 런던, 파리의 중간지점에 있었다. 사람들은 모두 조금씩 그때와는 다른 사람이 되어갔다. 어떤 이는 저널리스트가 되었거나 또 다른 이는 정치가가 되었거나 했다. 그렇지 않다 하더라도 모두가 어떤 꿈을 이루고자 시도하고 있었다. 많은 이들이 다시 위엄을 되찾고 스스로 좋아하는 일들을 하고 있었다. 그날 밤의 연주는 대체 무엇을 만들어낸 것이었을까? 분명 이 세상 것이라고는 생각되지 않는 엄청난 어떤 힘을 만들어냈음이 분명했다. 그것만으로는 충분하지 않다. 그 이상의 무언가가, 전혀 다른 무언가가 분명 존재했다. 열려 있던 큰 문을 뒤로 하고 나의 영혼을, 정신을, 재능을 전부 드러냈던 것이었다. 내 마음 또한 드러냈다. 하지만 그걸로 충분했다. 나는 다시 예전처럼 벽을 쌓았다. 오랜 세월동안 탄식과 함께 쌓아온 그 벽을.

아버지마저도 내가 가진 재능에 당황하여 문 뒤 그림자에 숨어버리셨지 않았던가. 유일하게 어머니만이 내 재능을 견뎌냈다. 왜냐하면 그 속에서 아르투로 숙부의 패배를 짐작할 수 있었기 때문이다.

숙부는 명 피아니스트였지만 어느 순간 쇠락해 가고 있었다. 내가 숙부의 재능을 무(無)에 가까운 것으로 만들어버린 것이다. 고작 10살이었을 때부터 그보다 훨씬 능숙하게 피아노를 다루고 있었다. 그것은 어머니에게는 숙부 아르투로에 대한 복수이기도 했다. 몇 번이고 어머니를 거부한 것에 대한 복수 말이다. 게다가 어머니는 일종의 고통스러운 감정과 함께 분노를 담아 복수를 하고 있었다. 하지만 그런 분노와 함께 마음속에는 뭐라 표현할 수 없는 모순된 감정이 소용돌이 치고 있었으리라. 그것을 몇 통에 달하는 편지에 적어 작은 상자 속에 감춰두었다. 어머니가 돌아가시고 난 며칠 뒤, 숙부가 선물한 것으로 추정되는 보석 상자함과 함께 이중으로 된 서랍 속에서 편지들이 발견되었다. 숙모 중 한 분은 그 편지들을 태워버려야 한다고 강력하게 주장했다. 물론 나는 가능하다면 전부 읽어보고 싶었다. 하지만 그 편지다발들은 재스민 향기를 풍기며 난로 안에서 타올랐다. 난로 속에서 춤을 추는 불꽃을 바라보며 나는 아주 먼 옛날, 쇼팽의 말년에 있었던 일이 지금 이 상황과 비슷하지 않았을까? 하는 생각을 멈출 수 없었다.

시간은 거슬러 올라가 1851년의 일이다. 알렉산드르 뒤마가 실레지아 지방의 미스워비체라는 곳에서 조르주 상드가 쇼팽에게 보낸 편지들을 발견한다. 뒤마는 그 다수의 편지를 보고 엄청나게 귀중한 것을 발견했다고 느끼고는 기쁨에 열광했다. 어떻게 그 편지들이 실레지아에 가 있었던 것일까? 조르주 상드가 쇼팽의 누이였던 루이자(정확하게는 루드비카)에게 이것들을 파리에서 가져가달라고 부탁한 것이었다. 루이자는 편지들을 받고서 폴란드로 가져와 몇 명의 친구들에게 맡겼다. 왜 그랬을까? 이유는 아무도 모른다. 조르주 상드는 마음에 걸리는 몇 가지의 일에서 해방되길 원하고 있었다. 하지만 어째서 쇼팽의 누이에게 그 편지를 부탁하기로 결심한 것이었을까? 그것도 쇼팽의 편지가 아닌 자신이 쓴 편지를 말이다. 편지에는 어떤 내용이 적혀 있었을까? 아마도 쇼팽을 충분히 궁지에 몰아넣을 수 있을 법한 내용들이 적혀 있었을 것이다. 그렇다고 한다면 그가 가장 사랑해 마지않았던 그의 누이 말고 대체 어느 누가 그 상황을 잘 판단할 수 있었을까? 그 뿐만이 아니다. 루이자는 그 편지를 자신이 가지고 있지 않았다. 왜 그랬을까? 그 답 역시 아무도 알 수 없다. 그녀는 문제의 작은 상자들을 받자마자 그것을 봉인시켜 미스워비체에 있는 그녀의 몇몇 친구들에게 건넸다. 그것을 알렉산드르 뒤마가 발견한 것이다. 엄밀히 말하자면 그는 편지를 찾으러 간 것은 아니었다. 어쩌다 우연히 그 편지들을 발견하고서 열정의 불꽃에 휩싸이게 된 것이다. 그는 아마도 편지에 적힌 내용을 읽고서 뭔가 좋은 일이라도 하자는 마음을 먹었고 조르주 상드에게 그 편지함을 발견했다고 알렸다. 이렇게 해서 결국 그 편지들은 다시 파리로 돌아오게 되었다.

1851년 10월 7일, 조르주 상드는 뒤마에게 냉담한 말투로 짧은 글을 보냈다. "그 편지함에 들어 있던 편지를 전부 읽을 정도라면 당신은 아주 대단한 인내심을 가지신 분이겠군요. 편지를 읽고 제 마음에 대해 특별히 흥미가 생기셨을지는 모르겠지만 그건 그냥 같은 말만 반복해대는 무의미한 편지일 뿐입니다. 하지만 그 편지들을 참을 성 있게 읽어 보셨다니 이제는 제 인생 속에 자리한 9년이라는 시간 동안 제가 얼마나 흘러넘치는 모성애를 가지고 있었는지 아시겠지요. 물론 그 편지 안에 비밀이라고 할 만한 내용들은 없습니다. 굳이 말하자면 고상하여 치유하기 어려운 마음을 마치 아들 대하듯 위로 하는 마음이 부끄러울 수 있겠으나 동시에 긍지를 가져도 될 만한 것이겠지요……." 정말 아무 비밀도 없었을까? 아마 그렇지 않을 것이다. 조르주 상드는 글씨가 빽빽하게 들어찬 아홉 권의 두꺼운 서간집을 남겼다. 그녀의 인생이 담겨 있는 서간들은 전부 몇 백 페 이지에 달하는 양이었다. 그러나 쇼팽에게 보낸 편지들은 전부 태워 버렸다. 그것은 나의 어머니가 숙부 아르투로에게 보낸 편지를 숙모 가 태워버린 것과 조금 닮아 있다. 조르주 상드의 편지에서 우리 어 머니의 그것과 마찬가지로 재스민 향기가 났는지는 모르겠다. 나는 이 두 개의 사건이 왠지 모르게 상당히 밀접한 관계에 있는 것 같다 는 생각은 항상 해왔다. 따라서 더 이상 내가 읽은 그 편지들이 조르 주 상드의 전기적인 향기가 배어 있는 것인지 아니면 반대로 그 향 기는 어머니가 쓴 편지에서 나는 것이었는지 알 수 없게 되어버렸 다. 두 편지의 향기가 알 수 없게 섞인 탓에 발라드 제4번을 떠올리 게 된 사실과 솔랑주 뒤드방을 꼭 빼닮은 또 다른 솔랑주를 알게 된 사실이 겹쳐지며 섞여버렸다. 그것들이 내 인생을 결정적으로 혼란 시켰으며 집착어린 광기로 점철시켰다. 용서할 수 없을 정도의 감정 들이 나를 그 창문가에 서린 광기와 대면하게 만들었다.

이 모든 것을 나의 솔랑주는 이해할 수 있었을까? 내 말 속에 들어 있는 의미를 이해할 수 있었을까? 방 안을 가벼운 발걸음으로 걷고 있는 그녀의 머리카락마저도 실은 다 내가 만들어낸 스토리 속에 존재하는 관능의 목상감(가구나 상자 등의 표면장식의 한 기법)의 한 조각이라는 사실을 말이다. 다시 그 오래 전 깨부수고 싶었던 얼어붙어버릴 듯한 침묵이라는 감각이 되살아났다. 그 감각은 마우리치오와 죠니와 알베르토, 그리고 그 집에서 나와 함께 있었던 전우들이 이제는 더 이상 우리에게 탈출할 길이 없다는 것을 알아차렸을 때 느꼈던 것이었다. 우리들은 각자 가야 할 길이 달랐기에 목적지역시 달랐다. 그날 밤, 그들은 존경과 불안한 마음을 담아 나를 바라보고 있었다. 서로 뚜렷한 느낌을 받고 있었지만 물어보는 것을 꺼리고 있었다. 죠니만이 나에게 그건 뭐라고 하는 음악이냐고 물어왔을 뿐이었다. 나는 일부러 작곡가의 이름은 말하지 않았다. 내가 자리로 돌아가 앉으려고 했을 때였다. 여전히 깔깔거리며 적포도주를 마시던 소녀들 중 한 명이 나를 바라보고선 얼굴을 붉힌 채 '멋진 연주였어'라고 말했다. 그리고는 마치 무거운 짐이라도 내려놓는 듯한 몸짓을 하며 한 쪽 손으로 내 무릎을 가볍게 만졌다.

그날 밤, 솔랑주는 피아노 근처엔 다가오지 않았다. 그녀는 피아노에서 조금 떨어져 있었다. 그 덕분에 나는 피아노를 연주하며 눈으로 그녀의 모습을 좇을 수 있었다. 그녀는 서서 등을 벽에 기대고 있었는데 굉장히 자연스럽고 편해보였다. 그녀의 눈길은 내 양손을 향하고 있었고 거기에서 칭찬의 기색은 느낄 수 없었다. 내 손은 건반 위를 날아다니고 있었지만 정확히 음을 짚으며 우아하다고 해도 좋을 정도의 완벽한 동작을 연출하고 있었다. 나의 연주가 끝났음에도 그녀는 내게 다가오려 하지 않았다. 그 태도는 존경심을 품고 있음과 동시에 무언가를 기다리고 있는 것 같았다. 나는 그 공손한 태도 속에서 이별의 기운을 감지했다. 또 조신하면서도 관능적인 태도에서 예전에 느꼈던 거리감이 떠올랐다. 적포도주를 너무 많이 마셔 헝클어진 머리를 한 소녀가 나에게 "멋진 연주였어"라고 말한 그때와 같은 느낌이었다. 혹은 피아노가 이 세상과의 관계를 끊어버리게 하려고 나에게서 멀어져 가는 건 아닐까 두려워할 때의 그 기분과 닮아 있었다. 혹은 그가, 피아노가 관계를 대신하려는 것처럼 느껴지기도 했다. 결국 나는 내 도구의 희생자였던 것이다. 다시 한 번 모든 것을 다 부숴버리고 싶은 충동에 휩싸였다. 가능하다면 이것저것 전부 쓸어버리고 싶었다. 어느 날 스톡홀름에서 연주회가 끝난 뒤 한 저널리스트에게 이런 말을 한 적이 있다. 점점 땅거미가 지기 시작했고 나는 기분이 나아질 때까지 참았다가 이렇게 말했다. "피아노는 연주가와 청중 사이에 존재하는 중개자라는 사실을 잊지 말아주십시오. 내 경이적인 연주기법은 종종 그 도구에 불과한 것을 통치 불가능한 자립형 괴물로 변신시키는 기적을 불러일으키곤 합니다. 그리고 결국 거기에 생명을 불어넣어 그를 진정한 주인공으로 변신시키는 것입니다."

나는 이 모든 것을 솔랑주가 알고 있었을 것이라고 생각했다. 왜냐하면 그녀는 쌀쌀한 바람을 맞듯 몸소 이것들을 느끼고 체험했기 때문이다. 잘못은 쇼팽에게도 있었다. 왜냐하면 그 부분을, 그 악보를 '프레스토 콘 푸오코(정열을 가지고 빠르게)'로 표시했기 때문이다. 그는 피아노를 간단한 감각적 도구로 바꾸는 것에 성공했다. 솔랑주를 위해 마지막 마주르카처럼 고통에 몸부림치는 완벽한 종결부를 적었을 것이다. 그러나 비밀들을 지키기 위해 사력을 다해 거의 분노와도 같은 정열을 휘두르기로 마음먹은 것이다. 이미 자신은 그 악보들을 연주할 수 없다는 사실을 알고 있었음에도 불구하고 그렇게 하기로 결정한 것이다. 악보들이 남는다고 해도 결코 그 음악이 완성되지 못할 거라는 사실을 알면서도 솔랑주를 위해서 말이다. 하지만 결국 그 곤란하기 짝이 없는 강렬한 파트를 연주할 수 있는 사람이 나뿐이라니 이 얼마나 짓궂은 조화란 말인가! 그러나 나는 솔랑주를 위해 쇼팽이 적어 내려간 그 격렬하고 정열적인 것을 그의 감각으로 연주해낼 수 없었다. 모처럼 파리에 있는 수많은 카페 중 한 곳에서 그 악보와 우연히 만났음에도 불구하고. 나는 피아니스트로서 갖고 있던 기교 속에 갇혀 있었다. 또한 나는 가지고 있던 정열을 재능에 전부 쏟아버렸고 피아노라는 조화의 상자 속에 가둬두었다. 마치 쇼팽이 영국에서 보았다던, 그를 혼란스럽게 만든 그 악마들처럼 말이다.

어제는 집부터 계곡까지 이어지는 숲 속을 꽤 오랜 시간동안 걸었다. 조금 몸을 움직일 필요가 있었다. 더 이상 망명자 같은 생활을 견디기 힘들었다. 몇 단계를 거쳐 겨우 온전한 나 자신을 찾게 된 이 생활이 이제는 참을 수 없게 느껴진 것이다. 최근 몇 년 전부터는 일부러 드뷔시를 선택해왔다. 드뷔시는 속마음까지 파고들어 건들지 않기 때문이다. 그리고 나는 기괴한 화음처럼 계산된 조화롭지 못한 그의 열정 또한 좋아한다. 그는 마치 실험을 거듭하는 음악의 연금술사 같았고 그 음들은 공기 속으로 녹아들어갔다. 혹은 템페라화(畵)를 편애하는 작가와도 같았다. 아마 그 누구도 이해할 수 없을 것이다. 나는 인터뷰에 거의 응하지 않는 편이었다. 하지만 가끔 이야기를 해도 주제로 올리는 건 드뷔시나 모차르트, 아니면 스카를라티(이탈리아의 작곡가)나 클레멘티 정도였고 가끔 베토벤일 때도 있었다. 하지만 절대로 쇼팽에 대해서는 논한 적이 없었다. 왜냐하면 쇼팽이 나를 기다리고 있다는 사실을 알고 있었기 때문이다. 최종적으로는 그에게 돌아가야만 한다는 사실과 나의 모든 능력을 쏟아 세상을 놀라게 하는 것이야말로 쇼팽이 원하는 것이라는 사실 말이다. 다만 준비가 다 되지 않았을 뿐이다. 아직 상상 속의 대성당으로 들어갈 때가 아니었다. 아마 지금은 그걸 꿈꾸는 단계일 뿐이었다.(그러나 어느 정도는 벌써 완성되지 않았냐며 나에게 말해 오는 사람들도 있었다.) 나는 고딕 건축에 빗대어 그것을 상상하고 있었다. 천장은 황금색이나 군청색으로 칠한 목재로 만들어져 있고 그 천장을 받치고 있는 화강암으로 된 기둥은 높이 솟아 끝 부분은 둥그런 모양을 하고 있다. 다각형 모양을 한 성당 내진(신체 또는 본존을 안치한 곳)은 주변에 나 있는 많은 창에서 들어오는 빛이 비추고 있었으며 성당은 오르간 소리와 함께 합창단의 노랫소리로 가득 차 있다. 그리고 활활 타오르며 흔들리는 횃불들은 보는 사람들의 눈을 비추듯 눈부시게 성당 전체를 감싸고 있었다. 스테인드글라스가 있는 창문과 중앙의 거대한 장미모양의 창에서는 신기한 바람이 불어 들어오고 있다. 나는 상상 속의 세계에서 일어 오르는 음악 속에서 성당의 바닥에 새겨진 아주 오래된 모자이크 모양의 문자를 해독하지 못하고 있었다. 마치 오트란토(이탈리아 남동부의 항구)의 성당 안에 있는 것만 같았다.

너무 장대한 꿈속에 빠져 있던 것일까. 정신을 차려보니 주위 나뭇가지 위로 다람쥐들이 뛰어다니고 있었다. 주변을 감싸던 정적 속에서 갑자기 두려움을 느꼈다. 몇 년 전, 똑같은 경험을 했던 그때의 기억이 떠올랐다. 그것은 스위스와 이탈리아의 국경에 가까운 곤도 협곡의 절벽 위에 서 있었을 때였다. 나는 적어도 오백 미터는 깎아지른 듯한 편마암 절벽 위에 있었다. 발아래로는 계곡물이 어두운 그림자처럼 흘러가고 있었고 그 절벽을 올라가는 사람들의 모습은 보이지 않았다. 우리는 아주 좁고 위험한 길을 따라 절벽까지 올라갔고 쭈뼛거리며 아래를 내려다보았다. 골짜기의 밑바닥은 아주 좁고 어두웠으며 몇 갈래의 길이 나 있었는데, 내려다보는 것만으로도 온 몸에 전율이 느껴졌다. 마치 피로 물든 제비 떼들이 지나가는 것 같은 서늘한 바람이 불었다. 나는 수많은 등산가들이 거의 불가능한 기술을 써서 이 어려운 암벽들을 넘어가는 광경을 상상했다. 그리고 그들의 방법 역시 나와 일맥상통하는 부분이 있다는 생각이 들었다. 나는 나에게 허락된 연주라는 기술로, 누구에게도 지지 않는 기교로 발라드 제2번이나 제4번의 가장 어렵다는 부분을 막힘없이 연주해내지 않았던가. 클라우디오 아라우는 악전고투해가며 가파르게 진행되는 여섯 화음부를 문제없이 올랐다. 하지만 손가락 힘이 충분치 못해 고통스러워했음을 나는 잘 알고 있었다. 그에 비해 루빈스타인은 가볍고 빠른 태도의 등산가가 되어 모든 장애물을 극복해보였다. 경쾌한 손놀림을 섞어가면서. 그리고 그 두 사람이 연주한 곡의 음들을 되새기며 음미하고 있자니 마치 노련한 등산가가 오랜 경험 속에서 쌓은 숙련된 기술을 연마하여 고통을 겪은 끝에 체력의 한계를 뛰어넘어 난공불락의 절벽을 정복해보인 광경이 내 눈앞에 펼쳐진 것만 같은 기분이 들었다. 숨겨진 특기라고 불러도 될 만큼 장관이었다. 또 다른 등산가는 아서 루빈스타인과 꼭 닮은 사람이었고 완벽한 동작을 구사하고 있었다. 그것은 자연이 그에게 내려준 천부적 재능이었으며 암벽을 만들어낸 자연과 동질의 것이었다. 같은 재능을 구사하여 암벽을 정복하는 그 모습은 꼭 아이들 장난 같은 느낌마저 들 정도였다. 나는 그 두 개의 기적 같은 기술을 가진 이들의 중간 정도 위치에 있는 사람이었다. 때문에 아마도 이 기적의 마지막을 짊어질 존재는 내가 될 것이었다. 왜냐하면 그 둘의 기술을 합치는 것이야말로 하나의 위대한 존재의 탄생의 암시였으며 그것은 오랜 세월동안 비평가들이 과거를 구현하는 하나의 복합체라고 인정해온 존재였기 때문이다. 500미터 정도의 가파른 절벽. 이것이야말로 내 인생을 채워줄만한 것이었다. 하지만 아이러니한 것은 다른 곳에 있었다. 정상에 도달했다고 생각했지만, 사실 그것은 앞으로 걸어가야 하는 긴 행보 중 첫 번째 계단을 디딘 것에 불과하다는 사실을 깨달은 것이다. 왜냐하면 발라드 제4번이라는 절벽은 앞으로도 계속 이어지는 것이었으며 내 상상력을 초월하는 것이었기 때문이다.

그렇다면 쇼팽은? 쇼팽은 어떻게 그 절벽을 오른 것이었을까? 나와 같았을까? 루빈스타인은? 아라우는? 혹은 또 다른 사람은 어땠을까. 예를 들면 코르토는? 아니, 쇼팽은 그 벽을 세웠고 창조해보였으며 그 결과, 우리에게 그것을 남긴 것이었다. 그야말로 우리를 조롱하는 신이었으며 성공을 우연에 맡기고 우리의 고통 위에 앉아 지켜보고 있었던 것이다. 그리고 솔랑주를 마차에 태워 데리고 와서 불가능해 보이는 장렬한 풍경을 보여주었다. 그 풍경을 임마누엘 칸트가 보았더라면 '숭고한 것'이라고 말했을 것이다. '역동적인'이라는 단어도 덧붙였겠지. 이렇게 '역동적인 숭고한 것'이라는 말이 생겨났다. 그는 솔랑주를 데리고 와 그녀의 찬미를 이끌어냈다. 무엇보다도 자신이 이겨낼 수 없었던 장대하며 범접할 수 없는 정경을. 아무 말도 하지 않고 그저 침묵을 지키는, 쓰인 것에만 맡겨진 것을. 한 세기 동안 세 명의 인물들에 의해 아주 짧은 시간 동안 중단되었던 정열의 필적을. 아무 연결 고리도 갖고 있지 않는 전혀 다른 숙명을 지녔던 세 사람, 프란츠 베르트와 안드레이 카리토노비치와 그리고 내가 결코 청중 앞에서 연주한 적이 없는 그 곡을. 즉, 우리 세 명은 두 개의 음표로 시작되는 첫 화음을 들었을 때부터 그 곡이 우리의 피아노에, 귓가에, 기억 속에 갇혀진 채로 있어야 한다는 것을 알고 있었다. 누구도 그 악보를 출판할 수는 없었다. 다음 세대에 등장하는 수많은 피아니스트들은 발라드라는 이름으로 알려진 그 곡을 계속 연주해나가겠지만 말이다. 그리고 그 부분은 여전히 연주하기 어렵다는 이미지와 아직 쇼팽의 수정이 거치지 않은 처음 그대로의 악보가 완벽한 상태라고 불리겠지. 그렇게 우리들이 지금까지 긴 세월에 걸쳐 녹음해온 것처럼 그들도 똑같이 그렇게 생각할 것이다. 아마 피아노곡 중 가장 뛰어난 곡으로 높은 평가를 받으면서 말이다.

어쩌면 내가 손에 쥐고 있는 자필 악보는 펼쳐져 있는 청산(淸算)서 같은 것이었다. 나와 쇼팽간의, 나와 솔랑주 뒤드방간의, 나와 나의 어머니, 나의 아버지, 아르투로 숙부간의, 혹은 안테타나 베르트, 카리토노비치의 망령들, 그리고 에브게니와 제임스, 아라우간의 청산서였다. 그리고 말할 필요도 없이 솔랑주, 나의 솔랑주간의 청산서였다. (그리고 나는 이렇게 적을 때마다 그녀에게 '나의, 나의, 나의'라는 소유격을 덧붙일 수밖에 없었다. 그리고 기묘하게도 그럴 때마다 그녀를, 다른 솔랑주와 구별해야만 했다. 내가 내 인생에서 소유할 수 없었던 여성들 중 한 명을 부를 때마다.) 이 얼마나 기적 같은 연결고리인가.

그 이후 나는 브람스를 연주하고 게릴라 동료들과 함께 보낸 그 시간들을 떠올리려 하지 않았다. 10월의 어느 날 파시스트와 독일군이 쳐들어오지 않을까 하는 불안감에 단애절벽 위에서 양다리를 덜덜 떨며 서 있었던 그 오후의 일도 말이다. 전쟁이 끝난 뒤, 병사들

중 많은 이들은 무기를 손에서 내려놓으려 하지 않았다. 아마도 자신을 기다리고 있을 현실이 두려웠기 때문이었으리라. 그럴 때 나는 대체 어디로 향했어야 했던 것일까? 밀라노? 혹은 여기 스위스에 있었으면 좋았을까, 모두의 기억 속에서 사라진 이 골짜기에? 그랬다면 나의 인생은 어떻게 변했을까? 그 모든 일에서 해방된 후 처음으로 고독을 느꼈다. 밀라노에 돌아오자 해방되기 며칠 전 할머니께서 코모호반에 있던 별장에서 돌아가셨다는 소식을 들었다. 그 때문에 나는 한층 더 유복해졌다. 결코 그 누구도 좋아하지 않았던 밀라노의 집에 들어서면서 뭐라 형용할 수 없는 행복감을 느꼈다. 며칠도 채 지나지 않아 시골 별장에 두었던 피아노가 도착했다. 그리고 나는 다시 쇼팽을 연주하기 시작했다.(그로부터 1년 뒤, 아니, 아마도 1년 반 뒤에 처음으로 '발라드 제4번'을 녹음하게 되었다.)

전쟁은 내 인생 중 25년이라는 시간을 한 번의 잠 속으로 밀어 넣었다. 그동안 그 잠에서 깨어난 적은 몇 번 되지 않았고 꿈속으로 도망 다니며 몸을 숨겼다. 긴 세월 동안 한 번도 그 오래된 이야기를 떠올리지 않았다. 그 일은 소설 속에서나 읽을 수 있는 가정불화의 소재였고 너무도 사적인 내용이었기 때문에 공공연히 사람들 앞에서 말할 수 없었다. 다른 사람들에게 있어서도 그저 미묘한 호기심을 불러일으키는 대상이 될 뿐이었다. 하지만 이제는 안다. 그 오래된 사건이 사태의 구멍을 막아 이 모든 이야기를 완결시켰다는 것을 말이다. 나야말로, 그리고 내 피아노야말로 모든 것에 의미를 부여할 것이었다. 왜냐하면 피아노는 우리 가족에게 있어서는 단순한 도구가 아니라 움직이지 않는 감각을 흔드는 원동력이었기 때문이다. 어머니도, 숙부도 그리고 나 자신도 피아노를 연주했지만 아버지만은 연주하지 않았다. 그리고 그것이 그의 인생의 비극이었다. 질질 끌다 결국 지쳐 끝내 완성시키지 못한 그의 인생. 그때 나는 깨달았다. 솔랑주를 향한 쇼팽의 정열이 아르투로 숙부에 대한 어머니의 정열과도 같다는 것을 말이다. 그리고 렌느 거리의 카페에서 만난 솔랑주에 대한 나의 정열도, 또 사랑하는 아들인 나를 향한 어머니의 정열도 전부 같았다. 말할 필요도 없이 예브게니에 대한 안드레이 카리토노비치의 마음도, 아마도 안드레이를 사랑했던 그 늙은 교수의 경우도 마찬가지였을 것이다. 악랄한 보복이긴 했으나 노교수는 안드레이가 자신에게서 떠나가는 것보다 오히려 강제수용소에 그를 뺏기는 것을 택했던 것이었다.

그럼에도 불구하고 나를 덮쳐온 이 괴로워하는 영혼들의 애정들은 복잡하게 얽힌 맥락의 절차 속에서 전체가 함께 연결되었을 때 처음으로 그 의미를 갖는 것이었다. 그것을 깨달은 것은 솔랑주가 처음과는 달리 일부러 그러는 듯 나의 집에서 나간 어느 날 아침이었다. 나는 그녀가 돌아올 것을 알고 있었다. 혹은 그녀가 돌아올 수도 있다는 사실을. 나는 작은 서랍 속에 자필 악보를 넣어 두었다. 그리고 그 서랍이 예전에 몇 장의 사진이 든 큰 봉투를 넣어두었던 서랍이라는 사실을 깨달았다. 그 봉투는 오랜 세월 이집 저집을 옮겨 다닌 끝에 열어볼 수 있었다. 봉투 안에는 어릴 적 어머니와 아버지와 함께 찍은 사진이 들어 있었다. 아버지는 양손을 내 어깨 위에 올려놓고 있었고 어머니는 우리를 걱정스런 눈빛으로 쳐다보고 있는 듯했다. 그리고 나는 피아노를 향해 앉아 있었다. 11살 때의 사진이었다. 그 밖에도 내 모습과 어머니가 찍힌 사진들이 있었다. 나는 피아노를 바라보며 앉아 있었고 그녀는 의자 뒤에 서 있었다. 그녀는 한 쪽 팔을 내 어깨 위에 올려놓고 있었고 나는 페이지를 넘기려는 듯 악보로 손을 뻗고 있었다. 사진 속 나는 강하고 결단력이 있어 보였으며 위엄마저도 느껴질 정도였다. 시선은 집요하리만치 곧게 렌즈를 바라보고 있었다. 사진의 뒷면을 보니 글자가 적혀 있었다. '1933년 1월 6일, 아르투로가' 사진을 찍은 사람은 숙부 아르투로였을 것이다. 그리고 어머니가 보여주던 그 눈길은 아마도 그녀가 평생에 걸쳐 그를 바라보던 그 눈빛이었다. 나는 전부 쇼팽의 자필 원고와 함께 다시 서랍 속으로 되돌려놔야겠다는 생각이 들었다. 복잡하게 얽힌 이야기 속에 존재하는 일련의 숙명적인 사건들은 나에게 우주의 신은 바단조의 화음이라는 생각을 들게 만들었지만 그 속에는 결여된 무언가가 있었다. 그것은 자신의 역할을 충분히 해낸 나의 솔랑주가 아니라 그의 솔랑주였다. 그리고 나로서는 그녀를 찾아내야만 했다. 그렇지만 1899년에 죽은 그녀를 찾아낸다니, 이 얼마나 바보 같은 이야기란 말인가. 그녀의 말년 생활에 관해서는 거의 알려진 것이 없었다. 한줄기의 맥락도 짚지 못하고 있는 내가 도대체 어떻게 그 정열의 필적을 해석할 수 있었을까. 그것이야말로 나의 이야기를 총망라 할 수 있는 방법이었다.

그날 아침, 정처 없이 밖으로 나갔다. 그것은 광기어린 행동이었을지도 모른다. 어쩌면 있을 리 없는 곳에서 의미를 찾아내고 싶었던 것이다. 솔랑주 뒤드방에 대해 나는 무엇을 알고 있었던가? 그녀가 남편인 클레쟁제르와 헤어진 뒤부터 죽음에 이르기까지 파란만장한 생애를 보냈다는 것. 그리고 오빠인 모리스가 그녀보다 10년 전에 죽었다는 것 정도이려나. 그녀가 그 신비한 비밀을 소중하게 지니고 있었다는 것은 이미 알고 있었다. 그러나 그것 이상으로는 아무것도 없었다. 그녀의 일생에 있어서 기억할만한 것이라곤 노앙에서 보낸 얼마 되지 않는 시간 동안 그녀가 칩거생활을 했다는 것 정도 외에는 알 방법이 없었던 것이다. 그런 신중한 사려들이 그렇지 않아도 알기 어려운 이야기들을 더욱 알기 힘들게 만들었다. 1849년, 쇼팽이 발라드 제4번을 쓰고 있을 때의 일이다. 솔랑주에게 보낸 그의 편지는 신중하고 애정이 넘쳐흘렀으며 예의를 갖춘 것이었다. 1849년 4월 5일자 메모에는 거의 마음을 접은 듯 그녀를 향해 이렇게 적고 있다. "네 번 째 의사가 왔단다. 진료비는 10프랑 정도인데 가끔은 하루에 두 번 치료를 받을 때도 있다. 나는 이런 상태지만 부디 안심하길 바란다." 5월에 솔랑주가 여자아이를 출산했을 때 그는 매우 행복해했을 것이다. "이 불행한 친구가 당신과 당신의 딸을 축복합니다." 쇼팽이 죽은 뒤 솔랑주는 50년 가까이 더 살았지만 그의 죽음과 동시에 그녀 역시 모습을 감췄다고 한다. 그리고 그녀는 그 후의 50년 동안 악보들을 늘 소중하게 지니고 있었을 것이 분명했다. 나는 거기서 솔랑주의 흔적을 찾을 수 있었다. 솔랑주는 오랫동안 누구에게 선물할만한 것이라곤 거의 아무것도 가지고 있지 않았기 때문이다. 그리고 나는 산책하던 발걸음을 처음으로 파시까지 넓혀 네르발에 가자는 이야기가 나왔지만 결국 피갈 주변을 헤매며 나의 이야기의 마지막 실마리를, ―그것을 실마리라고 부를 수 있다면― 찾고자 했던 희망이 허무한 것이 되어버렸다는 것을 알았다. 나는 쇼팽이 살던 집의 흔적을 찾아볼까 했지만 더 이상 도를 지나친 건 아닐까 생각되는 망상 속에서 해방되고 싶었다. 아니, 아이러니하게도 조금 떨어져 그 문제를 해결하고 싶다는 생각을 했던 것이다.

나는 거침없는 발걸음으로 방돔 광장까지 돌아왔다. 거기에는 '위대한 작곡가 프리데릭 쇼팽이 이곳에 잠들다'라는 비명(碑銘)이 있다. 그때 나는 폴랭 비아르도(에스파냐계 프랑스의 소프라노가수 겸 작곡가)가 조르주 상드에게 보낸 말을 떠올렸다. 그것은 거의 죽어가는 작곡가의 집에서 일어난 사건에 대해 적은 것이었다.

"파리에 이름 높은 귀부인들이 조문을 하러 간 그의 방에서 정말 상상할 수 없을 만큼 어처구니없는 일이 벌어지고 있었다. 방 안에는 급하게 스케치를 하는 화가들 때문에 몸을 움직일 수도 없는 상태였다. 사진가들 중 한 명은 그의 침대를 창가로 옮겨 다 죽어가는 그를 햇빛에 잘 보이게 하려고 했다. 결국 그의 선량한 제자였던 구트만이 크게 화를 내며 그 자리에 와 있던 죽음을 파는 상인들을 전부 내쫓아버렸다."

물론 솔랑주는 정신을 잃거나 하는 일은 없었다. 도리어 그녀는 그 집에서 한발자국도 움직이려 하지 않았다. 그녀야말로 그가 세상을 떠난 밤, 그 사실을 가장 먼저 안 사람이었다. 그리고 그녀의 남편은 쇼팽의 데스마스크(죽은 사람의 얼굴에서 직접 본을 떠서 만든 탈)를 만든 사람이었고 페르 라셰즈 묘지에 있는 쇼팽의 묘를 장식할 조각상 역시 그의 손을 거쳤다. 아마도 솔랑주가 보낸 편지는 그때까지 방돔 광장의 그 집에 있었을 것이다. 그러나 운명은 무엇 하나 그곳에 남겨놓지 않았다. 쇼팽의 모든 물건은 그 집에서 폴란드로 옮겨졌다. 누이였던 루이자가 그의 모든 것을 다 모아 옮긴 것이었다. 편지도, 그의 개인적인 서류도, 그리고 일기까지도.

그러나 폴란드로 떠나는 것은 나에게는 그다지 도움이 되지 않았을 것이다. 폴란드가 러시아에 무장봉기를 일으켰던 1863년 9월 19일에 코사크 병들이 그것들을 전부 태워버렸기 때문이다. 자필 악보도, 서적도, 편지도, 쇼팽이 연습했던 피아노까지 모든 보물들이 잿더미로 바뀌어버렸다. 그 자필 악보와 서류 사이에는 솔랑주가 그에게 보낸 편지도 함께 들어 있었는데 그는 그 편지를 몇 년이 지난 뒤에도 용기가 없어 태우지 못했다는 사실을 알게 되었다. 신기한 운명이다. 모든 것이 잿더미가 되어버렸을지도 모르는데 단 하나, 우연히 내 손에 흘러들어온 그 악보만이 남아 있다는 것이 말이다. 외젠 들라크루아는 조각가인 클레쟁제르가 쇼팽을 위해 만든 메달을 보며 그럴 듯 했지만 만족스러울 정도는 아니었다고 했다. 아이러니하게도 쇼팽의 진정한 초상을 우리에게 전해줄 수 있는 유일한 사람이 있다면 그것은 그 누구도 아닌 클에쟁제르의 아내인 솔랑주였을 것이다.

그날 역시 하루가 빠르게 흘러가고 있었다. 집까지 가는 길도 시간이 꽤 걸렸다. 나는 파리를 떠나려하고 있었다. 그리고 함부르크의 친구들이 제멋대로인 나 때문에 모두들 애타고 있다는 사실도 알았다. 나는 집에 들어가는 정면 입구에서 두 개의 기묘한 사람의 그림자를 보았다. 아마도 환영이었겠지. 예브게니의 모습을 본 것 같은 느낌을 받았으니 말이다. 그러나 등 뒤에서 입구의 문이 닫히기 직전, 갑자기 그의 모습이 불쑥 지나갔다. 그는 예전에 봤던 동일인물로 생각할 수 없을 정도의 고급스러운 옷을 입고 있었다. 나는 바로 몸을 돌려 밖으로 나가보았지만 이미 그 누구의 모습도 찾을 수 없었다. 그가 서둘러 모습을 감춘 것이었을까. 아니면 이 모든 이야기를 완벽하게 짜내기 위해 그토록 찾아다니던 필요한 마지막 실마리였을까? 아직도 나는 그 답을 알 수 없다. 왜냐하면 내가 그 정면 입구로 다시 들어왔을 때 현관 카운터 위에 봉투가 하나 놓여 있었다. 나는 당황할 수밖에 없었다. 그것은 재스민 향기가 나는 봉투였다. 나는 주저하지 않고 곧장 봉투를 열어보았다. 안에는 파리의 전화번호 하나만이 들어 있을 뿐 아무 것도 없었다. 나는 계단을 뛰어 올라가 전화기를 들었다. 아니, 거의 움켜쥐다시피 하고는 편지에 적힌 번호를 눌렀다. 여기서부터는 기억이 좀 흐릿하긴 하지만, 분명 젊은 여자로 추정되는 사람이 전화를 받았다. 프랑스어이긴 했으나 케케묵은 말투였으며 조금 점잖은 것이 마치 아주 먼 옛날 시대의 사람 같았다. 그날 밤, 그 전화 이외에 기억하는 건 내가 위스키 한 병을 비웠다는 것뿐이다. 그리고 다음 날 다시 그 번호로 전화를 걸어봤지만 수화기에서는 아무런 신호음도 들리지 않았다. 전화국에 문의하자 이제껏 존재한 적이 없는 번호라는 대답만이 돌아왔다.

12.

집을 보호하고 있는 것처럼 높게 솟아 있는 산들의 정상에 안테나가 세워졌다. 멀리서도 그 안테나가 보였다. 마치 하늘을 찌를 것 같았다. 이로 인해 라디오도, 그리고 내 연주도 더 잘 들리게 되었다. 스위스의 방송이나 프랑스의 방송에서 내 연주를 녹음한 곡을 가끔씩 흘려줄 때가 있었기 때문이다. 가끔 들을 때마다 지금의 나, 그리고 훨씬 전의 내가 연주한 것 사이에 존재하는 거리감을 느낄 수 있었다. 그리고 라디오의 음파를 통해 듣는 연주를 즐기게 되었다. 나는 이런 종류의 불완전함을 사랑한다. 작은 충격이나 사소한 잡음이 쇼팽의 피아노곡이나 드뷔시의 '달빛 쏟아지는 테라스(전주곡집 제2권의 제7번)'를 중단시켜버리는 것들 말이다. 하지만 이제는 안테나가 나를 완벽하게 만들어줄 차례였다. 안테나는 내 영혼을 비추는 거울이었다. 완벽한 음파를 통해 나의 과거(연주법을 틀렸던 쇼팽과 그 외의 곡들)를 조심스레 다시 현재의 내 곁으로 데려올 것이다.

이제야 많은 음악가들이 녹음 기술에 민감하게 반응했던 이유를 알 것 같았다. 음질이 깨끗하고 완벽해질수록 우리는 과거의 시간들을 지워버리고 지금 음질이 원본 상태이길 바라는 것이다. 고도의 충실함, 그것만이 영원에 닿는 하나의 방법이었다. CD는 잘 부서지지 않고 먼지도 잘 쌓이지 않게 만들어졌으며 영원히 같은 방법으로 재생이 가능했다. 그것은 음악가들의 패배를 의미하는 것이었다. 그렇기에 나는 도저히 기뻐할 수 없었다. 가능하다면 바늘에 할퀴어지는 것 같은 소리와 쉰 목소리가 섞인, 78회전식으로 처음 녹음한 원곡을 그대로 듣고 싶다. 그 끊임없이 깊은 곳에서 끓어오르는 소리. 그것이야말로 음악에 시간의 깊이와 인생과 과거의 고요함을 더해주는 것이다.

그에 비해 나는 전력을 다해 내 과거들을 음악에 담아왔다. 처음에는 순서를 정했지만 점점 엉망진창이 되어버렸다. 때로는 그 모든 것을 10시간 정도의 피아노곡 속에 담아내고자 하다 보니 결국 부서진 조각들을 방출하는 꼴이 되기도 했다. 가장 좋은 형태로 정리하고자 한 나의 레퍼토리는 고작 그 정도 것이었다. 그런 과정 속에서 10시간으로 압축된 거의 무(無)의 상태에 가까운 음악, 그것은 레코드 가게에서 하루 종일 틀어놓는 음악만도 못한 것이었다. 여기까지 생각이 미치자 소름이 돋았다. 나는 아라우처럼, 혹은 루빈스타인이나 마갈로프처럼 뛰어난 실력을 가진 음악가가 아니었다. 그러나 그들 역시 녹음 상태가 좋지 않은 작품들을 잔뜩 남겼다. 나는 원하던 형태가 아닌 음악이 나올 때마다 몸을 부들부들 떨기까지 했다. 하지만 이제와 바꾸려 해봤자 너무 늦었다. 그리고 거장 피아니스트들처럼 될 수도 없었다. 그들은 어느 순간 갑자기 세계를 돌며 잇달아 절망적인 연주회를 펼쳤다. 아마도 조만간 닥쳐올 죽음이 두려워지기 시작했기 때문이리라. 루빈스타인이 아흔 살 정도 됐을 때, 그는 이미 대부분의 시력을 잃었고 음표마저 제대로 읽지 못했다. 다행히도 아라우는 마지막까지 완벽했다. 리히테르(우크라이나 출신의 소련 피아니스트 거장)는 더 이상 예전 같지 않았지만 그래도 나를 위로해주었다. 비록 비평가들은 리히테르에게 언짢은 말들만 늘어놓았지만 말이다. 굴드로 시선을 돌려보자. 그가 최후를 어떻게 맞이했는지는 모두가 알 것이다. 굴드는 토론토의 콘크리트로 지어진 여인숙에서 지하 생활을 하는 사람처럼 지냈다. 밤중에만 연주를 했으며 전화로는 몇 시간이고 대화를 하지만 결코 어느 누구와도 만나지 않았다. 그는 세상을 떠나기 4개월 전쯤 나에게 전화를 걸어와 언제나 그랬듯 독일어로 이야기를 시작했다. "마에스트로, '전주곡집' 녹음은 언제쯤 하실 겁니까? 마에스트로께서 쇼팽은 절대로 연주하시지 않는 덕분에 저는 매일 한숨만 쉬고 있습니다." 여느 때와 마찬가지로 그는 나에게 여러 가지 농담을 늘어놨다. 아라우는 나에게 단

한 번도 그런 말을 한 적이 없었다. 자신의 '전주곡집'으로 충분했을 테니 말이다. 나와 굴드를 포함해서 누구라도 그럴 것이다. 알프레도 코르토 역시 색채가 풍부하며 명쾌했다. 간혹 과장된 기색이 느껴지기는 했지만 클라우디오 아라우 입장에서는 그에게 배울 부분이 많았을 것이다.

내가 그 곡의 기묘하고 미완성된 부분들을 버텨낼 수만 있다면 '전주곡집'은 아마 내 다음 작업이 될 것이었다. 그 곡과 비교할 수 있는 것이 세상에 존재한다면 그건 아마도 피렌체 메디치가 예배당에 있는 미켈란젤로의 조각상들 정도일 것이다. 만일 내가 전주곡집을 연주하게 된다면 아직 그 누구도 해낸 적 없는 최후의 작품인 '전주곡 라단조'가 될 것이다. 코르토가 "피와 일락과 죽음"이라는 세 글자로 규정지은 곡이었다. 그리고 아마 그 곡을 연주함과 동시에 내 왼손은 마치 강물을 거슬러 오르는 뱃사공처럼 참기 힘든 고통을 맛볼 것이 분명했다. 하지만 그와 동시에 다시 없는 최고의 순간도 찾아올 것이다. 그리고 내 오른손은 절망에 울부짖으며 탈출구를 찾을 것이다. 아라우는 말했다. "전주곡집의 마지막 결정적인 순간은 매우 거친 바다의 폭풍우 같다. 그 곡을 연주하고 난다면 더 이상 인생에 남겨진 큰 열정을 느낄 수 없을 것이다." 불안과 고뇌로 가득한 쇼팽의 작품과 나 자신을 비교해보고 싶어 전주곡집을 선택한 것은 아니었다. 전주곡집이 발라드와는 반대의 성향을 가진 곡이었기 때문이다. 그리고 그중에서도 마지막 '전주곡'은 아마도 공중에 붕 떠 있는 느낌을 봉인하려는 것 같았다. 그 뿐만이 아니라 그 곡은 발라드 제4번의 종결부의 예고편에 해당하는 곡이기도 했다. 설령 이 두 곡이 몇 십 년의 간격을 두고 작곡된 것이라 해도 말이다. 따라서 그 것은 오직 나만이 이해할 수 있으며 나만이 연주할 수 있는 곡이다. 전주곡집을 만들었을 때 쇼팽은 마요르카 섬(지중해에 위치한 스페인에서 가장 큰 섬)에서 살아 돌아올 수 없을까봐 두려움에 떨고 있었다. 그 공포는 극한에 치달아 결국 그는 피를 토했다. 그가 타고 돌아온 선박은 가축들을 실어 나르는 배로 아주 조악하기 그지없었다. 아무리 생각해봐도 지금까지 그가 살아온 음악 인생과는 어울리지 않는 것이었다. 나의 발라드 제4번은 그것과는 달랐다. 그 곡은 마지막 작품이자 마지막 행위였으며, 거기에 더해진 정열의 필적, 그리고 너무나도 늦게 깨달은 자각이었다. 전주곡 라단조가 강물을 거슬러 오르는 뱃사공이라면 발라드 제4번, '나의' 발라드 제4번은 오히려 속도를 완만하게 줄이려고 노력하는 뱃사공이었다. 설령 허무한 시도인 것 같아 보여도 물살의 힘을 달래는 것은 용기를 내어 급류에 맞서는 것과 같은 의미를 갖는 것이었다.

　최근에 나는 산책을 하며 사색에 잠기는 일에 많은 시간을 할애했으며 연주에는 −나에게는 충분하지만 남들이 보기에는− 아주 일부의 시간만을 썼다. 나는 평생을 피아노를 위해 살아왔다. 그리고 그간 제대로 연주할 수 없었던 피아노 기법에 대해서 몇 시간이고 조율사와 의논하며 연구해왔다. 하지만 이 나이쯤 되어보니 더 이상 내가 알아야 할 것들도 얼마 남아 있지 않았다. 나는 피아노에 깃들어 있는 영혼을 찾아다녔으며 그와 동시에 솔랑주의 영혼을 찾아다

녔다. 어쩌면 그 두 개를 혼동해왔는지도 모른다. 솔랑주가 파리의
내 집으로 돌아와 있을 거라는 사실은 분명했다. 어쨌든 나는 수수
께끼를 풀다가도 어느새 사라져버리는 인생이라는 것에 두려움을
안고 있었고, 그런 장난 속에서 우울이라는 그림자는 전부 사라져가
고 있었다. 가끔 솔랑주는 나에게 그림이 그려진 엽서를 보내왔다.
그녀는 지금은 아일랜드에 살고 있었다. 하지만 나는 아일랜드라는
곳이 어디에 붙어 있는지조차 알지 못했다. 그녀는 가끔 이탈리아어
로 만나고 싶다는 글만 적어 보내거나 나와 약속을 잡으려 시도했
다. 하지만 그녀는 될 수 있는 한 나 같은 인간에게서 멀어지는 편이
나을 것이다. 나는 그 편이 그녀를 위하는 길이라고 생각했다.

　그녀에 비하면 지금의 나는 너무 나이를 많이 먹었다. 그리고 나
스스로도 그렇다고 느낀다. 내가 유일하게 연주해오던 피아노도 지
금은 거의 치지 않는다. 보면대에는 악보가 놓인 그대로였다. 이제
나는 기억나는 곡들만 연주했다. 일평생 나를 쫓아다니던 음표와 기
호들은 보지도 않았다. 단, 그 자필 악보만은 여전히 책상 위에 펼쳐
져 있다. 하지만 그 악보 역시 이제는 구석구석 모르는 곳이 없었다.
말하자면 자기 전에 읽는 책과 같은 느낌이었다. 그 악보야말로 나
에게 있어 생명의 책이자, 쇼팽과 그 시대에 대한 나만의 망상집이
었다. 또한 그동안 내가 관계해온 모든 여자들을 위한 서적이었으며
그럼에도 불구하고 어느 누구와도 제대로 마음을 통할 수 없었던 불
편함을 위한 것이었다. 나는 죄와 벌 속에 존재하고 있는 자신을 느
꼈다. 나는 육체라는 언어를 편애해왔다. 어차피 음악도 연주도 콘

서트도 전부 육체에 대한 감각적 언어였다. 어떻게 생각해보면 지금까지 내가 두 손으로 건반을 만지며 연주를 해온 것은 방금 만난 이름도 모르는 여자의 가슴을 더듬는 것과 다를 바 없는 행위였으니까.

한 장의 종이 위에 선을 긋다 보면 그 선들은 우연히 서로 얽혀 다른 방향으로 선을 또 만들어 간다 모든 것을 만들어가는 중심이 생기기도 한다. 짐작건대 나도 그런 과정을 거쳐 이 귀중한 자필 악보를 소유하게 된 것이 아닐까. 우연한 행운 속에서 위대한 작곡가 쇼팽의 알려지지 않은 면모들은 속속들이 드러났다. 그 진위여부는 분명치 않지만 파리의 내 집은 쇼팽의 귀중품들을 모아놓은 기념관에서 300미터 정도 떨어져 있었다. 그것만으로도 충분했다. 나는 모든 것이 쓰여 있다는 영원의 책의 존재를 믿고 싶지 않았다. 그리고 만일 그런 책이 있다 해도 가까이 갈 수 없었을 것이다. 그렇다면 그 악보들을 어떻게 하는 것이 좋았을까? 젊은 소녀인 솔랑주를 내 곁에 둘 수 있었을까? 냉혹한 여성 작가들이나 무지한 코사크 병들이 태워버린 그 많은 편지들 속에서 더 많은 사실들을 발견해낼 수 있었다면 좋았을까? 그 악보를 통해 내 인생의 수수께끼, 그리고 어머니와 숙부 아르투로의 사이에 깊은 원망도 풀 수 있었을까? 그렇다, 그러나 그 원망이야말로 치열하게 살아온 정열의 뒤에 생겨난 것이었고 시간이 흐른 뒤에 부정된 것이 아니었던가? 나의 집에 있던 편지들도 마찬가지로 해독해보기도 전에 타버렸다. 그렇다면 나로서는 그 문자나 필적을 좇거나 수수께끼를 담고 있는 음표를 좇아야

했을 것이다. 또한 감탄하는 눈길로 그것들을 계속 지켜보다 두려움에 떨지언정 거기에 더해져야만 할 무언가를 찾아야만 했던 것이다.

제임스나 나의 솔랑주 이후, 그 악보를 본 사람은 없었다. 제임스는 더 이상 없었고 솔랑주는 어려서 자필 악보에서 무언가를 발견할 정도의 인내심을 가지고 있지 않았다. 그녀에게 있어서 악보란 결코 가까이 다가갈 수 없는 세계에 존재하는 것이었다. 그 세계 역시 그녀가 다가오는 것을 영원히 거부하고 있었다. 예브게니는 추억과 고통만을 남기고 자취를 감췄다. 지금 그의 자취는 신만이 알 수 있을 것이다. 만일 내가 발라드 제4번의 종결부를 연주할 때 그가 내 연주를 듣는다면 어떤 생각을 할까. 저무는 태양빛이 융프라우의 능선을 붉게 물들일 때 나는 가슴에 극심한 고통을 느꼈다. 어쩌면 이 악보를 젊은 피아니스트에게 증정해 녹음하게 하는 편이 좋을지도 모른다. 아니다, 그것은 공연한 시간 낭비일 것이다. 어차피 결국엔 악보에 대한 끝없는 논쟁으로 인해 그 신비한 기호들을 분석하는 꼴이 될 것이다. 그리고 쇼팽의 전기를 쓰는 작가들의 원망의 눈초리가 나를 향해 쏟아질 게 분명했다. 그들은 솔랑주와 쇼팽의 관계에 의심을 품는 것조차 참기 싫어했으니 말이다. 더군다나 나에 대한 부분이나 내 가족, 나의 솔랑주와 관계되는 부분들을 어떻게 스토리의 일부로 남겨놓을 수 있단 말인가?

이 악보를 녹음할 수 있는 사람이 존재한다면 내가 그 마지막이 될 것이다. 나는 1858년에 태어나 거장을 스승으로 둔 최후의 피아니스트였다. 그는 70세였지만 나는 고작 8살에 발라드 제1번과 제3

번을, 전주곡의 전부를, 에튀드의 대부분을 막힘없이 연주해냈다. 내 스승은 리스트나 푸치니와 아는 사이었고 브람스와 친했다. 그는 브람스 앞에서 브람스의 피아노 협주곡 제1번을 연주하고 싶었다고 이야기 하곤 했다. 그리고 항상 나에게 이런 말씀을 해주셨다. "슈만을 조심해야 한단다. 슬프고 어두운 생각을 유도하기 때문이야. 슈만의 머릿속은 어둠으로 가득 차 있어 그의 음악도 어둠으로 가득차 있기 마련이지." 그리고는 보들레르의 시구를 암송해서 나에게 들려주었다. 나는 두려움에 떨며 몰래 슈만의 악보를 숨겨두었다. (그러자 아무것도 모르는 아르투로 숙부는 다시 슈만의 악보를 사다주곤 했다.)

지금까지 내가 연주하지 않은 곡들도 꽤 있었다. 이유는 주로 내가 싫어하거나 두려움을 느끼는 곡이었기 때문이었다. 혹은 나라면 적지 않았을 법한 패시지들을 갖고 있는 작품들이었다. 나는 항상 음악을 하나의 생명체로 여겼다. 따라서 작곡가의 위대함 따위는 전혀 신경 쓰지 않고 내가 연주하고 싶은 작품들을 선택해왔다. 하지만 오늘날의 피아니스트들은 그들의 의견을 표현하고자 하지 않는다. 기껏해야 멋대로 리스트에서 삭제해버리거나 침묵으로 일관하기 일쑤이다. 그러나 용기를 가지고 선택하는 것은 채찍과 같은 것이다. 그들을 이해하기 때문에 과도한 비난은 하지 않겠다. 나는 마에스트로의 옷에서 브람스가 입던 낡은 천 냄새를 맡으며 자랐다. 이제는 사라져버린 오래된 유럽의 향을 아주 오래전부터 맡아온 셈이다. 지금 있는 이곳은 조금 따분할 정도로 맑은 공기들만이 주변

을 덮고 있다. 가끔 내가 좋은 소리를 내는데 도움을 주기도 했던 죄
책감 따위는 더 이상 존재하지 않는다. 절묘한 기법이야말로 유혹도
이겨내는 유용한 무기였으며 내가 마지막까지 소중히 여기던 것이
기 때문이다. 나는 브람스의 낡은 천에서 나는 냄새와 많은 여자들
이 쓰던 여러 타입의 향수(그것이 설령 저속한 여자의 것일지라도)를
가리지 않고 맡아왔다. 나의 소원들을 펼치며 그것을 약점들과 바꾸
었다. 그리고 강한 의지나 드문 재능들을 쌓아 왔다. 또 사라져가는
세계를 연출해왔다. 아마도 내가 이 세계의 문을 닫는 마지막 사람
이 될 것이다. 그러므로 다른 이들은 전부 문 밖으로 내쫓겨 평범한
기교를 가진 피아니스트의 연주를 듣게 되리라. 그리고 나머지 작업
은 굴드마저 피아노의 프랑켄슈타인으로 탈바꿈시킬 방법을 알고
있는 음향 기사들이 맡아줄 것이다. 나는 솔랑주 역시 그 문 밖으로
쫓겨나는 것은 아닌가 하는 의혹에 얽매여 있었다. 왜냐하면 이 '세
계는 그 누구도 알지 못하는 코드로 이루어진 세계였다. 즉, 이제는
잃어버린 것들로 구성된 세계로 전락해버렸다. 그나마 나의 명성 덕
에 그들은 텅 빈 공간을 떠돌고 있는 것이었다. 오랜 시간 연주한 적
이 없는 음악을 나는 여전히 들을 수 있었다. 그리고 예전에 열렸던
나의 콘서트에 대해 말을 건네 오는 사람들과 만나는 일도 가능했
다. 그것들은 잃어버린 곡의 단편들에 대한 이야기거나 이미 내가
연주한 지 50년도 넘은 작곡가의 작품에 대한 이야기였다. 또는 음
악을 하는 도중에 만났던 많은 여자들의 생김새라든지 말이다. 하지
만 지나간 세월 속에 그녀들의 얼굴도 함께 씻겨 내려갔기 때문에

이제는 기억나지 않는다. 물론 그 당시에도 어딘가 조금 닮은 구석이 있는, 혹은 관능적인 동작을 하던 인물들로 인식됐을 뿐이지만 말이다.

얼마 전 발송인 불명의 편지 한통이 도착했다. 봉투에 적힌 글씨체가 여성스러웠다. 우표에 있는 키릴 문자를 보니 러시아 국내에서 보낸 것이 틀림없었다. 나는 바로 봉투를 뜯지 않았다. 어떤 종류의 계시든 그 계시가 열릴 시간을 기다리고 있었다. 얼마 안 되는 말이어도 좋았다. 예를 들어 '나는 당신이 자필 악보를 가지고 계신 것을 알고 있습니다'라든지, '저는 안드레이의 조카입니다'라든지, 혹은 '그가 마지막으로 남긴 편지는 당신도 읽어보셔야 합니다' 등의 이야기라도 말이다. 그러나 그것은 모스크바의 변호사에게 온 편지였다. 그것도 아주 질이 낮은 사무용 종이를 쓸 수밖에 없었던 모양이었다. 내용은 최근 러시아에서 발매된 나의 아주 오래된 모차르트 음반의 지적재산권에 대한 것이었다.

나는 모든 환상을 내던졌다. 만일 정열을 담은 필적이 이 세상에 존재하고, 그것을 해독할 수 있는 최후의 한 명이 존재한다면 그것은 다름 아닌 나일 것이다.

|

바단조

오늘 조율사가 내 집을 방문했다. 그는 꼭 근심이 많은 의사처럼 매일같이 들러 피아노에 이상이 없는지 물어보며 나를 안심시켜 주곤 한다. 내 피아노의 세 번째 파는 아직도 원래의 소리를 찾지 못하고 있었다. 마치 자신이 내 바단조 발라드의 조성을 결정하는 주요 음색이라고 호소하고 있는 것처럼 말이다. 우리는 서로의 얼굴을 바라보았다. 조율사는 계속해서 작은 롤러를 조절하고 있었지만 잘 되지 않는 것 같았다. 그리곤 결국 나에게 이렇게 말했다. "이 타입의 스타인웨이 제품은 이와 비슷한 결함이 종종 나타나긴 하지만 금세 그 증상이 완화됩니다. 그것도 스스로 말이죠."

나는 걱정이 돼 그에게 물었다. "그럼 그렇게 완화되고 나면 두 번 다시 똑같은 증상은 나타나지 않는 건가?"

"그건 아무도 모르는 일이죠." 그가 답했다. "그렇지만 곧 원래대로 돌아온답니다. 마에스트로 한 번 쳐보세요. 이제 이상한 소리는 들리지 않습니다. 적어도 제 귀에는요."

그는 피아노 의자에서 일어나 자리를 양보했다. 나는 파를 한 번, 두 번, 세 번 쳐보았다. 공명페달을 눌러가며 되돌아오는 음에 귀를 기울이고 있자니 어느새 방안에 소리들이 울려 퍼지고 있었다. 마치 향기가 퍼져나가듯이 말이다. 이상한 소리는 전혀 들리지 않았고 이제는 완벽한 음의 떨림만이 존재했다. 조율사는 미소를 띠고 있었지만 그렇다고 딱히 만족하는 얼굴이라 할 수도 없었다. "제 힘이 아닙니다, 마에스트로. 이런 피아노는 스스로 힘을 발휘해내는 현명함을 지니고 있다고나 할까요. 필요한 순간이 오면 자연스럽게 훌륭한 악기로서의 제 기능을 발휘해보이죠."

나는 한 번 더 건반을 눌러보았다. 하지만 이번에는 이상했다. 펠트의 마찰음이 다시 희미하게 들리는 듯 했다. 마치 실제로는 존재하지도 않는 징후를 어떻게든 찾아내려는 정신병 환자가 된 것만 같았다. 나지도 않는 열을 재보려 몇 번이나 체온계를 몸에 대는 바보 같은 시도를 반복하는 사람처럼 말이다. 조율사는 머리를 절레절레 흔들고 있었다. 거기에는 긴 세월에 걸쳐 쌓아온 신뢰감이 있었다. 그는 차분하고 여유로운 태도로 도구들을 정리하기 시작했다. 그건 다시 말하자면, 그의 업무가 끝났다는 의미이기도 했다. 그날 나는 별로 상태가 좋지 않았다. 그는 나를 잠시 바라보다 미심쩍다는 듯 말했다. "마에스트로, 제가 솔직하게 한 말씀 올려도 될까요?"

쉽게 입을 떼지 못하는 걸 보니 약간 망설이고 있는 것 같았다. 나는 반대로 그런 그의 모습이 흥미롭게 느껴졌다.

"물론이지. 무엇이든 얘기해보게나." 나는 아무렇지 않은 척 대답을 하며 부드러운 공명폐달의 촉감을 느끼고 있었다.

"마에스트로, 사실은 불안정한 음들이 계속되길 바라고 계신 건 아닌지요. 저는 마에스트로께서 어떻게든 마찰음을 찾아내고 싶어 하시는 것 같은 인상을 받았습니다……."

나는 아무 말도 하지 않고 조금 무서워 보이도록 인상을 쓰며 그를 가만히 바라보았다. 그럼에도 불구하고 그는 계속 말을 이어나갔다. "……마에스트로, 당신은 저 불협화음 속에서 불완전함을 찾아온 겁니다. 그리고 그 불완전함 속에서 일종의 자유를 찾고 계신 건 아닌지……."

3번째 파 소리와 함께 쇼팽이 솔랑주 뒤드방에게 헌사한 발라드 제4번의 종결부가 시작된다.

그가 말한 그대로였다. 희미한 불협화음만이 내게 병들어버린 영혼 속에서 자유를 찾게 해주었다. 긴 세월 동안 뒤틀리고 엉킨 우연의 운명 속에서 그것만이 나를 해방시켜준 것이다.

비로소 나는 세상이 선율 속에 숨어 있는 희미한 불협화음에 불과하다는 사실을 깨달았다. 전율 속에 슬며시 숨어 있는 불협화음 같은 것 말이다.

그리고 그때, 나는 인생에서 처음으로 안도감을 맛보았다.